Marie Force
Bis du mich berührst

Montlake

Das Buch

Maria Giordino arbeitet als Krankenschwester im Armenviertel von Miami. Helfen ist für die warmherzige junge Frau eine Selbstverständlichkeit. Auch als es darum geht, einem kleinen Mädchen Knochenmark zu spenden, zögert Maria keine Sekunde.

Austin Jacobs ist Amerikas bekanntester Baseballspieler. Voller Dankbarkeit schreibt er der Frau, die das Leben seiner kleinen Tochter gerettet hat. Tief berührt antwortet sie, doch der intensive Austausch zwischen der Spenderin und der Familie der Patientin muss mindestens ein Jahr anonym bleiben, so will es das Gesetz. Eine lange Zeit, wenn man sich verliebt hat, in einen Menschen, den man noch nie gesehen hat ...

Die Autorin

Marie Force ist die Autorin von über 80 zeitgenössischen Liebesromanen, von denen etliche sich auf den Bestsellerlisten der New York Times, der USA Today und des Wall Street Journal platziert haben. In deutscher Sprache sind bisher die erfolgreichen Reihen »Gansett Island«, »Quantum« und »Neuengland« erschienen.

Marie Force wurde in Rhode Island geboren, wo sie auch heute wieder mit ihrem Mann und ihren zwei fast erwachsenen Kindern lebt.

Marie Force

Bis du mich berührst

MIAMI NIGHTS

Roman

Aus dem Amerikanischen
von Lotta Fabian

 Montlake

Die amerikanische Ausgabe erschien 2020 unter dem Titel
»How Much I Care« bei HTJB, Inc., Portsmouth, Rhode Island.

Deutsche Erstveröffentlichung bei
Montlake, Amazon Media EU S.à r.l.
38, avenue John F. Kennedy, L-1855 Luxembourg
Mai 2021
Copyright © der Originalausgabe 2020
By HTJB, Inc.
All rights reserved.
Copyright © der deutschsprachigen Ausgabe 2021
By Lotta Fabian

Die Übersetzung dieses Buches wurde durch Amazon Crossing ermöglicht.

Umschlaggestaltung: bürosüd⁰ München, www.buerosued.de
Umschlagmotiv: © djgis / Shutterstock; © KAMONRAT / Shutterstock;
© Banana Republic images / Shutterstock; © WillSelarep/ Getty
Lektorat: Birte Lilienthal, Ute-Christine Geiler, Agentur Libelli GmbH
Gedruckt durch:
Amazon Distribution GmbH, Amazonstraße 1, 04347 Leipzig /
Canon Deutschland Business Services GmbH, Ferdinand-Jühlke-Str. 7,
99095 Erfurt /
CPI books GmbH, Birkstraße 10, 25917 Leck

ISBN 978-2-49670-679-6

www.montlake.de

KAPITEL 1

Austin

Nachdem ich während eines kompletten Spiels gegen die Seattle Mariners als Werfer im Einsatz war – wir haben zu null gewonnen –, schlafe ich wie ein Toter, als mein Handy klingelt. Es ist der spezielle Ton, den ich für meine Eltern eingespeichert habe. Sie würden nie zu dieser Uhrzeit anrufen, es sei denn, es ist was mit Everly.

Ich zwinge mich, die Augen zu öffnen, und greife nach dem Telefon auf meinem Nachttisch, wobei der Eispack von meiner Schulter rutscht. Während er mit einem feuchten Geräusch auf der Matratze landet, verziehe ich das Gesicht, weil mein Arm wie nach jedem Spiel schmerzt.

»Hey.« Ich versuche vergeblich, eine bequemere Position zu finden.

»Es tut mir so leid, dass ich dich wecken muss, Austin.« Mom hört sich völlig aufgelöst an. »Aber Ev hat Fieber. Wir sind gerade in der Notaufnahme, und ich dachte, du solltest das wissen.«

Ich bin sofort hellwach und richte mich auf. »Wie hoch?«

»Neununddreißig sieben.«

»Ehrlich? Wie lange schon?«

»Ungefähr acht Stunden.« Was bedeutet, dass sie bis nach meinem Spiel damit gewartet haben, sich zu melden, da sie gewusst haben, Sorgen um Everly würden meine Konzentration stören. »Wir haben ihr was gegen das Fieber gegeben, doch nichts hat gewirkt, daher sind wir mit ihr ins Krankenhaus gefahren.«

»Ich komme heim.« Zwar müsste ich eigentlich mit der Mannschaft reisen, auch zwischen zwei Spielen, allerdings sind Ausnahmen möglich. Das Management weiß, dass ich alleinerziehender Vater bin, und nimmt darauf Rücksicht – zumindest bis zu einem gewissen Grad. Da mein nächster Einsatz erst in vier Tagen ansteht, sollte es kein Problem sein, zurück nach Baltimore zu fliegen.

»Es tut uns so leid, dass wir dich mit diesen Neuigkeiten überfallen, aber wir dachten, du würdest es wissen wollen.«

»Ihr habt das genau richtig gemacht. Ich komme, so schnell ich kann.« Ich beende das Gespräch mit meiner Mutter und wähle die Nummer meines Trainers Mick Danvers.

»Warum schläfst du nicht?«, fragt er und klingt selbst, als hätte ich ihn gerade geweckt.

»Tut mir leid, dass ich dich stören muss, Coach, doch ich hab einen Notfall. Meine Kleine ist mit hohem Fieber in der Notaufnahme. Ich muss nach Hause, und ich hoffe, es ist okay, wenn ich erst in Oakland wieder zu euch stoße.« Zwei weitere Flüge quer über den Kontinent innerhalb weniger Tage sind nichts, worauf ich mich freue, aber darauf kann ich jetzt keine Rücksicht nehmen. Nicht wenn Ev krank ist und mich braucht.

»Klar. Das geht natürlich vor.«

»Danke.« Ich atme erleichtert auf. Mick ist zwar fair, aber auch ziemlich anspruchsvoll, daher war ich mir nicht sicher, ob er mir das wirklich erlauben würde.

»War auf jeden Fall ein super Auftakt, AJ. Alle sind mehr als zufrieden.«

»Danke, Coach.«

»Halt mich auf dem Laufenden, okay?«

»Mach ich.« Mein nächstes Telefonat führe ich, um den nächstmöglichen Flug nach Baltimore zu buchen.

Sieben der längsten Stunden meines Lebens später landet mein Flieger – eine Maschine ohne WLAN – am BWI. Als ich mein Handy einschalte, erwartet mich eine ganze Reihe von Nachrichten von meiner Mutter, von denen jede verzweifelter klingt als die davor. Sie haben Everly im Krankenhaus behalten. Irgendwas stimmt nicht mit ihren Blutwerten.

Während ich durch den Flughafen jogge, schnürt sich mir die Brust so zusammen, dass ich mich frage, ob ich vor einem Herzinfarkt stehe. Ich stürze mich in das erste Taxi, das ich sehe, ohne mich um die Warteschlange zu kümmern. Ich muss zu meiner kleinen Tochter. Sie bedeutet mir alles, und die Möglichkeit, dass mit ihr irgendetwas nicht in Ordnung ist, ist einfach zu schrecklich, um es sich auch nur vorzustellen.

Die halbstündige Fahrt zum Krankenhaus fühlt sich beinahe so endlos an wie der Flug. Als ich im Wartezimmer der Kinderintensivstation schließlich zu meinen Eltern stoße, bin ich mir ziemlich sicher, dass ich gleich selbst ein Fall für die Notaufnahme werde. Wie kann ein Kind mit Fieber binnen weniger Stunden zu einem Fall für die Intensivstation werden? Meine Mutter bricht in Tränen aus, als ich reinkomme. Ich lasse meine Tasche fallen, sodass ich sie und meinen Dad umarmen kann, der ebenso aufgelöst ist wie sie.

»Gott sei Dank bist du hier, mein Sohn«, erklärt Dad.

Als ich sie anschaue, erkenne ich an ihren Mienen, dass sie etwas wissen, das meine Welt auf den Kopf stellen wird.

»Austin«, sagt meine Mutter unter Tränen, »Everly hat Leukämie.«

Maria

Fünfzehn Monate später

Ich zwinge mich, den Sonntagsbrunch mit meiner lauten, vielköpfigen Familie zu überstehen, ohne auf mein Handy zu sehen. Ich beachte es auch weiter nicht, als ich nach dem Familientreffen meine Einkäufe und weitere notwendige Dinge für die Arbeitswoche erledige. Nie war es schwieriger, mein Smartphone zu ignorieren, als heute. Ich schwebe wie auf Wolken, bin aufgeregt, nervös und besorgt, dass die Verbindung zwischen mir und Mr A – der Name, unter dem ich ihn kenne – nicht mehr die gleiche sein wird, wenn wir nicht mehr anonym sind.

Vor etwas mehr als einem Jahr habe ich Knochenmark für ein zweijähriges Mädchen aus Baltimore gespendet, das an Leukämie erkrankt war. Zu der Zeit wusste ich nichts über sie oder ihren Vater, außer dass meine Spende ihr das Leben gerettet hat.

Seit sechs Monaten weiß ich, dass er seine Tochter mehr liebt als alles andere auf der Welt, dass die Mutter des Kindes keine Rolle in ihrem Leben spielt und dass er mir unendlich dankbar ist, weil ich seiner Kleinen eine zweite Chance ermöglicht habe. Das kleine Mädchen ist seither drei geworden, und bisher gibt es keinen Rückfall, was ja eigentlich das Wichtigste an der Geschichte ist.

Allerdings ist das nicht die *ganze* Geschichte.

Es begann an einem Dienstagabend mit einem Anruf von »Be the Match«, der Organisation, die drei Jahre zuvor eine Typisierungsaktion in der Sozialklinik in Little Havana durchgeführt hatte, in der ich arbeite. Ehrlich gesagt hatte ich schon ganz vergessen, dass ich einen Abstrich hatte vornehmen lassen, bis ich den Anruf erhielt, dass ich als Spender für ein Kind infrage käme, das an Leukämie litt. Ob ich mit weiteren Tests einverstanden wäre.

Natürlich war ich dazu bereit, und es wurde ein Termin vereinbart.

Dieser Anruf von der Knochenmarkspenderdatei stellte mein Leben ein paar Wochen lang auf den Kopf. Meine Eltern haben sich furchtbare Sorgen gemacht, weil ich für eine Fremde unter Vollnarkose Knochenmark spenden wollte. »Was, wenn etwas schiefgeht?«, haben sie gefragt. Gott sei Dank hat sich Nona eingeschaltet, nachdem sie gemerkt hatte, wie entschlossen ich war, das Leben des Kindes zu retten, auch wenn ich es nie getroffen hatte.

»Maria ist Krankenschwester«, hat sie erklärt. »Das ist ihr Beruf und ihre Berufung. Ihr müsst ihr vertrauen. Sie weiß, was sie tut.«

Ich hab meine Nona schon immer geliebt, aber nie mehr als in diesem Moment. Sie hat das mit meinen Eltern geregelt, sodass ich mich in Ruhe darum kümmern konnte, mich mental und physisch auf den Eingriff vorzubereiten. Nachdem wir mehrere Informationsveranstaltungen besucht und meine Eltern erfahren hatten, dass das Risiko für den Spender tatsächlich ziemlich gering ist, haben sie meine Entscheidung dann auch unterstützt.

Meine Cousine Carmen, die neben meiner Schwester meine beste Freundin ist, hat mich ins Krankenhaus begleitet und den Rest der Familie auf dem Laufenden gehalten.

Nona und Abuela, die eigentlich nur Carmens Großmutter ist, doch irgendwie auch eine zusätzliche für mich, haben genug Essen gekocht, um zehn Leute satt zu kriegen, und es uns vorbeigebracht, als wir aus dem Krankenhaus heimkamen.

Hauptsächlich wollten sie sich wohl selbst davon überzeugen, dass es mir gut ging, aber ich habe mich auf jeden Fall darüber gefreut. Carmen hat zwei Nächte bei mir übernachtet, um sich zu vergewissern, dass mit mir wirklich alles in Ordnung war, bevor sie nach Hause zurückgekehrt ist.

Ich war zwei Wochen ein bisschen steif und wund, bin aber trotzdem schon sieben Tage später wieder in der Klinik arbeiten gewesen. Alles in allem betrachte ich die gesamte Erfahrung als geringen Preis dafür, einem Kind das Leben zu retten.

Sechs Monate nach der Spende erhielt ich dann eine anonyme E-Mail von dem dankbaren Vater des Kindes, die mir über die Kommunikationskanäle von »Be the Match« übermittelt worden war.

Liebe Ms M,

Sie haben meiner Tochter das Leben gerettet. Es ist schlicht nicht möglich, mit Worten zum Ausdruck zu bringen, was Sie meiner Familie und mir bedeuten oder wie dankbar wir Ihnen für das sind, was Sie für uns getan haben. Lassen Sie mich Ihnen von meiner Tochter E erzählen. Sie ist ein kleiner Wirbelwind mit blonden Locken und blauen Augen. Sie liebt es, zu tanzen und sich zu verkleiden. Ich bin alleinerziehender Vater, und sie bedeutet mir alles. Als die Ärzte uns erklärten, dass sie Leukämie hat, hat mich der Gedanke daran, was meiner geliebten Tochter bevorstand, fast umgebracht.

Die nächsten Monate waren die pure Hölle. Das ist das einzige Wort, das mir einfällt, um es zu beschreiben. Sie haben alles versucht, konnten die Krankheit allerdings nicht aufhalten. Das war der Punkt, an dem feststand, dass sie eine Knochenmarkspende brauchte.

Ich will ehrlich mit Ihnen sein: Die gesamte Erfahrung war Furcht einflößend.

Gott sei Dank hatte ich während der ganzen Zeit meine Eltern an meiner Seite, sonst hätte ich es nicht heil überstanden, meine Kleine durch diese Hölle gehen zu sehen. Dabei war E so tapfer und so stark, sie hat sogar versucht, mich zu trösten. Man stelle sich das vor – eine Zweijährige, die einen achtundzwanzigjährigen Mann tröstet. Aber so ist meine Tochter. Sie ist einfach wunderbar und liebevoll, und jetzt ist dank Ihrer Knochenmarkspende der Krebs in Remission, sie kann wieder lachen und tanzen und spielen und ihre kleinen Liedchen singen. Ihr Haar ist nachgewachsen – lockiger als je zuvor –, und ihre Wangen sind wieder rosig. Und das alles Ihretwegen. Ich kenne Sie nicht, doch ich habe Sie in mein Herz geschlossen, als wären Sie Teil meiner Familie.

Denn das sind Sie. Und wenn die erforderliche Einjahresfrist abgelaufen ist, hoffe ich, dass wir uns treffen und reden und Fotos austauschen können, und Sie können sich mit eigenen Augen davon überzeugen, wem Sie durch Ihre großherzige Tat das Leben gerettet haben.

Danke. Aus tiefstem Herzen danke. Wir lieben Sie.

Mr A

Diese E-Mail habe ich bestimmt tausend Mal gelesen, nachdem ich sie erhalten hatte, und musste die ersten drei Mal weinen, weil mich die Liebe dieses Vaters zu seinem Kind so gerührt hat. Ich will ganz ehrlich sein – ich habe mich wegen der Art und Weise, wie er über seine Tochter spricht, ein bisschen in ihn verliebt. Wie hätte ich das auch nicht tun können?

Als ich Carmen und Dee die E-Mail gezeigt habe, hatten sie die gleiche Reaktion. Dee ist sogar richtig ins Schwärmen geraten. Und beide haben geweint.

Carmen, die wahnsinnig in ihren Verlobten, einen Kinderneurochirurgen namens Jason, verliebt ist, ist nicht ganz so durchgedreht wie Dee, aber selbst sie musste zugeben, dass Mr A traumhaft klingt.

Ich habe ein paar Tage gebraucht und die E-Mail bestimmt weitere hundert Mal gelesen, bevor ich mich genug beruhigt hatte, um ihm antworten zu können.

Lieber Mr A,

Ihre E-Mail hat mich tief berührt.

Nein, das kannst du doch nicht schreiben!

Warum nicht? Schließlich hat *es mich tief berührt, und das soll er ruhig wissen.*

Ich ignorierte meinen inneren Dialog und ließ mein Herz sprechen, weigerte mich, diesem Mann gegenüber weniger offen zu sein, als er bei mir gewesen war. Vor Ablauf eines Jahres ist es uns nicht gestattet, über irgendetwas anderes zu sprechen

12

als die Transplantation und Updates zum Gesundheitszustand des Spendenempfängers. So kann ich ihm beispielsweise nicht sagen, dass ich aus Miami bin und eine große Familie habe oder dass ich in einer Sozialklinik in Little Havana arbeite. Ich hab nachgesehen und darf ihm verraten, dass ich Krankenschwester bin, da das für die Transplantation von Bedeutung ist.

> Ihre E-Mail hat mich tief berührt. Als ich das über Ihre kleine E gelesen hab, musste ich weinen. Ich bin so, so froh, dass es ihr gut geht und sie in der Remissionsphase ist. Ich bin Krankenschwester, daher weiß ich, was das heißt, und ich teile Ihre Freude darüber, dass »unser Projekt« zu so wunderbaren Ergebnissen geführt hat. In diesem ersten kritischen Jahr, solange Sie ihren Kontakt zu anderen noch beschränken müssen, sind Sie sicher vorsichtig, aber sobald es erlaubt ist, wieder unter Leute zu gehen, würde mich nichts glücklicher machen, als sie kennenzulernen, sie zu umarmen und ihre Genesung zu feiern. Vielen Dank, dass Sie mir das geschrieben haben, und ich freue mich schon darauf, mehr von Ihnen zu hören, sobald das möglich ist.
>
> Herzlichst
>
> Ms M

Ich hatte überlegt, ob ich mit »Alles Liebe, Ms M« unterzeichnen sollte, beschränkte mich letzten Endes dann aber doch auf »Herzlichst«.

Zwei Tage später hat er mir geantwortet.

Ms M,

ich habe völlig vergessen, mich zu erkundigen, ob Sie nach der Entnahme unter irgendwelchen Beschwerden zu leiden hatten. Ich hoffe nicht. Bitte lassen Sie mich das wissen, wenn Sie dazu kommen, und ich werde mich ganz definitiv wieder bei Ihnen melden, sobald es gestattet ist.

Alles Liebe

Mr A

Lieber Mr A,

vielen Dank, dass Sie sich nach mir erkundigen. Außer ein paar blauen Flecken und einer gewissen Steifheit für ungefähr eine Woche war der Eingriff relativ schmerzlos für mich. Insgesamt war das ein geringer Preis dafür, dabei zu helfen, das Leben Ihres kleinen Mädchens zu retten. Ich würde, ohne lange zu überlegen, jederzeit wieder so handeln.

Alles Liebe

Ms M

Ja, genau. Das zweite Mal habe ich dann ebenfalls »Alles Liebe« geschrieben. Denn ich hatte diesen Vater und seine Tochter bereits ins Herz geschlossen, auch wenn ich ihnen noch gar nicht persönlich begegnet war. Ich fand es so schön, wie er über sie geredet hat, und habe mich darüber gefreut, wie dankbar er für das ist, was ich für sie beide getan habe. Ich habe die E-Mails, die wir uns geschickt haben, so oft gelesen, dass ich sie auswendig kann.

Seine letzte E-Mail war kurz und knapp und süß.

Ms M,

ich bin überglücklich, zu hören, dass Sie kaum unter Unannehmlichkeiten zu leiden hatten. Ich werde mich auf jeden Fall sofort melden, sobald es erlaubt ist. Versprochen.

Alles Liebe

Mr A

Heute ist die Transplantation genau ein Jahr her. Sechs Monate lang habe ich mir eingeredet, dass es nicht möglich ist, sich aufgrund von ein paar E-Mails in jemanden zu verlieben. Aber versuche mal jemand, das meinem völlig verrückten Herzen klarzumachen. Alles, woran ich denken kann, sind Mr A und seine Tochter E. Meine überbordende Fantasie hat sich stundenlang ausgemalt, wie sie wohl sind, während ich die Tage gezählt habe, bis wir uns mehr schreiben dürfen. Ich habe versucht, mich so beschäftigt zu halten, wie es nur ging, habe mich freiwillig für zusätzliche Schichten in der Klinik gemeldet und helfe Carmen bei ihrer Hochzeitsplanung, doch trotzdem bleibt mir mehr als genug Zeit dafür, über sie nachzudenken.

Und ja, ich bin mir voll und ganz bewusst, wie albern es ist, wegen eines Typen, den ich noch nie getroffen habe, derart den Kopf zu verlieren. Ich kenne ja noch nicht einmal seinen richtigen Namen, bloß den Anfangsbuchstaben. Heißt er Alex oder

Anthony oder Andrew? Ist es möglicherweise Ashton, Adrian oder Aidan? Und das E, steht das für Emma oder Emily oder Emerson oder Ellen?

Ich werde mich noch völlig verrückt machen mit all den Mutmaßungen und Spekulationen. Ich möchte alles über die beiden wissen, und selbst wenn ich mir vor Augen führe, dass bei zu hohen Erwartungen die Enttäuschung praktisch vorprogrammiert ist, kann ich mich nicht davon abhalten, mich zu fragen, ob A wirklich so wunderbar ist, wie er seinen E-Mails nach zu sein scheint. Am Ende trinkt er zu viel oder feiert pausenlos Partys oder steigt Frauen nach oder …

»Hör auf, Maria«, ermahne ich mich, während ich von dem Lebensmittelgeschäft nach Hause fahre. Ich wohne in einem Apartment über der Garage von Tante Francesca und Onkel Domenic, der Schwester meines Vaters und deren Mann. Gott sei Dank haben meine Tante und mein Onkel auch das Haupthaus vermietet, sodass sie nicht ständig in der Nähe sind, um mein Kommen und Gehen zu beobachten.

Ich würde längst nicht mehr hier wohnen, wenn sie auf dem gleichen Grundstück lebten. Es ist nicht so, dass ich sie nicht lieb hätte, denn das habe ich, absolut, aber ich möchte nicht überwacht werden – oder dass meinen Eltern gegenüber erwähnt wird, um welche Uhrzeit ich nach Hause komme oder mit wem ich ausgehe. Nein danke. Ich liebe meine gemütliche kleine Wohnung, doch mehr als alles andere liebe ich meine Privatsphäre. Vor ein paar Jahren ist Dee zusammen mit unserem Cousin Domenic junior nach New York gezogen, und sie konnten es gar nicht erwarten, sich aus den Fängen der Familie zu befreien, die viel zu viel Zeit damit verbringt, sich in die Angelegenheiten anderer einzumischen.

Ich freue mich schon so, die beiden bei Carmens Hochzeit zu treffen, die in etwas über einem Monat stattfindet. Es ist sehr schwierig gewesen, mich auf die Arbeit oder die Hochzeit oder irgendwas anderes zu konzentrieren als darauf, erneut von Mr A zu hören, und ich kann es kaum erwarten, dass die Jahresfrist endlich abgelaufen ist. Es fühlt sich an, als seien seit jener ersten E-Mail von ihm zehn Jahre vergangen statt nur sechs Monate.

Als ich zu Hause eintreffe, räume ich meine Einkäufe weg und mach mir eine Tasse Tee, bevor ich mir erlaube, mich an meinen Schreibtisch zu setzen und den Laptop einzuschalten, um meine E-Mails abzurufen. Inmitten von lauter Werbung und einer Mail von meiner Schwester mit einem Link zu einem Artikel über Einrichtungsideen, von dem sie dachte, dass ich ihn gern lesen würde, entdecke ich eine Nachricht von einem Absender, dessen Name mir vertraut vorkommt, ohne dass ich sagen könnte, warum.

Austin Jacobs.

Ich klicke sie an und schnappe nach Luft, als ich die erste Zeile lese.

Liebe Maria,

ich dachte schon, der heutige Tag würde niemals kommen.

KAPITEL 2

Maria

O Gott. Er heißt Austin. Austin Jacobs. Woher kenne ich den Namen? Es macht mich ganz kribbelig, dass mir der Name so bekannt vorkommt, doch ich hab keine Zeit, jetzt länger darüber nachzudenken, weil da eine ganze E-Mail von ihm darauf wartet, gelesen zu werden.

Ich bin mir nicht ganz sicher, warum ich so darauf brenne, Ihnen mehr von uns zu erzählen, aber während der letzten sechs Monate habe ich ständig an Sie gedacht, habe die Tage gezählt, bis wir wieder miteinander in Kontakt treten können, dieses Mal ohne irgendwelche Beschränkungen. Bizarr, ich weiß, doch Sie haben meiner Tochter das Leben gerettet, und ich möchte Sie unbedingt besser kennenlernen. Ich habe mich so gefreut, Ihren Vornamen zu erfahren und Ihre E-Mail-Adresse zu erhalten, und ich schwöre, ich bin kein Spinner oder

Stalker! LOL. Obwohl ich Ihnen keinen Vorwurf daraus machen könnte, wenn Sie mich dafür halten würden. Diese Sache mit Everly hat auf jede nur denkbare Weise mein Leben bestimmt – und tut es auch jetzt noch –, und dazu gehört dann offenbar auch, von ihrer Knochenmarkspenderin besessen zu sein.

Seine Tochter heißt Everly! Und er ist ebenso besessen von mir wie ich von ihm! Jetzt gerate ich ins Schwärmen.

Ich vermute, meine unverhältnismäßige Aufregung hat mit unserer ganz besonderen Verbindung zu tun, die aus einem wilden kleinen dreijährigen Mädchen besteht, das es überhaupt nur Ihretwegen noch gibt. Meine Tochter ist wohlauf – Ihretwegen. Ihretwegen hat sie die Chance, erwachsen zu werden und sich zu verlieben und ihr Leben zu leben. Ich werde immer ganz emotional, wenn ich darüber nachdenke, was Sie getan haben und was es für uns bedeutet. Ich bin Ihnen einfach so verdammt dankbar. Ich habe ein paar kürzlich aufgenommene Fotos von Everly angehängt, sodass Sie selbst sehen können, wie niedlich und rundum wunderbar sie ist.

Okay, genug von mir, dem merkwürdigen, unheimlichen, dankbaren Stalker-Dad …

Ich muss über seine Zusammenfassung lachen, verliebe mich mit jedem Wort, das ich lese, ein bisschen mehr in ihn. Ich scrolle nach unten, um mir die Bilder anzuschauen, weil ich neugierig bin auf das Kind, dessen Leben zu retten ich geholfen habe. O mein Gott. Sie ist einfach zuckersüß.

Was mich angeht – ich bin Pitcher für die Baltimore Orioles.

Das ist es! Daher kenne ich ihn! Allerdings ist er nicht einfach nur irgendein Pitcher, sondern der Gewinner des Cy Young Award, der vor zwei Jahren einundzwanzig Spiele gewonnen hat, einschließlich eines beinahe perfekten Spiels, das im neunten Inning ruiniert wurde, als einer seiner Mannschaftskollegen einen ganz normalen Grounder vermasselt hat. Ich weiß das, weil ich ein Riesenbaseballfan bin. Mein Dad und ich sind schon seit Ewigkeiten Anhänger der Miami Marlins, die in meiner Kindheit noch Florida Marlins hießen.

Mein Leben ist ohnehin schon ziemlich verrückt, und es wurde nur schlimmer, als meine Ex-Freundin und ich Ev bekamen. Das alles hat sich dann in einen Albtraum verwandelt, als ich herausgefunden habe, dass sie sich mit anderen Männern eingelassen hat, während ich mit der Mannschaft unterwegs war. Die Frau eines meiner besten Freunde im Team konnte beweisen, dass meine Ex-Freundin das Baby sogar allein gelassen hat, manchmal stundenlang, während sie selbst Party gemacht hat. Wenn ich jetzt bloß daran denke, flippe ich fast aus. Jedenfalls hat das dazu geführt, dass ich das alleinige Sorgerecht für meine Tochter bekommen habe, gerade als meine Karriere an Fahrt gewann. Das waren gute Zeiten. Glücklicherweise haben sich meine Eltern entschieden, vorzeitig in Rente zu gehen und in die Wohnung direkt neben uns zu ziehen. Sie helfen mir mit Ev, wenn ich während der Saison mit dem Team unterwegs bin. Ich wüsste nicht, was ich ohne sie tun würde, vor allem seit Ev krank geworden ist.

Ich habe wegen ihrer Leukämie beinahe die komplette letzte Saison verpasst. Mein Team hat uns unglaublich unterstützt, und ich bin allen so dankbar. Sie haben nicht nur weiter mein Gehalt gezahlt, obwohl ich gar nicht spielen konnte, sie haben auch dafür gesorgt, dass Ev die bestmögliche Versorgung erhalten hat – angefangen bei den Ärzten, bis hin zu Privatkrankenschwestern und jeder anderen Form von Unterstützung, die ihnen eingefallen ist. Es ist schon komisch, wie sich die Prioritäten ändern, wenn der Mensch, den man am meisten liebt, krank ist. Ich hätte mir vorher niemals vorstellen können, ein Auftaktspiel zu verpassen, ganz zu schweigen von fast einer gesamten Saison.

Nach dem, was Everly durchgemacht hat, habe ich eine ganz neue Beziehung zu Dankbarkeit entwickelt. Meine Mutter denkt, ich habe eine Form von PTBS, seit Ev so krank gewesen ist, weil ich ständig Angst habe, dass sie einen Rückfall erleidet oder uns irgendeine andere Katastrophe ereilt. Ich lasse sie kaum aus den Augen und befürchte bei jedem Niesen, Halskratzen und jedem blauen Fleck gleich das Schlimmste. Der Mannschaftsarzt hat mir eine Psychotherapeutin empfohlen, die mir sehr geholfen hat, während wir versucht haben, mit dem Leben nach einer solchen Krise zurechtzukommen. Wie Sie in Ihrer letzten E-Mail ja schon vermutet haben, waren wir dieses Jahr supervorsichtig. Niemand außerhalb unserer Familie durfte mit Ev zusammen sein, und ja, heute ist der Tag, an dem wir diese Beschränkungen lockern und ins Leben zurückkehren können. Natürlich werden wir weiter achtsam sein, trotzdem sind wir beide mehr als bereit, zur Normalität zurückzukehren, wie auch immer das dann genau aussehen mag. Sie kann es gar nicht erwarten, wieder auf den Spielplatz zu gehen oder in einem Restaurant zu essen, was sie im Übrigen liebt.

Ich bin mir nicht sicher, warum ich Ihnen all das erzähle. Ich vermute, es liegt daran, dass ich mich Ihnen sofort tief verbunden gefühlt habe – nicht nur wegen dem, was Sie für Everly (und mich) getan haben, sondern auch wegen unserer vorherigen E-Mails.

Okay, ich habe vermutlich genug geschrieben. Zu viel, wenn man's genau nimmt. Haha. Ich werde nicht beleidigt sein, wenn Sie beschließen, mir nicht zu antworten und sich auch sonst nicht wieder zu melden, aber ich fände es wirklich schade, wenn ich nicht die Gelegenheit erhielte,

Sie besser kennenzulernen. Jetzt höre ich auf. Bitte antworten Sie mir doch.

Alles Liebe
Austin

Ich verschlinge jedes Wort und grinse wie verrückt, als ich am Ende ankomme. Ich betrachte noch einmal die Fotos von Everly, und dann google ich Austin, weil ich mich nicht mehr genau erinnern kann, wie er aussieht.

Als sein Bild erscheint, ist mein Kopf plötzlich wie leer gefegt, die Augen drohen mir rauszufallen, und mein Mund steht offen. Glücklicherweise ist niemand hier, der Zeuge meiner Reaktion auf männliche Perfektion in Kombination mit jeder Menge Sex-Appeal werden könnte.

Er hat braunes Haar mit natürlich wirkenden blonden Strähnen, herrlich blaue Augen, ein tolles Lächeln und einen unvergleichlichen Körper, beide Arme sind voll tätowiert, und er trägt Diamantstecker in beiden Ohrläppchen. Und ich kann nicht ... ich kann einfach nicht. Also wegschauen. Ich starre Fotos von ihm mit und ohne Trikot, mit bedecktem und mit nacktem Oberkörper an. Er hat verschlungene Tattoos auf der Brust, die dicht unter seinem Hals enden und den Großteil der zur Verfügung stehenden Haut auf seinem Torso überziehen. Ich bin eigentlich nie ein großer Fan von so viel Tätowierungen gewesen, aber an ihm sind sie einfach ... Wow. Mein Herz schlägt in einem wilden Rhythmus, der ungesund sein muss.

Doch wer interessiert sich in einem solchen Moment dafür, ob etwas gesund ist?

Ich rufe Carmen an und stelle sie laut.

»Hat er sich bei dir gemeldet?« Sie und Dee sind die Einzigen, die wissen, dass heute der Tag ist, an dem ich vielleicht von ihm höre.

»Aber so was von.«

»Was hat er gesagt?«

»Google mal Austin Jacobs, den Baseballspieler.«

Ich höre sie auf der Tastatur ihres Laptops tippen. »Nein! Ist nicht dein Ernst.«

»Doch!« Ich kreische fast, scheine meine Stimme nicht unter Kontrolle kriegen zu können. Es ist absoluter Wahnsinn, und es kümmert mich nicht. Das passt so was von gar nicht zu mir. Ich bin immer vorsichtig und zurückhaltend, vor allem seit Scott, und jetzt stehe ich hier und drehe durch wegen eines Mannes, den ich noch nie getroffen habe.

»Er ist der Vater des Kindes, für das sie Knochenmark gespendet hat«, erklärt Carmen. »Ich bringe nur Jason auf den neuesten Stand.«

»Das ist ein Superstar«, höre ich Jason erwidern. »Ich habe ihn gegen die Yankees gesehen, und er war unglaublich.«

»Mari? Bist du noch da?«, fragt Carmen.

»Ja, ich bin hier.«

»Was hat er in seiner E-Mail geschrieben?«

Ich lese sie ihr vor, genieße ein weiteres Mal jedes wunderbare Wort und speichere die Fotos von Everly, ehe ich sie ihr weiterleite. »Oh, wow«, haucht Carmen in einem langen Atemzug. »Das ist unglaublich! Und Everly ist so süß!«

»Was soll ich bloß tun?«

»Schreib ihm zurück«, sagt Carmen mit einem Lachen. »Du weißt, dass es das ist, was du unbedingt tun willst.«

»Ja, sonst sterbe ich.«

»Worauf wartest du dann noch? Du hast nichts zu verlieren. Der Mann ist hin und weg von dir. Wie könnte er auch nicht, nach allem, was du für ihn und seine Tochter getan hast?«

»Er ist mir so was von wichtig … Das ist nicht mehr gesund.«

»Natürlich ist er das! Du hast seinem Kind das Leben gerettet. Bevor du auch nur ein Wort mit ihm gewechselt hattest, warst du mit ihm auf einem komplett anderen Level verbunden.«

Wie kann ich erklären, welche Wirkung seine Worte auf mich haben – wie er über seine Tochter redet, wie groß seine Liebe zu ihr ist … Das ist es, was mich am meisten berührt hat.

»Wirst du ihm antworten?«

»Ja, sobald ich mich etwas beruhigt und entschieden habe, was ich ihm sagen will.«

»Schreib Folgendes … Hörst du zu?«

»Ja, tue ich«, antworte ich.

»›Lieber Austin, ich liebe dich. Ich möchte dich heiraten und wunderhübsche Babys mit dir machen.‹«

»Das ist nicht hilfreich, Carmen.«

Sie muss lachen. »Denk nur an all die Zeit, die ich dir sparen helfe, indem ich gleich auf den Punkt komme.«

»Ich beende diesen Anruf jetzt.« Vor allem, weil mir bei der Erwähnung von Babys im gleichen Satz mit seinem Namen ganz heiß wird.

»Ich bin hier, falls du mich brauchst.«

»Danke, aber ich glaube, ich schaff das allein.«

»Das ist so cool, Mari. Stell dir nur vor, wenn daraus echt was wird und du ihn kennengelernt hast, weil du seinem Kind das Leben gerettet hast. Himmel, das ist so romantisch! Es ist sogar noch romantischer, als dass ich mich in Jason verliebt habe, während ich ihm geholfen habe, seinen Ruf zu retten.«

»Hey«, wirft Jason ein, »es gibt nichts Romantischeres als das.«

»Könnt ihr bitte mal aufhören? Es wird nichts draus werden. Er ist ein netter Typ, der mir dankbar ist für das, was ich für sein Kind getan habe. Mehr ist da nicht.«

»Ja, klar.«

»Ich muss jetzt Schluss machen.«

»Lade ihn zur Hochzeit ein!«

»Bye, Carmen.« Ich beende den Anruf und starre auf meinen Laptopbildschirm, auf dem die Fotos von Austin im Hintergrund sind, die E-Mail von ihm geöffnet in der Mitte.

Ich lese sie erneut.

Liebe Maria,

ich dachte schon, der heutige Tag würde niemals kommen.

Ich atme lang gezogen aus, klicke auf »Antworten« und starre eine Weile blicklos vor mich hin, bevor ich zu tippen beginne. Die Worte kommen direkt aus meinem Herzen.

Lieber Austin,

ich habe mich so gefreut, zu erfahren, dass Sie Austin heißen und E Everly ist! Ich liebe den Namen, und nachdem ich die Fotos von ihr gesehen habe, steht fest, dass er perfekt zu ihr passt. Sie ist wunderschön. Ganz vielen Dank für die Bilder. Ich freue mich sehr darüber, und es macht mich glücklich, dass sie so strahlend lächelt und so gesund wirkt. Ich habe im vergangenen halben Jahr täglich an Sie beide gedacht, und ich habe ebenfalls die Tage gezählt, bis es uns endlich erlaubt ist, ohne Beschränkungen miteinander zu reden und uns zu schreiben, was wir wollen. Ich bin wirklich froh, dass Everlys Genesung weiter

26

voranschreitet und sie ihre Krankheit so gut weggesteckt hat.

Natürlich werden Sie etwas länger dafür brauchen. Es gibt nichts Schlimmeres, als mit ansehen zu müssen, wie jemand, den man liebt, eine ernsthafte Erkrankung durchmacht. Ich kann mir gar nicht vorstellen, wie es für Sie gewesen sein muss, eine derart erschreckende Diagnose zu erhalten und die belastende Behandlung Ihrer geliebten kleinen Tochter mitzuerleben. Es muss Furcht einflößend gewesen sein, und ich halte es für sehr klug, dass Sie sich professionelle Hilfe holen, um die schlimmen Erfahrungen zu verarbeiten. Glücklicherweise wird sich Everly an das meiste aus dieser Zeit später vermutlich nicht mehr erinnern können, wohingegen Sie es wohl nie vergessen werden.

Sie haben sich nach mir erkundigt … Ich habe ja schon erwähnt, dass ich Krankenschwester bin, aber jetzt darf ich Ihnen auch erzählen, dass ich in einer Sozialklinik in Little Havana arbeite, dem Teil von Miami, in dem ich in einer großen, liebevollen Familie aufgewachsen bin (die sich leider nur etwas zu sehr für die Angelegenheiten der anderen interessiert). Meine Eltern Lorenzo und Elena besitzen eine Firma, die die Buchhaltung und juristische Beratung einer ganzen Reihe ortsansässiger Geschäfte übernommen hat. Mein Vater ist

Buchhalter, und meine Mutter ist Anwältin, daher sind sie ein gutes Team, sowohl zu Hause als auch bei der Arbeit.

Meine Tante Vivian und mein Onkel Vincent (der Bruder meines Vaters) besitzen ein Restaurant in Little Havana namens Giordino's, was auch mein Nachname ist (allerdings ohne das 's). Es ist total bekannt, und jeder ist hier irgendwann schon einmal gewesen. Ich helfe am Samstagabend im Service aus, weil es Spaß macht und ein nettes finanzielles Zubrot zu meinem Gehalt von der Sozialklinik einbringt. Meine Tante und mein Onkel veranstalten jeden Sonntag einen Familienbrunch im Restaurant, in dem in der einen Hälfte italienische und in der anderen kubanische Spezialitäten serviert werden. Meine Nona hat die Oberaufsicht über die italienische Seite, und die Abuela meiner Cousine Carmen ist für die kubanische verantwortlich. Sie zanken sich ständig, dabei sind sie in Wahrheit die besten Freundinnen und würden alles füreinander tun. Für mich ist Abuela so was wie meine dritte Großmutter.

Ich halte inne, als mir auffällt, dass ich vielleicht zu ausführlich über Zeugs schwafele, das ihn gar nicht interessiert. Andererseits hat er ja gesagt, er wolle mich kennenlernen, und um das zu tun, muss man auch meine Familie kennen.

Ich hab eine Schwester, die von uns Dee genannt wird, obwohl sie eigentlich Delores heißt, aber so sollte man sie besser nicht ansprechen, es sei denn, man möchte sich einen Kinnhaken einfangen. Sie wohnt in New York, mit unserem Cousin Domenic junior, und ja, er wird stets mit dem vollständigen »Domenic junior« gerufen, um ihn von seinem Vater Domenic senior zu unterscheiden. Seine Mutter ist Francesca, die Schwester meines Vaters, und sie haben noch drei weitere Kinder. Außerdem habe ich zwei Brüder, Nico und Milo. Nico ist älter als ich und Milo jünger. Können Sie noch folgen? Haha. Carmen ist meine (und Dees) beste Freundin, und wir drei waren immer zusammen unterwegs. Carmen ist ein Einzelkind, daher bezeichnet sie uns oft als ihre Ersatzschwestern, was wir lieben. Sie heiratet nächsten Monat einen Kinderneurochirurgen namens Jason, den wir alle einfach nur wunderbar finden. Er ist so ein toller Typ. Ich hab ihn wirklich gut kennengelernt, als er ehrenamtlich bei uns in der Klinik ausgeholfen hat, und die beiden haben meinen Segen. Für sie ist es die zweite Heirat, nachdem Tony, ihr erster Ehemann, ein Streifenpolizist, im Dienst erschossen wurde, als sie beide erst vierundzwanzig waren. Das war ein schwerer Schicksalsschlag für uns alle, und dass sie jetzt wieder lächelt, ist das Beste überhaupt.

Ich hab das Gefühl, als würde ich wie ein Wasserfall reden, aber hey, Sie haben gefragt …

Ich muss auch noch gestehen, ich bin ein Riesenbaseballfan. Mein Dad und ich haben

Dauerkarten für die Miami Marlins, und ich habe definitiv schon von Ihnen gehört. Ich denke, ich hab Sie sogar vor ein paar Jahren werfen gesehen, als die Orioles gegen die Marlins gespielt haben. Ist das möglich? Ich werde meinen Dad fragen. Er weiß das garantiert.

Also, Sie wollten mehr über mich wissen, und ich hab einen ganzen Roman geschrieben. Ich denke, ich höre jetzt auf, möchte allerdings noch hinzufügen, dass ich überglücklich bin, von Ihnen gehört zu haben, Ihren Namen und den Ihrer Tochter zu kennen und mehr über Sie beide erfahren zu haben. Vor allem bin ich total erleichtert, dass es Everly weiterhin gut geht. Ich habe für sie gebetet – für Sie beide –, jeden Abend, seit wir uns das letzte Mal geschrieben haben.

Alles Liebe
Maria

Ich schicke die E-Mail ab, bevor ich es mir anders überlegen kann. Sobald sie raus ist, fällt mir ein, dass ich überhaupt nicht erwähnt habe, dass er mir bitte antworten soll. Ich möchte unbedingt wieder von ihm hören.

Rasch öffne ich eine weitere E-Mail an ihn, Betreff: »PS«, und schreibe: »Bitte melden Sie sich wieder bei mir.«

Ich drücke auf »Senden«, bevor mich der Mut verlässt. Und dann versuche ich mir zu überlegen, was ich mit mir anfangen soll, während ich auf seine Antwort warte. Ich könnte seine E-Mail erneut lesen. Das tue ich. Vier Mal, um genau zu sein, bevor ich mich zwinge, aufzustehen, zu duschen, die

Waschmaschine anzustellen und mir für morgen Essen zu kochen, meinen Kaffee fürs Frühstück vorzubereiten und aufzuhören, über Austin Jacobs zu fantasieren.

Mein Telefon vibriert wegen einer Textnachricht von Carmen. Hast du ihm geschrieben?

Hab ich. Ich hab ihn mit meiner kompletten Lebensgeschichte ergötzt.

Mit allem?

Zumindest ziemlich viel, hauptsächlich über die Familie und das Restaurant und dich und Dee und alle andern. Vermutlich war es zu viel.

Ich bin sicher, es war gut. Schließlich hat er geschrieben, dass er alles über dich wissen will. Ist mit dir alles in Ordnung??

Ja, natürlich. Ich versuche, nicht zu sehr auszuflippen wegen eines Typen, den ich im Grunde genommen gar nicht kenne.

Und? Klappt es? Außerdem kennst du ihn bereits besser als Scott nach einem ganzen Jahr.

Jap, das stimmt allerdings. Austin hat mir schon mit seiner ersten E-Mail verraten, wie er wirklich ist. Ich konnte ihm ins Herz schauen, und nun kann ich seit ungefähr sechs verdammten Monaten an kaum was anderes mehr denken. Was ich heute von ihm erfahren habe, hat meinen ersten Eindruck nur bestätigt.

Ich gehe früh zu Bett und behalte mein Handy in der Nähe. Ich versuche, meine E-Mails höchstens jede Viertelstunde auf neue Nachrichten zu überprüfen, doch in Wahrheit ist es eher minütlich. Okay, genau genommen alle zehn Sekunden, aber bitte verurteilen Sie mich nicht vorschnell, denn jeder würde das tun. Mit wem rede ich hier überhaupt gerade?

»Du musst verdammt noch mal einen kühlen Kopf bewahren, Mädchen. Du verlierst völlig den Verstand wegen eines Typen, den du noch nie getroffen hast.« Ich starre zur Decke hoch, die ich in hellem Rosa gestrichen habe, und versuche, das Hochgefühl unter Kontrolle zu kriegen, das mich wie auf Wolken schweben lässt, seit ich die neue Nachricht von ihm erhalten habe.

Ich zwinge mich, die Augen zu schließen und fünf volle Minuten lang ruhig ein- und auszuatmen.

Als ich sie wieder öffne, sehe ich, dass erst eine Minute vergangen ist. Natürlich prüfe ich ein weiteres Mal meine E-Mails.

Wer hier wohl der Spinner oder Stalker ist ...

Eine neue Nachricht von Austin erscheint, und ich schnappe nach Luft. Ich gebe mir Mühe, sie zu öffnen, ohne sie versehentlich zu löschen. Denn das wäre eine Katastrophe.

Liebe Maria,

vielen Dank für die E-Mail. Deine Familie klingt total spannend. Gibt es irgendwo ein Diagramm, das den Leuten dabei hilft, nicht den Überblick zu verlieren? Wenn es das gibt, dann brauche ich das! Deine Familie hört sich jedenfalls wunderbar an, und ich finde es toll, dass Du in einer Sozialklinik arbeitest. Ich kann mir vorstellen, wie wichtig Deine Arbeit für viele Menschen in Deiner Stadt ist, und das Restaurant sieht klasse aus. (Findest Du es merkwürdig, dass ich mir online die Speisekarte angeschaut habe und sofort Lust auf ein kubanisches Sandwich bekommen hab?) Ich habe ebenfalls zwei Brüder, Asher und Carter. Ash spielt für die Iowa Cubs, ein Farmteam der Chicago Cubs, und Carter ist am College, am Florida State. Er spielt ebenfalls und hofft, einen Profivertrag an Land zu ziehen, wenn er nächstes Jahr seinen Abschluss macht. Wir sind in Green Bay, Wisconsin, aufgewachsen, und wie Du Dir vermutlich schon gedacht hast, war Baseball immer ein wichtiger Teil unseres Lebens. (Ach! Haha.) Mein Dad hat uns trainiert, und sein Ziel ist es, dass wir alle drei als Profis in der Major League spielen. Bislang hat es bei einem von dreien geklappt, aber meine Brüder haben beide das nötige Talent. Manchmal geht es jedoch mehr um Glück und darum, zur rechten Zeit am rechten Ort zu sein, als um Können. Ich hoffe sehr, dass die beiden es ebenfalls schaffen. Und ja, vor drei Jahren habe ich in Miami gepitcht. Warst Du dort? Wie cool wäre das denn?

Ich stehe meinen Brüdern sehr nahe, und sie waren mir eine große Hilfe, als Ev so krank war. Wir hatten auch enorme Unterstützung von meiner Mannschaft. Viele von ihnen – und ihren Frauen – sind während Evs Krankheit so etwas wie eine erweiterte Familie für uns geworden.

Sie haben mir auf vielerlei Weise geholfen, im Kleinen und Großen.

Na, merkst Du, wie ich immer wieder bei Evs Erkrankung lande? Das gehört zu den Sachen, an denen ich mit der Therapeutin arbeite. Sie meint, es wird einige Zeit dauern, aber irgendwann werde ich nicht mehr automatisch ständig auf dieses Thema zurückkommen. Wie Du siehst, bin ich noch lange nicht am Ziel. Ich sage mir immer wieder, wie viel Glück ich habe, und glaub mir, das sind nicht einfach nur leere Worte. Ich schätze mich wirklich unglaublich glücklich, vor allem weil eine wunderbare Frau namens Maria Giordino aus Miami genau das hatte, was meine Kleine gebraucht hat. Dafür bin ich unendlich dankbar – und für Dich –, und zwar jeden Tag. Und danke, dass Du für uns gebetet hast.

Ein paar Sachen, die Du mir nicht verraten hast: Bist Du verheiratet? Hast Du Kinder? Kannst Du mir ein Bild von Dir schicken (denn Du kannst mich ja schließlich googeln)? Hast Du mich gegoogelt? Sei ehrlich. LOL.

Also, ich muss jetzt Schluss machen und mich aufs Ohr hauen, wie mein Coach das immer nennt. Wir müssen morgen früh für eine Serie von vier Spielen gegen die Tigers nach Detroit fliegen, gefolgt von drei Spielen gegen Kansas City und noch mal vier gegen Seattle. Ich kann

Dir das gerne ausrechnen – das sind elf Tage getrennt von meiner kleinen Tochter. Meine Eltern bleiben bei ihr, während ich unterwegs bin, aber sie fehlt mir dann immer sehr. Ich bin nur froh, dass es Videochats gibt.

Ach, noch eine Sache – wenn Du mir schreibst, werde ich immer antworten. Erinnerst Du Dich, was ich beim ersten Mal gesagt hab, als wir miteinander »gesprochen« haben? Du gehörst jetzt zur Familie. Wenn Du mir lieber Textnachrichten schicken willst, ist das auch okay. Meine Handynummer steht unten. Du kannst sie gerne benutzen.

Alles Liebe
Austin

O mein Gott, er hat mir seine Handynummer geschickt, die ich mir sofort einspeichere. Ich suche nach dem Foto, das Carmen von mir gemacht hat, als wir neulich bei einem Einkaufsbummel waren. Ich mag meistens keine Bilder von mir, dieses ist allerdings okay. Meine dunklen Locken kringeln sich nicht, wie so oft, viel zu wild in der feuchten Luft von Südflorida, und an dem Tag hatten wir auch das Make-up für die Hochzeit ausprobiert, also sehe ich so gut aus, wie es nur geht. Rasch verfasse ich einen Text zu dem Foto, bevor ich die Nerven verliere und es mir anders überlege.

Schreibe morgen mehr, aber das bin ich. Nicht verheiratet, keine Kinder, und ja, natürlich habe ich dich gegoogelt. Bis zum Abwinken. Ich füge ein Lach- und ein Kuss-Emoji hinzu und schicke alles ab. Ich bin völlig high davon, mit ihm Nachrichten auszutauschen.

Er antwortet mir sofort, schickt vorab ein Emoji, dem die Augen aus dem Kopf fallen. Darauf folgt nach einem Moment die Textnachricht.

Wow. Du bist wunderschön. Doch das wusste ich ja schon. Schreib mir morgen wieder. Ich warte. Alles Liebe, Austin.

Okay, ich bin tot. Wie soll ich nur bis zu dem Zeitpunkt überleben, zu dem ich wieder mit ihm reden kann? Schlimmer noch: Wie soll ich bis dahin schlafen?

KAPITEL 3

Austin

Seit ich im ersten Morgengrauen auf meinem Sitz im Flieger nach Detroit Platz genommen habe, klebe ich förmlich an meinem Handy. Da ich erst im dritten Spiel unserer Serie gegen die Tigers werfe, bleiben mir noch ein paar Tage dafür, mich auszuruhen und auf den Einsatz vorzubereiten. Mit anderen Worten, ich habe Zeit, wie besessen das Bild anzustarren, das Maria mir geschickt hat. Ich kriege einfach nicht genug von ihrem wunderschönen Gesicht und ihrem sexy Lächeln.

Sie hat geschrieben, sie sei nicht verheiratet, aber sie hat nicht erwähnt, ob sie auch noch Single ist.

Das hoffe ich sehr, denn meine Besessenheit von ihr wächst mit jeder Nachricht, die wir austauschen.

Mir ist klar, dass das total irre ist. Ich kann mich nicht in die Frau verlieben, die ihr Knochenmark gespendet hat, um meinem Kind das Leben zu retten. Das geht echt nicht, doch das ist es, was passiert, wenn ich ehrlich sein soll.

Die eine gute Sache an einem derart frühen Flug ist, dass niemand Lust hat, zu quatschen, was mir nur recht ist.

Ich verbringe eine Stunde damit, wieder und wieder die Nachrichten zu lesen, die wir uns bisher geschickt haben, und ich verspüre erneut dieses Hochgefühl, das ich schon beim ersten Lesen hatte. Sie ist warmherzig, süß und wunderschön, und die Tatsache, dass ich mich gerade in sie verknalle, sollte mich nicht zu sehr überraschen.

Sie hat meinem Kind das Leben gerettet. Wie könnte ich sie nicht lieben? Aber abgesehen von diesem weltbewegenden Umstand gilt mein Interesse ihr, Maria, der Frau, nicht der Knochenmarkspenderin meiner Tochter. Es ist beinahe so, als wären das zwei komplett getrennte Personen. Sicher, wir haben überhaupt nur miteinander zu tun, weil sie die Spenderin ist, doch nachdem ich sie ein bisschen kennengelernt habe, mag ich sie auch aus einer Million anderer Gründe.

Ich frage mich, wann sie wohl morgens aufsteht und wie bald ich von ihr hören werde, schließlich ist heute ein Arbeitstag für sie. Eigentlich ist sie am Zug, aber das heißt ja nicht, dass ich ihr keine Nachricht schicken kann, oder?

Na klar kann ich das, und ja, ich weiß, es klingt langsam fast wie früher in der Mittelstufe, als die innere Debatte »Soll ich, oder soll ich nicht?« im Zusammenhang mit Mädchen neunzig Prozent meiner Gehirnzellen beansprucht hat, was auch der Grund für meine schlechten Noten war.

Ich möchte mich weiter mit ihr unterhalten, daher rufe ich ihre letzte E-Mail von gestern Abend auf und klicke auf »Antworten«.

Hi,

ich weiß, eigentlich bist Du dran, doch ich wollte nicht länger damit warten, Dir zu schreiben. Ich bin gerade auf dem Flug nach Detroit und lese unsere E-Mails. Ich will ehrlich sein: Mich zu gedulden, bis Du Dich wieder meldest, fühlt sich wie Folter an.

Ich klinge wie ein totales Weichei, aber das ist mir egal. Ist schon klar, was das heißt, oder?

Wann musst Du bei der Arbeit sein? Und wie sehen Deine Arbeitstage in der Klinik überhaupt aus? Oh, und noch eine weitere Frage … Du hast gesagt, Du bist nicht verheiratet, hast allerdings nicht erwähnt, ob Du Single bist. Bist Du? Nur falls Du Dich das auch in Bezug auf mich fragst, ja, bin ich. Keine Freundin, keine Freundinnen mit gewissen Vorzügen, einfach überhaupt nichts, seit ich mit Evs Mutter Schluss gemacht habe. Sie hat mir den Spaß an Frauen und Dating gründlich verdorben.

Ich schick das jetzt ab, bevor ich es mir anders überlegen kann und mich dann am Ende doch nicht nach Deinem Familienstand erkundige. 😬

Alles Liebe
Austin

Ich drücke auf »Senden« und merke, dass meine Handflächen plötzlich ganz verschwitzt sind, was ich eigentlich nur direkt vor dem Start kenne, wenn ich nervös werde. Mist. Heißt das, dass ich nervös bin, weil ich Maria gefragt habe, ob sie mit irgendjemandem zusammen ist?

Ja, irgendwie schon.

Ich lege mein Handy weg und lehne den Kopf nach hinten, schließe die Augen und versuche, mich zu entspannen. Ich habe aus dem mit ihr eindeutig eine viel größere Sache gemacht, als es sein sollte, was vermutlich daran liegt, dass ich wegen Evs Erkrankung immer noch völlig durch den Wind bin. Ich verziehe das Gesicht, als mir einfällt, dass ich Maria von der Therapie und der PTBS geschrieben habe.

Es ist nicht so, als wäre es ein großes Geheimnis, aber musste ich damit gleich am ersten Tag rausplatzen, an dem ich ohne Einschränkungen mit ihr reden konnte?

Wie immer in letzter Zeit treiben mich meine Gedanken noch in den Wahnsinn. Ich hatte früher nie sonderlich unter Ängsten zu leiden, doch das eigene Kind eine lebensbedrohliche Krankheit durchmachen zu sehen lässt selbst den entspanntesten Typen nicht unbeeindruckt. Und wenn ich eine Sache in der Therapie gelernt habe, dann dass ich mich vor den Gefühlen, die mir nach Evs Krankheit geblieben sind, nicht verstecken kann. Ich kann nur versuchen, mit ihnen klarzukommen.

Im Moment wäre es für mich unmöglich, Maria – oder irgendjemand anders – kennenzulernen, ohne dass das Teil der Gleichung ist. Das ist jetzt einfach wohl oder übel ein Teil von mir. Und ich kann mich davor nicht verstecken, sosehr ich mir auch wünschte, es vergessen zu können.

Manchmal stört es mich, dass meine Eltern einfach weitermachen, als sei nie was gewesen. Ich weiß, dass meine Überfürsorglichkeit sie nervt, aber ich kann nun mal nichts dagegen tun. Die Angst, dass diese schreckliche Krankheit zurückkommt, hängt über mir wie eine dunkle Wolke, die ich nicht loswerden kann, egal, wie sehr ich mich bemühe.

Ich denke, das ist der Grund, warum dieser Flirt oder was auch immer es ist, was ich hier mit Maria habe, so aufregend ist. Zum ersten Mal seit Evs Erkrankung habe ich etwas anderes als Angst und Sorge, das mich beschäftigt.

Ihr zu schreiben und ihre Antworten zu lesen hat etwas in mir geweckt, auf das ich viel zu lange verzichten musste:

Hoffnung. Natürlich ist mir bewusst, wie albern es ist, Hoffnungen an jemanden zu knüpfen, den ich kaum kenne. Ich habe ja noch nicht mal tatsächlich mit ihr gesprochen, doch ändert das nichts an den Gefühlen, die sie in mir hervorruft. Es ist so eine riesige Erleichterung, endlich mal an etwas anderes als Baseball und gesundheitliche Katastrophen denken zu können.

Das sollte ich ihr vermutlich nicht verraten, denn ich möchte nicht, dass sie glaubt, das sei es, was sie für mich geworden ist – etwas, das mich von meinen Sorgen ablenkt –, selbst wenn sie das bewirkt.

Das Handy auf meinem Schoß vibriert, und ich greife hastig danach, wobei mir bewusst ist, dass ich schlimmer bin als ein fünfzehnjähriges Mädchen, das zum ersten Mal verliebt ist.

Guten Morgen!

Ich hoffe, Du hast einen ereignislosen Flug. Ich hasse das Fliegen und könnte niemals einen Job ausüben, der von mir verlangt, so oft in ein Flugzeug zu steigen, wie Du das musst. So viel Geld könnte man mir gar nicht zahlen! Was machst Du, wenn Du in Detroit ankommst?

Ich fange um halb neun an zu arbeiten, und wir öffnen um neun. Wir versuchen, um halb fünf aufzuhören, wenn wir dann alle Patienten durchhaben. An manchen Tagen sind es so viele, dass wir Nummern verteilen müssen, damit die Leute am nächsten Tag ihren Platz in der Schlange wieder einnehmen können. Ich bin für die Aufnahme zuständig, messe und notiere verschiedene Vitalwerte (Größe/ Gewicht, Körpertemperatur, Blutdruck und

41

Puls). Außerdem kümmere ich mich um die Patientenkartei und noch tausend andere Dinge, damit hier alles glattläuft. Ich bin jetzt auch in der Klinik, aber heute Morgen ist nicht viel los. Ich bin im Büro und schicke Dir heimlich diese Nachricht. Nicht dass irgendjemand darauf achten würde, was ich tue. Der Arbeitsplatz hier ist ziemlich cool.

Wir haben eine Allgemeinmedizinerin namens Miranda (sie und ihr Mann haben die Klinik vor dreißig Jahren gegründet), die alle Patienten untersucht, außer an den Tagen, an denen Jason (der Verlobte meiner Cousine Carmen) da ist. Er springt für unseren regulären Arzt ein, der sich gerade nach einem Verkehrsunfall von seinen Verletzungen erholt, und Miranda konnte in den letzten Monaten bloß eingeschränkt helfen, da sie eine Knieoperation hinter sich hat. Wir sind förmlich in Arbeit erstickt, sodass Jason ein echtes Geschenk des Himmels für uns ist. Er plant seine Schichten im Miami-Dade General Hospital, wo er und Carmen beide angestellt sind, so, dass er immer am Donnerstagnachmittag hier sein kann.

Viele unserer Patienten haben keine Kranken-versicherung, daher ist unser Versorgungsangebot für sie lebenswichtig. Tatsächlich ist es auch meiner Arbeit hier zu verdanken, dass ich mich als Knochenmarkspender habe registrieren lassen. Vor vier Jahren hatten wir eine mobile

Registrierungsstation bei uns, bei der ich meinen Abstrich hab machen lassen. Das gehört zu den Sachen, die man einfach tut, ohne weiter darüber nachzudenken, bis man die Nachricht erhält, dass man als möglicher Spender infrage kommt.

Was Deine Fragen nach mir betrifft ... Ich bin achtundzwanzig, nach einer schlimmen Trennung vor ein paar Jahren Single (auch wenn ich fast glaube, Deine Trennung gewinnt den Preis für die schlimmste überhaupt), und falls Du Dich das fragst: Auch für mich vergeht die Zeit, in der ich auf Deine Antworten warte, quälend langsam.

Na ja, jetzt sollte ich besser weiterarbeiten. Wenn Du dran denkst, schick mir eine Textnachricht, wenn Ihr gelandet seid, damit ich mir wegen des Flugs keine Sorgen mache.

Alles Liebe
Maria

Mein Herz fängt wie verrückt an zu schlagen, als ich den letzten Satz lese. Wie lange ist es her, dass jemand außer meinen Eltern sich dafür interessiert hat, ob ich sicher irgendwo gelandet bin? Kasey hat es jedenfalls keinen Deut geschert. Leider war mir nicht klar, wie unwichtig ich ihr tatsächlich war, bis die Frau meines Mannschaftskollegen mich darüber aufgeklärt hat, was während meiner Auswärtsspiele zu Hause los war.

Ich finde es irgendwie niedlich, dass Maria behauptet, man könne ihr gar nicht genug Geld zahlen, damit sie so viel fliegt, wie ich das tue. Wären zehn Millionen im Jahr genug dafür, es sich anders zu überlegen und ein halbes Jahr lang jede Woche oder so in den Flieger zu steigen? Nicht dass ich ihr diese Frage je wirklich stellen würde.

Hi, ich noch mal.

Fliegen ist zwar auch nicht meine Lieblings-beschäftigung, aber es ist sechs Monate lang ein notwendiger Teil meines Jobs. Ich hab mich inzwischen dran gewöhnt, doch mir fallen spontan eine Million andere Dinge ein, die ich lieber täte.

Heute beispielsweise wäre es mir viel lieber, wenn ich in einer Sozialklinik in Little Havana sein und mir von Maria die Vitalwerte messen lassen könnte. Ich wette, mein Blutdruck ist erhöht, seit ich gestern Abend das verdammt sexy Foto von ihr bekommen habe. Ich hab es mir mindestens hundert Mal angeschaut.

Wenn wir in Detroit landen, wird uns ein Bus zu einem Hotel in der Nähe des Stadions fahren, wo wir ein Aufwärmtraining absolvieren. Manchmal essen wir hinterher zusammen Lunch, aber meistens ruhen wir uns so viel wie möglich aus. An Spieltagen schlafe ich aus, frühstücke auf meinem Zimmer, schaue Fernsehen und lass es langsam angehen, vor allem wenn ich als Werfer eingeteilt bin. Die Saison ist anstrengend, und wenn es September wird, haben wir alle mit Verletzungen zu kämpfen und mit den Folgen davon, dass wir trotzdem weiterspielen. Wir sind dieses Jahr nicht in den Play-offs, daher ist dies unsere vorletzte Tour. Rat mal, wohin die letzte uns führt? Tampa und Miami! Das ist in der übernächsten Woche, und nach den drei Spielen in Miami ist die Saison für uns zu Ende. Vielleicht können wir beide uns ja mal treffen, während ich in der Stadt bin?

Ich schreib ihr das total beiläufig, als wäre die Möglichkeit, sie persönlich kennenzulernen, nicht das Aufregendste seit Langem.

Deine Klinik klingt wirklich toll. Und es ist echt nett von dem Verlobten Deiner Cousine, ehrenamtlich auszuhelfen. Mittlerweile kenne ich viel mehr Ärzte und Spezialisten, als ich je für möglich gehalten hätte (und schon sind wir wieder zurück bei meinem Trauma! Jetzt kannst Du verstehen, warum ich mich selbst nicht mehr leiden kann, oder? Ich bin sicher, niemand kann das). Egal, es freut mich total, zu lesen, dass Du Single bist. Das ist mir wichtiger, als es vermutlich sein sollte, wenn ich ehrlich bin. Ich bin beinahe neunundzwanzig und nach all dem Ärger mit meiner Ex und nach Evs Krankheit nicht mehr der Typ, der ich noch vor ein oder zwei Jahren war. Mein Dad behauptet immer, dass das Leben einen ändert, und in meinem Fall stimmt das auf jeden Fall. Ich bin überhaupt nie auf den Gedanken gekommen, dass Kasey mir untreu sein oder dass sie unser Baby allein zu Hause lassen könnte, um sich auf einer Party zu amüsieren. Du willst dir gar nicht vorstellen, wie ich ausgeflippt bin, als ich das erfahren habe. Anfangs wollte ich es nicht glauben, aber dann gab es ein Video. Die anderen Spielerfrauen hatten Verdacht geschöpft und haben Beweise gesammelt. Dieses Video ist der Grund, weshalb es mir gelungen ist, das alleinige Sorgerecht für Ev zu bekommen. Ich hab Kasey gesagt, wenn sie dagegen vorgeht, würde ich das Video der Polizei übergeben. Natürlich hätte ich das in Wahrheit nicht getan, denn dann wäre Ev bei einer Pflegefamilie gelandet, solange sie den Fall näher untersucht hätten, doch Kasey hat alle Dokumente sofort unterzeichnet. Die ganze Sache war einfach nur schrecklich und aufwühlend und angsteinflößend. Wenn ich daran denke, was hätte passieren können, während meine Kleine sich selbst überlassen war ... Das darf ich mir gar nicht vorstellen. Und ich wusste, dass ich mit Kasey fertig war, da es mir völlig gleich war, dass sie mit anderen Männern geschlafen hat. Sie hat meine Tochter allein zu Hause gelassen. Nichts spricht eine deutlichere Sprache als das.

»Wem schreibst du da, AJ?«

Aus meinen bitteren Erinnerungen gerissen, blicke ich über den Gang hinweg Santiago an, unseren ersten Catcher und meinen engsten Freund im Team. »Niemandem.« Das Letzte, was ich gebrauchen kann, ist, dass die Jungs Wind davon kriegen, dass ich mit jemandem »rede«. Dann bauschen sie das zu einer Riesensache auf, und ich will nicht, dass sie das mit etwas machen, was mir so wichtig ist.

»Das sind aber eine Menge Wörter für niemanden«, brummt Santiago.

Ich kehre ihm den Rücken zu und tippe weiter. Ich wünschte, ich hätte meinen Laptop dabei, damit geht das Tippen schneller als auf dem Handy.

> Wie auch immer, ich war gerade dabei, mich von dem Desaster zu erholen, als die nächste Katastrophe über uns hereinbrach und Ev krank wurde. Ich habe Dir von meinem furchtbaren Beziehungsaus erzählt, und jetzt bin ich gespannt auf Deine Geschichte ... Natürlich nur, wenn Du willst. Das ist keine Verpflichtung. Soll ich Dir was anvertrauen? Seit gestern Abend habe ich mir Dein Foto mindestens hundert Mal angeschaut, und ich bin wirklich, wirklich, wirklich froh, dass Du Single bist. Habe ich das schon erwähnt?!
>
> Alles Liebe
> Austin

Ich schicke das schnell ab, bevor ich die letzten Sätze doch noch wieder lösche. Was genau tue ich hier eigentlich? Sie lebt in Miami und ich in Baltimore, wenn ich nicht gerade in irgendeiner anderen Stadt bin. Was, glaube ich, kann aus dieser »Freundschaft« überhaupt werden?

Wenn ich der PR-Abteilung des Teams gegenüber erwähne, dass Everlys Knochenmarkspenderin in Miami wohnt, werden sie was mit ihr machen wollen, wenn wir dort in zwei Wochen spielen. Wäre sie dazu bereit? Wäre ich das?

Himmel, ich würde sie liebend gern treffen, um zu sehen, ob die Anziehung, die ich aufgrund des Fotos und der E-Mails verspüre, auch besteht, wenn wir uns persönlich gegenüberstehen.

Und wenn das der Fall ist? Was dann?

Nach dieser Saison bin ich ablösefrei und kann überallhin, wo ich hinwill – und meinen Preis mehr oder weniger selbst bestimmen. Das ist aufregend, und ich freue mich schon darauf, außer aufs Umziehen. Ich liebe die Orioles. Ich mag meine Mannschaftskollegen und ihre Frauen und Kinder. Ich mag das Management, den Trainerstab und die Besitzer, aber in der AL East zu spielen ist schwierig, wenn man nicht bei den Sox oder den Yankees ist. Bei dem Gedanken, die Orioles zu verlassen, bricht mir das Herz, doch es ist praktisch ausgeschlossen, dass ich ein weiteres Mal bei ihnen unterschreibe.

Ich habe noch nicht wirklich ein anderes Team in Erwägung gezogen, weil mein Agent mich angewiesen hat, den Ball flach zu halten und alles in meiner Macht Stehende zu tun, um diese Saison bestmöglich abzuschließen. Das Ziel ist, einen großen Deal an Land zu ziehen, der meine Zukunft weiter absichert und es mir erlaubt, meine Karriere in der Stadt zu beenden, in der ich dann lande. Je mehr Siege ich in den letzten paar Spielen erreiche, desto höher steigt mein Preis. Nachdem ich wegen Evs Krankheit den Großteil der letzten Saison verloren habe, ist diese wichtiger als je zuvor. Ich bin inzwischen bei neunzehn Siegen, vier Niederlagen und zwei Unentschieden bei noch drei restlichen Einsätzen.

Diese letzte Tour ist entscheidend für einen überragenden Schlussspurt. Jedenfalls kann ich mir keinerlei Ablenkungen leisten, selbst dann nicht, wenn sie so schön sind wie Maria.

Ich kann mir das zwar immer wieder sagen, aber ich weiß, ich werde nicht aufhören, ihr zu schreiben, egal, was auf dem Spiel steht. Mit ihr zu reden hilft mir, mich besser zu fühlen als seit Jahren, und ich werde das für nichts auf der Welt aufgeben.

Als der Flieger sicher gelandet ist, schicke ich ihr eine Textnachricht. In Detroit angekommen.

Wir sitzen im Bus und sind auf dem Weg zum Hotel, als sie antwortet.

Schön, dass du wieder festen Boden unter den Füßen hast. Ich wünsche dir ein gutes Spiel. Ich werde es mir ansehen.

Wenn ich mir vorstelle, dass sie zuschaut, habe ich Schmetterlinge im Bauch, und dabei spiele ich heute Abend nicht mal. Vielleicht können wir später über Skype oder so miteinander sprechen. Wir sind gerade erst hier eingetroffen, und ich zähle bereits die Stunden, bis ich wieder mit ihr reden kann.

Ich kann es kaum erwarten.

Kapitel 4

Maria

Ich nutze meine Mittagspause, um Austin von dem Rechner im Büro aus zu antworten, weil ich es hasse, längere Texte auf meinem Handy zu tippen. Die Tatsache, dass er das Foto, das ich ihm gestern geschickt habe, immer wieder angeschaut hat, hat eine ablenkende Wirkung auf mich. Ich musste bei mehr als einem Patienten den Blutdruck ein zweites Mal messen, weil ich die Werte vergessen hatte, bevor ich sie aufschreiben konnte, und das passiert mir sonst nie.

Hi noch mal,

wie ist es in Detroit?

Wie es dazu gekommen ist, dass Jason bei uns aushilft, ist eine ziemlich lange Geschichte. Ich werde sie Dir ein andermal erzählen, wenn ich mehr Zeit habe.

Außer den Ängsten, die im Übrigen völlig verständlich sind, wie hast Du Dich seit der Trennung von Kasey und Everlys Krankheit sonst noch verändert? Und außerdem ist ja wohl jeder, der ein kleines Kind allein lässt, um Party zu machen, das totale Monster. Ich kann mir kaum vorstellen, wie Du Dich gefühlt haben musst, als Dir klar wurde, was los war, während Du unterwegs warst. Ich vermute, dass Du kein schlecht bezahlter Baseballspieler bist. Warum hat sie also nicht einfach einen Babysitter angeheuert, wenn es ihr so wichtig war, wegzugehen? Ich fühle mich schlecht, weil ich jemanden verurteile, den ich gar nicht persönlich kenne, aber das ist einfach unverzeihlich. Ich bin so froh, dass Du jetzt das alleinige Sorgerecht für Everly hast.

Ich habe mir gerade den Spielplan der Marlins angeschaut und kann kaum glauben, dass ich vergessen hatte, dass das letzte Heimspiel eins gegen die Orioles ist. Mein Dad und ich teilen unsere Dauerkarten mit anderen Familienmitgliedern, allerdings habe ich ihm schon gesagt, dass er diese drei Spiele für mich reservieren soll. Wirst Du eingesetzt werden, wenn Du hier bist? Und ja, wir sollten uns unbedingt treffen, solange Du in der Stadt bist. Begleitet Dich Everly vielleicht sogar? Ich würde auch sie gerne kennenlernen.

Du hast gesagt, die meisten Spieler leiden zu diesem Zeitpunkt in der Saison unter Verletzungen. Schließt das auch Dich ein?

Meine schlimme Trennung war nicht annähernd so traumatisch wie Deine, trotzdem war es ziemlich übel. Ich und Scott waren zusammen, seit wir einundzwanzig waren. Wir kannten uns aus dem Restaurant, wo er während seiner Collegezeit in der Küche gejobbt hat. Wir sind zusammengezogen, nachdem wir mit dem College fertig waren, und ein paar Jahre lang lief alles super. Ich hab in der Klinik angefangen, und er war bei einer Marketingfirma in der Stadt angestellt. Ich wollte heiraten, aber er hat immer nur ausweichend geantwortet, wenn das Thema aufkam (was mir dummerweise erst im Nachhinein klar geworden ist – na ja, hinterher ist man immer klüger, oder?). Jedenfalls hab ich nicht die geringsten Probleme zwischen uns wahrgenommen. Ich dachte, so ein Verhalten sei völlig normal, wenn man lange mit jemandem zusammen ist.

Dann war meine Schwester Dee übers Wochenende zu Hause und ist ihm beim Einkaufen über den Weg gelaufen – und er war da mit einer anderen Frau. Er hat sie ihr als Kollegin vorgestellt, doch Dee hat erzählt, er sei total nervös gewesen, was für sie viel verdächtiger war als das, was er gesagt hat. Jedenfalls hat sie es mir gegenüber erwähnt, ich habe ihn dann zur Rede gestellt, und er hat zugegeben, dass er sich in seine Kollegin verliebt hatte, und das schon vor einer ganzen Weile. Während ich vom Heiraten geredet hatte, hatte er offenbar nach einem Weg gesucht, unsere Beziehung zu beenden. Ich erinnere mich noch daran, wie geschockt ich war. Es hatte keinerlei Anzeichen dafür gegeben, dass er jemand anders hatte, wenigstens keine, die ich bemerkt hätte, und das hat dafür gesorgt, dass ich mir zusätzlich zu dem Herzschmerz auch so dumm vorgekommen bin.

Ich habe ihn vor die Tür gesetzt und seitdem nichts mehr von ihm gesehen oder gehört. Wir waren zu dem Zeitpunkt bereits fünf Jahre zusammen gewesen, daher fühlte ich mich entwurzelt. Es hat mich sehr getroffen, dass er mich derart hintergangen hat, und außerdem musste ich mich auf Geschlechtskrankheiten untersuchen lassen, schließlich hätte er ja alles Mögliche nach Hause schleppen können (hatte er dann aber nicht). Dass der Mensch, dem ich am meisten vertraut hatte, mir so etwas antun konnte, war schwer zu verdauen. Seither möchten mich alle mit irgendwem verkuppeln, doch da habe ich nicht mitgemacht. Ich möchte so etwas einfach nicht noch einmal erleben, weißt du? Manchmal sind Menschen einfach furchtbar.

Du hast gefragt, wie es war, als ich die Nachricht von »Be the Match« erhalten habe, und darauf habe ich Dir bisher nicht geantwortet. Sie haben mich gebeten, zu einer Informationsveranstaltung zu kommen, bei der der ganze Vorgang und seine Folgen erklärt wurden. Ich gebe zu, ich hatte Angst, es würde wehtun, aber da konnten sie mich beruhigen. Meine Eltern haben sich große Sorgen gemacht, als ich sie eingeweiht habe, doch meine Großmutter Nona war einfach nur großartig und hat sie davon überzeugt, meinem Urteil zu vertrauen, schließlich bin ich ja Krankenschwester. Daraufhin haben sie mich zu einer Informationsveranstaltung begleitet, bei der der Großteil ihrer Sorgen ausgeräumt werden konnte. Es war alles prima. Keine große Sache, vor allem im Vergleich zu dem, was es für Dich und Everly bedeutet hat.

So, jetzt muss ich wieder an die Arbeit. Ich wünsche Dir eine schöne Zeit in Detroit und ein tolles Spiel. Ich werde Dir jetzt was sagen, was ich noch keiner anderen Mannschaft als den Marlins gesagt habe: Haut sie weg, Jungs!

Alles Liebe

Maria

Ich zwinge mich, mich den restlichen Nachmittag über ganz auf die Arbeit und unsere Patienten zu konzentrieren. Danach treffe ich mich mit Carmen für die letzte Anprobe meines Brautjungfernkleides. Dee und ich sind ihre Brautjungfern, und außerdem noch Betty, die an dem Tag, an dem Carmen und Jason sich kennengelernt haben, eine wichtige Rolle gespielt hat. In unserer Familie ist es schwer, irgendetwas auf »nur ein paar« Personen zu beschränken, daher hat Carmen beschlossen, bloß uns beide und eine ganz besondere Freundin zu nehmen, damit sie nicht am Ende mit zwölf Brautjungfern dasteht.

Als ich die Klinik verlasse, bin ich echt stolz auf mich, weil mir klar wird, dass ich drei Stunden lang nicht meine E-Mails gecheckt habe. Bevor ich das Auto starte, rufe ich sie ab und finde eine neue Nachricht von Austin. Allein seinen Namen in meiner Nachrichtenliste zu lesen sorgt dafür, dass mein Puls durch die Decke geht.

O nein. Das ist nicht gut und wird nur immer schlimmer. Und es könnte mir nicht gleichgültiger sein, dass ich vermutlich auf eine Riesenenttäuschung zusteuere, indem ich so auf einen Mann reagiere, den ich noch nie getroffen habe. Was, wenn er unangenehm riecht oder Mundgeruch hat oder unhöflich zu Kellnerinnen ist oder …

»Hör auf, Maria. Sofort.« Bevor ich seine Nachricht lese, schließe ich die Augen, atme tief ein und langsam wieder aus. »Beruhige dich verdammt noch mal, und hör auf, dich wie eine Irre aufzuführen.«

Als es mir gelungen ist, mich irgendwie wieder einzukriegen, wenigstens für den Moment, lese ich, was er geschrieben hat.

Hi,

ich hab nur ein paar Minuten, bevor ich mit dem Bus zum Stadion fahre, aber ich wollte Dir schnell antworten und Dir versichern, Scott ist ein Idiot. Ohne ihn bist Du besser dran. Das weißt Du, oder? Ich habe eine Weile benötigt, bis mir das in Bezug auf Kasey aufgegangen ist. Wer braucht schon jemanden in seinem Leben, der zu dem in der Lage ist, was er Dir oder sie mir angetan hat? Und ja, viele Leute sind einfach nur unmöglich, doch manchmal hat man Glück. Mir würde es zum Beispiel nicht im Traum einfallen, mich so zu verhalten wie Scott bei Dir oder Kasey mir gegenüber. (Und ich würde auch nie mein kleines Kind allein zu Hause lassen. Bloß falls Du Dich das fragst …) Nachdem wir beide so einen Mist durchgemacht haben, wissen wir, wie man sich fühlt, wenn man so behandelt wird, und das ist nichts, was wir in unserem Leben möchten.

Was Verletzungen betrifft, ist der Ellbogen meines Wurfarms unterdessen manchmal etwas steif. Ich habe mit den Trainern was ausgearbeitet, um für Entlastung zu sorgen, aber mein Arm ist reif für eine Pause.

Danke, dass Du mir erzählt hast, wie es war, als Du erfahren hast, dass Du als Knochenmarkspenderin infrage kamst. Ich habe noch jede Menge weitere Fragen, doch die kann ich Dir jetzt nicht stellen. Besteht vielleicht die Möglichkeit, dass Du später – nach dem Spiel – Zeit für ein bisschen Skype hast? Und danke, dass Du ausnahmsweise die Orioles anfeuerst. Ich fühle mich geehrt. Also … Skype? Ja? Nein? Bitte sag Ja …

Alles Liebe

Austin

Ich schreibe nur ein Wort zurück:

Ja!

Und dann muss ich mich zusammenreißen, damit ich Auto fahren und mich wie verabredet im Brautmodenladen in Coral Gables mit Carmen treffen kann. Der Verkehr ist wie gewohnt eine Katastrophe, und ich komme mit zehn Minuten Verspätung an. Ich laufe rasch in das Geschäft und entdecke Carmen auf dem kleinen Podest hinten im Laden, auf dem sie in ihrem Hochzeitskleid steht, während die Schneiderin sie von allen Seiten betrachtet.

Es ist das erste Mal, dass ich sie darin sehe, seit sie es sich ausgesucht hat, und der Kloß, der sich plötzlich in meiner Kehle bildet, trifft mich komplett unvorbereitet.

Sie bemerkt mich im Spiegel, und ihr hübsches Gesicht strahlt unter ihrem Lächeln auf. »Da bist du ja. Was meinst du?«

Ich benötige eine Sekunde, um die Rührung in den Griff zu kriegen, die ich urplötzlich verspüre, als ich sie als glückliche Braut sehe. »Es ist einfach nur perfekt.«

»Ich bin so froh, dass du das findest. Ich liebe es noch mehr als beim ersten Anprobieren.«

Das Kleid ist aus altweißer Seide, gleichzeitig sexy und elegant, genau wie Carmen. Es ist ärmellos, hat einen tiefen Rückenausschnitt und vorne ein v-förmiges Dekolleté, das den perfekten Rahmen für ihren Busen bildet. Der Stoff ist mit Perlen bestickt und schmiegt sich an ihre Figur. Sie hat sich entschieden, auf eine Schleppe zu verzichten, weil es ja ihre zweite Hochzeit ist und sie findet, das sei nur etwas für Bräute bei ihrer ersten.

Ich weiß, wie sehr sie sich mit Schuldgefühlen herumgeschlagen hat, als sie beschlossen hat, wieder zu heiraten, nachdem sie ihren ersten Mann unter so tragischen Umständen verloren hat. Doch jetzt scheint sie vor allem glücklich und aufgeregt zu sein und nach vorne zu blicken statt zurück.

»Und wie hast du dich in Bezug auf einen Schleier entschieden?«

»Dagegen«, antwortet sie. »Ich werde keinen Schleier tragen, sondern eine Tiara, die mir Tonys Mutter gegeben hat.«

»Das finde ich schön.« Carmen hat eine enge Beziehung zu ihren ehemaligen Schwiegereltern, die sie in der schlimmen Zeit nach Tonys Tod so gut wie möglich unterstützt haben. Ich habe Jason von der ersten Sekunde an ins Herz geschlossen, aber als bekannt wurde, dass er mit Tonys Eltern gesprochen hatte, bevor er Carmen einen Antrag gemacht hat, war ihm die Zuneigung der ganzen Familie für alle Ewigkeiten sicher. Er ist einfach große Klasse.

»Josie wollte was beisteuern, und als sie mir die Tiara ihrer Mutter angeboten hat, habe ich das nur zu gerne angenommen. Sie ist einfach wunderbar bei alldem hier.«

»Das freut mich so. Überleg mal, was wäre, wenn sie dagegen wäre?«

Carmen verzieht das Gesicht. »Darüber will ich gar nicht nachdenken.« Sie streicht sich mit den Händen über die Vorderseite des Kleides. »Ich werde ganz nervös, wenn ich mir vorstelle, dass Jason mich in diesem Kleid sieht.«

»Er wird völlig durchdrehen.«

»Vermutlich hast du recht«, pflichtet sie mir mit einem Grinsen bei. »Machst du ein paar Bilder von mir? Ich hab meiner Mutter, deiner Mutter, Nona und Abuela mit Kontaktverbot drohen müssen, um zu verhindern, dass sie herkommen. Ich möchte, dass das Kleid eine Überraschung für alle wird.«

Ich muss lachen, als ich mir ausmale, wie Nona und Abuela es wohl aufgenommen haben, dass sie nicht mit zur Anprobe durften. »Du hast den Anfängerfehler begangen, den Termin für die Anprobe auf den einen Abend zu legen, an dem alle freihaben.« Montag ist der einzige Tag, an dem sie das Restaurant gewöhnlich ihren fähigen Angestellten überlassen, um sich auch mal eine Verschnaufpause zu gönnen.

»Glaub mir, das habe ich gemerkt. Ich hab ihnen gesagt, sie würden es bald genug zu Gesicht bekommen.«

Als die Schneiderin fertig ist, mache ich Fotos aus verschiedenen Blickwinkeln, während Carmen sich für die Kamera in Pose wirft. Ich bin überglücklich, sie nach den schlimmen Jahren nach Tonys sinnlosem Tod wieder unbeschwert lächeln zu sehen. Eine Zeit lang habe ich mich gefragt, ob sie sich je von der Tragödie erholen würde, aber sie hat sich berappelt, das College und ein Studium abgeschlossen und schließlich einen großartigen Job im Krankenhaus an Land gezogen. Dort hat sie auch Jason kennengelernt und sich in ihn verliebt. Niemand könnte darüber glücklicher sein als ich.

»Jetzt bist du dran«, verkündet sie und schickt mich in die Umkleidekabine.

Das Kleid, das sie für ihre Brautjungfern ausgesucht hat, ist einfach wunderbar. Es ist aus dunkelblauer Seide und ganz schlicht geschnitten, was mir immer gut gefällt. Kein alberner Brautjungfernschnickschnack, einfach gerade Linien und ein sexy Ausschnitt, der meinen Busen vorteilhaft betont, wenn ich das so sagen darf.

»Ich liebe es an dir«, erklärt Carmen, wie sie es jedes Mal tut, wenn ich es anprobiere. Dee lässt sich ihres in New York passend machen.

Ich klettere auf das Podest, und die Schneiderin zückt ihre Stecknadeln.

Als wir zwanzig Minuten später das Geschäft verlassen, hakt sich Carmen bei mir unter. »Lass uns was trinken.«

Eigentlich hatte ich vorgehabt, nach Hause zu fahren und mir Austins Spiel im Fernsehen anzuschauen, aber ich sage nie Nein zu etwas Zeit allein mit meiner Lieblingscousine. Wir haben beide immer so viel zu tun und sind dauernd von

Familienmitgliedern umgeben, sodass es schwer ist, einfach mal ungestört zu zweit zu reden.

Wir suchen uns einen Tisch in einem Straßencafé, das Cocktails und andere Drinks zur Happy Hour anbietet. Ich bestelle mir einen Wodka Soda und sie sich einen Gin Tonic. Weil wir beide noch Auto fahren müssen, können wir uns nicht mehr erlauben und trinken daher ganz langsam. Ich zeige ihr die Bilder, die ich im Laden von ihr gemacht habe, und sie schickt sie an sich selbst, damit sie sie auch bei sich auf dem Handy gespeichert hat.

»Ich kann den großen Tag gar nicht erwarten«, meint sie mit einem verträumten Lächeln. »Außerdem kann ich immer noch nicht glauben, dass Jason mich tatsächlich dazu überredet hat, binnen drei Monaten eine Hochzeit zu planen.«

»Der Mann kann es einfach nicht erwarten, mit dir verheiratet zu sein.«

»Mir geht es umgekehrt genauso. Sei bitte ehrlich, Mari: Ist es okay, dass ich so irre glücklich bin, obwohl ich Tony verloren hab? Wenn ich daran denke, dass er nur vierundzwanzig geworden ist … Das ist so traurig.«

»Es ist auf jeden Fall okay, dass du wieder glücklich bist. Das ist es, was er sich für dich wünschen würde.«

»Ich habe in letzter Zeit viel an ihn gedacht, mehr als sonst.«

»Was nur normal ist, wenn man kurz davor steht, erneut zu heiraten. Es gab schließlich eine Zeit, als allein die Vorstellung einer zweiten Heirat unmöglich gewesen wäre.«

Sie nickt. »Wir hätten es geschafft, Tony und ich. Wir wären für immer zusammen geblieben.«

»Das steht außer Frage. Ich hab außerdem keinen Zweifel daran, dass er von dort oben über dich wacht und dich in allem, was du tust, unterstützt. Er hätte Jason in sein Herz geschlossen.«

»Das glaube ich auch. Sie wären Freunde geworden.«

»Absolut.«

Sie schüttelt ihre Traurigkeit ab und reißt sich zusammen. Ich habe das schon so oft beobachtet, dass ich die Anzeichen inzwischen gut kenne. »Also, wie ist das mit deinem Baseballspieler?«

Ich muss lachen. »Du bist schlimmer als Nona und Abuela.«

»Danke. Ich habe alles, was ich über das Abpressen von Informationen weiß, von ihnen gelernt.«

»Und du bist auch genauso subtil wie sie …«

»Warum sollte ich mich mit Subtilität aufhalten, wenn du nichts lieber möchtest, als über ihn zu reden?«

Da hat sie recht. »Er ist großartig. Wir schreiben uns seit gestern ununterbrochen.« War das wirklich erst gestern? Nach sechs Monaten des Wartens auf die Chance, mehr über ihn zu erfahren, kommt es mir länger vor.

»Ehrlich? Das ist doch fabelhaft. Worüber habt ihr euch unterhalten?«

»Über das Leben ganz allgemein und Trennungen und Verrat, Trauma und Baseball und das Leben in Miami. So was halt.«

»Wow, das sind schon schwergewichtige Themen. Hast du ihm von Scott erzählt?«

Ich nicke und rühre in meinem Drink. »Und er hat mir im Gegenzug von seiner Ex erzählt, einer gewissen Kasey, die ihr Baby einfach allein gelassen hat, um Party zu machen, während er mit der Mannschaft unterwegs war.«

Carmen starrt mich leicht fassungslos an. »Du nimmst mich auf den Arm, oder?«

»Nein, leider nicht.«

»Wie hat er das herausgefunden?«

»Ein paar der anderen Spielerfrauen haben vermutet, was da vor sich ging, daher haben sie ihm was gesteckt – und sie haben ihm ein Video gezeigt, in dem sie das Haus ohne ihre kleine Tochter verlässt. Ich bin mir nicht ganz sicher in Bezug auf die

Details, aber das Video hat dafür gereicht, dass sie sich dazu hat bewegen lassen, ihm das alleinige Sorgerecht zu überlassen.«

»O nein, das ist ja furchtbar.«

»Ich weiß. Ich konnte es auch gar nicht glauben. Wie ich schon zu ihm sagte, ich nehme an, er verdient nicht schlecht mit dem Baseball. Warum hat sie sich nicht einfach einen Babysitter besorgt?«

»Was hat er darauf erwidert?«

»Wir haben über das Thema noch nicht wieder gesprochen. Nachher wollen wir skypen, wenn er nach dem Spiel wieder im Hotel ist.«

»Wow! Ich freue mich so für dich!«

»Bleib lieber auf dem Teppich. Bislang reden wir nur.« Ich wage einen vorsichtigen Blick zu ihr. »In zwei Wochen spielt er hier.«

»O mein Gott! Triffst du dich mit ihm?«

»Ich glaub schon.«

»Ich halt es nicht aus. Das ist so großartig.«

»Ich möchte nur nicht vorgreifen.«

»Aber du magst ihn?«

»O ja. Ich mag ihn.« Das ist vermutlich die Untertreibung des Jahrhunderts.

Carmen antwortet mit einem Freudenschrei, woraufhin sich die Leute an den anderen Tischen zu uns umdrehen.

»Sei leise!«

»Ich kann meine Begeisterung nicht im Zaum halten. Seit du Scott, den Mistkerl, vor die Tür gesetzt hast, wünsche ich mir, dass du jemand Neues kennenlernst. Das haben wir uns alle für dich gewünscht. Stell dir nur vor, wenn aus dieser Sache mit Austin, dem sexy Baseballspieler, mehr wird.«

»Carmen, bitte … Es ist noch viel zu früh. Ich kann das nicht.«

Sie schüttelt den Kopf. »Ich finde es so furchtbar, dass Scott dir das angetan hat.«

»Was denn?«

»Dass du so vorsichtig bist und dich nicht mehr traust, irgendein Risiko einzugehen, weil du Angst hast, erneut verletzt zu werden. Vor ihm warst du nicht so.«

»Das ist es nicht nur, sondern die ganze Sache … Von der Sekunde, in der ich den Anruf wegen der Knochenmarkspende erhalten habe, bis ich das erste Mal von ihm gehört habe, und dann die letzten beiden Tage. Es ist so …«

»Was?«

»Groß«, sage ich leise. »Es ist so groß. Beispielsweise, dass ich mich schon halb in einen Typ verlieben kann, den ich noch gar nicht getroffen habe.«

»Würde ein Treffen denn irgendetwas an dem ändern, was du bereits über ihn weißt?«

»Nein, aber …«

»Kein Aber. Es ist absolut möglich, sich nach nur einer E-Mail oder einer Textnachricht mit jemandem verbunden zu fühlen. Das passiert die ganze Zeit, wenn die Leute sich online kennenlernen. Warum sollte es dann nicht auch bei dir möglich sein?«

Das mit dem Online-Dating ist ein gutes Argument.

Carmen beugt sich vor, damit ich auch jedes Wort verstehe. »Erinnerst du dich noch an Becky, mit der ich aufs College gegangen bin? Sie hat ihren Ehemann online kennengelernt und sich geweigert, ihn persönlich zu treffen, bis das Semester vorüber war. Sie haben monatelang nur geredet und geschrieben, bevor sie sich tatsächlich begegnet sind, und als sie dann schließlich zusammengekommen sind, wussten sie beide, dass sie den Rest ihres Lebens mit dem anderen verbringen wollten. Also behaupte nicht, dass das ausgeschlossen ist.«

Ich lege mir eine Hand auf den Bauch, in dem plötzlich ein ganzer Schmetterlingsschwarm flattert. Ich kann ihr schließlich kaum sagen, dass ich nie zuvor so eine tiefe Verbundenheit verspürt habe wie mit Austin, selbst mit Scott nicht, als noch alles zwischen uns gut war. Das hier ist so viel mehr, als das mit ihm jemals war. Und das macht mich auch so nervös. Ich stecke bereits bis über beide Ohren darin.

Carmen checkt auf ihrem Handy die Uhrzeit. »Ich sollte besser heimfahren. Jason ist heute fürs Kochen verantwortlich, sodass meine Küche inzwischen bestimmt einem Schlachtfeld gleicht.«

»Aber es ist doch süß, dass er es wenigstens versucht.«

»Alles an ihm ist süß, außer dem Chaos, das er anrichtet, wenn er zu kochen versucht. Das ist alles andere als süß.«

Sie besteht darauf, für unsere Drinks zu zahlen, dann verabschieden wir uns mit einer Umarmung auf dem Bürgersteig.

»Ich bin da, falls du über irgendwas davon reden möchtest, und ich verspreche dir, der ganzen Sache nicht zu weit vorzugreifen.«

»Danke.«

»Jedenfalls glaube ich, es ist okay, wegen dieses Typen aufgeregt zu sein.«

»Schön, dass du das denkst.«

Lachend winkt sie und geht weg. Ich begebe mich zu meinem Auto und denke darüber nach, was sie von ihrer Freundin Becky erzählt hat. Zu wissen, dass es möglich ist, sich ohne persönliche Begegnung zu verlieben, hilft absolut nicht dabei, den Schmetterlingsschwarm in meinem Bauch zu beruhigen.

KAPITEL 5

Maria

Als ich zu Hause eintreffe, ist das Erste, was ich tue, den Fernseher einzuschalten und die Übertragung von Austins Spiel zu suchen. Während ich mir Pasta koche und ein Glas Wein eingieße, schaue ich zu, wie die Orioles im dritten Inning mit zwei zu null führen. Ich nehme mein Essen mit aufs Sofa, um das Geschehen besser verfolgen zu können. Ich habe fertig gegessen und meinen Wein fast ausgetrunken, als die Kamera Austin einfängt, der von der Spielerbank aus zusieht, wie die Tigers einen Ersatzwerfer einwechseln.

»Jetzt, da sich die Saison ihrem Ende zuneigt, sind alle Augen auf Austin Jacobs gerichtet, denn er wird ablösefrei auf den Markt kommen«, erklärt der Reporter. »Er hatte ein starkes Comeback, nachdem er für den Großteil des vergangenen Jahres ausgefallen ist, weil seine kleine Tochter an Leukämie erkrankt war. Inzwischen hat sie sich glücklicherweise gut erholt. Was meinst du, Tom? Gibt es eine Chance, dass er bei den Orioles bleibt?«

»Nicht die geringste«, antwortet Tom.

Sie diskutieren die geschäftliche Seite und welche Mannschaften wohl die Summen auf den Tisch legen können, die Austin vermutlich verlangen wird.

»Unterm Strich«, sagt Tom, »dürfen wir davon ausgehen, dass Jacobs nach einem Team Ausschau hält, das ihn sich a) leisten kann und b) die Chance hat, in den Play-offs zu spielen.«

»Würdest du ihn als die Nummer eins unter den ablösefreien Spielern sehen?«

»Absolut. Und er wird sich das gut bezahlen lassen. Er ist einer der wenigen Pitcher mit mehr als einer tödlichen Waffe in seinem Arsenal. Sein Fastball hat Feuer, und sein Cutter ist nahezu unschlagbar.«

»Und man darf nicht vergessen, dass er außerdem als Schlagmann eingesetzt werden kann, wodurch er auch für National-League-Teams interessant wird.«

»Ganz bestimmt. Ich bin schon gespannt, wo er wohl landet.«

»Wo auch immer das sein wird, es scheint sicher, dass er bei dem Verein, bei dem er unterschreibt, den Rest seiner Karriere verbringen wird. Vor ein paar Monaten hat er in einem Interview angedeutet, was auch immer nach dieser Saison passiert, er will irgendwohin wechseln, wo er sesshaft werden kann, weil das für seine Tochter besser sei.«

Ich hänge an ihren Lippen. Manches davon höre ich zum ersten Mal, vor allem das über seinen Wunsch, für den Rest seiner Spielerkarriere bei derselben Mannschaft zu bleiben. Das belegt einmal mehr, was für eine Sorte Vater er ist. Er denkt an Everly und das, was für sie das Beste ist, und möchte ihretwegen irgendwo Wurzeln schlagen. Je mehr ich über ihn höre, selbst von Sportreportern im Fernsehen, desto mehr mag ich ihn.

In seinem Trikot sieht er total heiß aus, und als er lächelt, während er mit seinen Mannschaftskollegen redet, halte ich das Bild an und zoome rein, um ihn besser betrachten zu können.

Ich spule zurück und schaue mir die Sequenz mindestens fünfzehn Mal an. Und er glaubt, *er* sei ein irrer Stalker!

Das Spiel endet mit einem Acht-zu-vier-Sieg für die Orioles. Ich frage mich, wie lange es dauern wird, bis er im Hotel ist, und wann er wohl anrufen wird.

Ich beeile mich mit dem Duschen, lege ein bisschen Make-up auf und hoffe, dass ich nicht den Eindruck erwecke, als hätte ich mich zu sehr bemüht. Danach schlüpfe ich in meinen Pyjama und den rosafarbenen Morgenrock, den meine Mutter mir zu Weihnachten geschenkt hat. Schließlich bereite ich meinen Lunch für morgen vor und lege Wäsche zusammen, während ich sekündlich nervöser werde. Ich überlege gerade, ob das mit dem Pyjama wirklich eine gute Idee war, als der FaceTime-Anruf auf meinem Handy eingeht.

Ich schnappe es mir und nehme an, warte mit angehaltenem Atem, bis Austin auf dem Bildschirm erscheint. Er lehnt lächelnd in einem Kissenstapel.

»Hi«, sagt er.

»Hi.«

Eine lange Zeit betrachten wir einander nur, und ich blinzle mindestens eine Minute lang nicht.

»Hast du das Spiel gesehen?«, fragt er schließlich.

»Ja. Herzlichen Glückwunsch zu dem Sieg.«

»Danke, auch wenn davon nichts auf meine Kappe geht.«

»Die Reporter haben über dich geredet.«

»Ach ja? Was haben sie gesagt?«

»Sie haben über die Ablösefreiheit und deinen nächsten Schritt spekuliert.«

»Ah, ja, die große Story der Nachsaison. Ich kriege jede Menge Interviewanfragen von Baseballreportern, aber ich werde nicht darüber reden, bevor irgendwas spruchreif ist.«

»Hast du schon eine Ahnung, wo du landen wirst?«

»Nicht wirklich. Angeblich gibt es Interesse aus San Francisco, Seattle und Anaheim, ebenso von den Cubs und den Sox. Ich halte mich da raus, bis die World Series vorbei ist, und dann machen wir Nägel mit Köpfen.«

Mein Herz wird schwer, als er lauter Orte aufzählt, die so weit von hier entfernt sind.

»Wie war der Rest deines Tages?«, will er wissen.

»Ziemlich gut. Ich hab mich nach der Arbeit mit meiner Cousine Carmen getroffen, um die Kleider für ihre Hochzeit anzuprobieren. Danach haben wir noch was getrunken, und dann bin ich nach Hause gefahren, um das Ende des Spiels zu sehen.«

»Wann ist Carmens Hochzeit denn?«

»Am zweiten Wochenende im Oktober.«

»Ach, das ist ja gar nicht mehr so lange hin.«

»Nein. Sie hat nur eine dreimonatige Verlobungszeit.«

»Wow, das ist nicht viel. Und du sagst, das ist ihre zweite Hochzeit?«

»Stimmt. Ihr erster Ehemann Tony war Polizist und wurde bei einem Raubüberfall auf einen Supermarkt erschossen, als er und Carmen erst vierundzwanzig waren. Sie waren weniger als ein Jahr verheiratet.«

»O Gott, wie furchtbar.«

»Das war es. Er war ein netter Kerl, und sie waren so glücklich miteinander – ungefähr seit der neunten Klasse. Es war einfach nur schrecklich.«

»Das kann ich mir vorstellen.«

»Deshalb freue ich mich auch so für sie und Jason. Sie passen ganz wunderbar zusammen.«

»Schön.«

Ich hasse es, dass es sich irgendwie komisch anfühlt, von Angesicht zu Angesicht mit ihm zu reden. Das hatte ich nicht erwartet, und ich finde es ein bisschen enttäuschend.

»Fühlt sich das für dich auch komisch an?«, fragt er und grinst.

»Ja«, antworte ich und atme erleichtert auf, weil es ihm genauso geht wie mir. »Ich hab gerade gedacht, dass ich damit nicht gerechnet hatte, nachdem wir schon per E-Mail über so viel gesprochen haben.«

»Ich wollte so gerne tatsächlich mit dir reden. Ich bin zu Fuß zurück zum Hotel, weil ich keine Lust hatte, darauf zu warten, dass alle anderen fertig werden und in den Bus kommen.«

Als ich das höre, entspanne ich mich ein bisschen. »Bei mir war das ganz ähnlich.«

»Ich hab so gehofft, dass es keine zusätzlichen Innings gibt.«

»Das wäre blöd gewesen.«

»Aber echt.«

»Was würdest du denn normalerweise nach einem Spiel tun?«

»Vielleicht mit den Jungs ein Bier trinken.«

»Werden sie sich fragen, warum du heute nicht dabei bist?«

»Glaub ich nicht. Ich tu das nicht jedes Mal.«

»Hast du heute schon mit Everly gesprochen?«

»Vor dem Spiel. Ich hab sie sozusagen ins Bett gebracht. Das machen wir immer, wenn ich unterwegs bin.«

Das ist ja zum Verlieben. »Das ist so süß.«

»Sie fehlt mir sehr, wenn ich länger unterwegs bin. Das ist echt Mist.«

»Es muss ziemlich schwierig sein.«

»Ist es. Elf Tage ohne meine Kleine sind schlimm.«

»Könntest du sie nicht mitnehmen, wenn du wolltest, denn sie ist ja inzwischen aus der Quarantäne entlassen?«

»Sicher, aber das würde sie zu sehr aus ihrem Rhythmus reißen. Wir haben das jetzt gut im Griff, und meine Mom behauptet immer, Kindern tue Regelmäßigkeit gut. Ständig unterwegs zu sein würde dabei stören, daher ist sie zu Hause besser aufgehoben. Außerdem habe ich immer noch Angst, sie irgendwelchen Keimen auszusetzen. Es ist ja schließlich nicht so, dass nach dem einen Jahr irgendetwas Magisches passiert. Ihr Immunsystem ist weiterhin geschwächt.«

»Du bist ein wunderbarer Vater, Austin.«

»Danke. Ich geb mir Mühe. Doch jetzt genug von mir. Erzähl mir mehr über dich. Ich möchte *alles* wissen.«

Ich muss über die intensive Art und Weise lachen, wie er das sagt, und dann auch noch mit einer rauen, sexy Stimme, die mir wohlige Schauer über den Rücken jagt. »Ich hab dir schon mehr erzählt, als die meisten Leute je über mich wissen werden.«

»Ist bei mir genauso. Aber trotzdem ... Ich möchte mehr erfahren.«

»Okay, dann schauen wir mal ... In der achten Klasse habe ich den Buchstabierwettbewerb gewonnen.«

»Das ist so sexy.«

Ich lache heftig. »Kann ich dir ein Geheimnis anvertrauen?«

»Unbedingt.«

»Ich hätte mich nicht auf die ganzen E-Mails mit dir eingelassen, wenn sie voller Fehler gewesen wären.«

Er fächelt sich theatralisch Luft zu. »Oje, dann verstehst du bei Rechtschreibung und Zeichensetzung also absolut keinen Spaß, was?«

»Nicht unbedingt, doch Leute, die nicht wissen, wann man ›sie‹ groß- oder kleinschreibt, müssten von Rechts wegen noch mal die Schulbank drücken.«

»Ich hatte keine Ahnung, dass Diktate eines Tages mal so wichtig werden würden.«

»Hattest du gute Noten?«

»Wo denkst du hin?«, antwortet er lachend. »Ich habe immer nur das absolute Minimum getan, um mich gerade so durchzumogeln, sowohl in der Schule als auch am College. Auf diese Weise hab ich zwei Jahre am College geschafft und konnte dann glücklicherweise ins Profilager wechseln. Das war der beste Tag meines Lebens. Nie wieder Schule. Was ist mit dir?«

»Ich hatte immer sehr gute Noten.«

»Warum überrascht mich das nicht?«

»Ich habe schon immer gern gelernt. Ich überlege gerade, ob ich noch einen Master in Gesundheitswesen machen soll.«

»Und, glaubst du, das wird was?«

»Ich weiß nicht. Es ist irgendwie nett, außerhalb der Arbeit tun und lassen zu können, was ich will. Wenn ich tatsächlich einen weiteren Abschluss will, müsste ich in meiner Freizeit ständig lernen und Seminararbeiten schreiben.«

»Und was unternimmst du zum Spaß?«

»Ich gehe bei jeder sich bietenden Gelegenheit an den Strand. Ich liebe Einkaufsbummel mit anschließendem Lunch mit meiner Cousine oder meiner Schwester, wenn sie zu Besuch ist. Das machen wir oft samstags. Ich verbringe total gern Zeit mit meiner Familie oder gehe zum Tanzen.«

»Bist du eine gute Tänzerin?«

»Ich habe mit vier mit dem Unterricht angefangen, und das ging so, bis ich zweiundzwanzig war.«

»Dann ist das ein Ja.«

»Ich komme zurecht. Wie sieht es bei dir aus?«

»Hm, die Füße habe ich bisher niemandem gebrochen, aber trotzdem stelle ich mich nicht immer unbedingt geschickt an.«

»Also immer schön vorsichtig?«

»Ja, so ungefähr«, erwidert er mit einem Lachen.

Er ist sexy und süß und in jeder Hinsicht perfekt. Doch er lebt Hunderte Meilen von mir entfernt, und daraus könnten leicht Tausende werden, wenn er irgendwo einen lukrativen Vertrag bekommt, was der Fall sein wird. Mein Selbsterhaltungstrieb gewinnt gegen den Wunsch, mehr Zeit mit ihm zu verbringen.

»Ich sollte vermutlich zu Bett gehen, schließlich muss ich morgen früh arbeiten.«

»Am liebsten würde ich die ganze Nacht lang reden. Das ist echt schön.«

»Finde ich auch.«

»Schreibst du mir morgen von der Arbeit eine E-Mail?«

»Möchtest du das denn?«

»Ja, klar. Ich liebe deine E-Mails. Ich lese sie immer wieder.«

Es gefällt mir, dass er damit nicht hinter dem Berg hält. Nicht viele Typen würden das einfach so einräumen. »Wenn ich eine ruhige Minute finde, mach ich das.«

»Ich hoffe, es klappt. Schlaf gut.«

»Du auch.«

»Gute Nacht, Maria.«

»Gute Nacht, Austin.« Ich drücke auf das rote Symbol und beende den Videoanruf. Noch lange nachdem ich mich ins Bett gelegt habe, starre ich zu meiner rosafarben gestrichenen Zimmerdecke empor und gehe in Gedanken alles durch, was ich weiß. Anaheim, Seattle, San Francisco, Chicago und Boston sind alles Städte, die ewig weit entfernt von Miami liegen. Ich habe nie den Wunsch verspürt, irgendwo anders zu leben als hier.

Dee konnte es gar nicht erwarten, wegzukommen. Sie ist nach New York ans College gegangen und seither nicht wieder hierher zurückgezogen. Bei Domenic junior war es genauso. Sie haben beide so schnell wie nur irgend möglich das Weite gesucht. Aber ich nicht. Ich liebe meine Heimatstadt, und ich möchte nicht wegziehen, nicht einmal für einen so tollen Typen, wie Austin es zu sein scheint.

Nach unserem Telefonat bin ich niedergeschlagen. Es war ja klar, dass es sich als Riesenfehler entpuppen würde, wegen eines Mannes, den ich kaum kenne, derart durchzudrehen. Ich muss einen Schritt zurücktreten und alles in Ruhe durchdenken.

Da ich weiß, ich werde lange nicht einschlafen können, scrolle ich durch unsere Nachrichten, beginne mit der von vor sechs Monaten und ende mit denen von gestern und heute Morgen. Wieder verspüre ich den gleichen Zauber, den ich beim ersten Lesen gefühlt habe.

Am nächsten Tag zwinge ich mich, allen Versuchungen zu widerstehen. Ich schreibe Austin keine E-Mail, und ich schaue auch nicht ständig in meinem Posteingang nach, ob er sich gemeldet hat. Ich verbringe den ganzen Tag damit, mir zu überlegen, was das mit ihm eigentlich werden soll, bin am nächsten Morgen allerdings nicht schlauer als am Tag zuvor.

Während ich mit meinen Kolleginnen beim Lunch bin, erhalte ich auf meinem Handy eine Textnachricht von ihm.

Ich spiele heute Abend, aber alles, woran ich denken kann, ist, warum ich gestern den ganzen Tag nichts von dir gehört habe. Ich versuche, hier nicht zum unheimlichen Stalker zu mutieren, ehrlich. Doch ich mache mir Sorgen um dich, und es gibt niemand anders, den ich fragen kann, ob mit dir alles in Ordnung ist. Ich muss mich aufs Spiel konzentrieren und will nur wissen, ob es dir gut geht. Kannst du mir das verraten?

Ich schmelze innerlich dahin, und der Entschluss, zu dem ich mich durchgerungen hatte, schmilzt gleich mit. Ich antworte ihm sofort, weil er sich konzentrieren können muss und ich nicht will, dass er von Sorgen abgelenkt wird. Tut mir leid, ich musste mal durchatmen und mir über einige Dinge in Bezug auf dich klar werden.

Und? Hat es geklappt?

Nicht wirklich.

Bei mir auch nicht. Melde dich nach dem Spiel bei mir, wenn du reden willst. In der Zwischenzeit möchte ich dir noch mitteilen: Du fehlst mir. Er fügt ein Herz und ein Kuss-Emoji hinzu.

Ich starre auf die Nachricht und denke das Gleiche. *Du fehlst mir auch.*

Austin

Ich bin so erleichtert, von Maria zu hören. Ich hatte schon angefangen, mir Schreckensszenarien auszumalen, dass ihr irgendetwas zugestoßen ist, was zumindest teilweise Spätfolgen von dem Schock über Evs Krankheit sind. Ich neige dazu, immer mit dem Schlimmsten zu rechnen.

»Hast du Nachricht von deiner Freundin?«, fragt Larry, der Wurftrainer. Ich hab ihm erzählt, dass ich mir Sorgen mache, weil sich eine Freundin nicht mehr gemeldet hat.

»Ja, hab ich. Alles gut.« Ich verstaue mein Handy im Spind, denke immer noch über das nach, was sie gerade geschrieben hat. Es ist ihr nicht gelungen, sich über die Dinge klar zu werden, was mich angeht. Ich möchte mehr darüber erfahren, doch das muss jetzt erst mal warten.

»Super, können wir dann jetzt vielleicht über das Spiel reden, das in einer Stunde beginnt?«

»Na klar.«

Als wir im ersten Inning aufs Feld kommen, versinkt die Welt um mich herum, und ich bin komplett konzentriert. Ich habe alles andere in den Hintergrund geschoben, damit ich meinen Job erledigen kann. So ist es mir auch gelungen, nach Evs Erkrankung wieder zum Spiel zurückzukehren: indem ich in Gedanken alles in die hintersten Ecken meines Verstandes verbanne, wann immer ich werfe. Meine Therapeutin hat mir dabei sehr geholfen. Sie hat mir beigebracht, mir die vor mir liegende Aufgabe so genau wie möglich vorzustellen und mich nur darauf zu konzentrieren, sodass ich funktionieren kann, wenn das notwendig ist.

Da Konzentration so wichtig dafür ist, meinen Job gut zu machen, hat sich diese Technik als überaus hilfreich erwiesen. Das hier ist das erste Mal, dass ich den Wurfhügel mit Maria in einer der hintersten Ecken meines Verstandes betrete, zusammen mit Ev, meiner Karriere und der Frage, wie es nach dieser Saison weitergeht, kurz: allem, was mich in letzter Zeit außer meinen Spielen beschäftigt.

Ich frage mich, ob Maria meinen Einsatz verfolgt oder ob sich über einige Dinge in Bezug auf mich klar zu werden für sie bedeutet, dass sie alles meidet, was mit mir zu tun hat.

Ich werfe in vier Innings, ohne dass ein Batter einen Punkt macht, und habe damit, als ich zum fünften wieder auf den Schlaghügel trete, schon ein halbes perfektes Spiel abgeliefert. Das bedeutet, dass wir jeden Schlagmann, der uns gegenüberstand, aus dem Spiel genommen haben. Von wegen Dinge, die in den Hintergrund geschoben werden sollten … Pitcher gestatten sich nie, über perfekte Spiele nachzudenken, besonders nicht, wenn sie gerade in einem werfen, das das Potenzial dazu hat. In der Vergangenheit war ich manchmal schon wirklich nah dran und habe gelernt, deswegen nicht in Aufregung zu geraten, besonders nachdem es vor zwei Jahren im neunten Inning quasi in letzter Sekunde doch noch schiefgegangen ist.

Niemand verliert ein Wort darüber, und ich denke ganz bestimmt nicht daran, während ich die Spieler der Tigers anstarre. Der erste Batter schlägt einen Ball ins Mittelfeld, und ich halte den Atem an und warte darauf, dass Donny ihn fängt, was er auch tut. Ich serviere den nächsten Schlagmann mit Strikes ab, und der dritte begibt sich in Position. Auch den erledige ich eigenhändig, bevor ich mich zurück zur Spielerbank begebe.

Zwischen den Innings lassen mich alle in Ruhe, was genau das ist, was ich möchte. In Detroit ist es kalt, daher habe ich mir eine Jacke angezogen, um meinen Arm warm zu halten, während unsere Jungs drei Punkte machen. Über vierzig Minuten später kehre ich für das sechste Inning zum Schlaghügel zurück. Meine Anzahl an Würfen ist immer noch niedrig, daher ist keine Rede davon, mich rauszunehmen, vor allem als ich auch am Beginn des siebten Innings weiter auf ein perfektes Spiel zusteuere.

Ich blicke hinter mich und bemerke die Konzentration auf den Gesichtern meiner Mannschaftskollegen. Sie wissen, was es für mich bedeuten würde – und für meinen Wert auf dem freien Markt –, wenn ich das jetzt fehlerfrei nach Hause bringe, und keiner von ihnen möchte derjenige sein, der das für mich ruiniert. In dem Wissen, dass ich ihre Rückendeckung habe, stelle ich mich dem Batter, der meinen ersten Wurf trifft, aber Jose hat keine Probleme, den Ball zu erwischen, und wirft den Schlagmann an der ersten Base raus.

Einer geschafft.

Eine Stunde später kommen wir ins neunte Inning, mit nur noch drei Schlagmännern zwischen mir und dem ersten perfekten Spiel meiner Karriere. Die Anspannung auf der Bank und im ganzen Stadion ist mit jedem Inning gestiegen, sodass es mich einige Mühe kostet, cool und konzentriert zu bleiben. Eine Sekunde lang frage ich mich erneut, ob Maria zuschaut. Das hoffe ich wirklich, und dass sie weiß, was hier gerade passiert. Der Gedanke, dass sie mich anfeuert, macht mich aus Gründen glücklich, über die nachzusinnen ich jetzt wirklich keine Zeit habe.

Drei weitere Outs. Du schaffst das.

Bei den ersten beiden Schlagmännern gebe ich alles, serviere ihnen superschnelle Bälle, die sie praktisch nicht kommen sehen. Sechs Strikes nacheinander. So weit, so gut.

Noch ein Batter steht zwischen mir und dem perfekten Spiel, und meine Hände werden feucht. Wie oft habe ich erlebt, dass ein Pitcher beim letzten Schlagmann alles in den Sand gesetzt hat? Zu viele Male, um sie zu zählen. *Lass nicht zu, dass dir das passiert, AJ. Mach den Sack zu, und gut ist.*

Ich achte nicht weiter auf das Signal von Santiago. Er will einen weiteren Fastball, aber genau damit wird der Batter ja rechnen. Also entscheide ich mich anders. Der Schlagmann holt aus und verpasst den Ball. Ich brauche noch zwei Strikes.

Santiago fordert wieder einen Fastball.

Ich schüttle den Kopf und werfe einen angeschnittenen Ball, der außerhalb der Strike-Zone landet. Ich sammle mich und werfe einen weiteren Slider, den der Batter verschlägt. Zwei Strikes.

Santiago ruft eine Auszeit aus und kommt zum Hügel. Die Feldspieler folgen ihm und bilden einen Kreis um mich herum. Wir halten uns die Handschuhe vor den Mund, damit das andere Team nicht von unseren Lippen lesen kann. »Mach weiter Druck mit den Fastballs, Mann«, erklärt mein Fänger. »Die treffen sie heute gar nicht.«

»Genau«, fügt Carlo hinzu, der erste Baseman. »Dein Fastball ist unschlagbar. Ich würde ihnen den weiter um die Ohren hauen.«

»Also gut.« Sie haben recht. Es wäre verrückt von mir, den Wurf, der mich so weit gebracht hat, in dieser Situation nicht einzusetzen.

Ein Strike trennt mich noch von einem Platz auf der kurzen Liste der Pitcher, die perfekte Spiele geworfen haben. Ich schaff das. Hoffe ich …

KAPITEL 6

Austin

Nachdem alle zurück auf ihren Plätzen sind, nehme ich Santiagos Fängerhandschuh ins Visier und ziele. Ich hole noch mal tief Luft und atme aus, während ich meine Drehung beginne und meinen Spezialwurf abfeuere. Bei dem Geräusch, mit dem der Schläger den Ball trifft, bleibt mir fast das Herz stehen, dann segelt der Ball in Richtung der Wand, die das Spielfeld auf der linken Seite begrenzt. Ich bin mir praktisch sicher, dass der Schlagmann laufen kann, aber da springt Rodrigo hoch und holt den Ball mitten im Flug aus der Luft – und hat ihn auch dann noch sicher im Handschuh, als er hart auf dem Boden aufkommt.

Meine Mannschaft bricht in Jubel aus, umringt mich und flippt regelrecht aus.

Mit einem breiten Grinsen joggt Rodrigo vom Außenfeld zu mir und überreicht mir den Ball, den er gefangen hat.

Ich umarme ihn. »Danke, Mann.«

»Ich hab mir fast in die Hose gemacht, als der Ball in meine Richtung kam.«

Lachend schlage ich ihm auf den Rücken und umarme ihn erneut. Ich ernte zwar den ganzen Ruhm für das perfekte Spiel, aber ohne ihn und meine anderen Teamkollegen hätte ich das nicht schaffen können.

Sogar die Fans der Tigers spenden mir freundlichen Applaus, wofür ich mich mit einem Winken mit meiner Kappe bedanke, während ich zu unserer Spielerbank zurückkehre.

»Heilige Scheiße, AJ, das war verdammt gut«, ruft Mick und umarmt mich.

»Danke, Coach.«

Während die anderen feiern, packt Larry mir Eisbeutel auf Schulter und Ellenbogen. Fast kein Werfer ist heutzutage noch während eines ganzen Spiels im Einsatz, und ich werde meinen heutigen Erfolg später büßen müssen. Doch jetzt im Moment bin ich einfach nur überglücklich. Ein perfektes Spiel ist für einen Werfer eine absolute Seltenheit … und war schon immer etwas, was ich unbedingt erreichen wollte.

Am liebsten würde ich mir mein Handy schnappen, meine Familie anrufen und schauen, ob Maria mir geschrieben hat, aber für den Moment muss meine volle Aufmerksamkeit meiner Mannschaft gelten, die mir so sehr geholfen hat.

Die Tigers schicken uns Champagner, was eine echt sportliche Geste ist. Wir feiern mindestens eine Stunde lang, bevor die Presse zu uns reindarf. Die Reporter stürzen sich auf mich, und ich versuche geduldig, all ihre Fragen zu beantworten. Die Baseballreporter haben mich während Evs Krankheit gut behandelt, und ich versuche, das nicht zu vergessen, selbst als ich langsam das Gefühl bekomme, dass sie mich hier noch die ganze Nacht festhalten werden.

»Das reicht jetzt, Herrschaften«, erklärt Mick schließlich. »AJ muss zur Physio.«

»Danke, Leute«, rufe ich ihnen zu, als Mick mich loseist und in den Nebenraum bringt, wo Mary Ellen sich meinen Arm vornimmt.

»Wie fühlst du dich?«, fragt Mick.

»Im Moment ziemlich gut.« Wir wissen beide, dass das nicht so bleiben wird. »Was war der endgültige Stand bei den Pitchs?«

»Zweiundneunzig. Elf Strikeouts.«

»So viele habe ich schon eine ganze Weile nicht mehr geworfen.«

»Bei hundert hätte ich dich rausgenommen.«

»Du hättest mich vom Platz zerren müssen, denn ich hätte mich mit Händen und Füßen dagegen gewehrt.«

»Selbst dann«, erwidert Mick grinsend. »Ich bin jedenfalls froh, dass du es geschafft hast, bevor es so weit gekommen ist.«

»Ich auch.« Wir wissen beide, dass ich mit dieser Leistung gerade meinen Wert auf dem Transfermarkt noch mal gesteigert habe, aber darüber reden wir nicht. Allen hier bei den Orioles ist klar, dass ich am Ende der Saison das Team verlassen werde, und das wird mir auch niemand übel nehmen. Jeder von ihnen würde an meiner Stelle das Gleiche tun.

Mary Ellens Massage tut meinem müden Arm und der Schulter verdammt gut. Sie benutzt ein Mittel, das ich scherzhaft als ihre Wundercreme bezeichne, und massiert damit die angespannten Muskeln in meinem Nacken, bis ich wieder locker bin und keine Schmerzen mehr verspüre. »Kühl es in den nächsten vierundzwanzig Stunden immer wieder mit einem Eisbeutel«, ermahnt sie mich, als sie fertig ist.

»In Ordnung. Du bist die Beste, Mary Ellen.«

»Glückwunsch übrigens. Das war superspannend.«

»Danke.« Ich mache mich auf den Weg zu den Duschen und lasse eine Weile heißes Wasser auf meinen Arm und meine Schulter prasseln, bevor ich mich wasche und mit einem

Handtuch um die Hüften zu meinem Spind gehe. Auf meinem Telefon sind Hunderte Nachrichten von Freunden, der Familie, ehemaligen Teamkollegen und Coaches, die mir alle gratulieren. Ich überfliege die lange Liste, suche einen bestimmten Namen in diesem Meer aus Nachrichten.

Maria.

Ich habe fast alle durchgeschaut, als ich endlich ihren Namen entdecke. Ihre Textnachricht ist die einzige, die ich jetzt lesen werde. Das war einfach unglaublich! Ich freu mich so für dich! Während des gesamten neunten Innings hab ich praktisch nicht mehr geatmet. Ich kann mir kaum vorstellen, wie du dich gefühlt haben musst. Unglaublich. Glückwunsch!!

Ich antworte ihr sofort. Danke! Das war wirklich unfassbar. Bist du noch eine Weile wach? Ich habe leichte Gewissensbisse, weil ich sie bitte, aufzubleiben, obwohl sie morgen arbeiten muss. Doch dies ist der größte Erfolg meiner Karriere, und sie ist die Einzige, mit der ich reden möchte.

Es ist schon verrückt. Ich weiß, dass es das ist, aber trotzdem … So ist es nun mal. Ich sollte jetzt mit meinem Dad telefonieren, der mich zu dem Pitcher gemacht hat, der ich heute bin, und das werde ich auch gleich noch tun. Trotzdem ist sie diejenige, die ich im Moment am dringendsten sprechen möchte.

Ich ziehe mich an und rufe schnell meine Eltern an, die sicher unbedingt von mir hören wollen.

»Austin«, sagt mein Dad, der gleich beim ersten Klingeln drangeht. »Das war verdammt noch mal fantastisch!«

Seine Begeisterung freut mich immer total. »Danke, Dad. Es war ein echt gutes Spiel.«

»Du warst jedenfalls in deinem Element, mein Sohn. Mich hat es nicht im Sessel gehalten.«

»Das stimmt wirklich«, bestätigt meine Mom. »Er hat mich ganz verrückt gemacht mit seinem Herumgelaufe, seinem Gefluche und den Stoßgebeten.«

Ich muss bei der bloßen Vorstellung lachen. »Das glaube ich.«

»Meinen Glückwunsch«, erklärt meine Mutter. »Wir sind so stolz auf dich.«

»Danke.« Es war mir immer wichtig, dass meine Eltern stolz auf mich sein können.

»Was macht der Arm?«, erkundigt sich mein Vater.

»Dem geht's gut. Schauen wir mal, wie das nachher wird. Sorry, ich muss jetzt los, die Jungs wollen feiern.« Mit dem Team Bier zu trinken ist eigentlich das Letzte, was ich jetzt tun möchte, aber nach dieser frustrierenden Saison, in der uns fast kein Erfolg vergönnt war, will ich meinen Mitspielern auf keinen Fall eine ausgelassene Feier vorenthalten. Wenigstens haben wir diesen perfekten Abend, den niemand von uns so schnell vergessen wird. »Wie geht's Ev?«

»Wunderbar«, berichtet meine Mom. »Dad musste heute zum Einschlafen nur vier Bücher vorlesen.«

Ich hasse es, dass ich ihr nicht vorlesen kann, doch mein Vater ist immerhin der nächstbeste Ersatz. »Danke, Leute. Ihr wisst schon … für alles.« Ich habe keine Ahnung, was nach Kasey aus mir geworden wäre, wenn die beiden ihr Leben nicht völlig umgekrempelt hätten, um für mich und Ev da zu sein.

»Wir haben dich sehr lieb, Austin«, sagt Mom.

»Ich euch auch.« Ich beende den Anruf, um nachzusehen, ob Maria auf meine Nachricht geantwortet hat – hat sie nicht –, und stecke das Handy in meine Gesäßtasche. Ich bin der Letzte, der es vom Stadion in den Bus zurück zum Hotel schafft, und als ich einsteige, jubeln mir alle wie verrückt zu. Sie pfeifen und geben mir High Fives, während ich mich zu dem Platz hinten im Bus begebe, den sie mir frei gehalten haben. Schlussendlich landen wir in einer Kneipe ein paar Blocks vom Hotel entfernt. Ich zücke meine Kreditkarte und hinterlege sie an der Kasse. Denn ich bestehe darauf, alle einzuladen.

Eine Stunde später schaue ich auf mein Telefon und entdecke die Textnachricht, auf die ich schon so gewartet habe.

Ich bleibe noch ein bisschen auf.

»Ich muss schnell wo anrufen«, erkläre ich Santiago. »Bin gleich wieder da.«

»Rufst du die an, der du bei jeder sich bietenden Gelegenheit schreibst?«

»Leck mich.«

»Das musst du ihr sagen«, erwidert er, während ich mich entferne. »Es könnte die Sache beschleunigen.«

Während er noch über seinen eigenen Witz lacht, zeige ich ihm den Mittelfinger und suche mir einen Weg durch die überfüllte Bar nach draußen in die kühle Septembernacht, um in Ruhe mit Maria reden zu können.

»Na hallo«, meldet sie sich. »Spricht da Mr Perfect?«

»Absolut.«

»Wie fühlst du dich?«

»Aufgeregt und glücklich. Bei den letzten paar Innings war die Spannung ganz schön hoch.«

»Das hat man dir nicht angesehen. Du hast so cool und gelassen gewirkt.«

»Von außen vielleicht. Innerlich hab ich mir die ganze Zeit gesagt: ›Jetzt versau es nicht.‹«

Ihr leises Lachen jagt mir einen Schauer über den Rücken, und während ich in den Himmel über mir schaue, wünsche ich mir, sie wäre hier, um mit mir zu feiern. Vielleicht sind es das Bier und der Champagner, die mir die Zunge lockern und meine

Vorbehalte in Luft auflösen, aber ich will diesen Gedanken mit ihr teilen. »Ich wünschte, du wärst hier.«

»Wirklich?«

»Ja, wirklich.«

»Austin ...«

»Ich weiß.« Ich schließe die Augen, lehne meinen Kopf gegen die Außenmauer der Kneipe und seufze. Mein Arm macht sich langsam unangenehm bemerkbar, doch ich fühle auch einen neuen Schmerz tief in meiner Brust, der nichts mit Baseball zu tun hat. »Glaub mir. Ich verstehe das. Ich hab selbst eine ganze Liste mit Gründen, warum das eine dumme Idee für uns beide ist, aber weißt du, was?«

»Was?«, fragt sie, leicht atemlos, was eventuell auch nur Wunschdenken meinerseits sein könnte. »Du warst die Einzige, von der ich nach dem Spiel hören wollte. Ich habe ... irgendwas um die zweihundert Nachrichten bekommen oder so, und deine war die einzige, die ich gelesen habe.«

»Ich weiß nicht, was ich dazu sagen soll.«

»Tut mir leid, wenn ich dich in Verlegenheit bringe.«

»Das tust du nicht. Bis jetzt war alles so ...«

»Wie?«

»Aufregend, spannend, lustig ...«

»Und jetzt?« Warum stelle ich nur Fragen, auf die ich gar keine Antwort hören möchte?

»Du orientierst dich für die nächste Saison in Richtung San Francisco, Seattle, Anaheim, Chicago, Boston ... Ich lebe in Miami. Ich bin glücklich hier. Mein Leben und meine Familie sind hier. Ich hab dich wirklich sehr gern. Ich habe unsere E-Mails und alles, worüber wir geredet haben, unfassbar genossen, doch ich kann es nicht riskieren, am Ende wieder verletzt zu werden. Das kann ich einfach nicht. Und das möchte ich auch für dich nicht.«

»In den letzten vier Tagen waren die Gespräche mit dir die Highlights meiner Tage.«

»Mir geht es umgekehrt genauso, und das ist auch der Grund, warum ich aufhören muss, solange ich noch kann. Sag mir, dass du das verstehst.«

Jetzt klingt sie, als wäre sie den Tränen nahe, und das hasse ich. »Ich verstehe das, aber Maria … Können wir uns trotzdem treffen, wenn ich in der Stadt bin? Wenn ich beim Verein erwähne, dass Evs Knochenmarkspenderin in Miami lebt, werden sie bestimmt etwas auf die Beine stellen wollen … Das würde ich allerdings nur machen, wenn du auch dazu bereit wärst. Ich möchte, dass die ganze Welt erfährt, was du für uns getan hast.«

»Ich würde mich freuen, euch beide zu treffen, und bin beim Spiel zu allen Schandtaten bereit, doch nicht mehr, Austin.«

»Das klingt fair.« Der Schmerz in meiner Brust verschlimmert sich, als mir bewusst wird, dass ich erst mal nicht mehr mit ihr sprechen werde. »Ich will nur, dass du weißt, du hast viel mehr getan, als meiner Tochter das Leben zu retten. Du hast mir außerdem den Glauben an die Menschheit wiedergegeben. Das Wissen, dass es jemand wie dich da draußen gibt … Du bist die Beste, Maria. Lass dir von niemandem etwas anderes einreden, hörst du?«

Das Geräusch, das aus dem Lautsprecher kommt, könnte ein Schluchzen sein. »Ja, okay.«

Ich möchte den Anruf weder beenden noch die Verbindung trennen.

»Es tut mir leid, Austin.«

»Mir nicht. Ich bin so froh, dass wir uns kennenlernen konnten, und für das, was du für Ev getan hast, wirst du stets einen besonderen Platz in meinem Herzen haben. Ruf mich jederzeit an. Ich werde immer von dir hören wollen.«

»Ich … Ich leg dann jetzt auf.«

Ich kann hören, dass sie weint, und finde es furchtbar. »Auf Wiedersehen, Maria.«

Die Verbindung wird getrennt, und meine Brust tut so weh, dass ich sie mir reiben muss. Ich fühle mich, als hätte ich einen der wertvollsten Teile meines Lebens verloren – was irgendwie albern ist, schließlich sind wir uns bisher noch nicht mal persönlich begegnet. Ich bleibe noch eine Weile draußen stehen und atme die kühle Luft ein, um mich zu sammeln.

Mir wird schnell klar, dass ich nicht wieder zurück in die Bar gehen kann. Ich habe jegliche Lust an Feiern und Trinken verloren. Ich schreibe Santiago eine Nachricht und bitte ihn, die Rechnung mit meiner Karte zu bezahlen. Ich will zurück ins Hotel.

Was ist los?

Mein Arm tut weh. Ich muss ihn kühlen.

Sonst alles okay?

Ja.

Das wird es zumindest sein. Ich hab auf jeden Fall Schlimmeres überlebt, als jemanden zu verlieren, der nie wirklich zu mir gehört hat. Ich laufe zurück zum Hotel, wo mir der Türsteher gratuliert.

»Das war wirklich unglaublich«, erklärt er.

»Vielen Dank.«

Als er mich um ein Autogramm bittet, gebe ich es ihm, obwohl ich dringend allein sein will. Ich nehme den Aufzug zu meiner Etage und gehe in mein Zimmer, um mir den wiederbefüllbaren Eisbeutel zu holen, den ich nach meinen Spielen brauche. Ich folge den Schildern zur Eismaschine, fülle den

Beutel bis zum Rand und schraube ihn zu. Ich sollte mich wie der König der verdammten Welt fühlen, aber nach diesem Gespräch mit Maria kommt mir das Spiel eher wie eine weit zurückliegende Erinnerung vor.

Zurück in meinem Zimmer schließe ich die Tür und setze mich auf mein Bett. Ich starre das Handy an, auf dem, auch Stunden nachdem das Spiel zu Ende gegangen ist, immer neue Glückwunschnachrichten eintrudeln.

Ich starte eine neue Textnachricht an meinen Agenten, der mir schon vor einer Weile gratuliert hat. Ich betrachte das Display mehrere Minuten lang, bevor ich anfange zu tippen.

Setz Miami auf die Liste für die nächste Saison.

Ich starre noch für ein paar weitere Minuten darauf, bevor ich »Senden« drücke.

Maria

An dem Tag, nachdem Austin sein perfektes Spiel geworfen hat und wir uns darauf geeinigt haben, dass es besser ist, wenn wir erst mal eine Pause einlegen, mache ich etwas, das ich in all meinen Jahren in der Klinik noch nie gemacht habe. Ich melde mich krank.

»Geht es dir sehr schlecht?«, will Angie vom Empfang wissen.

»Das wird wieder. Aber ich bin vorhin mit Fieber und Kopfschmerzen aufgewacht.«

»Ruh dich aus, und gib uns morgen Bescheid, ob es besser ist.«

»Danke, Angie. Tut mir leid, dass ihr dann heute unterbesetzt seid.«

»Wir schaffen das schon. Gute Besserung.«

Mich plagen Schuldgefühle, weil ich nicht zur Arbeit gehe, doch meine Augen und mein Gesicht sind vom vielen Weinen ganz verquollen, und mir ist total elend. Die Sache mit den Kopfschmerzen war keine Lüge, und es fühlt sich an, als hätte ich vor Liebeskummer tatsächlich leichtes Fieber. Ich möchte mich einfach in mein Bett verkriechen und nie wieder rauskommen. Und genau das hätte ich auch getan, wenn nicht später am Nachmittag meine Familie aufgekreuzt wäre und genug Essen mitgebracht hätte, um eine ganze Armee satt zu kriegen.

Meine Mom, Tante Vivian, Nona und Abuela sind da, um rauszufinden, »was mit Maria los ist«.

Und woher wissen sie eigentlich, dass ich »krank« bin? Wenn ich raten müsste, würde ich sagen, Jason, der heute seine Donnerstagsschicht hatte, hat Carmen erzählt, dass ich mich abgemeldet habe, und sie hat die anderen informiert. Deswegen werde ich sie zur Rede stellen, wenn ich sie das nächste Mal sehe. Aber jetzt muss ich mich erst um die vier scharfsinnigen Frauen kümmern, die mich mit einem einzigen Blick komplett durchschauen können. So fühlt es sich zumindest an.

»Was ist los?«, fragt meine Mom, als sie die Meute in mein Apartment führt und einen köstlichen Duft mitbringt, der mich und meinen knurrenden Magen daran erinnert, dass ich den ganzen Tag nichts gegessen habe. Ich habe sogar auf Kaffee verzichtet, was die Kopfschmerzen nicht gerade verbessert hat. Meine Mom fasst mir ans Kinn und mustert mich kritisch.

Sie ist eine zierliche Powerfrau mit Haaren, die ihre dunkle Farbe dem Geschick ihrer Friseurin verdanken, und strahlenden braunen Augen. Ich bin einen guten halben Kopf größer als sie, aber das hindert sie nicht daran, mich zu überrollen, wie sie es immer tut. »Hast du einen Rachenabstrich machen lassen?«

»Ich hab keine Halsschmerzen.«

»Es könnte eine Halsentzündung sein«, springt ihr Tante Viv bei. »Einer der Vorköche hatte das letzte Woche.« Carmens Mutter legt ihre Hand flach auf meine Stirn. »Du fühlst dich ein bisschen warm an. Hast du Fieber gemessen?«

»Ja, vorhin, und alles war normal. Es sind nur heftige Kopfschmerzen. Sonst geht's mir gut.« Ich bemerke, wie Nona mich mustert, und mir ist klar, dass ich sie nicht täusche. »Und was ist bei euch so los?«

Mir werden aller Klatsch und Tratsch vom Restaurant und aus der Nachbarschaft sowie ein Teller Hähnchen Marsala vorgesetzt, bei dem meine Geschmacksknospen jedes Mal durchdrehen, egal wie oft ich das schon hatte. Alle sitzen bei mir, während ich esse, was ich tun muss, wenn ich sie irgendwie loswerden will. Ich möchte ihnen sagen, dass es hier nichts zu sehen gibt, halte mich jedoch zurück.

»Danke, Leute«, erkläre ich, als sie endlich Anstalten machen, wieder zu gehen. Wahrscheinlich haben sie gemerkt, dass ich ihnen nicht mehr erzählen werde. »Lieb, dass ihr mich besucht habt.«

Nona ist die Letzte, die meine Wohnung verlässt. Sie umarmt mich und flüstert mir ins Ohr: »Du kannst mich jederzeit anrufen, wenn du darüber reden möchtest.«

Ich nehme sie fester in den Arm. »Danke.«

Sie küsst mich auf den Scheitel. »Ich hab dich lieb, meine Süße.«

Ich könnte schon wieder heulen, aber ich weigere mich, dem Drang nachzugeben, bis ich allein bin. »Ich liebe dich auch.« Ich schließe die Tür und sperre ab, lehne meinen Kopf gegen das Holz und lasse den Tränen freien Lauf. Wie kann ich einen Mann, den ich noch nie persönlich getroffen habe, so sehr vermissen? Wie kann ich von jemand mehr wollen, den ich kaum kenne? Wie kann ich ein gebrochenes Herz haben, wo doch nie etwas passiert ist?

Wenn es sich nach vier Tagen E-Mail- und Textnachrichten-Austausch so schlimm anfühlt, dann habe ich das Richtige getan, als ich den Schlussstrich gezogen habe. Es wird in Zukunft nicht besser werden. So viel ist sicher.

Da ich mir diesen Tag dafür gegönnt habe, mich dem Trübsinn zu ergeben, verschlinge ich alles, was im Internet über sein perfektes Spiel geschrieben wird. Ich nutze mein iPad, um mir jeden einzelnen Artikel über seinen unglaublichen Erfolg durchzulesen, den ich finden kann. Es ist unübersehbar, dass die Baseballreporter ihn mögen, so wie sie über ihn schreiben.

Einer der Sportjournalisten der *Baltimore Sun* hat einen Kommentar darüber verfasst, dass Austin sich durch seine unglaubliche Leistung in Detroit einen Freifahrtschein für den nächsten Karriereschritt erarbeitet hat. »Seine Fans wussten, dass dieser Tag kommen würde, aber das wird es nicht einfacher machen, sich von einem Spieler zu verabschieden, der sich einen Platz in unseren Herzen erobert hat, sowohl auf dem Spielfeld als auch abseits davon. Wir alle werden kaum je vergessen, was er und seine Familie durchstehen mussten, um das Leben seiner kleinen Tochter zu retten … oder das Triumphgefühl, das wir alle bei der Nachricht empfunden haben, dass es ihr endlich besser ging.

Guten Menschen passieren ständig schlimme Dinge. Austin Jacobs könnte Ihnen viel darüber erzählen. Doch manchmal triumphieren die Guten, und ich jedenfalls werde weiterhin für AJ jubeln, egal wo er in der nächsten Saison landet.

Großartige Leistung, Nummer zehn. Wirklich toll gemacht.«

Ich breche in Tränen aus, muss so heftig schluchzen, dass mein Körper bebt. Es fühlt sich sogar noch schlimmer an als damals, als Scott mich betrogen hatte. Vielleicht weil zwischen mir und Austin *nichts* war, ich aber trotzdem instinktiv weiß, dass es *alles* hätte sein können.

KAPITEL 7

Maria

Ich weine mich in den Schlaf und werde nach einer ganzen Weile von einem Klopfen an meiner Tür wach. Stöhnend schleppe ich mich aus dem Bett, fahre mit den Fingern durch meine wirren Haare und öffne Carmen und Jason die Tür.

»O mein Gott«, erklärt Carmen, während sie sich an mir vorbeizwängt. »Es ist schlimmer, als ich gedacht hätte.«

»Ich bin nur da, weil sie mich gezwungen hat«, entschuldigt sich Jason. »Ich kann im Auto warten, wenn du möchtest.«

»Ist schon in Ordnung. Komm rein.« Was verrät es über meinen Geisteszustand, wenn es mir egal ist, dass der atemberaubend sexy Verlobte meiner Cousine mich so sieht? Er ist blond, attraktiv und nett. Ich finde, sie sind ein tolles Paar, und er war auch mir bis jetzt ein wunderbarer Freund.

»Nona hat mich angerufen. Sie meinte, du hast Liebeskummer.«

»Vielleicht ein bisschen.« Ich setze mich im Schneidersitz auf das Sofa und drücke dabei das Kissen mit dem aufgestickten

Marilyn-Monroe-Zitat »Schwestern sind die besten Freundinnen auf der Welt« an mich, das Dee mir geschenkt hat.

»Was ist passiert?«

»Nichts ist passiert.«

»Und trotzdem siehst du aus wie ein Schluck Wasser in der Kurve.«

Bei ihr kann ich mir Ausflüchte sparen. »Wir haben beschlossen, dass es besser ist, wenn wir zunächst mal auf die Bremse treten.«

»Hattest du nicht überhaupt erst am Sonntag Gelegenheit, richtig mit ihm zu reden?«

»Ja, aber es wurde schnell sehr intensiv, und wir waren … « Ich schüttle den Kopf. »Das spielt jetzt keine Rolle mehr. Es ist am besten, es zu beenden, bevor es schlimmer wird.«

»Hm.« Carmen setzt eine nachdenkliche Miene auf.

»Was?«

»Ich frage mich nur gerade, warum du so wild entschlossen bist, etwas im Keim zu ersticken, das dich glücklich macht.«

»Darum! Für die nächste Saison sind Teams in der engeren Wahl, die ganz weit weg von hier beheimatet sind, und ich möchte nirgendwo anders hinziehen und … Es ist einfach nicht das, was ich will.«

»Aber du hast ihn doch wirklich gern.«

»Ja, stimmt«, gestehe ich mit einem Seufzer. »Bloß was nützt das, wenn wir Tausende Kilometer voneinander entfernt leben? Eine Fernbeziehung ist einfach nichts für mich.«

»Das kann ich verstehen«, meldet sich Jason zu Wort. »Ich wollte auch keine Tausende von Kilometern von Carmen entfernt leben, also habe ich mein Leben für sie auf den Kopf gestellt.«

»Und das weiß ich mehr zu schätzen, als du ahnst«, bedankt sich Carmen mit einem Lächeln bei ihrem Verlobten. »Willst du damit sagen, dass Maria ebenfalls ihr ganzes Leben für Austin auf den Kopf stellen soll?«

Dieses Gespräch nimmt gerade die völlig falsche Richtung. »Ich habe ihn ja noch nicht mal getroffen! Ich kann nicht in Erwägung ziehen, mein Leben komplett umzukrempeln, nur weil ich gern mit ihm rede. Wenn du an meiner Stelle wärst, Carmen, würde ich umgekehrt genauso empfinden. Ich würde nicht zulassen, dass du alles für einen Typen hinschmeißt, den du gar nicht kennst.«

»Danke, das freut mich«, witzelt Jason.

Ich lächle zum ersten Mal, seitdem Austin sein perfektes Spiel geworfen hat. »Ich pass für dich auf sie auf, Jason. Mach dir keine Sorgen.«

Als Carmen klar wird, dass ich das Richtige getan habe, sinkt sie in sich zusammen. »Ich hasse das«, beschwert sie sich.

»Ich hasse es auch, aber das Leben ist, was es ist, und ich weigere mich, offenen Auges auf eine Katastrophe zuzusteuern, indem ich eine Beziehung mit einem Mann beginne, der nicht mal hier lebt. Erinnerst du dich, wie es für Dee war, als sie und Marcus eine Fernbeziehung versucht haben? Wie lang hat das gehalten?«

»Sechs Monate«, räumt Carmen ein, »bevor die beiden gemerkt haben, dass es nicht möglich ist.«

»Ganz genau, und erinnerst du dich, dass Dee am Boden zerstört war, als sie sich schließlich getrennt haben? Warum soll ich mir das antun, wenn ich jetzt schon weiß, wie es enden wird?«

»Das verstehe ich«, räumt sie mit bekümmerter Miene ein. »Trotzdem ist es doof.«

»Das ist total doof.«

»Was können wir für dich tun?«, erkundigt sie sich.

»Nichts. Mir geht's gut. Wirklich. Ich brauch einfach mal einen Tag für mich.« Ich drehe mich zu Jason um und füge hinzu: »Doch dir müssen wir erst noch den richtigen Umgang mit Klatsch in der Familie beibringen.« Ich lächle, damit er weiß, dass ich bloß Spaß mache. Zumindest so halb.

»Tut mir echt leid. Allerdings muss ich zu meiner Verteidigung darauf hinweisen, dass ich Carmen einfach nur erzählt habe, dass du dich krankgemeldet hast. Was danach passiert ist, hat sich komplett meiner Kontrolle entzogen.«

»Es war mein Fehler«, bestätigt sie. »Ich war bei der Arbeit und wusste, dass ich erst heute Abend hier sein könnte, also habe ich Nona gebeten, nach dir zu sehen.« Sie muss nicht erklären, wie es von da an aus dem Ruder gelaufen ist.

»Schon okay. Dadurch habe ich wirklich leckeres Hähnchen Marsala bekommen, und es ist noch genug da, dass ich den Rest der Woche keinen Hunger leiden werde.«

»War deine Mom wieder speziell?«, fragt Carmen zögernd.

Wir lieben meine Mom, aber sie kann, wie Carmen es ausgedrückt hat, manchmal speziell sein.

»So schlimm war es nicht. Sie denkt, ich hätte eine Halsentzündung, weil das letzte Woche einer der Köche im Restaurant hatte.«

»Gut«, beschließt Carmen. »Lassen wir sie in dem Glauben. Sie müssen die Wahrheit nicht erfahren.«

»Nona weiß, dass es keine Halsentzündung ist.«

»Sie wird nichts verraten. Solche Sachen sind bei ihr sicher.«

Das entspricht auf jeden Fall der Wahrheit. Nona ist wirklich toll, wenn es um so was geht.

»Es gibt nichts zu erzählen. Da war etwas, und jetzt ist da nichts mehr.« Während ich diese Worte ausspreche, wird der Schmerz tief in mir wieder schärfer. Ich vermute, dass mich das noch eine Weile begleiten wird, während ich zu dem Leben zurückkehre, das ich vor Sonntag geführt habe. Aber ich kann das schaffen. Ich *werde* das schaffen. Nach Scott habe ich mir geschworen, dass mir kein Mann je wieder so wichtig sein wird, dass er die Macht hat, mich derart zu verletzen, wie Scott es getan hat. Ich habe mich gut an diesen Schwur gehalten – bis Austin aufgetaucht ist.

Jason schaut mich vorsichtig an. »Wenn ich nur eins sagen darf … Das war ein verdammt gutes Spiel, das er letzte Nacht geworfen hat.«

»Ja, war es nicht großartig?« Und dann weine ich schon wieder und heule Carmen voll, die mich in den Arm nimmt.

»Tut mir leid«, entschuldigt sich Jason. »Ich wollte nicht …«

»Ist nicht deine Schuld.« Ich trockne mir die Tränen mit dem Ärmel meines Pullis ab. »Das passiert mir seit letzter Nacht dauernd. Warum konnte er sich nicht einfach als Vollpfosten entpuppen?«

Carmen nickt mir zu. Wie immer sind wir auf einer Wellenlänge. »Oder? Das wäre so viel besser gewesen.«

»Ich werde Frauen nie verstehen«, verkündet Jason und bringt mich damit zum ersten Mal heute zum Lachen.

»Dann hätten wir ihn hassen können«, erklärt ihm Carmen. »Das hier ist viel schlimmer, weil Maria weiß, dass er ein super Typ ist, sie ihn aber nicht haben kann.«

Ich zeige mit meinem Daumen auf Carmen. »Ganz genau so.«

»Ah«, entfährt es Jason. »Beunruhigenderweise erschließt sich mir diese Logik sogar.«

»Vielleicht besteht doch noch Hoffnung für dich«, erwidert Carmen und lächelt ihn an.

»Wir sollten gehen und Maria etwas Ruhe gönnen«, meint er.

»Es war schön, dass ihr vorbeigekommen seid. Dass ihr da wart, hat geholfen.«

Carmen drückt mich fest. »Wir sind für dich da, wenn du irgendwas brauchst.«

»Ich weiß. Danke.« Ich umarme sie beide und bringe sie nach draußen.

»Ruf mich morgen an«, trägt mir Carmen noch auf.

»Das werde ich.« Ich schließe die Tür und sperre ab, schalte das Licht aus und gehe ins Bett, ohne irgendetwas von dem zu tun, was ich normalerweise unter der Woche mache. Vielleicht nehme ich mir morgen einen weiteren Tag frei, ehe ich mich am Samstagabend im Restaurant wieder dem Geldverdienen zuwende. Ich kann es mir nicht leisten, eine Schicht Kellnern zu verpassen.

Bevor mich Schuldgefühle davon abhalten können, schreibe ich Angie. Mir geht es nicht besser. Ich bleibe morgen auch noch zu Hause, aber am Montag bin ich zurück. Tut mir leid.

Keine Sorge. Gute Besserung.

Ich stelle den Alarm auf meinem Handy aus, kuschle mich in meinem Bett unter die Decke und wünsche mir dabei, mein Gehirn genauso leicht ausstellen zu können wie meinen Wecker. Wäre das nicht toll? Einen Button auf einem Display verschieben und jeglichen Gedanken, den man nicht mehr haben möchte, abschalten. Im Moment würde ich jede Menge Geld dafür zahlen. Doch da das nicht möglich ist, erlaube ich mir, an Austin zu denken, an die Geheimnisse, die wir einander anvertraut haben, die Liebe, die er mir gezeigt hat, und das Glück, das ich jedes Mal empfunden habe, wenn ich eine seiner wunderbaren Nachrichten gelesen habe.

Es wird eine ganze Weile dauern, bis ich aufhören kann, an ihn zu denken, und ich werde weder ihn noch Everly je vergessen.

Austin

Alles geht den Bach runter, nachdem Maria und ich beschlossen haben, aufzuhören, bevor es zu spät ist. Seit Detroit haben wir kein Spiel mehr gewonnen, und bei meinem nächsten Einsatz in Seattle habe ich eine echte Abreibung kassiert. Mick hat mich im vierten Inning aus dem Spiel genommen, nachdem ich der gegnerischen Mannschaft fünf verfluchte Läufe ermöglicht hatte. Alle meine Würfe waren totaler Mist. Ich bin mir hundertprozentig sicher, dass Maria daran schuld ist. Sie ist alles, woran ich denken kann, sogar dann, wenn ich mich auf was anderes konzentrieren müsste, wie zum Beispiel darauf, warum ich plötzlich keinen Strike mehr werfen kann.

So war das bei mir schon immer. Wenn in meinem Privatleben Chaos herrscht, bin ich auf dem Platz grottenschlecht. Das ist auch der Grund, warum ich es letztes Jahr nach Evs Diagnose gar nicht erst mit dem Spielen versucht habe. Mir war klar, dass es keinen Sinn hatte.

»Ich weiß nicht, was zur Hölle mit dir los ist«, hat Mick mich am ersten Tag zurück in Baltimore angeschnauzt. »Aber was immer es ist, regel das. Du bist nicht so weit gekommen, um es jetzt zu vermasseln.«

Das ist das erste Mal, dass er andeutet, was nach dieser Saison auf mich wartet. Da klar ist, dass ich nicht bei den Orioles bleiben werde, haben wir beide es bisher vermieden, über den Elefanten im Raum zu sprechen.

»Du hast recht, Coach.«

»Du bist ein guter Kerl, AJ. Einer der besten Pitcher, die ich je gesehen habe. Nach oben sind dir keine Grenzen gesetzt, und das weißt du verdammt noch mal. Reiß dich zusammen, konzentrier dich, und beende diese verdammte Saison so gut wie möglich, klar?«

»Okay.«

»Gut. Und jetzt verschwinde.«

Ich verlasse Micks Büro und stoße vor der Tür fast mit Santiago zusammen.

»Autsch«, meint er.

»Nichts, was ich nicht schon selbst wusste.«

»Was ist eigentlich los mit dir? Du warst so gut in Detroit und dann in Seattle so schlecht. Wie passiert so was praktisch über Nacht?«

Ich weiß ganz genau, wie das passiert ist, aber ich will verflucht sein, wenn ich es nicht rechtzeitig wieder in Ordnung bringe, um noch einmal im Trikot der Orioles hier in Baltimore und dann zum letzten Mal in Miami zu werfen, wo Maria lebt und wo ich sie persönlich kennenlernen werde.

Das macht natürlich alles sehr viel besser. Nicht.

»Ich arbeite dran«, sage ich zu Santiago. »Wir sehen uns morgen.«

»Bis dann.«

Nach dem Training und dem Treffen mit Mick fahre ich nach Hause und freue mich darauf, zu Everly zu kommen. Sie muntert mich immer auf, egal was mich bedrückt. Während ich quer durch die Stadt zu meiner Wohnung in Fells Point unterwegs bin, fällt mir auf, dass ich Santiago angelogen habe. Ich arbeite an gar nichts, weil ich mit dem einen Menschen, der mich wieder auf die Spur setzen könnte, nicht reden kann. Sie ist tabu, und sie fehlt mir furchtbar.

Ich weiß, dass es verrückt ist, den Verlust von etwas, das man nie wirklich besessen hat, zu betrauern. Maria nach vier Tagen zu verlieren fühlt sich trotzdem unendlich viel schlimmer an, als mit Kasey Schluss zu machen, mit der ich drei Jahre zusammen war und die die Mutter meines Kindes ist. So einen Schmerz habe ich noch nie gespürt, wahrscheinlich weil ich mich mit Maria verbunden gefühlt habe, sogar ohne sie je berührt zu haben.

Mit Kasey war das anders. Sie war sexy, und man konnte mit ihr Spaß haben, aber mehr war da eben nicht.

Maria verfügt über so viel Charakter und Tiefe, kurz: genau das, was ich nach dem Stress mit Everlys Krankheit gebraucht habe.

Man kann die beiden Frauen wirklich nicht miteinander vergleichen. Ich muss jedoch festhalten, dass Maria ein Bedürfnis in mir befriedigt hat, von dem ich nicht mal wusste, dass ich es habe. Und jetzt ist sie fort, und ich bin am Boden zerstört. Ich würde alles dafür geben, mein Handy nehmen und ihre Stimme und ihr Lachen hören und mit ihr über all meine Luxusprobleme quatschen zu können.

Ich parke in der Tiefgarage und nehme den Aufzug in den fünften Stock, wo meine Eltern und ich Wohnungen direkt nebeneinander haben, die ich nach der Trennung von Kasey für uns gekauft habe. Meine Eltern nebenan zu haben war in jeder Beziehung ein echter Lebensretter. Ich klopfe an die Tür und warte, obwohl ich einen Schlüssel habe. Wir achten gegenseitig unsere Privatsphäre, was entscheidend für den Erfolg unserer Abmachung ist.

Mom kommt mit Ev auf dem Arm zur Tür.

Everly stößt einen Freudenschrei aus, als sie mich sieht, und wirft sich in meine Richtung.

Ich erwische sie gerade noch, bevor sie runterfallen kann.

»Ehrlich, Ev«, beschwert sich meine Mutter. »Ich habe dir doch schon so oft gesagt, dass du das nicht tun sollst.« An mich gewandt, fügt sie hinzu: »Ich habe Angst, dass ich sie irgendwann nicht festhalten kann und sie sich wehtut.«

Eigentlich sollte ich mit Ev schimpfen und sie ermahnen, auf meine Mom zu hören, aber das bringe ich nicht über mich, nachdem ich nach elf endlos langen Tagen gerade erst wieder da bin. Ich freue mich zu sehr, sie an mich zu drücken. Als ich gestern mitten in der Nacht vom Flughafen heimgekommen bin, hab ich mich in Moms und Dads Wohnung zu Ev ins Bett gelegt und bis zum Morgen neben ihr geschlafen. Ich bin davon aufgewacht, dass sie mir die Nase zugehalten hat. Davon schrecke ich immer auf, was einer ihrer Lieblingsstreiche ist. Sie kann dann gar nicht mehr aufhören zu lachen, was natürlich auch mich zum Lachen bringt.

Ich folge meiner Mom in ihre Wohnung, von der aus man die gleiche tolle Aussicht auf den Hafen von Baltimore genießt wie von meiner. Meine Mutter hat kurzes blondes Haar und eine schlanke, sportliche Figur, die sie mit Tennis in Form hält. Ich bin derjenige von uns Brüdern, der ihr am ähnlichsten sieht, und ich behaupte gern im Spaß, ihr Lieblingssohn zu sein, wobei ich das, wenn wir mal ehrlich sein wollen, selbstverständlich auch bin. Zu meinen Brüdern sage ich immer, dass sie mich eben derart liebt, dass sie einfach zu mir ziehen musste. Natürlich ist ihnen klar, dass das Quatsch ist und ich ohne die Hilfe meiner Eltern mit Ev einfach total aufgeschmissen wäre.

Everly hat ihre Arme und Beine um mich geschlungen und klammert sich an mich, wie sie es tagelang macht, wenn ich von einem Trip mit der Mannschaft wiederkomme. Sosehr ich es liebe, dass sie sich so über mich freut, hasse ich es, dass ich überhaupt wegmuss.

»Wie geht's meinem kleinen Mädchen?«

Sie schlingt ihre Ärmchen fester um meinen Hals.

»Hatte sie schon ihr Nickerchen?«, frage ich Mom.

»Nur ganz kurz.«

Na toll. Das bedeutet, dass sie zur Schlafenszeit absolut unleidlich sein wird.

»Heute gibt es Spaghetti und Tomatensoße mit Fleischbällchen zum Abendessen, falls ihr uns Gesellschaft leisten wollt.«

»Ja, super, danke. Das klingt lecker – und riecht auch so. Wo ist Dad?«

»Im Arbeitszimmer.«

»Lass uns zu Opa gehen, Ev.«

»Opa«, quietscht sie fröhlich, was zusammen mit »Dada«, »Oma« und »nein« zu ihren Lieblingswörtern zählt – wobei »nein« unangefochtener Spitzenreiter ist. Sie spricht noch fast gar nicht, aber die Ärzte meinen, darüber sollten wir uns keine übermäßigen Sorgen machen, sondern einfach abwarten, bis sie dazu bereit ist. Sie sagen, dass der Grund für die Verzögerung nicht ihre Krankheit ist, auch wenn ich vermute, dass es da einen direkten Zusammenhang gibt, da sie während der schlimmsten Zeit sehr still war.

Im Arbeitszimmer sitzt mein Dad am Schreibtisch und liest die Zeitung von heute, während er eine Zigarre raucht, was meine Mom ihm abzugewöhnen versucht. Er darf nur im Arbeitszimmer rauchen, weil sie den Geruch hasst. Sobald er merkt, dass ich Everly bei mir habe, drückt er die Zigarre aus. Er raucht nie, wenn sie in der Nähe ist. Sein graues Haar steht wild in alle Richtungen ab, und er hat sich in den letzten Tagen nicht rasiert, was nie vorgekommen wäre, solange er gearbeitet hat.

Mein Bruder Ash sieht genauso aus wie er, nur dass er noch so dunkelhaarig ist, wie mein Dad früher war. Inzwischen sind Dads Haare ergraut, vor allem während Ev krank war. Er kann hart wie Stahl sein, doch wenn es um Everly geht, ist er butterweich. Ihre Krankheit hat uns allen viel abverlangt.

»Wie war das Treffen mit Mick?«, fragt Dad und kommt damit direkt auf die heutige Schlagzeile zu sprechen.

»Er hat mich rundgemacht, womit ich gerechnet hatte.« Ich setze mich in einen der gemütlichen Ledersessel, die Mom ausgesucht hat, und streiche Everly, die sich an mich kuschelt, über den Rücken. Sie freut sich immer so, wenn ich wieder zu Hause bin, dass ich mich tagelang schuldig fühle, weil ich überhaupt weg war. Und dann neige ich dazu, ihr alles zu erlauben.

»Was zur Hölle ist in Seattle passiert?«

Meine Eltern wissen nicht, dass ich Evs Knochenmarkspenderin geschrieben habe oder dass ich mich binnen vier unglaublich toller Tage halb in sie verliebt habe. »Ich bin mir nicht sicher. Ich war einfach nicht in Form.«

»Erzähl das jemandem, der dich nicht so gut kennt wie ich. Was zur Hölle ist los?«

Ich hätte wissen müssen, dass Dad meine Ausflüchte durchschaut. Ich habe es nie geschafft, meinen allerersten Trainer und den Mann, dessen Rat mir bis heute wichtig ist, zu täuschen. »Mich beschäftigt gerade etwas … Es ist nichts, weswegen du dich sorgen müsstest. Ich arbeite dran.«

»Du hast zwei weitere Spiele dafür, den Boden für die nächste Saison zu bereiten. Du musst jetzt einen klaren Kopf haben. Gib ihnen keinen Grund, es sich zweimal zu überlegen, ob sie dich unter Vertrag nehmen wollen.«

»Ich weiß. Ich verstehe das. Ich arbeite dran. Ich hatte ein gutes Training heute. Seattle war ein Ausrutscher.«

»Das will ich aber auch hoffen.«

Während wir reden, streichle ich Evs Rücken mit kreisenden Bewegungen, bis ich merke, dass sie in meinen Armen eingeschlummert ist. »Sie schläft. Ich bringe sie in ihr Bett, damit sie sich vor dem Abendessen noch ein bisschen ausruhen kann.«

Ich trage sie in ihr Zimmer, das meine Eltern so eingerichtet haben, dass sie sich in beiden Wohnungen gleichermaßen wohlfühlt. Ich lege mich zu ihr ins Bett und behalte sie auf mir, während sie schläft. Ihre Wärme, das Gefühl ihres kleinen Körpers in meinen Armen und der zarte Duft ihres Babyshampoos – das alles liebe ich wie verrückt. Es steht außer Frage, dass mein grottiges Spiel in Seattle mich erschüttert hat, aber nach allem, was ich durchgemacht habe, überbewerte ich das nicht. Das Einzige, was wirklich zählt, ist, dass Everly gesund und am Leben ist.

Ich nicke bei ihr ein und werde erst wieder wach, als das Essen fertig ist und meine Mom ins Zimmer kommt.

Ich wecke Everly mit Küssen, denn wenn sie jetzt zu lange schläft, wird es ein Albtraum, sie nachher ins Bett zu bringen. Wie jedes Mal ist sie beim Aufwachen übellaunig, doch sie ist so froh, mich wieder hierzuhaben, dass sie sich zum Dinner zusammenreißt. Danach begeben wir uns in unsere Wohnung nebenan, wo ich sie bade und ihr fünf Gutenachtgeschichten vorlesen muss.

Ich bleibe lange bei ihr, auch nachdem sie eingeschlafen ist, weil ich so glücklich bin, endlich wieder bei ihr zu sein. Schließlich raffe ich mich auf, verlasse ihr Zimmer und gehe unter die Dusche, stehe eine lange Zeit unter dem Regenduschkopf und lasse von dem heißen Wasser die Anspannung fortspülen, die seit Wochen mein Begleiter ist.

So schlimm war es seit Evs Diagnose nicht mehr, obwohl das heftiger war als alles andere, was ich je erlebt habe. Ich versuche mich davon zu überzeugen, dass mich vier Tage mit E-Mails, Textnachrichten und ein paar Telefonaten mit einer Frau nicht so fertigmachen können, aber in Wahrheit waren es ja mehr als nur vier Tage. Es waren sechs Monate, in denen ich nach nur einer E-Mail immer an sie denken musste und die Tage gezählt habe, bis ich sie endlich unter meinem echten Namen kontaktieren durfte.

Am Ende habe ich mit ihr über mehr geredet als mit irgendwem sonst außerhalb meiner Familie. Die Verbindung, die wir beide zueinander aufgebaut haben, gehört zu dem Intensivsten, was ich je gefühlt habe, und jetzt, da ich ohne sie auskommen muss, bin ich verloren.

Dennoch haben mein Dad und Mick recht: Ich muss den Kopf frei kriegen, bevor ich in zwei Tagen das letzte Mal im

Stadion von Baltimore auflaufe. Ich möchte für die Fans alles geben, nachdem sie mich in den vergangenen sechs Jahren so unterstützt haben, besonders als Ev krank war. Als ich dieses Jahr am ersten Spieltag zurückgekehrt bin, haben sie mich mit einem zehnminütigen Applaus empfangen, der mich zu Tränen gerührt hat. Ich möchte einen möglichst guten Abschluss liefern, was bedeutet, dass ich meine beste Leistung zeigen muss.

Ich ziehe mir eine Jogginghose und ein T-Shirt an und hole mir ein Bier aus dem Kühlschrank, bevor ich mich aufs Sofa setze und den Sportkanal einschalte. Zum ersten Mal seit Stunden werfe ich einen Blick auf mein Handy und sehe, dass Aaron, mein Agent, eine meiner früheren Nachrichten beantwortet hat. Er hält von meiner Entscheidung, Miami zur Auswahl hinzuzunehmen, absolut nichts und hat mir jede Menge Gründe dafür aufgezählt.

Ich möchte sie mir trotzdem anschauen.

Er schreibt mir sofort zurück, was eine Seltenheit für ihn ist. Das sagtest du bereits. Was du nicht gesagt hast, ist, warum.

Persönliche Gründe.

Lass uns das morgen am Telefon besprechen.

Er wird anrufen und versuchen, mir Miami auszureden, doch es ist mir ernst damit, die Marlins in Erwägung zu ziehen. Sie haben eine junge, ehrgeizige Mannschaft mit Potenzial und einer echten Chance, Großes zu erreichen. Sie erfüllen alle meine Bedingungen, bis auf eine. Ich wäre hinter ihrem Ace Pitcher Joaquin Garcia, dem »Dominikanischen Phänomen«

und Star der Mannschaft, der diese Saison für den National League Cy Young Award im Rennen ist, nur die Nummer zwei.

Bei jedem anderen Team, das wir in der engeren Auswahl haben, wäre ich der Star-Pitcher, und das ist auch der Grund, weshalb es Aaron so beunruhigt, dass ich die Marlins auf unsere Liste gesetzt habe.

Es ist schon witzig, wie Dinge, die vor ein paar Wochen wichtig waren, es jetzt nicht mehr sind. Ich rufe mein E-Mail-Programm auf und gehe die Nachrichten durch, bis ich die von Maria finde. Ich fange mit der ersten an und lese sie noch einmal, wie ich es jeden Abend getan habe, seit ich das letzte Mal mit ihr geredet habe. Ich bin mir nicht sicher, warum ich mich weiter so quäle, aber ich kann einfach nicht damit aufhören.

Mein Telefon vibriert, als eine Textnachricht eintrifft. Sie ist von Erica, der Marketing-Managerin des Teams, die sich um das kümmert, was wir vor dem ersten Spiel in Miami planen.

Hey, AJ, ich habe heute mit Maria geredet, und wir haben uns auf ein kurzes Event auf dem Spielfeld in Miami zehn Minuten vor Spielbeginn (der ist um eins) geeinigt. Kannst du bitte kurz bestätigen, dass Everly und deine Eltern auch dabei sein können? Das wird unglaublich. Wir freuen uns alle sehr.

Ich schreibe zurück und bestätige, dass uns die Zeit passt und wir alle da sein werden. Danke, dass du dich darum gekümmert hast.

Gern geschehen!

Bei dem Gedanken, dass ich Maria in knapp einer Woche persönlich gegenüberstehen werde, macht mein Herz einen Satz. Aber da wird mir etwas klar: Ich werde Maria zum ersten Mal vor Tausenden von Leuten, meinem gesamten Team, meiner

Familie und wahrscheinlich auch vor ihrer sehen. Und das fühlt sich komplett falsch an.

Das gefällt mir überhaupt nicht. Lange nachdem ich ins Bett gegangen bin, denke ich noch immer darüber nach, wälze mich herum und versuche zu entscheiden, was ich tun soll. Ich bin immer noch nicht zu einer Lösung gekommen, als Ev morgens in mein Bett krabbelt und wieder einschläft, während ich aus dem Fenster auf den Hafen schaue und zu entscheiden versuche, ob es eine gute Idee wäre, Maria zu fragen, ob wir uns am Abend vorher privat treffen könnten.

Ich hasse die Vorstellung, ihr zum ersten Mal vor all diesen Leuten gegenüberzustehen, und am Ende des Tages – eines Spieltages – habe ich den Entschluss gefasst, dass ich mich bei ihr melden und zumindest fragen muss, was sie von meiner Idee hält.

Wir gewinnen in der Nachspielzeit, doch ich bin nicht vor Mitternacht zu Hause, also warte ich bis zum Morgen damit, ihr zu schreiben.

Ev isst ihr Müsli, während ich auf mein Telefon starre, in der Hoffnung, dass ich das Richtige tue. Hi, Erica hat mir Bescheid gegeben, dass das mit dem Event vor dem Spiel klappt, aber ich frage mich, ob es nicht vielleicht besser wäre, wenn wir uns am Abend vorher schon mal treffen. Ich finde es schrecklich, dass uns, wenn wir uns zum ersten Mal persönlich begegnen, Tausende Leute zuschauen …

Und ich hasse das, was ich da geschrieben hab, fast genauso sehr. Da ist so viel, was ich ihr sagen muss, dass mir die Worte auf dem Display völlig unzureichend erscheinen. Bevor ich es mir anders überlegen kann, schicke ich die Nachricht ab.

Everly und ich spielen während der nächsten Stunde in ihrem Zimmer, was im Grunde daraus besteht, dass sie mich als Prinzessin verkleidet und so tut, als würde sie mir Lippenstift aufmalen. Wir haben eine Teeparty, und ich muss ganz still sitzen, während sie »meine Nägel lackiert«, so wie es meine Mutter manchmal bei ihr macht. »Dada hübs.«

Das ist ein neues Wort, das ich mit fast schmerzhafter Erleichterung registriere. »Nicht so hübsch wie Everly.«

»Dada dumm.«

Das sind schon zwei neue Wörter. Ich umarme sie und küsse sie, übertreibe maßlos, was sie schnell nervt.

»Nein, Dada.« Sie drückt mich zurück und schnappt sich meine Hand, um die Maniküre zu beenden.

Mein Telefon gibt das Geräusch von sich, das eine Textnachricht ankündigt, und obwohl ich ganz dringend nachschauen möchte, schenke ich Ev weiter meine ungeteilte Aufmerksamkeit, bis sie keine Lust mehr hat. Dann stürze ich zum Handy und sehe, dass Maria mir geantwortet hat.

Ich verschlinge ihre Worte förmlich. Das ist eine wirklich gute Idee. Ich habe mir schon Sorgen gemacht, wie es wohl sein wird, sich zum ersten Mal vor so vielen Leuten zu treffen.

Sie hat keine Ahnung, was mir diese Nachricht bedeutet.

Ich schreibe ihr sofort zurück. Wir landen am Freitag gegen vier. Die Spiele in Miami sind Samstag, Sonntag und Montag, was ungewöhnlich ist, sich am Ende der Saison aber manchmal nicht vermeiden lässt. Darf ich dich zum Essen einladen?

Ich starre eine gefühlte Stunde lang auf mein Handy und warte auf ihre Antwort. In Wirklichkeit sind es nur fünf Minuten, doch es kommt mir wie eine Ewigkeit vor.

Sicher, das ist eine Möglichkeit. Oder ich kann uns selbst was kochen.

Das hier wird immer besser. Ihr Vorschlag, dass unsere Begegnung ganz ohne Zuschauer stattfindet, sodass wir ungestört sind, gefällt mir sogar sehr. Seit dem perfekten Spiel hat sich die nationale Presse extrem für mich interessiert, und es ist nicht auszuschließen, dass mich jemand in der Öffentlichkeit wiedererkennt. Das würde ich nicht wollen, und ich bin mir fast sicher, sie auch nicht.

> Everly begleitet dich, richtig?

> Ich komme mit dem Team aus Tampa. Sie und meine Eltern fliegen erst am Samstagmorgen von Baltimore her.

> Ah, verstehe. Also nur wir beide.

> Ist das okay?

> Ja, natürlich. Ich freue mich schon darauf, dich zu sehen.

> Geht mir genauso.

Ich möchte ihr sagen, dass ich sie so sehr vermisse, aber dann lasse ich es doch. Ich kann das nicht sagen, selbst wenn es stimmt. Vielleicht gestehe ich es ihr, wenn ich sie nächsten Freitagabend treffe.

O Gott, wie soll ich es nur aushalten, eine ganze weitere Woche zu warten?

KAPITEL 8

Maria

Nachdem die letzte Woche quälend langsam verstrichen ist, verlasse ich an dem Freitag, an dem Austin in Miami eintrifft, nach der Arbeit die Sozialklinik und fahre zum Restaurant, um das Essen abzuholen, das ich vorhin bestellt habe. Ich kann zwar einigermaßen gut kochen, aber es ist völlig ausgeschlossen, dass ich heute Abend eine Katastrophe riskiere, selbst wenn das heißt, dass ich im Gegenzug eine Million Fragen von meiner Familie dazu beantworten muss, wen ich zum Dinner erwarte.

Es ist schon schlimm genug, dass alle morgen zum Spiel kommen, nachdem mein Dad herumerzählt hat, was die Mannschaft für mich plant.

»Als ob wir uns das entgehen lassen würden«, hat Abuela gesagt, als ich ihnen versichert habe, sie müssten nicht vollzählig erscheinen.

Obwohl Dee, Nico, Milo und ich eigentlich gar nicht ihre Enkel sind, hat Abuela kein wichtiges Ereignis in unserem Leben versäumt. Warum sollte ich also denken, dass sie jetzt damit anfängt?

Ich parke auf der Rückseite vom Giordino's und schlüpfe durch die Hintertür hinein, gehe direkt in die Küche, wo ich meinen Onkel Vincent dabei antreffe, wie er Essen zum Mitnehmen einpackt.

»Hi.«

»Oh, hallo, Süße. Das hier ist für dich. Ich warte nur noch auf etwas frisches Brot direkt aus dem Ofen.«

»Vielen, vielen Dank.« Ich zücke mein Portemonnaie.

»Das hier geht aufs Haus, Süße.«

»Das müsst ihr nicht übernehmen!«

»Das wissen wir, doch wir möchten es gerne, daher solltest du uns lassen.«

»Danke. Nächstes Mal zahle ich aber wieder.«

»Darüber können wir uns ja dann streiten.«

Ich stelle mich auf die Zehenspitzen und küsse ihn auf die Wange. »Du bist der Beste.«

»Geht es dir inzwischen wieder gut?«

Die Frage habe ich seit letzter Woche mindestens schon hundert Mal beantworten müssen. Nachdem ich mich zwei Tage krankgemeldet hatte, wurde sie mir von jedem einzelnen Familienmitglied gestellt. »Alles in Ordnung. Wieder völlig normal.« Das stimmt nicht, aber das ist es, was er hören muss.

»Das freut mich. Wir haben uns Sorgen um dich gemacht.« Einer der Beiköche bringt uns das noch warme Brot, und Onkel Vincent steckt es in die braune Papiertüte. »Und damit, meine Liebe, ist alles fertig.«

»Noch mal tausend Dank, Onkel Vin.«

»Ich hoffe, du hast einen wunderschönen Abend, Süße. Wir sehen uns morgen beim Spiel.«

Ich verziehe das Gesicht bei der Erinnerung an das, worauf ich mich da eingelassen habe. Mich plagen zum neunhundertsten Mal, seit Austin mich das erste Mal gefragt hat, Zweifel an der Weisheit meiner Zusage. »Bis dann.«

Ich bin schon fast zur Tür hinaus, als Abuela in die Küche kommt. Ihr Blick fällt auf meine Tüte mit dem Essen, dann hebt sie ihn zu meinem Gesicht. »Für wen brauchst du das Essen?«

»Für einen Freund von außerhalb.«

»Was hast du denn für Freunde von außerhalb?«

Belustigt gebe ich ihr einen Kuss auf die Wange und eile an ihr vorbei. »Niemanden, den du kennst. Bis morgen!«

Schnell verstaue ich die Tüte hinten im Auto und setze mich hinters Lenkrad, will hier rasch weg, bevor jemand dahinterkommt, was ich vorhabe. Ja, klar hätte ich es auch irgendwo anders bestellen können, aber für Austin wollte ich nur das Beste, und darum musste es vom Giordino's sein.

Ich fahre vom Parkplatz und atme erleichtert auf, weil die Inquisition nicht schlimmer ausgefallen ist.

Mein Telefon klingelt, und ich nehme den Anruf von Carmen über die Freisprecheinrichtung an. Sie ist die Einzige, der ich von meinen Plänen für heute Abend erzählt habe. Ich nehme an, Jason ist ebenfalls eingeweiht, doch er hat es gestern in der Klinik mit keinem Wort erwähnt.

»Na, wie geht's dir?«, will sie wissen.

»Eigentlich ganz gut. Ich hab gerade unser Essen bei deinem Vater abgeholt, und jetzt bin ich auf dem Heimweg.«

»Hast du schon entschieden, was du anziehst?«

»Jeans und das schwarze schulterfreie Shirt.«

»Das Shirt mag ich. Darin siehst du total heiß aus.«

»Ich versuche nicht, sexy zu sein.«

»Warum zum Teufel denn nicht? Du hast einen tollen Typen zum Dinner eingeladen, den du wirklich gernhast.«

»Müssen wir das allen Ernstes ein weiteres Mal durchkauen?«

»Nein, müssen wir nicht«, antwortet sie und hört sich ganz niedergeschlagen an. Ich weiß genau, wie sie sich fühlt. »Wann landet er?«

»Irgendwann gegen vier.«

»Und um wie viel Uhr wird er dann bei dir sein?«

»Wir haben uns bisher auf keine Zeit geeinigt. Er meldet sich, sobald sie gelandet sind.«

»Ich wollte dir noch sagen, dass ich begriffen habe, was du mit all den verschiedenen Gründen meinst, weshalb nichts daraus werden kann. Ich verstehe, warum du so empfindest. Es ist nur so: Wenn dieser Typ genau der richtige für dich ist, Mari, dann tu alles, was nötig ist, damit es funktioniert. Lass dich nicht von vornherein ins Bockshorn jagen.«

Ihre Worte treffen mich direkt ins Herz. »Leichter gesagt als getan.«

»Natürlich, aber was wäre schlimmer? Ein gewaltiges Risiko einzugehen oder dir für den Rest deines Lebens zu wünschen, du hättest den Mumm gehabt, es wenigstens zu versuchen?«

Und das ist genau der Kern des Dilemmas, in dem ich mich befinde und das mit jedem verstreichenden Tag angewachsen ist und sich vervielfacht hat, seit ich aufgehört habe, ihm zu schreiben. Es ist mit der Zeit nicht einfacher geworden, sondern viel, viel schlimmer, und ich habe tatsächlich schreckliche Angst davor, was passiert, wenn ich ihn persönlich kennenlerne.

»Ich weiß, was du mir sagen willst.«

»Viel Glück heute Abend. Schreib mir nachher, falls du einen Rat brauchst oder mit jemandem reden musst.«

»Ihr habt doch heute die Veranstaltung im Krankenhaus.« Carmen und Jason nehmen an einer Wohltätigkeitsgala teil, die Carmen seit Wochen vorbereitet hat.

»Ich hab mein Handy immer bei mir. Wenn du mich brauchst, schick mir eine Nachricht. Das meine ich ganz ernst.«

»Mach ich. Danke. Ich hab dich lieb.«

»Ich dich auch.«

Ich beende das Gespräch und fahre in meine Einfahrt. Als ich in meiner Wohnung bin, fülle ich das Essen in Schüsseln und stelle sie zum Warmhalten in den Ofen. Dann springe ich rasch unter die Dusche, frische mein Make-up auf und benutze dabei wasserfeste Mascara, denn ich fürchte, der Abend könnte emotional werden.

Austin schreibt mir um Viertel nach vier eine Nachricht: Bin gerade gelandet und auf dem Weg zum Hotel. Um wie viel Uhr wollen wir uns treffen, und wo muss ich hin?

Soll ich dich abholen?

Nicht nötig. Ich kann mir ein Taxi nehmen.

Ich schicke ihm meine Adresse. Ich wohne in dem Apartment über der Garage hinten. Komm, wann immer du möchtest. Ich bin zu Hause.

Klingt prima. Ich melde mich, wenn ich unterwegs bin.

Ich schicke ihm ein Daumen-hoch-Emoji, aber nur, weil sie noch kein Ohnmächtig-werden-Schädeldecke-fliegt-hoch-rot-werden-Emoji mit vortretenden Augen erschaffen haben, das meine Gefühle angemessen wiedergeben würde. Ich mache mich zu Ende fertig und schlüpfe in schwarze Sandalen mit hohen Absätzen, bevor ich mich in dem Ganzkörperspiegel auf der Innenseite meiner Schlafzimmertür prüfend betrachte. Wenn man mich fragt, habe ich viel zu viel Hintern und eine Körbchengröße mehr Busen, als mir lieb wäre, doch die Männer scheinen zu mögen, was ich zu bieten hab. Und außerdem geht es heute Abend nicht darum, irgendjemanden zu beeindrucken.

»Das ist so eine faustdicke Lüge, dass es nicht mehr komisch ist«, teile ich meinem Spiegelbild mit.

Entnervt von mir und meinen Gedanken, gehe ich in die Küche und schenke mir ein Glas Chardonnay ein. Wenn es je den richtigen Zeitpunkt für Mutantrinken gegeben hat, dann ist es zweifellos dieser.

Eine Stunde später informiert mich Austin, dass er unterwegs ist und dass er laut Navi in zwanzig Minuten bei mir sein wird.

Es ist nur gut, dass er gleich kommt, denn ich habe mein zweites Glas Wein beinahe ausgetrunken. Ich schalte das Außenlicht ein und gehe noch mal ins Bad, um mein Make-up zu überprüfen und mir rasch die Zähne zu putzen, damit er nicht schon von meinem Atem betrunken wird.

Ich wünschte, ich könnte mich endlich einkriegen, aber jede Faser meines Körpers ist in heller Aufregung, als die zwanzig Minuten zu zehn werden und dann zu fünf, und dann sehe ich Scheinwerfer in der Einfahrt. Er ist da. Ich gehe zur Tür und warte auf ihn und beobachte, wie er die Treppe hochsteigt. Er schaut empor, sieht mich und lächelt. In den zwei Sekunden, bevor er die oberste Stufe erreicht hat, wird mir klar, dass es ein Riesenfehler war, einem Treffen mit ihm zuzustimmen.

Austin

Das hier muss der längste Tag meines Lebens gewesen sein. Teufel, es ist die längste Woche, die ich durchmachen musste, seit Ev so krank war und die Zeit monatelang stillstand. Die Tage bis zu meinem Treffen mit Maria haben mich daran erinnert, wie es war, als Kind auf Weihnachten zu warten. Nur ist es viel, viel, viel aufregender, sie endlich zu treffen, als irgendein Weihnachten, das ich je erlebt habe.

Natürlich wusste ich bereits, dass sie wunderschön ist, aber in Fleisch und Blut ist sie noch umwerfender. Sie öffnet die

Tür und begrüßt mich mit einem schüchternen, zögerlichen Lächeln, das mir verrät, dass ich nicht der Einzige bin, der wegen heute Abend aufgeregt ist.

Auf dem kurzen Flug von Tampa nach Miami habe ich mir ins Gewissen geredet und mir fest vorgenommen, nicht sofort den Kopf zu verlieren, wenn ich die Frau treffe, die meiner Tochter das Leben gerettet hat. Doch das ist alles vergessen, als es jetzt so weit ist, und alles, woran ich denken kann, ist das unbeschreibliche Geschenk, das sie mir gemacht hat – und Everly.

»Dürfte ich dich … mal drücken?«

Wieder erscheint das schüchterne Lächeln, bei dem ihr Gesicht noch schöner wird. »Sicher.«

Wir gehen aufeinander zu und halten einander. Keiner von uns möchte loslassen, denn es fühlt sich unglaublich an. Außerdem passt sie in meine Arme, als ob sie genau dafür gemacht wäre. Alles an ihr finde ich großartig, aber die körperliche Anziehung spielt nur eine nachgeordnete Rolle, denn viel wichtiger ist, was ich über ihr Wesen weiß.

Keiner von uns hat es eilig, die Umarmung zu beenden.

»Ich weiß, ich habe es bereits hundert Mal gesagt, trotzdem noch mal danke. Danke, danke, danke.«

»Bitte, gern geschehen.«

So schlichte Worte für das größte Geschenk, das ich je erhalten habe.

Als wir uns schließlich doch voneinander lösen, haben wir beide Tränen in den Augen.

Sie lacht, während sie gegen ihre ankämpft. »Wir müssen ein furchtbares Bild abgeben.«

»Das ist bei dir völlig unmöglich.«

Ich kann meinen Blick nicht von ihr losreißen. Ich bin so verdammt glücklich, sie zu sehen, mit ihr zusammen zu sein. Ich möchte mein Gesicht in ihrer dunklen Lockenmähne vergraben und ihren köstlichen Duft einatmen, bis meine Sehnsucht gestillt ist. Ich befürchte allerdings, dass das eine Weile dauern wird.

»Komm rein«, sagt sie.

Da fällt mir auf, dass ich gerade mal einen Fuß in ihre Wohnung gesetzt habe, bevor ich sie in meine Arme geschlossen habe. *Wow, echt cool, AJ.* Ich folge ihr in das große Zimmer mit der offenen Küche. »Hier riecht es aber lecker.«

»Ich hab geschummelt und was aus dem Restaurant geholt. Ich war mir nicht sicher, was du magst, daher habe ich mehrere Sachen bestellt, die wir uns teilen können, wenn's dir recht ist.«

»Natürlich. Ich hoffe, du hast dir nicht zu viel Mühe gemacht.«

Sie schaut mich an, wirkt immer noch wunderbar schüchtern. »Ich habe bei meinem Onkel angerufen.«

Ich lache, und sie scheint sich ein wenig zu entspannen. Wenigstens hoffe ich, dass sie das tut, denn ich möchte nicht, dass sie in meiner Nähe nervös ist.

»Was kann ich dir zu trinken anbieten? Ich habe Bier, Wein, Cola und Wasser.«

»Ich nehme ein Bier, bitte.«

Sie holt eine Flasche Sam Adams aus dem Kühlschrank und öffnet sie für mich. »Möchtest du ein Glas?«

»Nein, das ist ja bereits in einem.«

»Stimmt auch wieder.«

Maria schenkt sich Weißwein nach und setzt sich neben mich an den Tresen, auf dem Cracker und ein Dip stehen. »Der berühmte Spinat-Artischocken-Dip vom Giordino's«, erklärt sie. »Den musst du einfach probieren.«

»Aber gerne doch.« Ich tauche einen Cracker in den Dip und beiße ab. Unbeschreiblich köstlicher Geschmack explodiert auf meiner Zunge. »Wow, ist das gut.«

»Ja, oder?«

Ich nehme mir einen weiteren Cracker mit dem großartigen Dip. »War es ein Opfer, dass du im Restaurant gewesen bist und Essen für zwei geholt hast?«

»Wie hast du das erraten?«

»Ich fühle mich geehrt, dass du das für mich auf dich genommen hast.«

»Ich wollte, dass du das beste Essen von Miami bekommst, und dafür musste ich ins Giordino's. Aber es war gar nicht so schlimm. Ich hab nur Onkel Vin und Abuela getroffen.«

»Das sind Carmens Vater und ihre Großmutter, richtig?«

»Genau«, sagt sie und wirkt beeindruckt.

»Unsere E-Mails habe ich inzwischen bestimmt tausend Mal gelesen. Da kenne ich die Namen auswendig.«

»Ich bin auch immer wieder alle Nachrichten durchgegangen«, gesteht sie mir leise.

Ich bin mir nicht sicher, was mich dazu bewegt, nach ihrer Hand zu greifen, doch ich verschränke meine Finger mit ihren. Das Verlangen, sie zu berühren, ist überwältigend.

Sie blickt hinab auf unsere Hände, und ihr Gesicht rötet sich auf bezaubernde Weise – sie ist einfach wunderschön und sexy. Sie hat genau die Rundungen, die ich mag, sie ist süß und einfach atemberaubend und …

Ganz langsam, AJ. Sie ist aus Gründen, die immer noch nicht ausgeräumt sind, auf die Bremse getreten.

»Ist das okay?«, will ich wissen.

»Ja, aber ich muss ehrlich zu dir sein und dir sagen, dass mir das alles immer noch Sorge bereitet.«

Ich drehe mich auf meinem Stuhl zu ihr. »Was alles?«

»Du. Das hier.« Sie drückt meine Hand, und mehr braucht es nicht, damit ich hart werde. »Das ist alles ein bisschen überwältigend.«

»Für mich auch. Ich möchte nicht, dass du denkst, das hier wäre was, das ich dauernd mache. Denn so ist es nicht. Und ich habe auch noch nie mit jemandem so reden können wie mit dir.«

»Geht mir umgekehrt ganz genauso.«

Das zu hören beruhigt mich, und ich beginne mich zu entspannen.

»Du kannst nicht essen, wenn du weiter meine Hand hältst«, bemerkt sie.

»Nicht? Dann pass mal auf.« Ich stelle mein Bier ab und benutze meine rechte Hand, um mir einen weiteren Cracker zu nehmen und in den köstlichen Dip zu tunken. Ich spüle alles mit einem Schluck Bier herunter, bevor ich anzüglich mit den Augenbrauen wackle. »Ich bin echt geschickt mit den Händen.«

Über die Bemerkung muss sie lachen, dann errötet sie wieder, was schnell zu meinem neuen Lieblingsanblick wird.

»Was ist in Seattle passiert?«

Ich zucke zusammen. »Das hast du gesehen?«

»Ja.«

»*Du* bist passiert.«

»Was? Was soll das heißen?«

»Nachdem wir in jener Nacht geredet und uns drauf geeinigt hatten, dass wir hiermit erst mal nicht weitermachen sollten, war ich wirklich durch den Wind.«

»Ich auch.« Sie richtet ihre wunderschönen braunen Augen auf mein Gesicht. »Ich hab mich an den beiden folgenden Tagen krankgemeldet, weil ich einfach nicht aufstehen konnte. Das habe ich nie zuvor getan.«

Ich hebe meine freie Hand und lege sie an ihre Wange. Ihre Haut ist seidenweich, und ich möchte sie so verzweifelt küssen, dass ich vor Verlangen brenne, das mich wie ein Tsunami überrollt. So was habe ich noch nie zuvor erlebt. Nicht auf diese Weise. »Maria …«

»Ich, äh … muss dringend mal nach dem Essen schauen.«

Ich lehne mich zurück und lasse ihre Hand los, obwohl es das Letzte ist, was ich tun will. Aber mehr als alles andere möchte ich diese süße, wunderbare Frau nicht verletzen, die so etwas Großartiges für meine Tochter getan hat. Daher lasse ich sie los, hole tief Luft und versuche, mich zusammenzureißen. Ich muss ihr die Führung überlassen. Sie ist diejenige, die gesagt hat, das mit uns könne nicht klappen, und ich muss ihre Wünsche respektieren.

Selbst wenn ich mich mit jeder Faser meines Wesens nach ihr verzehre.

Maria

Ich sterbe hier tausend Tode. Er wollte mich gerade küssen, und ich wollte das auch. Ich wollte es mehr als alles, was ich mir je in meinem Leben gewünscht habe. So viel also dazu, das mit uns auf Eis zu legen. Zehn Minuten in seiner Gegenwart, und ich halte seine Hand und muss mir Mühe geben, ihn nicht einfach zu küssen.

Denn das geht nicht. Ihn zu umarmen war schon schlimm genug – allerdings auf die bestmögliche Weise.

Als ich den Ofen öffne, schlägt mir ein Schwall heißer Luft entgegen, was mich dazu zwingt, an etwas anderes zu denken als daran, wie sehr ich Austin Jacobs küssen will. Und es ist wirklich unfair, dass er in Fleisch und Blut sogar noch attraktiver ist. Ich dachte, er könnte nicht besser aussehen als im Mannschaftstrikot, aber im Oberhemd mit hochgekrempelten Ärmeln über muskulösen Unterarmen und in Jeans, die an genau den richtigen Stellen eng sitzen, ist er tausendmal sexyer als auf den Fotos und im Fernsehen.

Von dem Grübchen in seiner rechten Wange, das immer erscheint, wenn er lächelt, will ich gar nicht reden. Oder dem leichten Hauch seines Aftershaves, der mich in seine Nähe lockt, weil ich herausfinden will, woraus genau der Duft sich zusammensetzt, oder den Tattoos auf seinen Unterarmen, die ich dringend näher in Augenschein nehmen möchte. Das Gesamtpaket – angefangen bei seinem Aussehen, über die Art und Weise, wie er sich kleidet, bis hin zu seinem Geruch und allem, was ich bereits über ihn weiß – ist beinahe mehr, als ich verkrafte.

Der Käse auf der Lasagne und auf dem Parmesanhähnchen schlägt Blasen, was bedeutet, dass beides servierbereit ist. Ich schnappe mir Topflappen und Untersetzer, dann nehme ich beides aus dem Backofen und stelle es auf den Tresen. Meine Wohnung ist zu klein für einen Esstisch mit Stühlen, daher dient mir der Tresen als Tisch. Das Essen aufzutun versorgt mich mit einer kurzen Ablenkung.

Du kannst ihn nicht küssen, denn wenn du das tust, dann wird das hier viel heftiger, als es bereits ist. Erinnere dich an die zwei Tage, an denen du im Bett lagst und dir die Augen aus dem Kopf geweint hast, weil du nicht mit ihm reden konntest. Was meinst du, wie du dich wohl fühlen wirst, wenn du ihn nicht mehr küssen kannst, weil er wieder zu Hause in Baltimore ist, das knapp zweitausend Kilometer von hier entfernt ist?

Ich schnappe mir das Brot, den Salat und ein weiteres Bier für Austin und bringe alles zum Tresen.

Dann fällt mir auf, dass ich die Teller und das Besteck vergessen habe. Ich bin wirklich eine tolle Gastgeberin. Ich hole, was wir brauchen, und setze mich zu ihm an den Tresen.

Besteck zum Servieren. Das brauchen wir auch. Ich springe wieder auf und gehe zur Schublade. »Man könnte fast glauben, ich hätte das noch nie getan.«

»Ich kann an gar nichts anderes denken als daran, wie lecker das aussieht – und riecht.«

»Ich sollte dich vielleicht warnen, dass dich das hier komplett für andere italienische Restaurants verderben wird. Leute kommen von überallher, nur um bei uns zu essen.«

»Jetzt kann ich es gar nicht mehr erwarten.«

Ich gebe ihm etwas von beiden Gerichten und verteile den Salat auf zwei Schüsseln. »Das italienische Hausdressing schmeckt mir am besten.«

Als er sich den ersten Bissen Lasagne in den Mund schiebt, stöhnt er, was eine verheerende Wirkung auf mich hat. Mir wird überall heiß, ja, auch *da*.

Na wunderbar, denke ich, während ich die Beine übereinanderschlage. *Jetzt macht es dich schon an, ihm beim Essen zuzuschauen. Denk gefälligst an etwas anderes, okay?* Meine innere Stimme entpuppt sich als echte Nervensäge. »Ist Everly aufgeregt wegen der Reise nach Miami?«

»Absolut.«

»Weiß sie denn, warum ihr hier seid?«

Er trinkt einen Schluck Bier, wischt sich den Mund ab und nickt. »Ich habe ihr erzählt, dass wir die wunderbare Frau kennenlernen werden, die ihr geholfen hat, wieder gesund zu werden. Und dass wir überglücklich sind, sie zu treffen, weil sie etwas so Großartiges für uns getan hat.«

»Glaubst du, sie versteht es?«

»Nicht wirklich. Doch sie ist schon ein paarmal geflogen und liebt es. Das ist also das, was für sie an erster Stelle kommt. Aber ich hoffe, du weißt …«

Ich lege meine Hand auf seinen Arm. »Ich weiß. Ich verstehe es. Sie ist erst drei. Gott sei Dank wird sie sich vermutlich an nichts davon erinnern.«

»Dafür bin ich neben vielen anderen Sachen jeden Tag unglaublich dankbar.«

Ich weiß, dass er mich meint und das, was ich für sie getan habe. »Probier mal das Hähnchen. Es ist sogar noch besser als die Lasagne.«

»Das ist schlicht nicht möglich.«

»Vertrau mir.«

Er schneidet sich ein Stück von dem Hähnchen ab, und als er es im Mund hat, stöhnt er wieder.

Jesus, Maria und Josef. Mit diesem Stöhnen komme ich überhaupt nicht klar. »Hab ich dir ja gesagt. Ich denke, die Hälfte meines Hinterns habe ich dem Parmesanhähnchen vom Giordino's zu verdanken.« Ich kann nicht glauben, dass ich das laut ausgesprochen habe. *Los, schenk dir noch einen Wein ein, Maria.*

Austin verschluckt sich fast vor Lachen. »Ach ja?«

Ich bin tödlich verlegen. »Mhm.«

»Und jetzt denkst du, das hättest du nicht sagen sollen, richtig?«

»Jap.«

»Wenn du mich fragst, das Parmesanhähnchen deiner Familie hat geholfen, einen echt spektakulären Hintern zu erschaffen.«

KAPITEL 9

Maria

Als er das sagt, verschlucke ich mich an meinem Wein und muss heftig husten.

Austin klopft mir auf den Rücken. »Alles okay?«

»Ja, tut mir leid.«

»Du bist so süß, weißt du das?«

»Wenn mir Wein aus der Nase läuft?«

»Die ganze Zeit. Ich muss mich total zusammenreißen, damit ich dich nicht unablässig anstarre. Also, wenn es dich stört, sag es mir, dann gebe ich mir mehr Mühe, das nicht zu tun. Erwarte allerdings nicht zu viel.«

»In Ordnung. Wenn du mir umgekehrt das Gleiche versprichst.«

Sein Gesicht verzieht sich zu einem kleinen Lächeln. »Abgemacht.«

Wir essen schweigend, während ich versuche, mein drittes Glas Wein nur sehr langsam zu leeren. Wie man an meiner Bemerkung über meinen Hintern sehen kann, habe ich inzwischen mehr als genug Alkohol intus. Es fehlt nicht mehr viel, und ich schlage alle Vorsicht in den Wind und vergesse, warum es eine so furchtbare Idee ist, diesen Mann zu küssen. Also ignoriere ich mein Weinglas und konzentriere mich aufs Essen, auch wenn das nicht leicht ist, schließlich sind alle Nervenzellen in meinem Körper dank Austin Jacobs' Nähe in heller Aufregung.

»Du hattest recht«, erklärt er, nachdem er den Großteil der Lasagne und eine stattliche Portion von dem Hähnchen verspeist hat.

»Womit?«

»Ich bin für alle anderen italienischen Restaurants ruiniert.«

»Hab ich dir ja gesagt.« Ich bin immer total stolz, wenn andere von dem kubanischen und italienischen Essen im Giordino's begeistert sind. »Meine Tante und mein Onkel haben hart dafür gearbeitet, es so weit zu bringen. Jetzt ist das Lokal eine echte Institution. Jede Menge Berühmtheiten kommen zum Essen vorbei, wenn sie in der Stadt sind.«

»Wie beispielsweise wer?«

»Justin Bieber, Gloria Estefan, Taylor Swift, George Clooney ... um nur ein paar zu nennen.«

»Das ist beeindruckend.«

»Du solltest morgen mit deiner Familie hingehen. Sie werden es lieben.«

»Ist es nicht schwierig, eine Reservierung zu bekommen?«

»Durchaus, aber ich kenne da ein paar Leute.« Ich beuge mich vor und zwinkere ihm zu. »Ich kann meine Beziehungen spielen lassen.«

»Zu einer Beziehung im Zusammenhang mit dir sag ich jedenfalls nicht Nein.«

Ich lache. »Das habe ich nicht gemeint.«

»Kannst du mir einen Vorwurf daraus machen, es probiert zu haben?«

»Natürlich kann ich das.« Ich versuche wirklich, meine über die Stränge schlagende Reaktion auf alles, was er sagt und tut, unter Kontrolle zu bringen. Ich hab mich noch nie so zu einem Mann hingezogen gefühlt wie zu ihm. War ja klar, dass das mit jemandem passiert, der nicht mal ansatzweise in der Nähe lebt, nicht zu vergessen, dass er mit dem Gedanken spielt, sogar noch weiter wegzuziehen. Das ist ziemlich bedrückend.

»Hey, was ist los?«

Und dass er mich so leicht durchschaut, hilft auch nicht. Ich konnte tagelang vor Wut kochen, ohne dass Scott irgendwas gemerkt hat. Ich weiß bereits, das würde mit Austin nie passieren. »Nichts weiter.«

»Doch. Das erkenne ich an der kleinen Falte zwischen deinen Brauen. Die erscheint immer, wenn dich etwas stört oder aufregt. Das ist mir schon bei unseren Videoanrufen aufgefallen.«

»Du bist einfach zu viel für mich. Das ist das Problem.«

Er zuckt zurück, als hätte ich ihm eine Ohrfeige gegeben. »Was soll das denn heißen?«

»Ich sage mir die ganze Zeit, dass ich das hier nicht kann. Ich kann dich nicht sehen und mit dir reden und mit dir zusammen sein, denn das ändert ja nichts an all den Punkten, die wir bereits diskutiert haben.«

»Möchtest du, dass ich gehe?«

»Nein, das will ich auf keinen Fall, und das ist auch ein Problem.«

»Du wirst mir hier helfen müssen«, erwidert er und wirkt so verwirrt, wie ich mich fühle.

Ich schiebe mein kaum angerührtes Essen beiseite und blicke auf meine Hände, versuche die Worte zu finden, mit denen ich ihm erklären kann, wie es in mir aussieht. Da ich es ja selbst kaum verstehe, ist das echt schwierig. »Als ich dir gesagt habe, wir könnten nicht mehr miteinander reden, lag das nicht daran, dass ich das nicht möchte. Ganz im Gegenteil, ich möchte das viel zu sehr.«

»Mir geht es ganz genauso.«

»Dich tatsächlich zu treffen …«

»Ist einfach wunderbar.«

»Ja.« Ich zwinge mich, ihn anzuschauen, und was ich in seinen Augen lese, ist alles, was ich mir je wünschen könnte, in einem unwiderstehlichen Gesamtpaket. Ich fühle mich stärker zu ihm hingezogen als zu irgendjemandem zuvor, und mein Widerstand bröckelt, wie eine Sandburg unter der reinkommenden Flut.

Er hebt eine Hand und legt sie an mein Gesicht, während er mich eindringlich mustert. »Ich habe schon verstanden, warum du der Sache Einhalt geboten hast, als ich in Detroit war. Ich war sogar mit dir einer Meinung, dass es das Richtige war. Aber seither fühle ich mich so beschissen und schlecht, weil ich nicht mehr mit dir reden kann. Ich frage mich dauernd, wie ich mich überhaupt so schrecklich fühlen kann, doch mir ist klar geworden, dass ich mit dir mehr hatte als mit irgendeiner zuvor, und alles, was ich will, ist mehr davon. Mehr von dir.«

Und jetzt möchte ich mal wissen, wie ich mich da an all die Gründe erinnern soll, warum das hier eine schlechte Idee ist, wenn der sexyste, süßeste Typ, den ich je getroffen habe, so was zu mir sagt? Ich kann ihm nicht widerstehen, und in dem Sekundenbruchteil, bevor ich mich zu etwas hinreißen lasse, was nicht wieder ungeschehen gemacht werden kann, muss ich an das denken, was Carmen mir geraten hat: *Wenn dieser Typ genau der richtige für dich ist, Mari, dann tu alles, was nötig ist, damit es funktioniert.*

In dem, was sicherlich als *der* perfekte Augenblick meines gesamten Lebens gelten kann, beugen wir uns beide gleichzeitig vor, und unsere Lippen finden sich in einem hungrigen Kuss, der völlig anders ist als jeder andere erste Kuss in der Geschichte der ersten Küsse. Es gibt nicht mal einen Anflug von Verlegenheit oder ungeschicktem Herumgetaste. Wie alles andere mit ihm ist es schlicht perfekt.

Ohne diesen besten Kuss aller Zeiten zu unterbrechen, legt er die Arme um mich und zieht mich an seinen muskulösen Körper. Er macht kein Geheimnis daraus, dass er mich begehrt, was mein Verlangen nach ihm nur noch weiter anheizt. Ich schlinge ihm die Arme um den Hals und stöhne, als er mit seiner Zunge über meine streicht. Alle Gedanken an Selbstschutz sind verschwunden. Ich bin an nichts anderem mehr interessiert als daran, mehr von dem hier zu bekommen, mehr von ihm. Obwohl ich mir hundertprozentig sicher bin, dass das eine ganz schlechte Idee ist, werfe ich alle Bedenken über Bord.

»Sag mir, dass ich aufhören soll«, flüstert er.

Ich habe jegliches Gefühl für Zeit verloren, hab keine Ahnung, ob wir uns seit Minuten, Stunden, Tagen oder Jahren küssen. Ich habe den Bezug zu allem verloren, was nicht direkt etwas mit ihm zu tun hat. Ich bin kaum zu einem klaren Gedanken fähig, von zusammenhängenden Sätzen ganz zu schweigen. Und Aufhören ist sowieso das Letzte, was ich will.

Er lehnt seine Stirn gegen meine, sein Atem geht abgehackt, und sein Gesicht ist gerötet.

Ich liebe es, dass er nach diesem weltbewegenden Kuss genauso aufgewühlt wirkt, wie ich mich fühle.

»Du sagst nicht, dass ich aufhören soll.«

»Das ist dir aufgefallen, ja?«

»Mhm. Ich hab mir auf der Fahrt zu dir ins Gewissen geredet, dass so was wie das hier nicht passieren darf.«

»Das habe ich mir auch vorgenommen.«

»Ist es schlimm, wenn wir uns selbst belügen?«

»Nicht, wenn es sich so gut anfühlt.«

»Maria?«

»Ja, Austin?«

»Ich möchte dich weiter küssen.«

»Das möchte ich auch.«

»Du solltest Nein sagen und mich wegschicken und mich an all die Gründe erinnern, warum wir das hier nicht tun sollten.«

»Dumm nur, dass mir im Moment kein einziger dieser Gründe einfallen will.« Ich streiche von seinen Schultern nach unten und über seine Arme, um seine Hände zu ergreifen. Ich ziehe leicht daran und gehe rückwärts in mein Schlafzimmer.

»Wohin bringst du mich?«

»Dahin, wo es gemütlicher ist.«

»Du solltest mich vor die Tür setzen.«

»Glaub mir, das weiß ich.«

»Ich bin jedenfalls echt froh, dass du das nicht tust.«

»Ich auch.« Ich lasse ihn los und ziehe mir die Sandalen aus, bevor ich mich auf meinem Bett ausstrecke und ihn einlade, sich neben mich zu legen.

Er streift sich die Schuhe ab und nimmt meine Einladung an, dreht sich auf die Seite und schaut mir ins Gesicht. »Hi.«

»Wie geht's so?«

»Das beste erste Date meines ganzen Lebens.«

»Meins auch. Bloß sollte das ja eigentlich kein Date sein, weißt du noch?«

»Ich weiß noch alles.« Er wickelt sich eine meiner Locken um den Zeigefinger. »Nur scheine ich mich nicht daran erinnern zu können, warum das hier eine schlechte Idee sein sollte.«

»Ja, ich auch nicht. Ich weiß keinen einzigen Grund mehr.«

Ich liebe sein Lächeln, das Grübchen in seiner Wange und wie seine Augen belustigt funkeln. »Das ist nicht das, was du vor zwei Wochen gesagt hast.«

»Ich weiß, aber das war dann, und jetzt … Jetzt ist es mir einfach egal. Vom ersten Mal an, als du dich bei mir gemeldet hast, habe ich eine Verbindung zu dir gespürt, die viel tiefer reicht, als die Knochenmarkspende für Everly es rechtfertigt. Ich kann es einfach nicht erklären.«

Er spielt weiter mit meinem Haar. »Ich habe mich dir viel mehr verbunden gefühlt als irgendjemandem sonst, den ich je gekannt habe, und dabei hatte ich dich ja noch nicht mal getroffen. Und jetzt, wo ich dich persönlich kennengelernt habe …«

»Was?«

»Will ich mehr.« Er greift nach mir, und ich schmiege mich bereitwillig an ihn, denn ich will das Gleiche.

Ich hätte es nie für möglich gehalten, dass der erste Kuss übertroffen werden könnte, aber der zweite, dritte und vierte fallen jeweils noch umwerfender, heißer und sinnlicher aus. Meine Welt reduziert sich auf diesen Raum, auf Austins Lippen und seine Zunge und den festen Druck seines Körpers an meinem. Ich kann nicht genug davon bekommen, und selbst das Wissen, dass dieser Weg direkt ins Verderben führt, kann mich nicht schrecken. Es ist mir schlicht egal.

Austin

Ihre Küsse untergraben all die guten Vorsätze, die ich hatte, während ich heute hergefahren bin. Ich war fest entschlossen, alles auf einer rein platonischen Ebene zu lassen, so wie sie es wollte, und dann mit meinem Leben weiterzumachen. Obwohl ich wusste, dass das eine der schwersten Sachen werden würde, die ich je getan habe, war ich dazu bereit – um ihretwillen. Aber dann hab ich sie geküsst, und alle guten Vorsätze waren beim Teufel. Wir haben uns schon auf zwischenmenschlicher Ebene so super verstanden, da ist es kein großes Wunder, dass auch körperlich zwischen uns die Funken sprühen.

Ich begehre sie so sehr, doch das ist es nicht allein. Ich will sie auf jede vorstellbare Weise, und nachdem ich mir bei Kasey derart die Finger verbrannt habe, hatte ich eigentlich nicht mehr geglaubt, dass das überhaupt noch mal möglich wäre. Aber Maria war von Anfang an anders, seit unseren ersten E-Mails, als alles noch anonym laufen musste und ich sie gar nicht richtig kannte. Wie sonst erklärt es sich, dass ich die Jahresfrist kaum mehr abwarten konnte, nach deren Ablauf wir endlich offen reden konnten?

Nur wenn das Bedürfnis nach Sauerstoff das Verlangen, ihre Lippen unter meinen zu spüren, übertrifft, unterbreche ich den Kuss, reibe meinen Mund an ihrem Hals und ziehe eine Spur bis zum Ausschnitt ihres höllisch sexy Shirts. »Du sagst noch immer nicht, dass ich aufhören soll.«

»Wie bitte? Ich kann dich nicht verstehen.«

Ich lache über ihre schlagfertige Erwiderung und fahre mit den Lippen über den Ansatz ihrer vollen Brüste, während ich die andere Hand unter den Saum ihres Oberteils schiebe.

Ihre Finger gleiten durch mein Haar, senden Verlangen durch meine Adern und Hitze in meinen Schritt. Ich stehe für sie in Flammen. »Verrat mir, was du willst.«

»Ich will dich. Und ich wollte dich von dem Moment an, in dem ich deine allererste E-Mail bekommen habe, noch bevor ich deinen Namen kannte.«

Ihre offene Antwort ist eine erfrischende Abwechslung. »Geht mir genauso.« Ich spüre ihre Hand an meiner Brust und blicke nach unten, sehe, dass sie mein Hemd aufknöpft. »Ich bin irgendwie nicht wirklich vorbereitet auf das hier.«

Sie schenkt mir ein Lächeln, das zur gleichen Zeit sexy und schüchtern ist, eine Kombination, von der ich gar nicht wusste, wie sehr ich darauf stehe, bevor ich ihr begegnet bin. »Ich schon.«

Okay, dann wird es wohl passieren, und … Mist. »Ich kann nicht.« Ich lege meine Hand auf ihre. »Nicht, weil ich es nicht wollte.« Ich schaue ihr in die Augen und suche nach den richtigen Worten, um ihr etwas zu erzählen, das ich noch niemand anders gegenüber erwähnt habe. »Ich hab keine Kondome mitgebracht, weil ich nicht wollte, dass du denkst, ich hätte das hier mit irgendwelchen Hintergedanken geplant. Denn die hatte ich nicht.«

»Ich auch nicht. Aber ich hab welche da.«

»Das ist großartig, nur … Als ich mit Kasey zusammen war …« Gott, es ist ausgeschlossen, das hier rüberzubringen, ohne dass Maria glaubt, ich vertraute ihr nicht, dabei stimmt das nicht. Und meine Ex ist das Allerletzte, worüber ich jetzt reden möchte, doch ihretwegen habe ich Regeln für solche Fälle aufgestellt, die ich einfach nicht brechen kann, egal, wie sehr ich Maria begehre.

Sie massiert mir mit sanften Bewegungen den Rücken, was in mir den Wunsch weckt, in ihrer Süße zu versinken. »Erklär mir, was los ist.«

»Ich glaube, sie hat was mit den Kondomen gemacht, und nur deshalb gibt es Everly überhaupt.«

»O Gott, Austin. Wirklich?«

Ich nicke kurz, und mein ganzer Körper verspannt sich wie jedes Mal, wenn ich an diese Zeit in meinem Leben denke. »Ich habe das nie zuvor irgendeiner Menschenseele gesagt.«

»Ich verspreche dir, von mir wird es niemand erfahren.«

Das glaube ich ihr, und ich vertraue ihr bereits mehr als jeder anderen Frau, mit der ich je ausgegangen bin. »Wir haben das vor allen anderen als Unfall ausgegeben, aber ich habe immer aufgepasst. Und normalerweise unterlaufen mir keine solchen Fehler. Ich wusste bereits, dass das mit Kasey vermutlich nichts für die Ewigkeit war, sodass ich es nie darauf hätte ankommen lassen, mit ihr ein Kind zu zeugen. Daher kannst du dir sicher meine Überraschung vorstellen, als sie mir dann verkündet hat, sie sei schwanger.«

»Das muss ein ziemlicher Schock gewesen sein.«

»Das war es. Ich weiß, es sind zwei Leute nötig, um ein Baby zu machen, und ich bedaure auch in keinster Weise, dass ich Ev habe. Nur die Umstände, unter denen es passiert ist, waren schon immer suspekt, vor allem da Kasey die Kondome besorgt hatte. Seither benutze ich nur noch welche, die ich persönlich gekauft habe. Was sich sogar in meinen eigenen Ohren furchtbar anhört, wenn ich dir das so sage, weil es so aussieht, als würde ich dir nicht vertrauen. Dabei liegt mir nichts ferner.«

»Ich verstehe das. Ich würde an deiner Stelle genauso empfinden.«

Das ist eine riesige Erleichterung, selbst wenn ich enttäuscht bin. »Es tut mir leid.«

»Es freut mich jedenfalls, dass du die Absicht hattest, meine Wünsche zu respektieren.«

»Das schwöre ich. Obwohl ich dich von der Sekunde an küssen wollte, in der ich durch die Tür gekommen bin.«

»Ging mir ganz genauso«, erwidert sie mit einem Lächeln. »Und es gibt jede Menge andere Sachen, die wir tun können, bei denen wir keine Kondome brauchen. Natürlich nur, wenn du möchtest ...«

»Äh ... Ja, natürlich will ich.«

Maria lacht über die hastig hervorgestoßene Antwort, wendet sich wieder den Knöpfen meines Hemdes zu und streift mir den Stoff von den Schultern.

Ich helfe ihr, schlüpfe heraus und werfe es zur Seite. Dann zupfe ich an ihrem Oberteil. »Wir müssen schon auf gerechte Verhältnisse achten.«

Ohne zu zögern, setzt sie sich auf und zieht sich das Shirt über den Kopf, enthüllt den sexy schwarzen Spitzen-BH darunter, der kaum ihren herrlichen Busen bedeckt.

Als sie sich in die Kissen zurücklehnt, lege ich eine Hand an ihre Wange, reibe mit meinem Daumen über die zarteste Haut, die ich je gespürt habe. »Ich werde nie vergessen, wie ich das erste Mal das Foto von dir gesehen habe, das du mir geschickt hast. Ich dachte, dass du einfach nur atemberaubend bist, aber jetzt … Jetzt weiß ich, dass es der Wirklichkeit nicht gerecht wird. Du bist einfach wunderschön.«

Sie greift nach mir, und wir kommen in einem heißen Kuss zusammen, streicheln einander.

Sie setzt mich mit ihrer Berührung in Flammen.

Wir küssen uns stundenlang, oder wenigstens erscheint es mir so. Ich habe keine Ahnung, wie viel Uhr es ist, und gleichzeitig interessiert es mich nicht im Geringsten. Für die Mannschaft gibt es an den Abenden vor einem Spiel eine Sperrstunde, doch da die Saison bloß noch drei Spiele hat, achtet niemand groß darauf, dass die eingehalten wird. Was nur gut ist, weil ich lieber die Strafe zahlen würde, als Maria ausgerechnet jetzt zu verlassen, wo es richtig interessant wird.

»Ich möchte dich überall berühren«, flüstere ich an ihren Lippen.

»Das möchte ich auch.«

Mit jedem Kuss und jeder Berührung ihrer Zunge an meiner verfalle ich ihr mehr. Schon bald werde ich mich davon nie wieder frei machen können, und das soll mir recht sein. Ich öffne den Verschluss vorne an ihrem BH und sehe mich voller Bewunderung an ihrem anbetungswürdigen Busen satt. Er bettelt förmlich um meine Aufmerksamkeit. Ich betrachte ihr Gesicht, das einen zarten Rotton angenommen hat, während ich eine ihrer Brüste umfange und mit dem Daumen über die feste Spitze reibe. »Du sagst immer noch nicht, dass ich aufhören soll.«

»Bitte? Ich kann dich nicht verstehen.«

Ich liebe diese Frau. Ich weiß, es ist albern, so für jemanden zu empfinden, den ich erst vor so Kurzem persönlich kennengelernt habe, aber ich hab sie ja schon geliebt, bevor ich überhaupt wusste, wie sie heißt. Und alles, was ich über sie erfahren habe, seit wir miteinander in Kontakt treten durften, hat diese Gefühle nur noch verstärkt. Und das hat nichts mit dem zu tun, was sie für meine Tochter getan hat.

Ich senke den Kopf und nehme ihre linke Brustspitze in den Mund, sauge ganz zart daran. Als ich mich der anderen Seite zuwende, wird mir klar, ich könnte das hier stundenlang, nein, tagelang tun, ohne dass es mir je langweilig werden würde. Sie ist so süß und so verdammt sexy, dass ich es kaum aushalte.

Diese Nacht wird als eine der besten meines Lebens in die Geschichte eingehen, und dabei haben wir uns nur geküsst und gestreichelt und einander in den Armen gehalten, bis wir schließlich irgendwann nach Mitternacht eingeschlafen sind. Ich hab keine Ahnung, wie viel Uhr es ist, als ich schließlich mit ihr in meinen Armen aufwache. Ihr Busen drückt sich gegen meine Brust, und ihr Haar ergießt sich in einer wilden Mähne über das Kissen. Ich schaue auf meine Uhr und sehe, dass es neun ist. Ich hab die Mannschaftssperrstunde um neun Stunden überzogen. Und es kümmert mich kein bisschen.

Ich küsse sie auf die Stirn.

Sie regt sich, und die Hitze ihres Körpers an meiner Erektion ist eine quälende Erinnerung daran, wie sehr ich sie begehre.

»Ich muss los.«

»Ich fahr dich zum Hotel.«

»Ich kann mir ein Taxi rufen.«

»Das ist nicht nötig. Mich stört es nicht. Gib mir eine Minute, damit ich mich fertig machen kann.«

Als ich sie aus meinen Armen entlasse, bemerke ich, wie sie ihren nackten Busen bedeckt, als sie das Bett verlässt und ins Bad verschwindet. Sie trägt nur die Unterwäsche, die wir beide angelassen haben, auch nachdem wir uns die Jeans ausgezogen hatten. Es war eine Art stumme Übereinkunft, dass wir uns nicht davon würden abhalten können, weiterzugehen, wenn wir uns derer auch noch entledigen würden.

Ich setze mich auf, fahre mir mit den Fingern durchs Haar und bücke mich nach meinen Klamotten, die noch genau da auf dem Boden liegen, wo sie gestern Abend gelandet sind.

Und was jetzt? Was passiert nach der besten Nacht meines Lebens? Ich habe Angst, Maria das zu fragen, weil ich nicht hören möchte, wie sie mir sagt, dass das hier eine einmalige Angelegenheit war und nicht wieder passieren wird.

Sie kommt in einem Morgenrock aus dem Bad. »Ich hab dir eine Zahnbürste hingelegt, falls du sie benutzen möchtest.«

»Auf jeden Fall. Vielen Dank.« Ich lasse mir im Bad Zeit, weil ich möchte, dass sie sich nicht gehetzt fühlt und sich in Ruhe anziehen kann. Während ich mir kaltes Wasser ins Gesicht spritze und mir dann die Zähne putze, habe ich tausend Fragen. Eigentlich möchte ich das hier langsam angehen, immer schön einen Schritt nach dem anderen ihrer Führung folgen.

Als ich aus dem Bad trete, hat sie Leggins an, die ihren spektakulären Po perfekt umschließen, und ein Top, das ihre herrlichen Brüste atemberaubend zur Geltung bringt. Ich wünschte, ich hätte Zeit, sie zurück ins Bett zu locken, aber die habe ich nicht. Ich muss schauen, dass ich wieder zurück im Hotel bin, bevor irgendjemand rauskriegt, dass ich gestern Abend gar nicht zurückgekommen bin.

Das benutzte Geschirr steht noch auf dem Tresen, erinnert mich daran, wie schnell sich gestern alles geändert hat.

»Ich fühle mich schlecht, weil ich dich mit der ganzen Unordnung und dem Abwasch allein lasse.«

»Das ist kein Problem.«

Ich folge ihr nach draußen, schließe die Tür hinter mir, während ich mich frage, ob ich je wieder hierher zurückkehren werde. Das nicht zu wissen macht mich ein bisschen verrückt, wenn ich ehrlich sein soll. Ich setze mich auf den Beifahrersitz ihres silbernen Honda Civic und erkläre ihr, in welchem Hotel die Mannschaft untergebracht ist.

Auf der viertelstündigen Fahrt in die Stadt sagt keiner von uns etwas, und das Schweigen sorgt dafür, dass ich nur umso verzweifelter wissen möchte, wie es weitergeht.

»Soll ich mich um eine Reservierung heute Abend im Restaurant kümmern?«, erkundigt sie sich, als sie die Highway-Abfahrt zur City nimmt.

»Wenn es möglich ist, wäre das super«, antworte ich erleichtert.

»Mein Onkel hält immer ein paar Tische für Freunde frei. Insofern sollte das kein Problem sein.«

»Kannst du mit uns essen?«

»Ich muss arbeiten, aber ich bitte um euren Tisch.«

Ich bin mir nicht sicher, wie ich es finde, dass sie uns bedienen wird, doch das behalte ich für mich. Entweder so oder gar nicht, und dann nehme ich, was ich kriegen kann.

Ein paar Minuten später fährt sie vor dem Haupteingang des Hotels vor. »Ich vermute, wir sehen uns dann beim Spiel«, meint sie mit einer komischen Grimasse.

»Das wird klasse. Danke, dass du dazu bereit bist.«

»Kein Problem. Ich kann es gar nicht erwarten, Everly kennenzulernen.«

»Ich wünsche mir so, dass ihr euch trefft. Meine Mom wird vermutlich weinen, wenn sie vor dir steht …«

»Das ist schon in Ordnung.«

»Ich … Äh, letzte Nacht war toll.« Ich fasse nach ihrer Hand, weil ich sie einfach berühren muss. Ziehe sie an meine Lippen, hauche ihr einen Kuss auf den Handrücken. »Danke.«

»Du solltest besser reingehen, bevor du noch Ärger kriegst.«

»Ich krieg keinen Ärger, und wenn doch, dann ist es das so was von wert gewesen.« Ich beuge mich über die Mittelkonsole und hoffe, sie kommt mir halb entgegen.

Das tut sie, küsst mich rasch auf den Mund, was nicht annähernd genug ist.

Als ich mich zurücklehne, bemerke ich, dass ihre Wangen gerötet sind. »Wir sehen uns in ein paar Stunden.«

»Bis dann.«

Ich steige aus dem Auto und schaue ihr nach, wünschte, ich müsste heute nicht arbeiten, damit ich den Tag mit ihr verbringen könnte. Auf dem Weg ins Hotel werfe ich einen Blick auf mein Handy und entdecke eine Nachricht von meiner Mom, in der sie mich wissen lässt, dass ihr Flug pünktlich ist, sodass sie gegen elf landen werden.

Ich freue mich schon auf Ev und meine Eltern, und ich zähle die Stunden bis zum Wiedersehen mit Maria.

KAPITEL 10

Maria

Sobald ich von Austins Hotel weggefahren bin, rufe ich Carmen über die Freisprecheinrichtung an.

»Was ist passiert?«

»Dir auch einen guten Morgen.«

»Ach komm! Ich sterbe hier tausend Tode, während ich darauf warte, von dir zu hören. Wie war es?«

»Es war … Car …«

»Schlecht? War es schlecht?«

Ich bin so aufgewühlt, dass ich kaum sprechen kann. »Nein. Es war *so* gut.«

»Mein Gott! Das ist einfach klasse!« Als ich nichts darauf erwidere, fragt sie: »Oder nicht?«

»Es hat sich in dem Moment auf jeden Fall super angefühlt.«

»Habt ihr … Du weißt schon.«

»Nein, aber er hat die Nacht bei mir verbracht, und es war … *alles*, was man sich nur wünschen kann.«

»Wo bist du jetzt?«

»Ich hab ihn gerade vor seinem Hotel in der Stadt abgesetzt.«

»Dann komm bei mir vorbei. Jason ist nicht hier. Er macht heute Vormittag eine Fahrradtour.«

Da ich genau jetzt auf keinen Fall allein sein möchte, willige ich ein. »Wie wäre es mit Kaffee?«

»Wann sage ich dazu Nein?«

»Dann bin ich gleich bei dir.« Nach einem kurzen Abstecher zu Carmens Lieblingsverkaufsstand für *cortadito* fahre ich zu ihrer Wohnung in Brickell und stelle mein Auto auf einem der Besucherparkplätze ab. Ich klingele, sie öffnet mir über die Gegensprechanlage, und ich nehme den Fahrstuhl in den siebten Stock. Carmen steht in der offenen Tür der Eigentumswohnung, von der aus man einen tollen Blick auf die Biscayne Bay hat. Ich wäre grün vor Neid, wenn ich nicht genau wüsste, dass Carmen all das Gute verdient, das sie bei Jason gefunden hat.

Sie umarmt mich, zieht mich in ihr fantastisches Zuhause und schließt die Tür. »Lass uns draußen sitzen. Da ist es jetzt gerade so schön.«

Wir nehmen unseren Kaffee mit auf die große Terrasse und setzen uns auf den breiten Doppelliegestuhl, den ihr Jason zu Weihnachten geschenkt hat.

»Und jetzt erzähl mir alles. Lass nichts aus.« Sie beugt sich vor und studiert mich genau. »Ist das da ein Knutschfleck?«

Ich reiße meine Hand hoch, um meinen Hals zu bedecken. »Was? Nein.«

Ihre hochgezogenen Augenbrauen sagen mir etwas anderes. »Unmöglich.«

»Aber so was von möglich.«

Ich schließe die Augen und lasse den Kopf gegen die gepolsterte Lehne sinken.

»So gut, was?«

»Besser.«

Das begeisterte Quietschen, das sie ausstößt, ist vermutlich im Umkreis von zwei Kilometern zu hören. »Das ist so, so cool!«

»Es ist komplett deine Schuld, dass es so außer Kontrolle geraten ist.«

Sie runzelt verwirrt die Stirn. »Wieso ist das meine Schuld?«

»Du hast mir doch gesagt, ich soll alle Vorsicht in den Wind schlagen und mit beiden Händen zugreifen, daher habe ich genau das getan.«

»Und jetzt tut es dir leid?«

»Überhaupt nicht, aber das wird noch kommen … Wenn er zurück nach Baltimore fliegt und ich hier mit den Erinnerungen an einen tollen Typen zurückbleibe, den ich nicht haben kann.«

»Maria, du *kannst* ihn haben. Absolut. Wirst du ein paar Anpassungen in deinem Leben vornehmen müssen? Sicher. Nur muss das ja nicht notwendigerweise so schlimm sein, wie du jetzt befürchtest.«

»Wie kannst du das sagen, wo du doch ebenso wenig bereit warst, für Jason in eine andere Stadt zu ziehen, wie ich für Austin?« Allein seinen Namen auszusprechen löst in mir atemberaubende Empfindungen aus. So weit ist es mit mir gekommen.

»Ich habe viel darüber nachgedacht, seit Jason und ich uns endgültig aufeinander eingelassen haben. Ich denke, wenn er gezwungen gewesen wäre, zu seinem Job nach New York zurückzukehren, wäre ich ihm höchstwahrscheinlich gefolgt. Vielleicht nicht sofort, aber irgendwann.«

»Und denkst du, du hättest dort glücklich sein können?«

»Ich glaube«, erwidert sie ruhig, »ich wäre dort mit ihm glücklicher gewesen als ohne ihn hier.«

»Im Moment sind das ja ohnehin noch ungelegte Eier. Schließlich war es nur eine Nacht.«

»Warum spielst du es runter?«

»Darum! Ich flippe hier aus! Der einzige Grund, weswegen wir nicht miteinander geschlafen haben, war das mit den Kondomen ...«

»Was war denn mit den Kondomen?«

»Wenn ich dir das sage, darfst du es niemandem gegenüber erwähnen. Es ist eine große Sache.«

»Versprochen. Hoch und heilig.«

Wir haben uns immer darauf verlassen können, dass keine die Geheimnisse der anderen weitererzählt, daher vertraue ich ihr an, was er in Bezug auf Everlys Mutter vermutet und wie sie seiner Meinung nach schwanger werden konnte.

»Wow.« Carmen blinzelt überrascht. »Kannst du dir vorstellen, jemanden so reinzulegen?«

»Nein, kann ich nicht, aber vermutlich hat sie gehofft, den reichen, berühmten Baseballprofi in die Falle zu locken, daher ist er jetzt übervorsichtig.«

»Ich finde es echt klasse, dass er gestern nicht darauf vorbereitet war. Das verrät eine Menge darüber, wie gut er dir zugehört hat, und zeigt seine Bereitschaft, deine Wünsche zu respektieren.«

»Ja, das fand ich auch.«

»Was habt ihr heute Abend nach dem Spiel vor?«

»Er kommt mit seinen Eltern und Everly ins Restaurant.« Was mich daran erinnert, dass ich meinen Onkel fragen muss, ob wir einen Tisch haben können. Ich kümmere mich rasch darum und schick ihm eine Textnachricht, sonst vergesse ich es am Ende noch.

Er antwortet sofort. Betrachte das als erledigt, Süße.

Danke, Onkel Vin! xo

»Musst du nicht arbeiten?«

»Doch. Aber wenn ich an ihrem Tisch bediene, kann ich wenigstens ein bisschen Zeit mit ihm verbringen.«

»Vergiss es. Ich übernehme deine Schicht und geb dir das Geld.«

»Quatsch. Das kommt gar nicht infrage.«

»Warum nicht? Du würdest es umgekehrt auch für mich tun, ohne eine Sekunde zu zögern. Er ist nur dieses Wochenende in der Stadt, Mari. Ich biete dir das aus freien Stücken an, weil ich es will, und ich brauche das Geld nicht. Lass dir von mir helfen.«

»Du und Jason, ihr habt bestimmt irgendwelche Pläne für heute Abend.«

»Nein, haben wir nicht. Gestern Abend war die Spendengala für das Krankenhaus, daher haben wir uns für heute absichtlich nichts vorgenommen.«

»Es fühlt sich einfach nicht richtig an.«

»Das ist schade, denn so wird's gemacht. Sag meinem Dad, dass sie einen Platz mehr eindecken sollen.«

»Du bist ziemlich befehlshaberisch und nervig.«

»Ja, aber du liebst mich. Und jetzt tu es.«

Ich schreibe ihrem Dad und schaue sie dann an. Sie ist an meiner Seite, so wie sie es schon unser ganzes Leben lang ist. »Danke.«

»Bitte, für dich immer wieder gern.«

* * *

Ich bin um halb eins am Stadion und parke meinen Wagen auf einem der Stellplätze, die für VIPs reserviert sind. Es ist so merkwürdig, unter diesen Umständen herzukommen. Ich bin ja regelmäßig hier, allerdings noch nie als VIP, und ich fürchte, die Sonderbehandlung kann einem schon zu Kopfe steigen.

Valentina, eine freundliche junge Frau von der PR-Abteilung der Marlins, erwartet mich und bringt mich durch den Sondereingang, wo ich Erica von den Orioles vorgestellt werde.

»Es ist toll, Sie endlich kennenzulernen«, sagt Erica, während sie mir die Hand schüttelt. »Wir sind so glücklich über die Gelegenheit, Ihnen für das zu danken, was Sie für AJs Tochter getan haben.«

Ich folge den beiden Frauen tiefer in die Katakomben des Stadions, hoffe dabei inständig, dass ich den Knutschfleck, den »AJ« mir gestern Abend verpasst hat, gut genug überschminkt habe. Ich hab die Stelle großzügig mit Concealer abgedeckt und dann Grundierung und Make-up aufgetragen. Außerdem habe ich die Haare offen. Ich hab mich für ein Marlins-Trikot und schwarze Shorts entschieden und trage dazu dieselben Sandalen wie gestern Abend.

Ach ja, gestern Abend ... Ich habe die Stunden mit Austin heute tausend Mal in Gedanken erneut durchlebt und weiß bereits, dass ich nie auch nur eine Minute davon vergessen werde. Ich kann es nicht erwarten, ihn zu sehen, Everly zu treffen und seine Eltern und ...

Mein Herz klopft wie verrückt, und ich greife den Ereignissen schon wieder viel zu weit vor. Wenn ich nicht aufpasse, fange ich noch an zu hyperventilieren oder irgendwas ähnlich Peinliches, und das vor Tausenden von Leuten. Ich muss die Dinge unter Kontrolle bekommen – und zwar schnell.

»Haben Sie schon irgendjemanden aus der Mannschaft kennengelernt?«, fragt Valentina.

»Nur Austin.« Den hab ich allerdings richtig gut kennengelernt, denke ich und widerstehe dem Drang, hysterisch zu kichern. »Aber Everly treffe ich heute das erste Mal.«

»Ach, das ist ja so süß. Es ist so wunderbar, was Sie für sie getan haben.«

»Das hätte doch jeder gemacht.«

»Das stimmt so, glaube ich, nicht«, erklärt Erica. »Eine Menge Leute würden es nicht auf sich nehmen, sich einem irgendwie beängstigenden medizinischen Eingriff zu unterziehen, schon gar nicht für jemanden, den sie gar nicht kennen. Was Sie getan haben, ist verdammt heldenhaft. Das finden wir alle.«

»Oh, dann danke.« Es ist für mich immer noch befremdlich, dass man mich wegen etwas als Heldin bezeichnet, über das ich gar nicht länger nachgedacht habe. Selbstverständlich würde ich immer alles in meiner Macht Stehende tun, um das Leben eines Kindes zu retten.

Die Marlins haben mir angeboten, dass ich für alle, die möchten, Plätze haben kann. Meine Eltern, meine Brüder, meine Tanten und Onkel, meine Cousins und Cousinen wollten ebenso wie meine Großmütter mitkommen. Meine Schwester Dee muss arbeiten, daher konnte sie nicht übers Wochenende aus New York herfliegen. Nach der Ehrung werde ich mich dann zu meiner Familie setzen.

Ich stehe mit Valentina und Erica auf einer der Rolltreppen, die zum Spielfeld führen, und lausche dem Stadionsprecher, der dem Publikum heute eine besondere Überraschung ankündigt.

»Vor einem Jahr hat Maria Giordino – geboren und aufgewachsen hier in unserem wunderschönen Miami – Knochenmark gespendet, um das Leben eines ihr völlig fremden Kindes zu retten. Dieses Kind ist die Tochter von Austin Jacobs, dem Pitcher der Orioles, und heute ist es uns eine besondere Freude und Ehre, Maria und diesem Kind die erste persönliche Begegnung zu ermöglichen. Bitte heißen Sie mit uns von den Miami Marlins Maria Giordino, Austin Jacobs mit seiner Tochter Everly und seine Eltern Jeff und Deidre aufs Herzlichste willkommen.«

Valentina und Erica betreten mit mir zusammen das Spielfeld, wo ich Austin und seine Familie auf dem Infield treffen soll. Tosender Applaus empfängt mich.

Während sie zum Treffpunkt gehen, beugt sich Austin runter zu Everly und sagt etwas zu ihr.

Daraufhin zieht sie ihre Hand aus seiner und kommt auf mich zugerannt.

Ich bücke mich, schließe sie in die Arme, verblüfft, dass sie, ohne zu zögern, zu einer völlig Fremden läuft. Ich stehe auf, hebe sie dabei hoch und muss die Augen schließen, weil plötzlich Tränen darin brennen, so gerührt bin ich von dem Moment, in dem ich das Kind an mich drücke, dessen Leben ich gerettet habe. Das unglaubliche Gefühl ihres süßen kleinen Körpers an meinem, ihrer weichen Ärmchen um meinen Hals und der Duft des Kindershampoos in ihren Haaren erfüllen mich mit tiefer Dankbarkeit dafür, dass sie wieder gesund ist.

Der Applaus reißt nicht ab.

Austin kommt zu uns und umarmt uns beide. »Schön, dass du da bist«, flüstert er mir ins Ohr. »Du hast mir gefehlt.«

Seine Worte lösen ein überwältigendes Glücksgefühl in mir aus.

Wir drei umarmen einander, als ob wir allein wären und nicht mitten in einem ausverkauften Baseballstadion stünden.

Schließlich nimmt er mir Everly ab, sodass ich von seinen ebenfalls gerührten Eltern in die Arme geschlossen werden kann.

»Vielen, vielen Dank, Maria«, sagt seine Mom. »Worte können das gar nicht angemessen ausdrücken ...«

Sein Vater ist als Nächster an der Reihe.

»Danke, dass Sie unser kleines Mädchen gerettet haben«, erklärt er.

Wir sind alle mehr oder weniger in Tränen aufgelöst, als der Stadionsprecher eine letzte Runde Applaus für »unsere Heldin Maria Giordino aus Miami« einläutet.

Wir müssen für den Fotografen posieren, der ein Bild von uns allen haben möchte, noch eins von mir mit Austin und Everly und dann ein weiteres nur von mir und Everly.

Das alles fühlt sich total unwirklich an, und das ist noch untertrieben.

»Ich schicke dir nach dem Spiel eine Textnachricht«, verspricht mir Austin, ehe wir uns trennen.

Ich nicke ihm zu, um ihn wissen zu lassen, dass ich ihn gehört habe, dann verlasse ich, von Valentina und Erica flankiert, das Spielfeld auf dem gleichen Weg, auf dem wir vorhin hergekommen sind.

»Vielen Dank dafür«, wendet sich Valentina an mich und muss sich ein paar Tränen wegwischen. »Das war eine der coolsten Aktionen, die ich je habe mitorganisieren dürfen.«

»Danke für die Einladung.«

»Dann bringe ich Sie mal zum VIP-Bereich, zu Ihrer Familie.«

Sie führt mich durch mehrere unterirdische Gänge zu einem Aufzug, der uns ins oberste Stockwerk des Stadions bringt, wo sie mir zu einer der luxuriösen VIP-Logen vorausgeht, von denen ich schon viel gehört habe.

»Ich hoffe, Sie und Ihre Familie genießen das Spiel«, sagt Valentina.

»Danke für alles.«

»Ist uns ein Vergnügen.«

Die Loge ist voll besetzt mit den Mitgliedern meiner Familie, die mich umarmen und mir gratulieren und sich außerdem dafür bedanken, dass ich sie in diese VIP-Loge eingeladen habe, in der ein erstklassiges Buffet und freie Getränke zum Service gehören.

»Ich bin so stolz auf dich, Süße«, versichert mir mein Vater, während er mich an sich drückt.

»Danke, Dad.«

»Es wird schwierig werden, hiernach wieder auf die billigen Plätze zurückzukehren«, fügt er hinzu.

Wir lieben diese billigen Plätze, genau wie die Leute, die wir bei jedem Spiel dort treffen. Die Dauerkartenbesitzer sind so was wie eine Familie geworden, schließlich sitzen wir seit Jahren regelmäßig beisammen.

»Verdammt cool«, sagt mein Bruder Nico und schaut sich anerkennend um.

Es ist nicht leicht, meine Brüder zu beeindrucken, und es freut mich, dass sie etwas genießen, das ich ermöglicht habe.

Als Nächstes umarmen mich Jason und Carmen.

»Du hast dort draußen gut ausgesehen«, meint Carmen. »Und am besten war der Augenblick, in dem Everly zu dir gelaufen ist.«

»Ich weiß. Das war einfach toll.«

»Gut gemacht«, sagt Jason, als er an der Reihe ist. Er war der Erste, mit dem ich gesprochen habe, nachdem ich den Anruf von »Be the Match« erhalten hatte, und seine Unterstützung war unglaublich wertvoll, während ich mich durch all die Informationen und Fragen gekämpft habe. Damals haben wir uns noch nicht so gut gekannt, aber er ist immer für mich da gewesen und hat sehr geholfen, mich in Bezug auf die ganze Aktion zu beruhigen.

»Danke für alles, was du in der Zeit für mich getan hast.«

»Gern geschehen.«

Meine Erinnerung an das Spiel ist nur verschwommen: viele Gesichter, Essen und Bier, während die Heimmannschaft in Führung geht und auf einen Sechs-zu-drei-Sieg zusteuert. Mein Dad ist nicht begeistert, dass er morgen zur Geburtstagsfeier eines guten Freundes eingeladen ist und daher nicht hier sein kann, um Austin bei seinem letzten Spiel als Pitcher für die Orioles zu sehen. Wir verlassen die luxuriöse Loge nur langsam und widerstrebend, und auf dem Weg nach draußen lande ich zwischen Nona und Abuela.

»Danke für den wunderschönen Tag, Süße«, sagt Nona. »Wir sind so stolz auf dich.«

»Vielen Dank, dass ihr alle gekommen seid.«

»Nichts auf der Welt hätte mich davon abhalten können«, erklärt Abuela. »Ich hab mir fast die Augen ausgeheult, als das kleine Mädchen zu dir gelaufen ist.«

»Ich weiß! Ging mir genauso. Sie ist so süß.«

»Den Vater anzuschauen tut auch nicht weh«, fügt Abuela hinzu.

»Echt? Ist mir gar nicht aufgefallen.«

Sie versetzt mir einen Ellbogenstoß in die Rippen. »Lügnerin.«

»Ich hab gehört, sie wollen nachher bei uns essen«, bemerkt Nona.

»Stimmt.«

»Wir können es gar nicht erwarten, sie ebenfalls kennenzulernen.«

Ich hoffe, ich begehe keinen Riesenfehler, indem ich Austin und seine Familie mit ins Restaurant bringe, wo meine Großmütter mit ihren Adleraugen nur einen Blick auf uns werfen und alles erraten werden, was ich am liebsten für mich behalten würde. Aber jetzt ist es zu spät, um unsere Pläne über den Haufen zu schmeißen.

Ich fahre nach Hause, um zu duschen und mich umzuziehen, gönne mir jedoch zuerst ein Nickerchen, nach dem ich erfrischt aufwache. Jetzt bin ich bereit, ihn wiederzusehen. Wenigstens hoffe ich, dass dem so ist.

Nachdem ich vorhin von Carmen heimgekommen bin, habe ich endlich aufgeräumt und den Abwasch vom Abendessen gestern erledigt. Es war witzig, als mir bewusst wurde, wie schnell sich alles ins Schlafzimmer verlagert hat und dass dabei das Aufräumen und der Abwasch völlig aus dem Fokus geraten sind. Ich hab sogar vergessen, mir Sorgen darüber zu machen, dass ich mit ihm im Bett war und beinah Sex hatte, es aber trotzdem gut möglich ist, dass ich nach dem Wochenende nie wieder etwas von ihm höre oder sehe.

Als ich das Bad verlasse, finde ich auf meinem Handy eine Textnachricht von Austin vor. Das heute war einfach unglaublich. Noch mal danke, dass du dazu bereit warst. Die Stunden sind förmlich dahingekrochen, nachdem du mich vorhin am Hotel abgesetzt hattest. Ich kann es gar nicht erwarten, dich wiederzusehen.

Geht mir mit dir genauso. Weißt du, was? Carmen war dabei, als ich den Tisch für euch reserviert habe, und hat darauf bestanden, meine Schicht zu übernehmen, damit ich bei euch sitzen und mit euch essen kann.

Das sind großartige Nachrichten. Die Vorstellung, dass wir dich mit anderen teilen müssen, hat mir nicht gefallen. Ist es schon sieben?

Beinahe.

Habe ich schon erwähnt, dass ich es gar nicht erwarten kann, dich zu sehen?!?!

Ich liebe es, dass er genauso aufgeregt ist wie ich und es nicht mal zu verbergen versucht. Ich fahre zum Restaurant, wo wir uns ja gleich treffen werden, und muss wieder an seine Nachrichten und an letzte Nacht denken, frage mich, wie es jetzt wohl gleich mit seinen Eltern und Everly werden wird. Hoffentlich wird es nicht irgendwie unbehaglich oder komisch oder …

Einmal mehr drohe ich, Opfer meiner Nerven zu werden, und als ich schließlich beim Giordino's ankomme, parke ich auf der Rückseite und nehme den Hintereingang. Tante Viv ist die Erste, der ich begegne, und sie umarmt mich zur Begrüßung.

»Da ist ja der Star des Tages. Danke für den tollen Nachmittag.«

»Schön, dass du da warst.«

»Das hätten wir uns nie im Leben entgehen lassen. Wir waren so stolz auf dich. Ich hab euren Tisch schon fertig.« Sie führt mich auf die kubanische Seite des Restaurants zu einem Tisch, der ein wenig abseits des größten Trubels und nicht von überall einsehbar in einer Nische steht. »Ist das so okay?«

»Es ist perfekt, Tante Viv. Vielen Dank.«

»Ich hab mir gedacht, hier könnt ihr euch in Ruhe unterhalten und auch verstehen, was die andern sagen.«

Carmen gesellt sich in ihrer Kellnerinnenuniform zu uns, die aus einer weißen Bluse und einem schwarzen Rock mit Schürze besteht. Darin habe ich sie nicht mehr oft gesehen, seit sie bei Jason eingezogen ist. Danach hat sie hier nur noch aushilfsweise bedient oder ist für eine kurzfristig erkrankte Servicekraft eingesprungen.

»Noch mal danke für das hier«, teile ich ihr mit.

»Das mache ich gern, und Jason ist sowieso froh über jede Ausrede, hier zu Abend zu essen. Außerdem will Dad ihn weiter als Barkeeper anlernen.«

»Für den Fall, dass das mit der Neurochirurgie doch nichts für ihn ist?«, erkundige ich mich belustigt.

»Dad behauptet immer, es sei nie verkehrt, einen Plan B zu haben.«

Dann fehlen mir auf einmal die Worte, denn ich sehe Austin auf mich zukommen. Er ist so unfassbar attraktiv und trägt Everly auf dem Arm, der jemand die blonden Locken zu zwei Zöpfen gebunden hat. Sie hat ein hübsches gelbes Kleidchen an, und wie ihr kleiner Rucksack von Austins Fingern baumelt, ist einfach nur unwiderstehlich süß. Seine Eltern folgen dicht hinter ihm, und sie werden von Abuela zu unserem Tisch gebracht.

Irgendwie gelingt es mir, ihnen Viv, Carmen und Abuela vorzustellen, ohne mich zu verhaspeln und mich am Ende bis auf die Knochen zu blamieren.

Die ganze Zeit, während wir mit anderen reden, spüre ich Austins Blick auf mir. Viv und Carmen machen viel Aufhebens um Everly, die die Aufmerksamkeit sichtlich genießt. Und als es Zeit wird, Platz zu nehmen, freut es mich, als er es so arrangiert, dass ich in der Nische neben ihm sitze, sein Bein an meinem.

Und dann spüre ich die Hitze seiner Hand auf meinem Oberschenkel, und es erfordert meine ganze Selbstbeherrschung, meine Reaktion darauf vor den anderen zu verbergen.

Dieses Abendessen wird sehr, sehr lang werden.

KAPITEL 11

Austin

Meine Eltern lieben sie. Das kann ich daran erkennen, dass sie sich in ihrer Gegenwart ganz locker und natürlich verhalten. Diese Wirkung hat Maria nun mal auf andere. Es ist unmöglich, sich in ihrer Nähe nicht wohlzufühlen. Ev mag sie auch, sitzt eine ganze Weile bei ihr auf dem Schoß und malt mit Wachsmalstiften, die Marias Nona vorbeigebracht hat, das Tischset aus.

Everly malt unheimlich gern, und Maria ist sehr geduldig mit ihr und schenkt ihr ihre ungeteilte Aufmerksamkeit, was meine Eltern sehr beeindruckt – genau wie mich. Wem will ich etwas vormachen? Jedem, der sich so liebevoll um meine Tochter kümmert, ist meine Zuneigung sicher, aber die hatte Maria ja ehrlich gesagt vorher schon. Sie mit Ev zu sehen sorgt nur dafür, dass ich sie noch mehr mag, als ich es eh schon tue.

Nach einem leckeren Essen steckt sich Everly den Daumen in den Mund und schmiegt sich in Marias Arme, was ein eindeutiges Zeichen dafür ist, dass sie ins Bett muss. Ich sehne mich nach ein wenig Zeit allein mit Maria, bin mir jedoch nicht sicher, ob das heute Abend möglich sein wird.

Morgen bin ich für das Spiel um eins eingeteilt, und dafür sollte ich besser ausgeruht sein, vor allem nach der letzten Nacht, in der ich kaum geschlafen habe. Allerdings bin ich von den letzten Stunden in Marias Nähe wie elektrisiert. Meine Eltern haben sich ganz sicher nicht täuschen lassen. Die Blicke, die sie einander zuwerfen, lassen keinen Zweifel daran, dass es mir nicht gelungen ist, zu verbergen, wie sehr ich mich zu der Frau hingezogen fühle, die eine so entscheidende Rolle bei der Genesung meiner Tochter gespielt hat.

»Wir können Ev mit zurück ins Hotel nehmen, wenn ihr ein bisschen Zeit für euch haben wollt, Austin«, schlägt meine Mutter vor.

Habe ich bereits erwähnt, dass meine Mutter die Beste ist?

»Äh, sicher. Das wäre toll, wenn es euch nicht zu viel ist.«

»Uns macht das überhaupt nichts aus«, erklärt mein Dad. »Wegen des frühen Flugs war der Tag echt lang.«

»Danke noch mal, dass ihr gekommen seid«, sage ich.

»Das hätten wir uns um nichts in der Welt entgehen lassen«, erwidert Mom, während sie Evs Rucksack wieder mit den Spielsachen und Büchern füllt, die wir mitgebracht hatten, um die Kleine beim Essen bei Laune zu halten. Wie sich herausgestellt hat, haben wir das meiste davon gar nicht gebraucht, weil Maria sich um Everly gekümmert hat. »Das war ein sehr schöner Abend, Maria. Deine Familie ist wirklich nett, und das Essen war überragend.«

»Es freut mich, dass es euch gefallen hat.«

Ihr Onkel wollte uns einladen, aber ich hab darauf bestanden, das Essen zu bezahlen – und Carmen ein großzügiges Trinkgeld zu geben.

Ich nehme Maria Everly ab und folge ihr aus der Nische im Restaurant. Meine Tochter hat sich an mich gekuschelt, ein untrügliches Zeichen dafür, dass sie bereit zum Schlafen ist. Nach einem langen, anstrengenden Tag ohne ein einziges Nickerchen wird sie heute Abend sehr leicht ins Bett gehen.

Meine Mom bestellt ein Taxi mit einem Kindersitz, und während wir warten, unterhalten wir uns mit Nona, Abuela, Vincent und Vivian.

Carmen bringt einen Mann zu uns, den sie uns als ihren Verlobten Jason Northrup vorstellt. Dann wendet sie sich an mich. »Mein Dad würde sich sehr über ein Foto mit dir für die Restaurantwand freuen, Austin. Aber er will dich nicht darum bitten, also frage ich für ihn«, erklärt sie.

»Natürlich. Das mach ich doch gern.« Ich übergebe Everly meinem Vater und posiere für das Bild mit Vincent und Vivian.

»Vielen Dank.« Vincent schüttelt mir die Hand. »Lassen Sie es uns wissen, wenn Sie wieder in der Stadt sind. Wir werden immer einen Tisch für Sie haben.«

»Ich werde auf jeden Fall wiederkommen. Sie haben mich für jedes andere Restaurant verdorben.«

Als das Taxi eintrifft, begleiten Maria und ich meine Familie noch nach draußen. Ich setze Everly in den Kindersitz und schnalle sie an. Dann geb ich ihr einen Kuss auf die Stirn und umarme meine Eltern.

»Danke für diesen wunderbaren Tag, Austin«, sagt Mom.

Dann hält sie Maria eine ganze Weile lang umfangen. »Du gehörst für uns jetzt zur Familie. Für immer.«

Ich kann sehen, dass Maria von diesen Worten nahezu überwältigt ist.

»Es war so nett, euch kennenzulernen.«

Sie umarmt auch meinen Vater.

»Bis morgen beim Spiel«, verabschiedet sich Dad.

»Bis dann.«

Ich habe dafür gesorgt, dass sie im Stadion bei ihnen sitzt. Meine Eltern und Everly fliegen morgen Abend zurück nach

Baltimore, während ich noch für das letzte Spiel der Saison am Montag bleibe.

Wir winken, als sie davonfahren.

»Deine Eltern sind klasse«, stellt Maria fest.

»Das sind sie. Ich habe sehr viel Glück gehabt, besonders weil sie, ohne lange zu fragen, eingesprungen sind, nachdem das alles mit Kasey passiert ist. Ich wüsste nicht, was ich ohne sie tun würde.«

Ich mache einen Schritt auf sie zu, will sie nach diesem endlos wirkenden Tag in den Arm nehmen. In dem Moment, in dem sie sich an mich schmiegt, verschwindet die Angespanntheit, die ich verspürt habe, seit wir uns heute früh getrennt haben.

»Sie lieben dich.«

»Ich habe ihrem Enkelkind das Leben gerettet. Da war das zu erwarten.«

»Nicht nur deswegen. Sie haben *dich* lieb gewonnen.«

Wir stehen noch eine ganze Weile Arm in Arm auf dem Bürgersteig.

»Möchtest du jetzt gehen?«

»Um was zu tun?«, fragt sie.

»Alles, was du willst.«

»Hast du morgen nicht ein Spiel, bei dem du werfen musst?«

»Jap.«

»Also musst du recht früh zurück ins Hotel, richtig?«

»Erst um Mitternacht. Also haben wir noch zweieinhalb Stunden.«

»Ist es dir erlaubt, Gäste ins Hotel einzuladen?«

»Nicht wirklich, aber ich denke nicht, dass mich jemand daran hindern wird.«

»Du musst morgen gewinnen, also sollten wir lieber nichts tun, was dabei stören könnte.«

»Mit dir zusammen zu sein kann nur zu einem Sieg führen.«

Sie weicht etwas zurück, ihr Gesichtsausdruck ist skeptisch. »Woher weißt du das?«

»Es fühlt sich so gut an, mit dir zusammen zu sein, dass ich ganz energiegeladen bin. Diese Energie nehme ich morgen mit auf den Platz, und dann kann nichts mehr schiefgehen.«

»Du baust da ganz schön viel Druck auf.«

Ich zucke die Achseln und lasse jede Scham fallen. »Wenn du willst, dass ich morgen gewinne, dann musst du mit mir kommen und alles dafür tun, dass es klappt.«

Sie lächelt und verdreht die Augen. »Hat dieser Spruch schon jemals funktioniert?«

»Ich habe ihn noch nie zuvor verwendet.«

»Wenn du das sagst.«

»Ich schwöre es! Komm mit mir. Ich brauche mehr Zeit mit dir.«

»Na gut. Solange du mir versprichst, dass du schlafen wirst, wenn ich es dir sage.«

»Ich werde alles tun, was du mir sagst. Das verspreche ich hoch und heilig.«

Sie nimmt meine Hand und zieht leicht daran, und ich folge ihr zu ihrem Auto auf dem Parkplatz. Während sie mich zum Hotel in der Innenstadt fährt, halte ich ihre Hand zwischen meinen beiden.

»Beim Essen warst du toll mit Ev.«

»Sie ist wirklich süß und hat sich so gut benommen. Ganz oft wollen Kinder im Restaurant herumrennen, was es nur schwieriger für den Service macht. Ich habe immer Angst, dass ich stolpere und am Ende heißes Essen fallen lasse und die Kleinen verbrühe.«

»Wir nehmen sie mit ins Restaurant, seit sie ein Baby war. Inzwischen kennt sie die Regeln.«

»Wenn man sie jetzt sieht, käme man nie auf die Idee, dass sie so schwer krank war.«

»Ich versuche die Bilder von ihr mit Glatze und den blauen Flecken von all den Nadeln zu verdrängen. Es war der reine Horror.«

»Ich kann mir kaum vorstellen, wie schlimm das gewesen sein muss.«

»Das ist jetzt alles Vergangenheit, zumindest hoffe ich das. Wir müssen in den nächsten paar Jahren noch alle drei Monate ihr Blut untersuchen lassen. Ich versuche, nicht daran zu denken, dass es irgendwann zurückkommen könnte.«

»Die Angst davor muss furchtbar sein.«

»Absolut. Sie sagen, sie gilt noch die nächsten fünf Jahre nicht offiziell als geheilt. Das ist eine verdammt lange Zeit dafür, sich Sorgen zu machen.«

»Das tut mir leid.«

»Solange sie nur gesund bleibt, ist alles gut. Ihre Erkrankung hat mich in jeder möglichen Weise verändert. Alles ist jetzt anders.«

»Wie meinst du das?«

»Vorher habe ich mich irgendwie unverwundbar gefühlt, verstehst du? Außer bei der Sache mit Kasey ist es eigentlich immer gut für mich gelaufen. Im Großen und Ganzen hat das meiste geklappt. Alles, was ich je tun wollte, war, Baseball zu spielen, und genau so ist es gekommen – und es war sogar besser, als ich es mir je erhofft hatte. Sogar wenn mein Team nicht als Sieger vom Platz gegangen ist, war ich trotzdem verdammt gut. Ich war dreimal Gewinner des Cy Young Awards und mehrfach der wertvollste Spieler der Saison. Und damit war es dann mit einem Mal vorbei, als Ev krank geworden ist. Da wurde mir schmerzhaft vor Augen geführt, dass nichts von dem anderen Zeug auch nur im Geringsten wichtig war. Das Einzige, was zählt, ist, dass die Menschen, die ich liebe, gesund und wohlauf sind.«

»Andere Sachen sind ebenfalls wichtig, Austin. Es ist okay, stolz auf deine Karriere zu sein.«

»Das bin ich ja, aber es bedeutet mir nicht mehr so viel wie früher. Everlys Krankheit war ein gewaltiger Weckruf, und ich habe meine Prioritäten neu geordnet. Ich weiß jetzt, worauf es wirklich ankommt. Und falls du dich das fragen solltest, du stehst im Moment ganz oben auf der Liste.«

»Ich bin mir nicht sicher, was ich davon halten soll.«

»Was meinst du damit?«

»Nun ja, das Wochenende war wunderschön, doch es hat sich nichts geändert seit der Nacht, als du in Detroit warst und wir geredet haben.«

»*Alles* hat sich geändert.«

»Wie das?«

»Ich habe dich getroffen, dich geküsst, mit dir in meinen Armen geschlafen. Du bist alles, woran ich denken kann.«

»Austin …«

»Ich weiß, was du sagen willst, und vertrau mir, ich verstehe das. Trotzdem möchte ich dich in meinem Leben haben, Maria, und ich weigere mich, zu akzeptieren, dass zwei einigermaßen intelligente Menschen keinen Weg finden können, damit es funktioniert, wenn es das ist, was beide wollen.«

Darauf hat sie keine Antwort, aber ich kann erkennen, dass sie über meine Worte nachdenkt.

Bei unserer Ankunft am Hotel übergeben wir die Schlüssel ihres Autos dem Parkservice und gehen gemeinsam rein.

Ich möchte wirklich dringend niemandem von meiner Mannschaft begegnen, wo ich nur so wenig Zeit mit ihr habe. Wir haben Glück, als wir die Lobby durchqueren und in den Aufzug treten. Doch als sich in der sechsten Etage die Türen öffnen und wir den Lift verlassen wollen, steht da Santiago. Er wirft einen Blick auf mich und Maria, und in nur ein paar Sekunden versteht er genau, was in letzter Zeit mit mir los war.

»Maria, das ist Dante Santiago. Dante, das ist Maria.«

»Freut mich, die Frau zu treffen, die der kleinen Everly das Leben gerettet hat«, sagt er, während er ihr die Hand schüttelt.

»Freut mich ebenfalls.«

»Ich, äh, wollte mir bloß ein Bier holen.« Santiago verschwindet in den Aufzug. »Wir sehen uns morgen, AJ.«

»Bis dann.«

Ich bringe sie zu meinem Zimmer am Ende des Flurs, lasse sie vor mir eintreten, dankbar, dass wir niemand anderem über den Weg gelaufen sind.

»Wird er rumerzählen, dass du mich mit raufgenommen hast?«

»Nein. Er ist mein bester Freund im Team.«

Sie geht zum Fenster, um hinauszuschauen. »Oh, okay. Ich schätze, das ist gut.«

Ich folge ihr und lege ihr die Hände auf die Schultern, die ganz verspannt sind. »Es ist mir egal, ob irgendwer weiß, dass du hier bist, Maria.« Ich küsse sie auf den Scheitel. »Verrat mir, was du denkst.«

»Meine Gedanken sind total wirr.«

»Ich kann dir helfen, sie zu ordnen.«

Sie lacht. »Nein, kannst du nicht. *Du* bist der Grund, warum sie überhaupt erst durcheinandergeraten sind.«

Sanft drehe ich ihr Gesicht zu mir. »Wir werden einen Weg finden. Vielleicht nicht heute oder morgen, doch wir schaffen das. Wenn du so dringend mit mir zusammen sein möchtest wie ich mit dir, dann kriegen wir das hin.«

»Ich möchte mit dir zusammen sein …«

Bevor sie ihre Aussage einschränken oder ein »Aber« hinzufügen kann, küsse ich sie, wie ich es mir so verzweifelt gewünscht habe, seit wir uns heute Morgen getrennt haben.

Es dauert ein wenig, doch sie erwidert den Kuss, und die gleiche intensive Lust, die letzte Nacht zwischen uns aufgelodert ist, ist wieder zurück, nur stärker als gestern, wenn das überhaupt möglich ist. Ich verzehre mich nach dieser Frau wie nach keiner zuvor, mit jeder Faser meines Körpers. Mit Verstand, Körper und Seele. Sie kann es alles haben.

Wir landen auf dem Bett, Arme und Beine ineinander verschlungen, küssen uns so verrückt und leidenschaftlich wie letzte Nacht und heute Morgen. Meine Lippen sind von gestern tatsächlich ein bisschen wund, und ich frage mich, ob es ihr auch so geht. Langsam löse ich mich von ihr, hebe den Kopf und betrachte ihr wunderschönes Gesicht und die von unseren Küssen geschwollenen Lippen.

»Tun dir von letzter Nacht eigentlich die Lippen weh?«

»Ein bisschen. Und dir?«

»Mhm.« Ich küsse sie diesmal etwas zärtlicher, lasse meinen Mund über ihren gleiten. Mich durchläuft ein Schauer, während ich versuche, mein verzweifeltes Verlangen nach ihr zu zügeln. »Ich werfe morgen, daher muss ich mich heute Nacht zurückhalten«, erkläre ich ihr zwischen den Küssen. »Aber morgen ... morgen möchte ich dich nach dem Spiel sehen und mit dir zusammen sein. Klappt das?«

Sie nickt, allerdings kann ich weiter Zweifel in ihren Augen erkennen.

»Ich verspreche dir, wir werden einen Weg finden, und alles wird gut.« Während ich sie an mich drücke und ihren verführerischen Geruch einatme, der mich irgendwann noch in den Wahnsinn treiben wird, hoffe ich, dass sich das am Ende nicht doch als leeres Versprechen herausstellt.

Maria

Ich hatte nicht vor, die Nacht mit Austin zu verbringen, aber irgendwann sind wir eingeschlafen, und als ich aufwache, ist es Morgen, und er ist weg.

160

Ich finde eine Notiz auf seinem Kissen. *Guten Morgen, meine Schöne. Ich musste früh los. Du kannst so lange bleiben, wie Du willst, Dir Frühstück aufs Zimmer bestellen, Dich entspannen und Spaß haben. Wir sehen uns nach dem Spiel. Alles Liebe, Austin.*

Normalerweise würde ich mich jetzt für den Sonntagsbrunch im Restaurant fertig machen, aber den werde ich diese Woche ausfallen lassen, damit ich nach Hause fahren, duschen und mich vor dem Spiel umziehen kann. Ich schreibe Carmen, damit sie mich entschuldigt.

Ich werde mir eine Ausrede für dich einfallen lassen, antwortet sie. Warst du gestern noch bei Austin?

Ja, ich habe bei ihm im Hotel übernachtet.

Und???

Küssen und Kuscheln und anderes gutes Zeug, doch er spielt heute, also sind wir früh ins Bett.

Er ist noch eine weitere Nacht in der Stadt, oder?

Zwei.

Mein Telefon klingelt, und ich nehme den Anruf von meiner Cousine an.

»Wie geht's dir?«

»Ich hab keine Ahnung. Das ganze Wochenende hab ich so getan, als gäbe es nichts, was mir Sorgen bereitet, und er ist sich so sicher, dass wir eine Lösung finden, dabei weiß ich nicht mal, was ich hier in seinem Hotelzimmer mache.«

»Du magst ihn, Mari, und er ist verrückt nach dir. Das haben wir alle gestern Abend gesehen.«

»Was habt ihr gesehen?«

»Alles, was du auch siehst. Er ist fantastisch, ein wunderbarer Vater, und es tut jedenfalls nicht weh, ihn anzuschauen. Und wo wir gerade von ›anschauen‹ reden, er hat nicht ein Mal den Blick von dir genommen.«

»Das alles hast du bemerkt, ja?«

»Jap.«

»Ich mag ihn mehr, als ich Scott je gemocht habe.«

»Natürlich tust du das. Er ist eine Million Mal mehr Mann, als Scott je war, und du bist klug genug, um das zu erkennen.«

»Ich wünschte mir nur, es wäre nicht so kompliziert.«

»Ich hasse es, dir das sagen zu müssen, aber so was ist immer kompliziert, weil es wichtig ist. Er ist wichtig für dich, sonst würde es dich nicht so aufregen.«

»Ich versuche, mir vorzustellen, mein ganzes Leben für einen Mann umzukrempeln, und ich kann es einfach nicht – selbst wenn es einer ist, den ich so sehr mag wie Austin.«

»Das liegt daran, dass du dich einmal auf einen Typen eingelassen hast, der dich tief enttäuscht hat. Doch Austin ist nicht so. Bei ihm war es eine Frau, die sein Vertrauen missbraucht hat, und er weiß, wie sich das anfühlt. Daher ist er zu so was gar nicht fähig, besonders wenn man berücksichtigt, was du für seine Tochter getan hast. Ich glaube, bei ihm bist du auf der sicheren Seite, Mari.«

»Allmählich beginne ich, das auch so zu sehen.«

»Dann musst du dich einfach entspannen und es zulassen.«

»Das möchte ich ja.«

»Dann mach es. Du wirst es nicht bereuen.«

»Woher willst du das wissen?«

»Na ja, ich weiß es nicht sicher, aber ich habe ein gutes Gefühl bei euch beiden. Und das hast du auch. Seit du das erste

Mal mit ihm gesprochen hast, erzählst du mir, dass es mit ihm anders ist. Du solltest ein bisschen Vertrauen haben. Du hattest schon eine Verbindung zu ihm, lange bevor du ihn persönlich getroffen hast. Was sagt dir das?«

»Das sagt mir, dass er was Besonderes ist und dass ich albern bin, weil ich mich wegen Sachen sorge, die nicht wichtig sind.«

»Ganz genau. Genieß die Zeit. Lass es einfach geschehen. Ich muss die ganze Zeit daran denken, was ich verpasst hätte, wenn ich mich nicht auf Jason eingelassen hätte, obwohl damals in seinem Leben alles schlimm war. Stell dir nur vor, was mir entgangen wäre.«

Da hat sie natürlich recht. »Ich habe nie erwartet, dass mir so was passiert.«

»Glaubst du, ich hätte damit gerechnet, meiner zweiten Chance in der Liebe zu begegnen, als er in einem schwarzen Porsche-Cabrio und mit einer sexy Blondine auf dem Beifahrersitz am Krankenhaus angebraust kam?«

Ich lache über die Art, wie sie ihr erstes Treffen mit Jason beschreibt. »Nein.«

»Man weiß nie, was passieren wird. Das Geheimnis des Erfolges ist, klug genug zu sein, um es zu bemerken, wenn etwas richtig gut ist.«

»Ich höre dich, o Born der Weisheit. Ich werde versuchen, mich zu beruhigen und es zu genießen und mir nicht den Kopf darüber zu zerbrechen, dass er wieder gehen wird.«

»Er ist kein Idiot. Er kommt zurück.«

»Ich schätze, das werden wir sehen.«

»Wenn ich auf die Anfänge meiner Beziehung mit Jason zurückschaue, dann wünsche ich mir, ich hätte mehr davon genießen können, anstatt mir über all das Sorgen zu machen, was unserem Glück im Weg stand. Die Hindernisse verschwinden von allein, wenn es so sein soll. Denk immer daran.«

»Das werde ich. Danke, Carmen. Das hilft.«

»Viel Spaß beim Spiel.«

»Ich freue mich darauf, ihn werfen zu sehen.«

»Ich schaue nach dem Brunch im Fernsehen zu. Schreib mir, wenn du mich brauchst.«

»Okay.«

»Oh, und ich schick dir das Trinkgeld von gestern Abend über PayPal. Das war ein ertragreicher Abend.«

»Danke noch mal, dass du meine Schicht übernommen hast. Ich weiß es wirklich zu schätzen.«

»Es hat Spaß gemacht, alle mal wieder zu treffen. Wir sprechen uns nachher.«

Während auf meinem Smartphone die Benachrichtigung über die Zahlung von dreihundertzwanzig Dollar von Carmen eingeht, fällt mir auf, dass ich auch meine Schwester über die Ereignisse des Wochenendes auf den neusten Stand bringen sollte, damit sie sich nicht ausgeschlossen fühlt. Ich werde sie vom Auto aus anrufen. Bevor ich Austins Zimmer verlasse, spähe ich in den Flur, ob die Luft rein ist. Glücklicherweise sehe ich niemanden. Es wäre mir unangenehm, wenn mich seine Mannschaftskollegen dabei erwischen würden, wie ich sein Zimmer verlasse.

Ich komme unbehelligt unten an und warte gerade beim Parkservice auf mein Auto, als meine Mutter anruft.

»Maria! Du bist im Fernsehen!«

»Was?«

»Die Zeremonie bei dem Spiel! Sie haben es heute in der *Today*-Show gezeigt!«

»Oh. Wow.« Ich bin mir nicht sicher, wie ich mich dabei fühle, dass unsere Geschichte landesweit im Fernsehen ausgestrahlt wird.

»Du hast gut ausgesehen, Liebling. Und dieser Austin Jacobs ist ein sehr attraktiver Mann.«

Ich könnte nicht mehr ihrer Meinung sein.

»Seine kleine Tochter ist so niedlich«, fährt meine Mom fort, ohne Luft zu holen. »Ich hab gehört, du warst mit ihm und seinen Eltern gestern Abend im Restaurant. Wie war es?«

»Sehr schön.«

»Du kannst mir alles darüber beim Brunch berichten.«

»Ich lasse den Brunch heute ausfallen. Ich gehe zu dem Spiel.«

»Oh, na gut. Schade, dass ich dich heute nicht sehe.«

»Dee ruft mich an. Ich geh mal dran. Wir sprechen uns später.«

»Hab dich lieb.«

»Ich dich auch.« Ich nehme den Anruf von Dee an.

»Du warst in der *Today*-Show!«, schreit sie.

»Ich hab's gehört. Mom hat mich gerade angerufen.«

»Dein Baseballspieler ist ja sexy wie die Hölle!«

Ich lächle über ihre Beschreibung von Austin. »Das ist dir aufgefallen, was?«

»Rück sofort mit allem raus. Ich habe gestern mit Carmen gesprochen, aber sie hat bloß ausweichend geantwortet, was bedeutet, dass es was zu erzählen gibt.«

Ich verbringe den ersten Teil meiner Heimfahrt damit, meiner Schwester alles zu berichten, was passiert ist, seit Austin in Miami angekommen ist.

»Wow«, entschlüpft es ihr, als ich mit der Notiz ende, die er mir heute Morgen dagelassen hat und die jetzt in meiner Handtasche steckt. »Was für ein toller Beginn einer Lovestory.«

»Schön langsam. Wir sind noch ganz am Anfang.«

»Nein, sind wir nicht. Du bist verrückt nach diesem Kerl, seit du das erste Mal von ihm gehört hast.«

Das kann ich nicht abstreiten, also versuche ich es auch nicht. »Ich will nur einen kleinen Rest meines Verstands behalten. Carmen rät mir, auf volles Risiko zu gehen.«

»Ich kann beide Seiten gut verstehen, das ist sicher. Aber verdammt, es muss doch aufregend sein.«

»Das ist es.«

»Wo wir gerade von Aufregung sprechen: Marcus' Schwester hat mich gestern angerufen. Anscheinend hat ihn seine Schlampe verlassen.« Wir haben keine Ahnung, ob Marcus' Ex wirklich eine Schlampe ist. Wir nennen sie bloß aus Solidarität so, weil sie nicht Dee ist. Und ja, wir wissen, dass das echt unfair ist, trotzdem ist der Name hängen geblieben.

»Ist nicht wahr! Wann ist das denn passiert?«

»Vor einer Woche oder so. Bianca behauptet, er habe seitdem seine Wohnung nicht mehr verlassen. Bei der Arbeit hat er sich krankgemeldet und ist grundsätzlich total durch den Wind. Sie hat mich gebeten, mit ihm zu reden.«

»Komm schon. Niemals. Wieso sollte das dein Problem sein?«

»Ich glaube, sie ist ein bisschen verzweifelt, weil sie ihn noch nie so am Boden zerstört erlebt hat.«

»Das ist nicht dein Problem, Dee. Sag mir, dass du das weißt.«

»Das weiß ich«, antwortet sie und seufzt. »Was verrät das über mich, dass ich ihn immer noch so sehr liebe, dass es mich schmerzt, wenn er leidet?«

»Das tut mir leid. Schreib ihm, wenn du das musst, aber lass dich nicht wieder hineinziehen. Es hat so lange gedauert, bis du über ihn hinweg warst. Ich möchte nicht, dass du rückfällig wirst.«

»Du hast ja recht.«

»Ich muss jetzt los. Ich gehe nachher zu dem Spiel, Austin wirft heute zum letzten Mal für die Orioles. Nach dieser Saison kann er ablösefrei die Mannschaft wechseln.«

»Wie aufregend. Dann wird er jede Menge Geld scheffeln.«

»Ich schätze schon.« Natürlich weiß ich, dass er nach sechs Jahren in der Major League schon jetzt Millionen wert sein wird, aber Ablösefreiheit setzt da noch mal ganz neue Maßstäbe. Doch darüber kann ich jetzt nicht nachdenken. Das ist dann einfach endgültig zu viel, um es noch zu verarbeiten. »Wir reden später, okay? Und halt mich auf dem Laufenden, was mit Marcus los ist.«

»Das werde ich. Hab dich lieb.«

»Ich dich auch.« Die Erinnerung an Dees Liebeskummer wegen Marcus ist wie eine kalte Dusche Realität für mich, während ich und Austin uns immer näherkommen. Fernbeziehungen sind fast immer schwierig, und das ist genau das, worauf ich mit ihm zusteure. Und obwohl ich die drohende Katastrophe erkenne, kann ich nicht anders.

Ich biege in meine Einfahrt ein und laufe die Treppe zu meiner Wohnung hoch, wo ich schnell unter die Dusche springe und mir die Haare föhne. Ich kann es kaum erwarten, Austin beim Werfen zuzuschauen, und ich bin auch aufgeregt, weil ich Everly und seine Eltern wiedersehen werde.

Vielleicht habe ich das Gesamtbild aus den Augen verloren. Doch ich werde mehr als genug Zeit haben, es wiederzufinden, wenn er erst weg ist.

KAPITEL 12

Austin

Ich habe es gehasst, Maria schlafend in meinem Bett zurück-
zulassen, aber mein Agent Aaron ist letzte Nacht eingeflogen,
um diesem hochvertraulichen Treffen mit den Besitzern und
Managern der Marlins beizuwohnen. Wir sind vor dem Spiel
heute zu einem freundschaftlichen Frühstück im prunkvollen
Haus eines der Besitzer des Teams eingeladen.

Es gibt all diese Regeln dafür, wie und wann wir mit den
Teams, die Interesse an mir zeigen, reden können, und diese
Besprechung ist so geheim, dass sie im Grunde gar nicht statt-
findet. Ich lehne mich zurück und überlasse Aaron das Reden,
was mir eine Chance gibt, über Maria und unsere gemeinsame
Nacht nachzudenken.

Es ist schon verrückt, wie oft ich in letzter Zeit mit
Gedanken an sie und daran, wie sehr ich mehr Zeit mit ihr
verbringen möchte, beschäftigt bin. Nach dem heutigen Tag ist
meine Saison vorbei. Die Mannschaft hat morgen ein weiteres
Spiel in Miami, doch ich bin fertig und habe die nächsten paar

Monate frei. Abgesehen von dem täglichen Training und den Wurfübungen kann ich tun und lassen, was immer ich möchte.

Und was ich möchte, ist, mit Maria zusammen zu sein – und mit meiner Tochter. Wie kann ich das hinkriegen? Als sich in meinem Kopf eine Idee formt, strömt Adrenalin durch meine Adern.

»AJ«, sagt da der Teambesitzer, »wir waren überrascht, aber erfreut über Ihr Interesse, für Miami zu spielen, und wir freuen uns darauf, in diesem Winter mit Ihnen zu reden.«

»Danke, dass Sie mich in Erwägung ziehen.«

»Ich muss ehrlich sein«, wirft der Manager ein. »Mich hat die Nachricht überrascht, dass wir in der engeren Auswahl sind.«

»Mir gefällt das Wetter hier.« Wir können nicht über Details oder spezifische Dinge oder irgendetwas anderes außer so was wie das Wetter sprechen, das zugegebenermaßen spektakulär ist. Es wird langsam etwas kalt in Baltimore, anders als hier in Miami, wo die Sonne die meiste Zeit des Jahres über warm und hell scheint. Daran könnte ich mich leicht gewöhnen.

Aaron ist sich immer noch nicht sicher, warum zur Hölle dieses Treffen überhaupt stattfindet, doch das ist okay. Er muss nicht wissen, warum ich Miami in die engere Auswahl ziehe. Außerdem stehen die Chancen, dass tatsächlich etwas daraus wird, gar nicht mal so gut. Viele Dinge müssen sich perfekt entwickeln, damit ich hier lande, und ich möchte weder mir vorzeitig Hoffnungen machen noch Maria. Bevor wir im Detail mit den verschiedenen Teams, die zur Auswahl stehen, reden konnten, ist erst mal alles möglich. Ich wäre ein totaler Trottel, wenn ich mich mit weniger als dem perfekten Vertrag zufriedengäbe, nur damit ich bei ihr sein kann.

Die Dinge sind also noch lange nicht entschieden, aber für die unmittelbare Zukunft kann ich tun, was immer ich möchte. Und was ich möchte, ist sie.

Nach dem Treffen fährt mich Aaron zurück zum Stadion.

»Ich wünschte, du würdest mir verdammt noch mal verraten, was das mit Miami alles soll.«

»Ich möchte mir bloß alle Möglichkeiten anschauen.«

»Das ist eine Lüge. Sag mir bitte die verdammte Wahrheit, okay?«

Weil er immer ehrlich zu mir war, beschließe ich, ihm die gleiche Höflichkeit zu erweisen. »Da ist eine Frau. Sie lebt hier.«

»Die Knochenmarkspenderin?«

»Ja.«

»Ernsthaft?«

»Todernst.«

»Hast du sie nicht erst dieses Wochenende getroffen?«

»Persönlich ja, aber wir haben in den letzten Wochen die ganze Zeit miteinander geredet.«

Aaron schweigt, während er diese Informationen verarbeitet. Mit seinen knapp vierzig Jahren ist mein Agent einer der klügsten Menschen, die ich kenne. Er war mein Freund, Befürworter und manchmal auch mein Retter während meiner Karriere in der Major League. Als Ev krank war, hat er seine beachtliche Armee von Kontakten angerufen, um mich mit den besten Ärzten der Welt in Verbindung zu bringen, und er hat unermüdlich daran gearbeitet, mir in jeder nur möglichen Weise zu helfen.

Er hat dunkle Haare, die an den Schläfen grau zu werden beginnen, und er trägt eine Pilotensonnenbrille über seinen dunklen Augen, denen nichts entgeht.

Ich habe keinen Zweifel, dass er mir etwas zu sagen hat, und als wir auf dem Spielerparkplatz am Stadion stehen bleiben, schaltet er den Motor seines Mietautos ab und dreht sich zu mir um. »Ich möchte, dass du weißt … Everlys Krankheit war ein verdammter Albtraum für mich, und dabei ist sie noch nicht mal mein Kind. Ich kann mir nicht vorstellen, wie es für

170

dich war. Ich bewundere dich sehr dafür, wie du das alles ver-kraftet hast, sowohl auf dem Spielfeld als auch abseits davon.«

Davon hat er mir nie irgendetwas gesagt. »Danke, Mann. Du warst die ganze Zeit wie ein Fels für mich.«

»Ich verstehe auch komplett, warum du dich der Frau ver-bunden fühlst, die deinem Kind das Leben gerettet hat.«

Was ich für Maria empfinde, beschreibt das Wort »verbun-den« nicht mal ansatzweise, doch das braucht er nicht zu wis-sen. Außerdem muss er das jetzt loswerden, und ich muss ihm zuhören. Ich bezahle ihn dafür, dass er meine Karriere lenkt, und er macht nur seine Arbeit, zu der es auch gehört, mich von Dummheiten abzuhalten.

»Natürlich fühlst du etwas für sie. Jeder würde das, nach dem, was sie für dich und deine Tochter getan hat. Aber, AJ, das ist dein großer Moment. Das ist, wofür du so hart gearbeitet hast. Du kannst den Vertrag deines Lebens nicht für eine Frau wegwerfen. Ich mag die Marlins. Sie sind ein erstklassiger Club. Bloß bist du, Austin Jacobs, keine Nummer zwei, für nieman-den. Du bist ein Ace.«

»Das ist mir klar.«

»Aber?«

»Aber nichts. Ich hab gehört, was du gesagt hast, und ich widerspreche dir nicht.«

Er nimmt die Sonnenbrille ab und richtet seinen durch-dringenden Blick auf mich. Dieser Blick hat ihm geholfen, ein Heidengeld für seine Kunden zu machen, mich eingeschlossen. »Was erzählst du mir nicht?«

»Nichts. Ich verstehe dich, ich stimme dir zu, und ich bin für alles offen, für all die vielen Möglichkeiten, die sich in die-sem Transferfenster bieten werden. Ich möchte einfach bloß Miami als eine der Möglichkeiten in Betracht ziehen. Das ist alles.«

»Das ist nicht alles. Was führst du im Schilde?«

»Ehrlich, Aaron«, erwidere ich lachend. »Du bist viel zu misstrauisch. Ich führe nichts im Schilde.«

»Ich verstehe, warum sie dir den Kopf verdreht hat, AJ. Sie ist eine wunderschöne Frau, die etwas Unglaubliches für dich und Everly getan hat.«

Du hast keine Ahnung, was sie alles ist.

»Sag mir, dass du dich bei der wichtigsten Entscheidung deines Lebens nicht von einer Frau beeinflussen lässt, die du kaum kennst.«

Ich schaue aus dem Fenster zum Spielereingang des Stadions.

»AJ.«

Ich sehe kurz zu ihm rüber und lächle. »Ich lasse mir alle Möglichkeiten offen. Einschließlich Miami.« Ich reiche ihm die Hand. »Danke, dass du für das Treffen hergeflogen bist.«

Er schüttelt meine Hand, aber ich kann spüren, dass er noch mehr zu sagen hat. Viel mehr. Doch ich steige aus und jogge ins Stadion, um mich auf das Spiel vorzubereiten. Das ist es, worauf ich mich heute konzentrieren muss. Danach habe ich genug Zeit dafür, zu klären, was als Nächstes kommt.

Maria

Austins Eltern begrüßen mich herzlich, als ich mich in einem weiteren VIP-Bereich in der Nähe der dritten Base zu ihnen setze. Wir haben perfekte Sicht auf den Wurfhügel, der alles ist, was jeder von uns heute sehen möchte. Everly kreischt fröhlich, als sie mich entdeckt, und Austins Vater reicht sie mir rüber.

Ihre Begrüßung rührt mich, während ich sie in die Arme schließe und ihre süßen Bäckchen küsse. »Hallo, Krümelchen. Wie geht es dir heute?«

»Dada spielt.«

»Das ist richtig. Dada wirft heute. Freust du dich schon darauf?«

Everly nickt, und dabei hüpfen ihre blonden Locken auf und nieder. Sie trägt einen Baltimore-Orioles-Sonnenhut und ein winziges Trikot mit dem Namen »Jacobs« auf dem Rücken. Sie setzt sich auf meinen Schoß und bleibt dort, solange die Orioles am Schlag sind.

Als Austin für die zweite Hälfte des Innings aufs Feld läuft, ruft sie laut: »Dada!«

»Da ist er ja«, sagt Deidre und steht auf, um für ihren Sohn zu klatschen.

Er entdeckt uns auf den Rängen und wirft Everly eine Kusshand zu.

Sie wirft sie zurück, und ich bin hin und weg davon, wie niedlich die beiden sind.

Everly möchte auf den Schultern ihres Großvaters sitzen, um ihren Dad werfen zu sehen, also gebe ich sie ihm zurück und schenke Austin meine ganze Aufmerksamkeit. Ich liebe es, seine intensive Konzentration, die stumme Kommunikation mit seinen Mitspielern und die Art zu beobachten, wie er seinen ganzen Körper einsetzt, um seinem Fastball den richtigen Drall zu verleihen. Obwohl ich ein großer Fan der Marlins bin, finde ich es sehr sexy, wie er die Batter der Marlins austrickst und ihnen keine Chance lässt.

Im siebten Inning führen die Orioles fünf zu zwei, als der Coach auf den Platz kommt, um Austin aus dem Spiel zu holen.

Als er das Feld verlässt, wahrscheinlich zum letzten Mal in einem Baltimore-Trikot, applaudieren ihm die Orioles-Fans begeistert, was er mit einem Winken mit seiner Baseballkappe beantwortet und mit einem Lächeln, von dem ich meine, dass es mir gilt.

Auf dem Weg zur Spielerbank gibt es erneut eine Kusshand für Everly.

»Dada!«

»Der muss noch ein bisschen länger arbeiten«, erklärt Deidre ihrer Enkeltochter. »Und dann können wir zu ihm.«

Das scheint Everly zufriedenzustellen, die beschließt, dass sie wieder bei mir sitzen möchte. Zuerst besteht ihre Großmutter jedoch darauf, mehr Sonnencreme aufzutragen, und dann kann sie zu mir.

Wenn man sie heute anschaut, würde man nicht vermuten, dass sie vor knapp einem Jahr so furchtbar krank war. Während ich ihren kleinen Körper im Arm halte, bete ich, dass sie keinen Rückfall erleidet. Der Gedanke, dass die Krankheit zurückkommen könnte, ist grauenhaft für mich, dabei habe ich sie ja gerade erst kennengelernt. Wie in aller Welt verkraften Austin und seine Familie diese Möglichkeit?

»Morgen soll es heftig regnen«, meint Jeff, nachdem er auf sein Telefon geblickt hat. »Daher ist das Spiel abgesagt worden, womit das hier für beide Teams das Ende der Saison ist.« Ein enttäuschtes Stöhnen geht durch die Menschenmenge, als die Nachricht zum morgigen Spiel die Runde macht.

Ich überlege, ob das bedeutet, dass Austin heute Nacht statt am Dienstagmorgen heimfliegen wird. Und warum verspüre ich bei dem Gedanken an seine vorzeitige Abreise so eine Hoffnungslosigkeit? *Weil du wusstest, dass er nur für das Wochenende da ist, und du dich trotzdem sehenden Auges auf diesen Wahnsinn eingelassen hast. Und jetzt wirst du dafür büßen, wenn er nach Baltimore zurückkehrt und du wieder genauso dastehst wie vorher – allein und verliebt in einen Mann, der nicht hier lebt und wahrscheinlich nie hier leben wird.*

Ich schaue mir die letzten zwei Innings des Spiels an, unterhalte mich mit Deidre und Jeff und helfe ihnen dabei, Everly bei Laune zu halten, während ich versuche, meine Sorgen vor ihnen zu verbergen. Everly möchte unbedingt zu ihrem Dada, und wir müssen ihr hundert Mal erklären, dass Dada immer noch arbeiten muss. Da sie ihn auf dem Platz nicht sehen kann, gefällt ihr diese Erklärung gar nicht. Als das Spiel endet – Austin und die Orioles haben gewonnen –, sind wir alle bereit zu gehen.

»Wir bringen jetzt dieses unleidliche kleine Mädchen zurück ins Hotel und packen für unseren Heimflug«, verkündet Deidre. »Es war so schön, dich kennenzulernen und Zeit mit dir zu verbringen, Maria. Ich hoffe, wir treffen dich irgendwann wieder.«

Ich umarme sie. »Das hoffe ich auch.«

Jeff hat Everly auf dem Arm, daher gebe ich ihr einen Kuss auf die Wange. »Sei schön brav«, sage ich zu ihr.

Sie streckt ihre Arme nach mir aus, also nehme ich sie von Jeff entgegen und drücke sie. »Pass gut auf dich auf, meine Kleine.«

Ich reiche sie ihrem Großvater zurück und frage mich, ob ich sie je wiedersehen werde. Wir verlassen gemeinsam das Stadion und trennen uns dann. Everly winkt mir, bis ich aus ihrem Blickfeld verschwunden bin.

Während ich mich durch den dichten Verkehr nach dem Spiel kämpfe, herrscht in mir ein Gefühlschaos. Ich habe noch keine von meinen gewohnten sonntäglichen Besorgungen erledigt, also lege ich einen Abstecher zum Supermarkt ein und kaufe, was ich für diese Woche brauche. Zu Hause angekommen, ziehe ich mir ein T-Shirt und Leggins an und mache es mir auf dem Sofa gemütlich, um mir die *SportsCenter*-Analyse von Austins letztem Auftritt in einem Orioles-Trikot anzuschauen. Die ganze Zeit frage ich mich, warum ich so unglücklich bin.

Nichts hat sich wirklich verändert, versuche ich mir einzureden, obwohl mir klar ist, dass sich alles verändert hat, seit er am Freitagabend hergekommen ist und meine Welt noch mehr auf den Kopf gestellt hat, als er das zuvor schon getan hatte.

Ich kann nicht anders, als mich zu fragen, wie es mit uns weitergehen wird.

Austin

Nach dem Spiel wird uns mitgeteilt, dass das morgige abgesagt wurde.

Wie schnell das Glücksgefühl über einen letzten Sieg für die Mannschaft in tiefste Bestürzung umschlagen kann, wird mir bewusst, als ich begreife, dass das Team schon heute Abend statt am Dienstagmorgen nach Baltimore zurückfliegen wird.

Blitzschnell treffe ich eine Entscheidung. »Jungs, könnte ich für eine Minute eure Aufmerksamkeit haben?«

Es dauert einen Moment, bis der übliche Tumult in der Umkleide, der einem Sieg folgt, nachlässt und es ruhiger wird. Einer der Jungs pfeift auf den Fingern, um zu denen durchzudringen, die mich nicht gehört haben. »Seid mal still«, weist Santiago zwei der jüngeren Teammitglieder an. »AJ möchte etwas sagen.«

Ich grinse meinem Freund zu, der die Augen verdreht. »Also, ich wollte mich nur bei euch allen für sechs tolle Jahre in Baltimore bedanken. Ich habe keine Ahnung, was die Zukunft für mich bereithält, aber wir wissen alle, dass ich nächstes Jahr wahrscheinlich nicht für die Orioles auflaufen werde. Obwohl das hier das Ende für uns als Team ist, hoffe ich, dass ihr alle den Kontakt zu mir nicht abreißen lasst. Ich werde euch weiter anfeuern, wo auch immer ich lande.«

Ich sehe, dass Mick, der Rest der Coaches, die Spezialtrainer, ein paar der PR-Leute und einer der Besitzer hinzugestoßen sind. Ich nicke ihnen zu, während ich die anderen der Reihe nach anschaue, wobei mein Blick kurz bei jedem einzelnen meiner Teamkollegen verweilt. »Ich werde nie vergessen, wie ihr alle, eure Partner und der ganze Club für mich und meine Familie da wart, als meine Tochter krank war.« Bei dem Wort »Tochter« schwankt meine Stimme ein bisschen. Ich sollte also schnell zum Ende kommen. »Danke‹ erscheint dafür ziemlich unzureichend, aber das ist alles, was ich habe. Und das war's. Das ist alles, was ich sagen wollte.«

Nach einer Runde lautem Applaus umarmt mich jeder der Jungs, schlägt mir auf den Rücken, wünscht mir viel Glück und verspricht mir, in Verbindung zu bleiben. Ich umarme auch die Coaches, Spezialtrainer, Erica und andere vom PR-Team. Mick ist der Letzte, der noch fehlt, und er versetzt mir einen rauen, aber herzlichen Schlag auf den Rücken.

»Danke für alles, Coach.«

»War mir ein Vergnügen, AJ.«

»Ich werde noch für ein paar Tage in Miami bleiben, fliege also nicht mit euch zurück.«

»Okay. Sprich mit Erica, falls du eine Verlängerung für deine Hotelzimmerbuchung brauchst.«

»Mach ich. Danke noch mal, Coach.«

»Pass auf dich und dein kleines Mädchen auf, AJ. Wir drücken euch die Daumen.«

»Das bedeutet mir unglaublich viel. Ich werde definitiv in Kontakt bleiben.«

Die Jungs verlassen der Reihe nach die Umkleide und steigen in den Bus zum Hotel, wo sie ihre Sachen holen werden, um dann weiter zum Flughafen zu fahren. Am Ende der Saison sind wir alle mehr als bereit, zu unseren Familien zurückzukehren und dort auch mal zu bleiben, statt ständig durchs Land zu ziehen. Unter normalen Umständen wäre ich der Erste am Bus, um so bald wie möglich wieder bei Everly zu sein.

Aber nichts an den Umständen ist gerade normal. Ich lache kurz darüber, wie schnell sich alles verändert hat. Neulich Abend war nur eine Stunde mit Maria nötig, um mich meinen gesamten Plan für die Transferperiode über den Haufen werfen zu lassen. Ich lege den Beutel mit meiner Ausrüstung zu dem Haufen, der zurück nach Baltimore geht, und mache mich auf den Weg zum Bus, zur Rückfahrt ins Hotel. Ich nehme den Aufzug zu dem Zimmer, das ich für meine Eltern und Everly gebucht hatte, nachdem feststand, dass wir nach dem gestrigen Spiel etwas mit Maria zusammen unternehmen würden.

Everly stößt einen Schrei aus, als ich durch die Tür trete. »Dada!« Sie kommt durch das Zimmer gerannt und wirft sich mir in die Arme, voller Vertrauen, dass ich sie fangen werde.

Bei ihrer stürmischen Begrüßung, die mir jedes Mal zuteilwird, wenn ich zu ihr zurückkehre, habe ich immer das Gefühl, vor Glück platzen zu können. Ich hebe sie hoch und über meinen Kopf, wobei sie breit lächelt und dabei ihre niedlichen Milchzähne zeigt. Mir wäre es nie eingefallen, darüber nachzudenken, wie süß Milchzähne eigentlich sind, bis sie welche hatte. Jeder Teil von ihr ist für mich perfekt. Ich drücke sie, was sie veranlasst, ihre kleinen Ärmchen um meinen Hals zu schlingen und mich in ihren besonderen Würgegriff zu nehmen, der mir wie nichts anderes das Gefühl gibt, zu Hause zu sein. Ich liebe sie.

»Jetzt, da ihr Dada hier ist, ist unser Grummelbär ganz Lächeln und Sonnenschein«, erklärt Mom. »Seit sie dich aus dem Spiel genommen haben, war sie quengelig. Sie hat Maria eine echte Show geliefert.«

Mein Herz macht einen glücklichen kleinen Satz, als Marias Name fällt. »Mein Baby ist kein Bär.« Ich schneide eine alberne Grimasse, die Everly zum Kichern bringt. »Bist du ein Bär, Bärchen?«

»Kein Bär.«

»In den letzten paar Tagen sprudeln die Wörter plötzlich nur so aus ihr heraus«, meint Mom.

»Und dem Himmel sei Dank dafür.« Ihre verzögerte Sprachentwicklung hat mir und meinen Eltern große Sorgen bereitet. Die Ärzte waren allerdings nicht beunruhigt, also haben wir versucht, uns nicht aufzuregen und ihr die Zeit dafür zu lassen, in ihrem eigenen Tempo sprechen zu lernen. Trotzdem sind wir alle dankbar und erleichtert, dass es jetzt endlich so weit zu sein scheint.

»Fliegt die Mannschaft heute zurück nach Baltimore, Sohn?«, fragt mich mein Dad.

»Jap.«

»Wann geht euer Flug?«, erkundigt sich Mom.

»Die anderen starten um halb acht.«

»Du bist nicht mit an Bord?«

»Ich habe mir überlegt, dass Ev und ich vielleicht noch ein paar Tage hierbleiben könnten.«

»Und was habt ihr so vor?«, möchte Mom wissen.

»Den Pool, den Strand und ein bisschen Zeit zusammen genießen.«

Mom hebt ihre Augenbraue auf eine Art und Weise, wie es nur eine professionelle Mutter kann. »Und das ist alles?«

Als Sohn einer professionellen Mutter bin ich klug genug, um zu wissen, wann mich ein Experte in die Ecke gedrängt hat. »Ich würde außerdem gerne noch mehr Zeit mit Maria verbringen.«

Meine Mom klatscht in die Hände und reckt ihre Faust in die Luft. »Ja! Hab ich's doch gewusst!«

Ich schaue zu Dad rüber, der mit den Achseln zuckt. »Du weißt, wie deine Mutter sein kann, wenn sie auch bloß den Hauch einer Lovestory bei einem ihrer Söhne wittert.«

»Ja, das weiß ich nur zu gut.« Mom hat Kasey von Anfang an nicht leiden können und hat daraus kein Geheimnis gemacht – was echt nicht lustig war. Dass sie so glücklich ist, weil ich mehr Zeit mit Maria verbringen möchte, ist ein gutes Zeichen und eines, das ich nicht auf die leichte Schulter nehme. Es war furchtbar, mit jemandem zusammen zu sein, den meine Mutter aktiv nicht mochte, und dass sie mit ihrer Meinung über Kasey letzten Endes recht hatte, ist etwas, das noch nach mehreren

Jahren an mir nagt. Ich hätte auf ihre Bedenken hören sollen, aber wenn ich das getan hätte, hätte ich jetzt Everly nicht, und das will ich mir gar nicht vorstellen ...

»Sie ist total nett«, bemerkt Mom und meint Maria.

»Ach, ist sie das? Das war mir gar nicht aufgefallen.«

»Oh, ich bitte dich, Austin, erzähl das jemandem, der dich nicht so gut kennt wie ich. Nach dem Essen gestern Abend habe ich deinem Vater gesagt, dass da etwas zwischen euch beiden ist, und du weißt, wie ich es liebe, recht zu behalten.«

Dad und ich verdrehen beide leidgeprüft die Augen. Meine Mom musste sich als einzige Frau in der Familie an das Leben mit lauter Männern anpassen, und sie kann mittlerweile sehr gut mit uns mithalten.

»Warum fliegen wir nicht mit Everly nach Hause, damit ihr beide etwas Zeit für euch habt?«, schlägt Mom vor.

Sosehr ich es auch lieben würde, mit Maria allein zu sein, kann ich das Ev nach all der Zeit, die ich während der Saison unterwegs sein musste, unmöglich antun.

»Danke für das Angebot, doch ich möchte auch gerne mit Ev zusammen sein.«

Everly drückt mir fast den Hals ab, was ihre Art ist, Zustimmung zu zeigen. »Dada.«

»Bist du dir sicher?«

Ich kann den Gedanken nicht ertragen, schon wieder von ihr getrennt zu sein. »Ja, das bin ich.«

Meine Mom streichelt mir das Gesicht, so wie sie es getan hat, als ich klein war. »Du bist ein wunderbarer Vater, Austin. Du machst mich so stolz – auf dem Platz und auch sonst.«

»Ich liebe sie.«

»Ich weiß, Sohn.«

»Lasst mich euch eine Frage stellen ...« Ich atme tief ein und langsam wieder aus und hoffe, dass sie auf meine neueste Idee eingehen. Nach all dem, was sie für mich und Ev getan haben, würde ich ihnen meine Kleine ungern für mehrere Monate entreißen.

»Was ist los?«, fragt Dad.

»Was haltet ihr davon, wenn wir den Winter hier in Miami verbringen?«

Mom schaut zu Dad und dann zurück zu mir. »Meinst du, hierherzuziehen?«

»Nur vorübergehend. Wir werden im Frühling sowieso umziehen müssen. Warum verbringen wir den Winter nicht unter der warmen Sonne Floridas?«

»Everlys Ärzte sind in Baltimore«, erinnert mich meine Mutter.

»Das ist mir bewusst, aber sie könnte in Absprache mit ihnen die notwendigen Untersuchungen auch hier bekommen. Wir könnten eine Lösung finden.«

»Ist das wegen Maria?«, fragt Mom rundheraus.

Obwohl ich eigentlich Wert darauf lege, dass mein Privatleben privat bleibt, betrifft sie die Sache ja auch, also schaue ich ihr in die Augen und sage ihr die Wahrheit. »Ja.«

Sie macht wieder das Ding mit der Faust, und ich möchte davon zwar genervt sein, doch ich empfinde genauso wie sie. »Ich liebe das so.«

»Also werdet ihr über den Winter in Miami nachdenken?«

»Wie stellst du dir das vor?«, will Dad wissen.

»Ich miete ein Haus, das genug Räume für uns alle hat, wir fahren runter und bleiben den Winter über hier.« Kann es wirklich so einfach sein? Ich habe ein paar Monate frei, und sie sind im Ruhestand, warum also nicht?

»Wann hast du das alles beschlossen?«, fragt Mom.

»Äh … In den letzten paar Tagen?«

»Seit du Maria getroffen hast«, stellt Mom mit einem wissenden Nicken fest.

»So was in der Art.« Ich bin amüsiert, obwohl ich normalerweise dazu neige, alles, was nach mütterlichem Nachfragen zu meinem Liebesleben riecht, abzublocken. Aber ich kann nicht leugnen, dass Maria der Grund dafür ist, dass ich einen komplett neuen Plan für die nächsten Monate habe, statt den weiterzuverfolgen, den wir noch vor wenigen Wochen hatten, als im Raum stand, einen Teil des Winters mit meinem Bruder Asher in Arizona zu verbringen.

»Wir haben Ash versprochen, ihn ein paar Wochen zu besuchen«, erinnert Dad Mom.

»Das können wir immer noch machen«, antwortet sie. »Im Moment würde es Austin helfen, wenn wir mit ihm hier sind, damit er mit Maria zusammen sein kann, wenn Everly abends im Bett ist.«

»Ich mag, wie du denkst, Mom.«

»Was immer wir tun können, damit du mehr Zeit mit diesem wunderbaren Mädchen verbringen kannst. Habe ich schon erwähnt, dass ich sie sehr mag?«

»Es ist gut möglich, dass du etwas in der Richtung angedeutet hast.«

»Dad und ich werden nach Hause fahren und mit dem Packen beginnen.«

»Einfach so?«, fragt Dad und wirkt nicht unzufrieden mit dieser Entwicklung. Ich wusste, dass bei ihm keine großen Überredungskünste notwendig sein würden. Er findet nichts schöner, als den ganzen Winter lang Golf zu spielen, und es interessiert ihn nicht wirklich, wo er das tut. Solange Everly dazugehört, wird er mit von der Partie sein, das hab ich mir schon gedacht.

»Einfach so«, bestätigt Mom.

Wenn sie sich etwas in den Kopf gesetzt hat, ist es zwecklos, mit ihr darüber zu diskutieren. Ich finde es super, dass das auch mal zu meinem Vorteil funktioniert. »Ich weiß, ich sag das die ganze Zeit, aber ihr seid echt die Besten.«

»Machst du Witze? Unsere Freunde in Wisconsin werden grün vor Neid sein, weil wir in Miami überwintern, während sie im Schnee versinken. Wir wissen es zu schätzen, dass du es uns ermöglicht hast, uns vorzeitig zur Ruhe zu setzen, und wir genießen die Zeit mit dir und Ev.« Mom stellt sich auf die Zehenspitzen, um mich auf die Wange zu küssen. »Weiß Maria, dass du hierbleibst, oder von deinen Plänen für den Winter?«

»Nein.« Ich kann es kaum erwarten, sie damit zu überraschen.

Mom lächelt. »Wie schön. Ich bin schon sehr gespannt, wie sie reagiert.«

»Da sind wir schon zu zweit.«

KAPITEL 13

Maria

Nach dem Spiel höre ich erst mal nichts von Austin, aber ich verfolge die ausgiebige Berichterstattung über seinen zweiundzwanzigsten und letzten Sieg in dieser Saison, einschließlich des perfekten Spiels in Detroit. Danach folgen jede Menge Spekulationen darüber, für welche Mannschaft er wohl nächstes Jahr auflaufen wird. Ich fühle mich fast wie ein irrer Stalker, so sauge ich die Informationen auf.

»Ich tippe auf Seattle.« Der Kommentator ergeht sich in einer weitschweifigen Erklärung, warum er meint, dass die Mariners für Austin am besten wären, und weshalb sie ihm wahrscheinlich das lukrativste Angebot unterbreiten werden. »Ich sag dir eins, Mike. Im Moment ist es sicher gut, Austin Jacobs zu sein.«

»Absolut. Ich hab gehört, dass man in Vegas Wetten darauf abschließen kann, wo er landet. Jedenfalls ist das hundertprozentig die größte Geschichte vor dem Beginn der neuen Saison.«

Es überrascht mich, als auch ich in der Berichterstattung über das gestrige Spiel auftauche.

»Vor ungefähr einem Jahr waren die Zeiten für den Star-Pitcher der Orioles alles andere als rosig. Seine kleine Tochter litt an Leukämie, seine Karriere lag auf Eis, und niemand wusste, wann wir Austin Jacobs noch mal auf dem Wurfhügel sehen würden – oder ob überhaupt. Dank Maria Giordino aus Miami hat Everly Jacobs eine lebensrettende Knochenmarkspende erhalten und ist jetzt auf dem besten Weg zur Genesung. In dieser Saison hat ihr Vater dann ein beeindruckendes Comeback hingelegt, sodass ihm der nächste Cy Young Award der American League so gut wie sicher ist. Wir werden AJs weitere Entwicklung auf jeden Fall verfolgen und unsere Zuschauer über alle Neuigkeiten auf dem Laufenden halten.«

Ich hänge förmlich an ihren Lippen. Es fühlt sich total unwirklich an, dass ich irgendein echtes Interesse daran haben könnte, bei welchem Team Austin Jacobs als Nächstes unterschreibt.

Ich überprüfe mein Handy und bin überrascht, dass er sich immer noch nicht gemeldet hat.

Ich spiele mit dem Gedanken, ihm zu schreiben, aber ich will ihn nicht belästigen, wenn er sich gerade auf den Rückflug nach Baltimore vorbereitet.

Bei der Vorstellung, dass er in Kürze aus Miami abreisen wird, fühle ich mich niedergeschlagen und innerlich leer. Es ist der absolute Tiefpunkt nach einer so tollen Zeit mit ihm. »Das hast du jetzt davon, dass du dir gestattet hast, dir von einem Mann den Kopf verdrehen zu lassen, der nicht hier lebt.« Ich hole mir den übrig gebliebenen Salat von Freitagabend, füge etwas Brathähnchen dazu und den Rest des italienischen Dressings. Ich setze mich an meinen Tresen und bemühe mich, nicht noch einmal den atemberaubenden Kuss zu durchleben, der sich hier vor achtundvierzig Stunden zugetragen hat, doch das erweist sich als unmöglich.

Ich durchlebe ihn vielmehr tausend Mal, während ich mich zwinge zu essen, obwohl ich gar keinen Appetit habe und die letzten Salatblätter auf meinem Teller umherschiebe, bis sie ganz welk und ungenießbar geworden sind. Ich entsorge den Rest schließlich in der Biotonne unten in der Garage, stelle das benutzte Geschirr in die Spülmaschine und muss beim Anblick unserer beiden Teller, die von Freitagabend noch darinstehen, beinahe weinen.

»Jetzt heulst du schon wegen schmutzigem Geschirr? Ich fange langsam an, dich zu hassen«, schimpfe ich mit mir selbst, bevor ich die Spülmaschine einschalte. Dann reagiere ich mich beim Schrubben der Küche ab, bis sie glänzt, und packe mir meine Lunchbox für morgen. Es ist an der Zeit, mich zusammenzureißen und wieder zu meiner normalen Arbeitsroutine zurückzukehren.

Ich bin kurz davor, mich in mein Bett zurückzuziehen, als es an der Tür klingelt. In der Annahme, dass es Carmen ist, die mir mit einer Flasche Wein moralischen Beistand leisten will, öffne ich und blinzele erstaunt. Es dauert einen Moment, bis mein Gehirn verarbeiten kann, dass Austin mit Everly auf den Schultern vor mir steht.

»Wir haben uns gefragt, ob du vielleicht weißt, wo wir hier Eiscreme bekommen können.«

Ich starre ihn fassungslos an. »Was tust du denn hier? Ich dachte, du wärst längst fort.«

»Nope.« Er grinst und ist sichtlich stolz auf sich, weil er mich völlig überrumpelt hat, indem er einfach an meiner Tür aufgekreuzt ist.

»Rie!«, ruft Everly.

»Das ist ihr Name für dich«, erklärt Austin. »Langsam fängt sie jetzt mit dem Sprechen an. Ev, verrat Rie, was wir zum Nachtisch wollen.«

»Krem!«

»Genau. Was meinst du, Rie?«

Geht es noch niedlicher? »Ich finde, ›Krem‹ klingt klasse, und ich kenne auch die beste Eisdiele der Stadt.« Ich trete zur Seite. »Kommt rein, ich muss mich rasch umziehen.«

»Hey«, sagt er.

Ich blicke ihn an, versuche, nicht weiter auf den leichten Schwindel und die Atemlosigkeit zu achten, die mich befallen, wenn er in der Nähe ist – und selbst wenn er das nicht ist.

»Das ist okay, oder?«

»Natürlich. Ich bin überglücklich, euch zu sehen. Ich dachte nur ...«

»Ich weiß, und wir reden noch darüber. Nach der ›Krem‹.«

»Macht es euch gemütlich. Ich bin gleich wieder da.« Ich laufe in mein Schlafzimmer und versuche zu entscheiden, was ich anziehen soll. Ich hab einen Korb mit ordentlich zusammengelegter Wäsche, den ich jetzt rasch durchschaue und in dem ich Shorts, einen BH und ein T-Shirt finde. Sobald ich angezogen bin, verschwinde ich kurz im Badezimmer, um mir das Haar zu bürsten und die Zähne zu putzen, dann tusche ich mir die Wimpern und trage Lipgloss auf.

Ich wünschte, ich hätte mehr Zeit, um mich zurechtzumachen, doch sie warten auf mich, daher schlüpfe ich in Flipflops und kehre zu ihnen ins Wohnzimmer zurück. Austin trägt ein Nike-T-Shirt und Shorts, und wenn man ihn so sieht, würde man nie ahnen, dass er ein berühmter Baseballprofi ist. Genau in diesem Moment ist er einfach nur der Vater eines kleinen Mädchens, das »Krem« möchte.

»Ich wäre dann bereit, wenn ihr es seid.«

Er hebt Everly hoch und geht vor mir aus der Wohnung. Ich bin so durcheinander, dass ich beinah meine Schlüssel vergessen hätte. Das Letzte, was mir heute Abend noch fehlt, ist, meinen Onkel anrufen zu müssen, damit er mir mit dem Ersatzschlüssel die Wohnung aufsperrt. Ich schnappe mir also in letzter Sekunde den Schlüsselbund und laufe die Treppe runter. Austin ist schon dabei, Everly im Kindersitz anzuschnallen.

»Wo hast du das Auto her?«

»Das ist ein Mietwagen, den ich mir vorhin besorgt habe.«

»Und wo sind deine Eltern?«

Er schaut auf seine Armbanduhr. »Im Flieger nach Baltimore.«

»Also … Warte. Sie sind heimgeflogen, und du …«

Nachdem er Everlys Tür zugemacht hat, beugt er sich vor und gibt mir einen Kuss. »Wir bleiben hier.«

»Oh.«

Mit einem breiten Lächeln öffnet er mir die Beifahrertür und hält sie auf. »Madam.«

Verwirrt von dieser völlig unerwarteten Bonuszeit mit den beiden steige ich ins Auto und schließe den Sicherheitsgurt.

Er setzt sich hinters Lenkrad und schnallt sich ebenfalls an. »Wohin?«

Ich dirigiere ihn zum Azúcar in der 8th Street, das nur ein paar Blocks von meinem Zuhause entfernt ist. Genau genommen hätten wir auch laufen können, aber ich bin so durcheinander, dass ich überhaupt nicht auf die Idee gekommen bin, das vorzuschlagen. »Wir können am Restaurant parken.«

Kurz darauf fährt er auf den Parkplatz hinter dem Giordino's und stellt den Wagen ab. Dann machen wir uns zu Fuß auf den kurzen Weg zum Azúcar.

»Das sieht ja klasse aus«, erklärt er, als er die Eisdiele erblickt.

»Da gibt's das beste Eis von ganz Miami.«

»Ich vertraue ganz auf deine Ortskenntnis.« Austin, der Everly auf einem Arm trägt, legt mir seine freie Hand ins Kreuz, während wir reingehen.

»Was magst du am liebsten?«, will er wissen, als wir die Karte studieren.

»Eine Kugel *café con leche*, das ist kubanischer Kaffee, und eine Kugel mit Oreo-Geschmack.«

»Lecker. Das hört sich doch gut an. Ev, worauf hast du Lust? Marshmallow oder Cheesecake?«

»Cake!«

»Gut, dann soll es Cake sein.« Austin bestellt für uns alle, und als er nach seinem Portemonnaie greift, nehme ich ihm Everly ab, als ob es die natürlichste Sache der Welt wäre, dass ich sie halte, während er bezahlt.

Sie kommt bereitwillig zu mir, schaut ihn aber weiter an, als hätte sie insgeheim die Sorge, er könnte verschwinden.

Mit Waffeln für mich und ihn und einem Becher für Everly suchen wir uns einen Tisch auf dem Bürgersteig. Es ist ein warmer Septemberabend, und ich bin überglücklich, ihn mit ihnen zusammen verbringen zu können.

Everly ist ganz auf ihr Eis konzentriert, während Austin sie im Auge behält, um sicherzugehen, dass sie sich nicht von oben bis unten bekleckert.

»Ich dachte, ihr wolltet heute Abend zurück nach Baltimore.«

»Die Mannschaft ist vor einer Stunde abgeflogen, doch ich habe beschlossen, mit Everly noch ein bisschen hierzubleiben.«

»Für wie lange?«

Er zuckt die Achseln. »Das habe ich noch nicht entschieden.« Er nickt in Richtung meiner beiden immer rascher schmelzenden Eiskugeln. »Iss lieber deine ›Krem‹.«

Everly ruft: »Rie! Krem!«

Ich liebe ihren Namen für mich und auch, wie entzückend sie in ihrem pink und gelb gestreiften T-Shirt und den pinkfarbenen Shorts aussieht, die blonden Locken zu einem Pferdeschwanz gebunden.

»Tu, was die Lady dir sagt, Rie, und iss deine Eiscreme.«

Everly kichert darüber, wie er sie nachmacht.

Ich bin völlig hin und weg davon, wie niedlich sie zusammen sind, wie er ihr die Eiscreme aus dem Gesicht wischt, bevor ein Unglück passiert, und von der offensichtlichen Liebe zwischen Vater und Tochter. Sie wecken in mir den Wunsch, zu ihnen zu gehören, auch ein Teil von dem zu sein, was sie miteinander haben. So viel also zu meinem Vorsatz, mein Herz zu hüten. Aber sie sind einfach unwiderstehlich.

»Also …« Ich hebe eine Augenbraue und hoffe, er füllt die Lücke für mich.

»Also … habe ich entschieden, eine Weile in Miami zu bleiben, denn die Saison ist vorbei, und ich kann tun, was ich mag.«

»Wie lang ist ›eine Weile‹?«

Er zuckt die Achseln, als hätte er keine Sorge auf der Welt, was vermutlich sogar stimmt, schließlich hat er die nächsten Monate frei. »Das ist noch etwas unklar.«

Weicht er mir absichtlich aus, oder bilde ich mir das nur ein? »Und was habt ihr in eurer Zeit hier in Miami vor?«

»Ganz lange im Hotel-Swimmingpool planschen, richtig, Ev?«

»Rie! Pool!«

Bei seinem Lächeln strahlt sein attraktives Gesicht auf, und er ist noch traumhafter als sonst. Er hat einfach unverschämt viel Sex-Appeal. Und zuzusehen, wie er das Eis von der Waffel leckt, bringt mich auf völlig unangemessene Gedanken …

Stopp. Es ist ein Kind anwesend.

»Wir haben uns ein bisschen Sorgen gemacht, weil ihre Sprachentwicklung stark verzögert ist«, sagt Austin leise, während Everly einzig Augen für ihr Eis hat. »Aber jetzt ist es, als wenn plötzlich eine Tür aufgestoßen worden wäre, und die Wörter sprudeln nur so aus ihr heraus. Allein der Pool hat mindestens für zehn neue gesorgt.«

»Das ist toll.«

»Pool, Dada.«

»Morgen, Süße. Erst schlafen wir, dann gehen wir schwimmen.«

Everly scheint nicht wirklich davon überzeugt zu sein, dass ihr diese Antwort gefällt.

»Ich habe das deutliche Gefühl, ich muss morgen früh raus und schwimmen. Was sonst, schlägst du vor, sollten wir tun, solange wir hier sind?«

»Unbedingt den Zoo besuchen, dann das Seaquarium, Jungle Island, das Kindermuseum und den Venetian Pool in Coral Gables, das schönste Schwimmbad überhaupt. Man kann ein Picknick im Crandon Park auf Key Biscayne machen und natürlich – da bin ich allerdings vorbelastet – nach Little Havana gehen. Wobei ich mir bei Letzterem nicht sicher bin, ob Everly das so faszinierend findet. Oh, und den Strand nicht zu vergessen.«

»Das klingt nach jeder Menge Spaß. Ich wünschte, du könntest mitkommen.«

»Ich auch, doch leider müssen wir gewöhnlichen Sterblichen arbeiten.«

»Vielleicht können wir uns das Picknick und den Strand fürs Wochenende aufheben, wenn du freihast?«

»Ich muss am Samstagabend arbeiten und am Sonntag zum Brunch, aber zu dem Brunch könnt ihr mich gerne begleiten, wenn ihr wollt.«

»Liebend gern.«

»Außer ...«

»Was?«

»Meine ganze Familie wird dort sein, und wenn ich euch mitbringe, wäre das irgendwie so was wie eine offizielle Erklärung.«

Er blickt mir in die Augen. »Damit hab ich kein Problem, wenn es dir nichts ausmacht.«

»Ich ... äh ... Na ja.«

Austins Lachen ist das Sexyste, was ich je gesehen habe.

»Dada lustig«, verkündet Everly.

»Und damit sind wir offiziell bei elf Wörtern, und außerdem ist es Rie, die lustig ist, Baby.«

»Rie lustig.«

Okay, jetzt steht es fest, sie sind wirklich zu niedlich. Und dann holt Austin aus seiner Tasche ein Päckchen feuchte Reinigungstücher und wischt Everly die Hände und das Gesicht sauber, und es ist um mich geschehen. Er ist schlicht …

Mist. Ich kann das nicht. Ich kann einfach nicht.

Als wir zum Auto zurückgehen, bin ich tief in Gedanken versunken, frage mich, was er hier tut, und versuche mir einen Reim darauf zu machen, dass er noch bleibt, nachdem die Mannschaft heimgeflogen ist. Es ist meinetwegen, richtig? Natürlich ist es das, aber was heißt das?

Während er Everly im Auto anschnallt, steige ich auf der Beifahrerseite ein und lege den Gurt an. Was passiert jetzt?

Austin fährt uns zurück zu meiner Wohnung, und viel zu schnell biegen wir in die Einfahrt zur Garage ein.

Ich drehe mich um und schaue Everly an. »Danke, dass du mich zu Eiscreme eingeladen hast, Everly.«

»Krem! Rie!«

Ich lächle sie an. »Das ist richtig. Rie fand die ›Krem‹ toll. Viel Spaß morgen früh beim Schwimmen.«

»Pool!«

Es ist so unglaublich goldig, dass jedes Wort, das sie sagt, am Ende ein Ausrufezeichen hat. Wem will ich hier was vormachen? Ich liebe alles an ihr. »Gute Nacht, Süße.«

Austin steigt aus dem Auto, lässt die Klimaanlage laufen und kommt auf meine Seite, um mir die Tür aufzuhalten. Er wartet, bis ich ausgestiegen bin, dann schließt er die Tür bis auf einen kleinen Spalt, damit er Everly hören kann.

»Danke für das Eis.«

»Das war rundum schön. Besteht vielleicht eine winzige Chance, dass du zum Hotel kommen und noch ein bisschen Zeit mit mir verbringen könntest?«

»Ich muss morgen Vormittag arbeiten.«

»Es wird nicht zu spät werden. Versprochen.«

Ich bin so hin- und hergerissen. Auf der einen Seite möchte ich jede Sekunde, in der es nur möglich ist, mit ihm zusammen sein. Auf der anderen bin ich total besorgt darüber, was passieren wird, wenn er geht, was er natürlich irgendwann tun wird. Mit jeder Sekunde, die ich bei ihm bin, wird es nur noch komplizierter, denn schließlich weiß ich, die ganze Sache kann nicht von Dauer sein.

Dann legt er den Kopf schief und schenkt mir dieses unwiderstehliche Lächeln, bei dem das Grübchen in seiner Wange erscheint, und ich bin geliefert. »Bitte? Komm einfach ganz kurz vorbei, damit wir reden können, okay?«

»In Ordnung.«

»Gib mir eine Stunde dafür, Ev ins Bett zu bringen, und dann gehöre ich ganz dir.«

Morgen bin ich bestimmt fix und fertig, aber darüber kann ich mir den Kopf zerbrechen, wenn es so weit ist.

»Lass dein Auto vom Valet-Service parken, und nenn ihnen meine Zimmernummer. Ich bin in die Suite meiner Eltern gezogen. 712.« Er gibt mir einen Kuss auf die Wange. »Wir sehen uns dann gleich.«

Er wartet, bis ich im Haus bin, bevor er losfährt.

Ich zücke mein Handy und rufe Carmen an.

»Hey«, sagt sie. »Was gibt's?«

»Also, na ja … Austin ist nicht mit der Mannschaft zurück nach Baltimore geflogen.«

»Was? Nicht wahr! Wie hast du das rausgefunden?«

»Dadurch, dass er und Everly plötzlich vor meiner Tür standen und mich gefragt haben, ob ich mit ihnen Eis essen möchte.«

»O mein Gott! Das ist super!«

»Krieg dich wieder ein, ja?«

Ich höre, wie sie Jason auf den neuesten Stand bringt. »Er ist in der Stadt geblieben – ihretwegen.«

»Carmen! Hör auf. Er bleibt nicht lange. Es hat sich nichts geändert.«

»Wann siehst du ihn wieder?«

»Er hat mich gebeten, ins Hotel zu kommen, nachdem er Everly zu Bett gebracht hat.«

»Und du gehst, richtig?«

»Ja, aber nur kurz. Schließlich muss ich morgen arbeiten.«

»Pack lieber eine Tasche, damit du direkt von da aus zur Arbeit kannst.«

»Kommt gar nicht infrage.«

»Warum nicht?«

»Darum!«

»Selbst dir fällt kein einziger guter Grund ein, der dagegenspricht.«

»Seine Tochter ist ein guter Grund. Sie muss mich nicht dort sehen, wenn sie aufwacht.«

»Dann achte darauf, dass du bis dahin verschwunden bist.«

»Sie steht mit den Hühnern auf, Carmen. Sie ist drei. Ich werde nicht bei ihm übernachten.«

»Doch du fährst hin, richtig?«

»Für eine kleine Weile. Denke ich.«

»Ich finde es furchtbar, dass du so negativ bist, Mari. Es ist einfach ausgeschlossen, dass er noch in Miami wäre, wenn er nicht mehr Zeit mit dir verbringen wollte. Sag mir, dass du das weißt.«

»Ja, aber … Was passiert, nachdem er ein paar Tage länger hier gewesen ist? Was dann? Mit jeder Minute, die ich mit ihm und Everly verbringe, werde ich tiefer und tiefer hineingezogen, und … Ach, ich weiß einfach nicht, ob das so gut ist.«

»Nun, dann wirst du wohl eine Entscheidung treffen müssen. Wenn du glaubst, Austin könnte der richtige Mann für dich sein, bist du dann bereit, alles zu tun, was nötig ist, damit das mit euch beiden funktioniert? Denn letzten Endes ist es das, worum es geht. Du kannst machen, was immer du möchtest, Maria. Alles. Wenn dies der Mann ist, den du willst, dann schnapp ihn dir. Für die unbedeutenden Kleinigkeiten – und letzten Endes ist es nicht mehr – wird sich eine Lösung finden.«

»Du könntest Kühlschränke in Grönland verkaufen«, sage ich lachend. »Bei dir klingt das alles so simpel.«

»Weil es das ist. Du magst ihn und seine Tochter. Dann geh, und sei bei ihm.«

»Okay.«

»Und pack eine Tasche.«

Carmen hat mir die Erlaubnis für meine Gefühle erteilt, und die Gefühle, die ich für Austin habe, sind so gewaltig, dass sie mich komplett ausfüllen.

»Alles okay mit dir?«

»Ich glaub schon. Die ganze Sache ist irgendwie erschreckend.«

»Und aufregend. Das auch, oder?«

»Schon. Er ist nur …«

»Er ist alles, was du dir gewünscht hast, und mehr. Geh und hol ihn dir.«

»Ja, ja. Ich mach ja schon.«

Carmen lacht. »Gut, und dann ruf mich morgen an, und erzähl mir, wie es gelaufen ist.«

»In Ordnung. Danke, dass du mich zu dem Kühlschrank überredet hast.«

»Das ist es, wofür ich da bin. Hab dich lieb.«

»Ich dich auch.«

Ich beende das Telefonat und gehe in mein Schlafzimmer, um die Tasche zu packen, wie Carmen es mir aufgetragen hat. Ich weigere mich, mich länger mit den vielen Gründen zu befassen, aus denen das eine ganz schlechte Idee ist. Ich bin mir jedes einzelnen davon bewusst. Aber offenbar kümmert mich das nicht mehr.

KAPITEL 14

Carmen

Ich beende das Telefonat mit Maria und beginne einen Freudentanz durchs Schlafzimmer, während Jason mir vom Bett aus zusieht.

»Große Entwicklung in der Maria-Saga«, stellt er trocken fest.

»Eine riesige! Austin ist in Miami geblieben, nachdem die Mannschaft abgereist ist. Er ist ihretwegen hiergeblieben!«

»Das *ist* riesig.«

Ich werfe die Arme in die Luft und wackle mit den Hüften. »Das ist das Aufregendste, was passiert ist, seit du in einem schwarzen Porsche vor meinem Krankenhaus vorgefahren bist, neben dir eine sexy Blondine.«

Er lacht. »Wenn ich mich richtig erinnere, hast du das zu der Zeit nicht aufregend gefunden. Das Wort, das du benutzt hast, war ›Klischee‹, oder?«

»Das haben wir dann ja schnell hinter uns gelassen, glaube ich.«

»Erst nachdem ich dich aus dem Gefängnis geholt hab.«

Ich tanze weiter um das große Doppelbett. »Es ist dir verboten, das Wort ›Gefängnis‹ zu erwähnen.« Irgendwie ist es uns gelungen, die Tatsache, dass ich an dem Tag, an dem wir uns kennengelernt haben, zweimal verhaftet worden bin, vor meinen Eltern und meinen Großmüttern geheim zu halten. Und ich habe vor, dafür zu sorgen, dass es so bleibt.

Er folgt meinen Bewegungen mit den Augen, so wie er das immer tut. »Ich kann nichts daran ändern, dass das Wort ›Gefängnis‹ immer Teil unserer Geschichte sein wird.«

Ich liebe ihn wie verrückt, voller Leidenschaft und bis in alle Ewigkeit. Allerdings ... »Wenn du weiter ständig davon sprichst, wird dir das eines Tages noch in Anwesenheit meiner Eltern oder meiner Großmütter rausrutschen.«

»Ach was. Wenn es bis jetzt nicht passiert ist ...« Er hält mir eine Hand hin. »Komm her, und bring etwas von deiner überschäumenden Energie zu deinem Verlobten.«

Ich lasse mich aufs Bett fallen und krieche zu ihm, liebe es, wie er mich in die Arme schließt, ehe unsere Lippen sich zu einem hungrigen Kuss finden. So ist es immer zwischen uns, heiß und sexy und witzig und einfach wunderbar nach all den Jahren, die ich nach Tonys tragischem Tod in tiefster Trauer verbracht habe.

Jason hat mir den Glauben an die Liebe und das Leben und ein Happy End zurückgegeben, aber das heißt nicht, dass ich mir nicht jedes Mal Sorgen mache, wenn er das Haus verlässt. Das tue ich nämlich, und daran wird sich vermutlich auch nie etwas ändern, nachdem ich am eigenen Leib erlebt habe, wie einem plötzlich und ohne Vorwarnung der Mensch entrissen werden kann, den man am meisten liebt.

»Warum hast du dich gerade verspannt?«

»Hab ich gar nicht.«

Er reibt mir die Schultern. »Doch, hast du.«

»Ich habe darüber nachgedacht, wie sehr ich dich liebe.«

»Und das sorgt dafür, dass du dich verspannst?«

»Wenn man jemanden so liebt wie ich dich, dann bringt das … gewisse Sorgen mit sich, dass was passieren könnte, vor allem, wenn man das schon mal erlebt hat.«

»Ach, Süße, ich möchte nicht, dass du so denkst.«

»Ich kann nicht anders.«

»Ich möchte, dass du nur an schöne Dinge denkst, wie beispielsweise unsere Hochzeit und die Flitterwochen und wie viel Spaß wir auf den Turks-Inseln haben werden, von dem Rest unseres Lebens ganz zu schweigen.«

»Daran denke ich auch am meisten.«

»Mir wird nichts passieren.«

»Das kannst du nicht wissen, daher versprich mir nichts, was du am Ende nicht wirst halten können.«

»Ich verstehe, wo das herkommt, Süße, aber ich möchte nicht, dass du dir die ganze Zeit Sorgen um mich machst.«

»Ich versuche, das unter Kontrolle zu halten … Nur weil die Hochzeit bald sein wird, bin ich etwas ängstlicher als sonst.«

»Was kann ich tun, um dir zu helfen?«

Ich schmiege mich in seine Arme, erlebe das gleiche Gefühl überwältigender Anziehung, das ich seit dem Tag unseres Kennenlernens für ihn empfinde. Wenn überhaupt, dann ist dieses Gefühl in den fünfzehn Monaten, die wir jetzt zusammen sind, nur noch gewachsen. »Das hier hilft. Das hilft immer.«

»Ich halte dich jederzeit liebend gern so, doch ich möchte es wissen, wenn der Stress dich einholt. Versprichst du mir das?«

»Klar.«

»Alles wird gut. Denk an Maria, und führe weiter deine Freudentänze auf.«

»Ich versuche es ja. Das tu ich wirklich.«

Maria

Ich zwinge mich, eine halbe Stunde lang eine Sendung zum Thema Renovieren im Fernsehen zu gucken, damit ich nicht der Versuchung erliege, zu früh zum Hotel zu fahren. Während mein Blick auf den Bildschirm gerichtet ist, weigere ich mich, an irgendwas anderes zu denken als an Farbe, Licht, Kacheln und verkleidete Türöffnungen. Auf dem Weg nach draußen schnappe ich mir die Tasche, die ich auf Carmens Anweisung hin gepackt habe, und nehme den Lunch, den ich vorhin bereits für morgen vorbereitet hatte, aus dem Kühlschrank, wobei ich hoffe, dass es in dem Hotelzimmer einen Kühlschrank gibt.

Um diese Uhrzeit herrscht praktisch kein Verkehr, und ich bin, zehn Minuten bevor die mir zugestandene Stunde vorbei ist, am Hotel. Ich überlasse meinen Wagen dem Parkservice, nenne Austins Nachnamen und die Zimmernummer, dann gehe ich in die Lobby und schaue mich nach einem Platz um, an dem ich noch ein paar Minuten totschlagen kann, als auf meinem Handy eine Textnachricht eintrifft.

Ev ist im Bett. Ich gehöre ganz dir. Er gibt mir ein weiteres Mal seine Zimmernummer. Und ja, mein über alle Maßen beteiligtes Herz setzt bei der Vorstellung, dass so ein außergewöhnlicher Mann ganz mir gehören könnte, einen Schlag lang aus.

Ich tippe rasch meine Erwiderung: Bin auf dem Weg nach oben.

Er antwortet mit mehreren Emojis, die seine Freude zum Ausdruck bringen.

Ich bin eine alberne Närrin auf dem Weg in ihren Untergang, aber was für eine tolle Art, sich zu verabschieden. Ich steige im siebten Stock aus dem Fahrstuhl und folge den Wegweisern zu seinem Zimmer. Ich hab ungefähr die Hälfte des Flurs geschafft, als ich Austin auf der Türschwelle auf mich warten sehe, und laufe zu ihm.

Er fängt mich auf, schlingt die Arme um mich und drückt mich an sich. »Da bist du ja.«

»Da bin ich.«

Ohne mich loszulassen, geht Austin ins Zimmer und lässt hinter sich die Tür ins Schloss fallen. Er presst mich gegen die Wand und küsst mich mit der gleichen Verzweiflung, mit der auch ich mich nach ihm sehne. Meine Tasche landet auf dem Boden, und ich lege ihm die Arme um den Hals, fahre ihm mit den Fingern durchs Haar, während meine Zunge seine umspielt.

Ich verliere jegliches Gefühl für Zeit und Raum und alles andere, was nicht er ist und ich und wir beide zusammen und das hier, diese wunderbare Sache zwischen uns, die nur größer zu werden scheint, jedes Mal, wenn wir zusammen sind. Aber dann erinnere ich mich an die Dinge, die ich ihm sagen wollte. Ganz langsam löse ich meine Lippen von seinen.

»Ich hab eine Tasche mit Übernachtungssachen dabei.«

»Das ist die beste Nachricht des Tages.«

»Besser als der Gewinn deines zweiundzwanzigsten Spiels in der Saison?«

»Viel besser.«

»Kann ich meinen Lunch für morgen in deinem Kühlschrank zwischenlagern?«

»Mein Kühlschrank ist dein Kühlschrank, und falls ich vergesse, es dir zu sagen: Du bist einfach total süß.«

»Weil ich mir mein eigenes Lunchpaket mache?«

»Das und alles andere an dir.«

Ich bin bereits völlig verrückt nach diesem Typen, und dann muss er auch noch zum Anbeißen sein? »Allerdings hab ich ein paar Bedingungen.«

Er küsst mich auf den Hals, und ich muss mich total beherrschen, um bei den Empfindungen, die sich wie ein außer

Kontrolle geratener Flächenbrand in meinem Körper ausbreiten, nicht zu stöhnen.

»Nenn sie mir.«

»Ich möchte nicht, dass Everly uns zusammen im Bett sieht.«

»Das wird sie nicht. Sie hat ihr eigenes Zimmer, und sie rührt sich vor sechs eigentlich nie. Ich ziehe aufs Sofa um, bevor sie wach wird.«

»Okay.«

»Was noch?«

»Ich möchte wissen, wie lange du hierbleiben wirst und was das mit uns beiden ist.«

»Ich spiele mit dem Gedanken, die Zeit vor der nächsten Saison in Florida zu verbringen. Wir überwintern sozusagen hier.«

Ich lehne mich ein Stück zurück, um ihm besser ins Gesicht schauen und beurteilen zu können, ob das sein Ernst ist. Das scheint der Fall zu sein. »Ehrlich?« Meine Stimme klingt in meinen eigenen Ohren hoch und quietschig.

Er grinst über meine Reaktion und nickt.

»Meinetwegen?«

»Nein, wegen des Sonnenscheins und der Palmen.« Er küsst mich auf die Nasenspitze. »Natürlich deinetwegen.« Er nimmt meine Hand, bückt sich, um meine Tasche aufzuheben, und führt mich in die geräumige Suite. »Setz dich.«

Als ich mich auf dem Sofa niedergelassen habe und die Beine unter mich ziehe, habe ich jede Menge Fragen. Aber ich kann in meinem Kopf offenbar nicht für genug Ordnung sorgen, um ihm tatsächlich welche davon zu stellen. Er hat mir mit seiner Erklärung allen Wind aus den Segeln genommen.

Austin verstaut meinen Lunch in der Minibar, bringt ein Glas Chardonnay für mich und ein Bier für sich selbst mit, dann setzt er sich zu mir und wendet sich mir zu. Mit seiner freien Hand spielt er mit meinem Haar, während er auf meine Lippen schaut. »Was möchtest du wissen?«

»Alles. Was denkst du, fühlst du, planst du?«

»Als uns heute mitgeteilt wurde, dass das morgige Spiel abgesetzt ist, ging es mir total schlecht, weil mir klar war, dass ich anderthalb Tage früher nach Baltimore aufbrechen würde, als wir das geplant hatten. Doch dann ist mir eingefallen, dass ich ja gar nicht mit zurückmuss. Unsere Saison ist mit dem heutigen Tag zu Ende. Ich kann tun, was immer ich will, und was ich will, ist, mit dir zusammen zu sein – und mit Everly natürlich. Daher habe ich dem Trainer gesagt, ich würde noch eine Weile bleiben, hab mich von den Jungs verabschiedet und bin nun genau an dem Ort, an dem ich sein möchte. Bei dir und bei meiner kleinen Tochter, die ein Zimmer weiter friedlich schläft.«

»Und du willst den ganzen Winter über hierbleiben …«

»Wenn du das möchtest.«

»Natürlich will ich das. Ich bin nur … Was ist danach?«

»Das weiß ich ehrlich noch nicht. Ich halte mir alle Optionen offen, und im Moment ist es vor allem ein Geduldsspiel. Aber das ist, was ich mir vorstelle: Wir verbringen den Winter zusammen, kümmern uns um Ev und machen unser Ding. Und im Frühling sehen wir dann, wo wir stehen und wie das mit uns weitergehen soll.«

»Bei dir klingt es so einfach. Als könnte ich den Winter über mit dir und Everly zusammen sein, und danach könnt ihr dann einfach abreisen und irgendwo anders hinziehen, als wäre das keine große Sache.«

Er umfängt mein Gesicht, streichelt mit dem Daumen über meine Haut. »Es ist für mich schon eine große Sache. Was denkst du, warum ich noch hier bin?«

»Es fällt mir schwer, zu glauben, dass du das tatsächlich getan hast.«

Er beugt sich vor, lächelt und sagt: »Ach wirklich?« Er nimmt mir das Weinglas aus der Hand, stellt es neben seinem Bier auf den Tisch und küsst mich wieder. Bevor ich weiß, wie mir geschieht, liegen wir einander in den Armen. »Ich weiß, es ist alles noch so unklar, und es gibt viele Dinge, die wir nicht wissen, doch eine Sache, die ich mit Sicherheit weiß, ist, wie sehr ich dich in meinem Leben will.«

»Ich will das auch. Ich möchte dich und Everly.«

»Dann komm mit mir ins Bett, Maria. Sei mit mir zusammen.«

Ich muss an das denken, was Carmen gesagt hat, über Kleinigkeiten und darüber, dass sich für sie irgendeine Lösung finden wird, daher nicke ich. »Ich nehme an, du hast dieses Mal, was wir dafür brauchen?«

Lächelnd erwidert er: »Darauf kannst du wetten.« Er steht auf, reicht mir seine Hand und geht mit mir zu einer geschlossenen Tür. Er zeigt nach rechts. »Ich möchte nur schnell nach Ev schauen.«

»Darf ich mitkommen?«

»Natürlich.« Er lässt meine Hand los, und auf Zehenspitzen schleichen wir in Everlys Zimmer. Sie schläft tief und fest und sieht in ihrem rosafarbenen Nachthemd absolut bezaubernd aus. Austin zieht die Decke über ihre Schultern und haucht ihr einen Kuss aufs Haar.

Ich frage ihn mit Gesten, ob ich das auch darf.

Er tritt beiseite, damit ich ans Bett kann.

Ich gebe ihr einen Kuss auf die Stirn und atme den Babyshampoo-Duft ihres Lockenschopfs ein. Und dann folge ich ihrem Vater aus dem Zimmer und in den Raum nebenan.

Austin lässt beide Türen einen winzigen Spaltbreit offen, damit er Everly hören kann.

»Was, wenn sie aufwacht?«

»Das tut sie eigentlich nie.«

»Was, wenn aber doch?«

»Ich höre sie. Mach dir keine Gedanken.«

Ich mach mir über alles Gedanken, will aber auch nicht diesen besonderen Augenblick ruinieren, indem ich ihm das erzähle.

Doch das scheint auch gar nicht nötig zu sein, denn er legt seine Arme um mich. »Zerbrich dir darüber nicht den Kopf, Maria. Wir gehen das schön eins nach dem andern an und sehen dann weiter. Ich weiß, es ist viel von dir verlangt, mich auf diesem irren Ritt zu begleiten, aber du bist für mich einer der wichtigsten Menschen in meinem Leben geworden, und ich möchte mit dir zusammen sein. Sag mir, dass es das ist, was du ebenfalls möchtest.«

»Natürlich. Natürlich ist es das. Es ist nur das, was später vielleicht passiert, was mir Sorgen bereitet.«

»Ich weiß, und alles, was ich tun kann, ist, dir zu versprechen, dass ich dich, so gut das möglich ist, in alles miteinbeziehen werde und dass wir immer darüber reden werden, was gerade passiert, damit wir einen guten Weg für uns beide finden.«

»Okay.«

»Ich werde mir wirklich Mühe geben, dich nicht zu enttäuschen.«

»Und ich mir umgekehrt auch bei dir.«

»Das könntest du gar nicht.«

»Oh, ich glaube schon.«

»Bestimmt nicht. Das weiß ich bereits über dich, und die einzige Möglichkeit, wie ich dich enttäuschen könnte, ist, dass ich monatelang weit weg von dir bin. Das ist das Einzige, wobei deine Sorge berechtigt ist.«

Er erklärt mir hier unmissverständlich, dass er mich nie betrügen wird.

Ich weiß es zu schätzen, dass er verstanden hat, was das für mich bedeutet. »Das gilt natürlich genauso für mich. Und ich werde nie, nie dein Kind allein und unbeaufsichtigt zu Hause lassen.«

»Das wusste ich schon, aber danke für die Bestätigung. Gibt es sonst noch irgendwas, was du wissen möchtest?«

So viele Dinge, doch er hat mir alles gegeben, was ich brauche, um mich mit dem, was wir im Moment haben, gut zu fühlen. »Jetzt gerade nicht.«

»Eine Sache ist da noch, von der ich möchte, dass du sie weißt … Seit dem ersten Mal, als wir vor all diesen Monaten über E-Mail Kontakt hatten, habe ich mich dir auf besondere Weise verbunden gefühlt. So was habe ich noch nie zuvor erlebt.«

»Ich habe das auch gespürt. Ich konnte es gar nicht erwarten, dass wir nach der Einjahresfrist ungehindert miteinander sprechen konnten. Ich habe mich immer davor gewarnt, das zu einer großen Sache aufzubauschen, dabei war es dafür schon viel zu spät.«

»Und ich habe die ganze Zeit an dich gedacht und daran, wie verrückt es war, so besessen von jemandem zu sein, den ich nie persönlich getroffen hatte. Ich kannte nicht mal deinen Namen, war dir aber bereits völlig verfallen.«

»Das war bei mir genauso. Und ich hab mich gefragt, ob die Verbundenheit auf das zurückgeht, was ich für Everly getan habe.«

»Anfangs bestimmt, doch inzwischen ist es so viel mehr als das. Das weißt du, oder?«

»Ich denke schon.«

»Das ist die Wahrheit, Maria. Everly hat uns zusammengebracht, aber alles, was seither passiert ist, liegt an dir und mir. Und alles, was ich mir wünsche, ist mehr davon, von uns.«

»Das will ich auch.« Ich bin diesem Mann restlos verfallen, und sogar meine Sorgen über das, was später passieren könnte, können mich nicht davon abhalten, diesen Augenblick mit ihm auszukosten. Ich hebe die Hände, um sein Hemd aufzuknöpfen.

Er steht völlig still, während ich die Knopfreihe abarbeite, ihm mit den Fingern über die Brust und den muskulösen Bauch streiche. Ich schiebe ihm das Hemd über die Arme, und er verzieht das Gesicht, als ich seine linke Schulter berühre.

»Tut die noch vom Werfen weh?«

»Ein bisschen. Aber das wird schon wieder.«

Ich hauche einen zärtlichen Kuss auf seine Schulter, und er seufzt, während er die Arme um mich legt.

»Du solltest das mit Eis kühlen.«

»Das mach ich. Später.« Er zupft an meinem T-Shirt, und ich weiche ein wenig zurück, damit er es mir über den Kopf ziehen kann.

Ich war schon immer verlegen wegen meiner »weiblichen Rundungen«, wie meine Mutter sie mal bezeichnet hat, doch wenn ich sehe, wie hungrig Austin meine vollen Brüste betrachtet, die von einem durchsichtigen, supersexy BH gehalten werden, durchströmt mich Selbstvertrauen.

»Du bist so schön, Maria. Ich werde nie vergessen, wie es war, als ich zum ersten Mal dein Foto gesehen habe. Das erste Mal, dass ich dein Gesicht gesehen habe … Ich muss das Foto über eine Stunde angeschaut haben.«

»Ging mir genauso. Ich war sofort völlig hin und weg von dir. Obwohl ich mir sicher bin, dass die Hälfte der weiblichen Bevölkerung der Vereinigten Staaten sich zu dem sexy Baseballspieler mit der zuckersüßen kleinen Tochter hingezogen fühlt.«

»Ich bin aber nur an einer einzigen von all diesen Frauen interessiert. Ihre Meinung ist die einzige, die für mich zählt.«

»Sie findet, dass du total heiß bist.«

Er lacht, obwohl er ein bisschen verlegen wirkt. »Was immer du sagst.«

Jetzt, da es mir erlaubt ist, möchte ich ihn überall berühren. Ich fahre mit meinen Händen über die mit Tätowierungen bedeckte, herrlich breite Männerbrust, seinen Rücken und die Schultern, achte dabei auf seinen linken Arm, um ihm nicht wehzutun. »Warum hast du die ganzen Tätowierungen?«

»Gefallen sie dir nicht?«

»Doch. Ich finde sie wunderschön.«

»Freut mich zu hören. Ich hab schon immer gern gezeichnet, und es erschien mir als gute Möglichkeit, was von meiner Arbeit zu zeigen.«

»Warte mal. Die Zeichnungen sind von dir?«

Er nickt, während ich ihn weiter streichle. »Du machst mich noch ganz verrückt.«

»Ach ja?«

Sein raues Lachen entlockt mir ein Lächeln. »Du weißt ganz genau, was du mir antust.«

Ich küsse seine Brust und seine Arme, gehe um ihn herum, um ihn auf den Rücken zu küssen, der ebenfalls mit Tätowierungen bedeckt ist. Während ich hinter ihm stehe, lasse ich meine Hände über seinen Hintern gleiten und kneife ihn ganz leicht, woraufhin er scharf einatmet.

Ich bin nicht sicher, wo diese Verführerin herkommt, aber mit ihm zusammen zu sein vermittelt mir ein Gefühl von Freiheit, wie ich es nie zuvor erlebt habe, weder bei Scott noch bei den beiden anderen Typen, mit denen ich im Bett war. Wenn Austin mir versichert, dass ich schön bin, glaube ich ihm. Ich ziehe mir den BH aus, drücke mich von hinten gegen ihn und fasse um ihn herum, um seine Shorts zu öffnen, fahre mit einer Hand unter den Bund, wo ich meine Finger um seine Erektion schließe.

»Maria ... Wenn du so weitermachst, wird das hier viel zu schnell vorbei sein ...« Er fasst nach meiner Hand und dreht sich um, küsst mich mit einer Wildheit, die er mir nie zuvor gezeigt hat. Sein Kuss zeugt von einem verzweifelten Begehren, von dem mir die Knie ganz weich werden. Wir landen eng umschlungen auf dem Bett, ohne dass unsere Lippen sich voneinander lösen. Seine Hände liegen auf meinem Busen, meine auf seinem knackigen Po. Ich habe nie in meinem Leben irgendjemanden mehr begehrt als diesen Mann, der mir sein Herz entblößt hat, bevor ich sein Gesicht gesehen habe.

Er lehnt sich zurück, um mich anzuschauen. »Ich möchte, dass du weißt, es hat seit Evs Krankheit niemanden mehr gegeben. Ich war völlig hinüber ... Jedenfalls wird das hier viel zu schnell vorbei sein.«

Ich hebe die Hände, lege sie an sein Gesicht. »Du bist nicht hinüber.«

»Innerlich schon.«

»Nein, du bist innen so schön wie außen.«

Er lehnte seine Stirn an meine. »Du aber auch. Durch und durch schön.«

Danach gibt es keine Worte mehr, nur Verlangen und ein heißes Sehnen, das mich verbrennt, während wir an unseren Kleidern zerren, bis wir einander nackt in den Armen liegen.

Irgendwo in meinem Hinterkopf ist da noch das Wissen, dass seine Tochter im Nebenzimmer schläft. »Könnten wir uns nur für alle Fälle zudecken?«

»Ja, klar.«

Wir lassen gerade lang genug voneinander ab, um unter die Decke zu schlüpfen, und dann fallen wir wieder übereinander her. Ich bin so überwältigt von meiner Leidenschaft für ihn, dass ich an nichts anderes denken kann als daran, wie sehr ich ihn will, das hier, uns.

Er unterbricht den Kuss und schiebt sich über mich, küsst sich von meinem Hals aus am Schlüsselbein entlang und dann nach unten zwischen meine Brüste. »Du hast gar keine Ahnung, wie abgelenkt ich war, seit ich dich am Freitagabend getroffen habe. Ich wollte dich überall küssen, dich berühren, in meine Arme ziehen und lieben. Ich kann nicht glauben, dass das erst vor zwei Tagen war. Es fühlt sich an wie eine ganze Ewigkeit.«

Bei seinen Worten steigen mir Tränen in die Augen. Ich hätte nie gedacht, dass ich jemanden wie ihn finden könnte, und jetzt, da es passiert ist, kann ich mir mein Leben ohne ihn und Everly gar nicht mehr vorstellen.

Er nimmt eine meiner Brustspitzen in den Mund, saugt leicht daran, bis ich fast den Verstand verliere und heftig an seinen Haaren reiße.

»Ruhig, kleine Wildkatze, ich möchte noch keine Glatze haben.« Er grinst, dann senkt er den Kopf und küsst sich über meinen Bauch weiter an mir hinab, bevor er mich mit Lippen, Zunge und den Fingern zwischen den Beinen liebkost … und mir auf diese Weise den schnellsten Orgasmus meines Lebens verschafft.

Ich muss mir auf die Lippen beißen, damit ich nicht schreie, als er es gleich noch einmal tut, bis ich völlig erschöpft daliege. Ich habe gerade erst begonnen, meine Umwelt wieder wahrzunehmen, als ich das Knistern der Kondomverpackung höre. Ich öffne die Augen und beobachte, wie er sich eins überstreift, und mir läuft das Wasser im Mund zusammen, als mein Blick auf seine Erektion fällt. Ich streckte die Arme nach ihm aus, ermutige ihn, zu mir zurückzukommen, und dann schlinge ich Arme und Beine um ihn, während er sich auf mich legt. Seine Lippen finden meine in einem weiteren verzweifelten Kuss, der meine ganze Aufmerksamkeit erfordert, sodass ich gar nicht daran denke, was er im Begriff steht zu tun. Doch das ist nicht von Dauer.

Ich schnappe nach Luft und bewege mich unter ihm, will ihn genau jetzt.

»Ganz langsam, Süße. Nichts überstürzen. Ich will mir jede einzelne Sekunde davon genau einprägen.«

Ich schaue zu ihm hoch, und der Ausdruck in seinen Augen, als er mich betrachtet, ist etwas, das ich nie vergessen werde. Er dringt in mich ein, erregt mich bis zum Äußersten. So ist es nie zuvor gewesen, aber ich habe auch noch nie für irgendjemanden empfunden, was ich für ihn empfinde, und zwar seit dem allerersten Moment.

Als er ganz in mir ist, muss ich mich beherrschen, um vor Lust nicht laut zu werden.

Austin reibt seine Lippen über meine. »Hey«, flüstert er.

Ich öffne die Augen und erwidere seinen intensiven Blick. »Hey.«

»Du fühlst dich so gut an, doch das wusste ich ja bereits.«

»Mhm, geht mir genauso.« Wir bewegen uns in perfektem Einklang, als hätten wir das hier schon immer getan. »Das ist so gut.«

»Ich möchte, dass du etwas weißt.«

»Jetzt?«

»Ja, jetzt.«

»Was denn?«

»Ich war schon mehr als halb verliebt in dich, bevor wir uns begegnet sind.«

»Ich weiß genau, was du meinst.«

»Und nun …«

Ich nicke, weil ich das Gleiche empfinde, aber es ist fast zu groß, um es in Worte zu fassen.

Er sieht mir tief in die Augen, während er mich liebt, und in der Spanne dieser Minuten, in denen unsere Körper zum ersten Mal vereint sind, verändert er mich für immer. Es hat etwas beinah Unwirkliches, als ob das jemand anderem geschieht und ich nur zuschaue.

Es sollte mich nicht überraschen, dass er leidenschaftlich ist und fordernd und so viel körperlichen Einsatz bringt wie auf dem Spielfeld, und dann durchrast mich auch schon der nächste Höhepunkt wie ein Tsunami. Ich spüre die unglaublichsten Dinge in jeder Faser meines Körpers, vor allem aber in meinem Herzen, das ganz und gar ihm gehört.

»Himmel, Maria …« Er stößt sich noch einmal in mich, wirft den Kopf in den Nacken, und seine Muskeln spannen sich an, als er unmittelbar nach mir den Gipfel erreicht. Ihn so zu sehen ist das Schönste, was mir je untergekommen ist, und ich weiß bereits jetzt, dass ich ihn bis in alle Ewigkeit lieben werde.

KAPITEL 15

Austin

Mein Wecker klingelt um fünf Uhr morgens und erinnert mich daran, aufs Sofa umzuziehen, bevor Everly aufwacht. Meine Augen fühlen sich nach der zu kurzen Nacht an, als wäre Sand darin, aber das nehme ich alles gerne in Kauf. Das Letzte, was ich möchte, ist, mich von Marias warmem, nacktem Körper zu lösen, doch ich hab ihr versprochen, dass Ev uns nicht zusammen im Bett erwischt, und ich gebe ihr recht, dass es dafür wirklich noch zu früh ist.

Nicht dass Everly damit ein Problem hätte. Sie liebt »Rie« genauso sehr wie ich. Und ja, natürlich liebe ich sie. Wie könnte ich auch nicht? Und nein, das liegt nicht daran, dass ihre Knochenmarkspende meiner Tochter das Leben gerettet hat, obwohl das immer eine Rolle spielen wird. Doch wie ich ihr schon gesagt habe, geht es weit darüber hinaus. Erst mit ihren E-Mails, dann mit ihren Textnachrichten und schließlich mit ihren Küssen hat sie sich einen Platz in meinem Herzen erobert, und ich kann mich kaum mehr daran erinnern, wie mein Leben ausgesehen hat, als sie noch kein Teil davon war.

Und nach letzter Nacht ist alles, was ich will, mich immer so zu fühlen, wie wenn ich sie in meinen Armen halte. Das ist das beste Gefühl, das ich je gehabt habe, außer dem, Vater zu sein.

Ich küsse sie auf die Schulter und bemühe mich, sie nicht zu stören, während ich mich aus dem Bett schleppe, mir Shorts überziehe und leise die Tür schließe, mich aufs Sofa fallen lasse und da weiterschlafe, bis Everly mich gewohnt unsanft weckt – indem sie mir die Nase zuhält. Ihr übermütiges Kichern, als ich prustend nach Luft schnappe, und ihr niedliches Gesichtchen so dicht vor meinem sorgen dafür, dass ich ihr nicht böse sein kann. Ganz im Gegenteil. Um ihr ausgelassenes Lachen zu hören, würde ich noch viel mehr in Kauf nehmen.

»Du hältst dich wohl für sehr komisch, Miss Everly.«

»Dada komisch.«

Ich schließe sie in die Arme und drücke sie an mich, atme den sauberen Duft ihres Haares ein und spreche im Stillen ein Dankgebet dafür, dass es ihr wieder besser geht. Die Bilder von ihr, blass, erschöpft, ohne Haare, voller blauer Flecken von den vielen Einstichen, werde ich nie vergessen. Aber in Augenblicken wie diesem hier sehe ich bloß das süße, gesunde kleine Mädchen, das sie jetzt ist, und ich bin der Frau, die nebenan in meinem Bett schläft, so unendlich dankbar, dass ich heulen könnte.

Ich schalte den Fernseher ein, suche für Ev eine Zeichentrickserie und döse noch ein bisschen, bis sie rastlos wird und Frühstück möchte. Ich bestelle es uns aufs Zimmer, und da es halb acht ist, bitte ich Ev, kurz auf dem Sofa sitzen zu bleiben, während ich Maria wecke. Sie muss zwar erst um neun zur Arbeit, ich kann mir allerdings vorstellen, dass sie ein bisschen Zeit haben möchte, um sich fertig zu machen. Ich hab außerdem keine Ahnung, wie lange sie von hier zu ihrem Arbeitsplatz unterwegs ist.

Ich setze mich bei ihr auf die Bettkante und küsse sie auf die Wange. »Zeit, aufzustehen, Dornröschen.«

Sie stöhnt und zieht sich die Decke über den Kopf.

»Sonst krieche ich zu dir rein.«

»Ich bin so müde.«

»Tut mir leid.«

»Stimmt doch gar nicht.«

»Nein, nicht wirklich.« Ich knabbere an ihrer Schulter. »Ich habe Frühstück bestellt, und das wird gleich da sein.«

»Was erzählen wir Ev?«

»Dass du zu Besuch gekommen bist und hier übernachtet hast. Sie wird sich nichts dabei denken, also kein Grund zur Sorge.«

»Okay.«

»Äh ... Maria? Du musst aufstehen.«

»Ich will nicht.«

»Dann melde dich krank.«

»Das kann ich nicht«, antwortet sie, ohne die Augen zu öffnen. »Das habe ich schon getan, nachdem wir Schluss gemacht hatten.«

»Wir haben nie Schluss gemacht.«

»Ich hab versucht, mit dir Schluss zu machen.«

»Tu das nie wieder.«

Ihre Lippen verziehen sich zu einem Lächeln, aber ihre Augen bleiben geschlossen. »Es hat ja schon beim ersten Mal nicht geklappt.«

»Hast du keinen Urlaub mehr?«

»Doch, ein bisschen.«

Ich küsse mich von ihrer Schulter zu ihrem Nacken. »Warum nimmst du dir nicht ein paar Tage frei, damit wir Zeit füreinander haben? Du kannst mir helfen, ein Haus für Everly und mich zu finden.«

»Ich schau mal, was möglich ist. Nächste Woche Freitag hab ich wegen Carmens Hochzeit frei.« Endlich öffnet sie die Augen. »Möchtest du mich begleiten?«

»Liebend gern.«

»Meine gesamte Familie wird dort sein. Sie werden uns keine Sekunde Ruhe gönnen.«

»Kein Problem.«

»Das sagst du nur, weil du keine Ahnung hast, was dich erwartet.«

»Ich werde schon damit fertig.«

»Ich bin sicher, wir können auch Everly mitbringen. Carmen wird das nicht stören. Und es werden andere Kinder da sein.«

»Irgendwann muss ich mal zurück nach Baltimore und ein paar Sachen für diesen unerwarteten Winter in Miami packen. Außerdem wird es wohl am besten sein, wenn ich dann hier runterfahre, damit ich mein Auto hab.«

»Du hast wirklich vor, in Miami zu überwintern?«

»Ja, wirklich. Bist du dir weiter sicher, dass du mich hierhaben willst?«

Sie nimmt meine Hand und drückt sie. »Ich bin mir sicher.«

Meine Erleichterung über ihre Antwort ist so groß, dass es fast schon albern ist. »Gut. Und jetzt steh auf.«

»Dein Betragen an der Bettkante hat noch Potenzial nach oben.«

Ich hebe eine Augenbraue. »Ach ja?«

Sie lacht leise. »Nein, nicht wirklich. Wenn es noch besser wäre, könnte ich mich heute gar nicht mehr bewegen, statt nur eingeschränkt zu sein.«

»Tut dir was weh?«

»Bloß ein bisschen wund. Aber auf total angenehme Art und Weise.«

»Dada!«

216

»Die Pflicht ruft. Komm raus, wenn du fertig bist. Ich sag Ev, dass du da bist.«

»Und sag bitte *mir*, dass du Kaffee bestellt hast.«

»Natürlich hab ich das.«

»Danke.«

Ich küsse sie auf die Wange, stehe auf und verlasse das Zimmer, wobei ich die Schlafzimmertür hinter mir schließe.

Ohne den Blick vom Fernseher zu wenden, klopft Everly neben sich aufs Sofa. Wie immer gibt sie den Ton an.

Ich setze mich also neben sie und lege meinen Arm um sie. »Hör mal, letzte Nacht, nachdem du schon im Bett warst, ist Rie für einen Besuch vorbeigekommen und hat dann hier übernachtet.«

Sie schaut zu mir hoch. »Rie?«

»Ja, sie ist hier und wird mit uns frühstücken.«

»Rie sehen?«

»Gleich.« Ich warte eine Sekunde, bevor ich mich ins kalte Wasser stürze. »Du magst Rie doch, oder?«

Everly nickt.

»Das ist schön, Süße. Ich mag sie nämlich auch.«

Ich mag sie sogar sehr. Letzte Nacht war einfach … Mir fehlen die Worte dafür, zu beschreiben, wie es war, sie zu lieben – dreimal hintereinander – und dann mit ihr in meinen Armen einzuschlafen. Ich hatte genug Freundinnen und Affären und sogar eine »Beziehung« mit Kasey, die ziemlich dramatisch geendet hat, komplett mit Drohungen und Anwälten und genug Herzschmerz, um mir die Lust auf Zweisamkeit gründlich zu vermiesen.

Aber ich hatte nie so etwas wie das, was ich mit Maria habe, und nicht nur im Bett. Wir waren bereits absolut auf einer Wellenlänge, bevor wir miteinander geschlafen haben, und das macht unsere Beziehung so viel bedeutungsvoller.

Der Zimmerservice bringt unser Frühstück, und während ich darauf warte, dass Maria zu uns stößt, bin ich fast atemlos vor Vorfreude, denn ich weiß, sie ist im Nebenzimmer und wird jeden Moment rauskommen und uns Gesellschaft leisten.

Ich setze Everly an den Tisch, stelle das Porridge und den Orangensaft vor sie und schenke mir selbst eine Tasse Kaffee ein. Kaffee hat nie besser geschmeckt als heute Morgen, und das Gleiche gilt für den gebratenen Speck, den ich unter einer Abdeckhaube hervor stibitze.

»Dada, Essen!«

Ich liebe es, dass jetzt, wo sie endlich mit dem Sprechen anfängt, all ihre Sätze mit einem Ausrufezeichen enden. »Gleich, Süße. Ich warte auf Rie.«

»Rie! Krem!«

Ich muss mich sehr beherrschen, um nicht laut zu lachen. Ich fürchte, Ev wird nach Strich und Faden verwöhnt, weil ich sie so verdammt niedlich finde und mir dabei die ganze Zeit schmerzlich bewusst ist, wie dicht ich davor stand, sie zu verlieren. »Keine Eiscreme vor dem Abendessen.«

Sie schiebt sich einen Löffel Porridge in den Mund. »Warum?«

Während ich mich über ein weiteres neues Wort freue, überlege ich mir meine Antwort sorgfältig. »Weil Eiscreme ein Nachtisch ist, und Nachtisch kommt immer erst nach dem Essen.«

»Warum?«

»Weil das die Regel ist.«

Sie zieht die zarten Augenbrauen zusammen, während sie über das Wort »Regel« nachdenkt.

»Und Regeln sind etwas, woran sich kleine Mädchen halten müssen, damit sie groß und stark werden können.«

Weil ich in ihrer Gegenwart schon Gewichte gestemmt habe, hebt sie ihren Arm und zeigt mir ihre Muskeln.

Lachend erwidere ich: »Genau.«

Als Maria schließlich zu uns kommt, wische ich Everly gerade die Reste ihres Porridges aus dem Gesicht. Maria hat rosa Krankenhauskluft an und weiße Nike-Turnschuhe. Krankenhauskleidung war noch nie so sexy.

»Rie! Krem!« Everly windet sich aus meinen Armen und rennt zu Maria. Die hebt sie hoch und gibt ihr einen lauten Schmatz auf die Wange, worüber Everly kichern muss.

Mein Herz fließt über, wenn ich die beiden so zusammen sehe – die eine mit dunklem Haar und dunklen Augen, die andere blond und mit blauen Augen, für ewig miteinander verbunden durch ein lebensrettendes Geschenk.

»Krem, Rie!«

Maria lacht und zwickt Everly in die Nase. »Keine Krem vor dem Essen, Süße.«

»Regel«, sagt Everly mit zusammengezogenen Brauen.

»Das sind heute dann schon zwei neue Wörter.«

»Was war das andere?«

»›Warum‹.«

»Oje.«

»Ja, oder?« Ich nehme Maria Everly ab und setze sie wieder auf ihren Stuhl, damit sie ihr Frühstück aufessen kann. Dann schenke ich Maria Kaffee ein.

Sie wirkt müde, aber glücklich. Ich möchte, dass sie so glücklich ist wie ich nach dieser Nacht, die unser beider Leben verändert hat – wenigstens hoffe ich das.

»Wie möchtest du ihn?«, frage ich mit einem Blick zum Kaffee.

»Einfach schwarz.«

»Davon wachsen dir doch Haare auf der Brust.«

»Ist bis jetzt nicht passiert«, erwidert sie mit einem Zwinkern, und ich muss daran denken, wie ich mein Gesicht zwischen ihre wunderbaren Brüste gepresst habe.

»Das müsste ich nachher vielleicht noch mal überprüfen.«

Ihr Gesicht läuft rot an, während sie ihren Kaffee trinkt und versucht, mich nicht anzuschauen.

Everly steht auf und verschwindet in ihrem Zimmer.

Ich halte Maria den Stuhl. »Nimm doch Platz.«

»Danke.«

»Ich war mir nicht sicher, was du magst, daher dachte ich, ich bestelle einfach ein bisschen was von allem.«

»Ich fühle mich fast wie Vivian in ›Pretty Woman‹.«

Ich bin mir nicht sicher, was sie meint. »War die nicht eine Prostituierte?«

Sie lacht. »Edward hat ihr am Morgen danach von allem etwas kommen lassen, weil er nicht wusste, was sie mag.«

»Das Einzige, was du mit ihr gemein hast, ist, dass du eine wunderschöne Frau bist.« Da ich sehe, dass Everly in ihrem Zimmer beschäftigt ist, beuge ich mich vor und küsse Maria. »Wirklich wunderschön.«

»Ich seh heute Morgen ein bisschen mitgenommen aus. Irgendwas hat mich gestern Nacht den Schlaf gekostet.«

»Wenn das zu solchen Ergebnissen führt, werde ich dich jede Nacht vom Schlafen abhalten.«

»Besser nicht. Dann wäre ich bald kein Mensch mehr.«

»Das ist gar nicht möglich.«

»Frag meine Familie, was los ist, wenn ich nicht genug Schlaf kriege.«

»Okay, das mache ich bei der ersten sich bietenden Gelegenheit. Besser noch, ich sorge persönlich dafür, dass du nicht zum Schlafen kommst, dann kann ich es selbst herausfinden.«

Everly kommt aus ihrem Zimmer gelaufen, hat ihren Badeanzug an – allerdings verkehrt herum – und ihren Schwimmgürtel um den Hals. Sie sieht aus wie eine kleine

Meerjungfrau, die zu tief ins Glas geschaut hat. Maria und ich müssen lachen.

»Dada! Schwimmen!«

Marias Augen funkeln über dem Rand ihrer Kaffeetasse vor Belustigung. »Ich wette, ich weiß, was du heute Vormittag tust.«

»Vermutlich den ganzen Tag lang, was mir aber absolut nichts ausmacht. Was immer mein Äffchen möchte, ist mir recht. Ferien mit Dada.«

»Ferien!«

»Ich werde besser aufpassen müssen, was ich sage, wenn meine Kleine mir jetzt jedes Wort nachplappert.«

»Wort.«

»Und noch zwei mehr.« Ich schüttle den Kopf, würde am liebsten einen Jubelschrei ausstoßen, weil ich so erleichtert bin, dass sie nach ihrer Krankheit langsam aufholt.

Aufgeregt, weil sie schwimmen gehen darf, beginnt Everly durchs Zimmer zu laufen, in der einen Hand ihre Flipflops, in der anderen den Schwimmgürtel.

»Ich hab mal einen Arzt sagen gehört, wenn die Wörter reingehen, kommen sie irgendwann auch wieder raus«, meint Maria.

»Das hat man uns auch gesagt. Einer von uns hat sie gebeten, ihre Schuhe zu holen, und sie ist mit Schuhen zurückgekommen – vielleicht nicht unbedingt mit einem Paar, das zusammenpasste, aber es waren Schuhe. Der Arzt hat uns beruhigt und erklärt, wenn sie das tue, werde sie die Wörter auch irgendwann aussprechen. Ich bin allerdings davon überzeugt, das wäre schon früher geschehen …« Wenn da nicht die Krankheit gewesen wäre, doch das muss ich nicht weiter ausführen. Maria versteht es auch so.

»Sie macht das großartig, Austin. Ich weiß, es ist schwierig, sich nicht zu sorgen, aber es geht ihr absolut prima.«

»Versicherst du mir das bitte weiter?«

»Jederzeit, wann immer du es hören musst.«

Sie isst ein halbes Omelett mit Käse und Speck und ein Stückchen French Toast, bevor sie ihre Tasche nimmt und sich ihren Lunch aus dem Kühlschrank holt. Gleich wird sie zur Klinik aufbrechen.

Ich rufe an der Rezeption an, damit der Parkservice ihr Auto holt. »Everly, komm und sag Rie Auf Wiedersehen. Sie muss zur Arbeit.«

»'beit!« Everly läuft zu Maria und schlingt ihr die Arme um die Beine.

Maria bückt sich und gibt ihr einen Kuss auf den Scheitel. »Viel Spaß beim Schwimmen mit Dada.«

»Dada, *schwimmen!*«

»Das machen wir ja auch, Bärchen.« Ich möchte Maria küssen, aber ich weiß, das wird sie in Everlys Anwesenheit nicht wollen. »Können wir uns heute Abend zum Essen treffen?«

»Ich denke schon, dass wir das hinkriegen.«

»Gut.«

Everly läuft weg, während ich Maria zur Tür bringe, wo ich ihr einen Kuss stehle. »Ich wünsche dir einen schönen Tag.«

»Ich dir auch.«

»Du wirst uns fehlen.«

»Und ihr mir.«

Ich küsse sie noch einmal. »Letzte Nacht war einfach wunderbar, Maria.«

»Für mich auch.«

Ich hebe meine Hand, um ihr Gesicht zu streicheln. »Komm ganz bald wieder.«

KAPITEL 16

Maria

Ich fahre leicht benommen von Schlafmangel und überbordenden Glücksgefühlen zur Arbeit. Die letzte Nacht war unglaublich, bis auf den Umstand, dass ich nur knapp drei Stunden geschlafen habe. Mir war klar, dass ich das heute bereuen würde, und jetzt muss ich dafür büßen. Vor mir liegt ein langer Arbeitstag, den ich irgendwie mit meinem Rest Energie rumkriegen muss.

Mein Handy klingelt, und ich nehme den Anruf von Carmen an.

»Na«, sagt sie, »wie war es, *prima*?«

»Mir fehlen die Worte.«

Sie stößt einen Freudenschrei aus, und ich zucke zusammen. »Vorsicht! Ich bin völlig übermüdet und sitze außerdem gerade hinterm Steuer.«

»Oh, oh. Wird ein langer Tag heute, was?«

»Jap.«

»Aber es hat sich gelohnt?«

»So was von. So, so, so sehr gelohnt.«

»Das ist, was ich hören wollte. Hast du ihn zur Hochzeit eingeladen?«

»Ja. Kann er Everly mitbringen?«

»Natürlich.«

Carmen ist in Bezug auf die Hochzeit total entspannt, ganz anders als bei ihrer ersten, als sie alles bis ins kleinste Detail planen wollte. Sie hat seitdem auf die brutalstmögliche Weise gelernt, dass man das Leben nicht kontrollieren kann. Also konzentriert sie sich auf sich und Jason und hat den Rest ihrer Mutter und ihren Großmüttern übertragen, die ganz in ihrem Element sind.

»Ich freue mich wirklich für dich, Mari. Niemand verdient so eine leidenschaftliche Liebesgeschichte mehr als du.«

»Ist es das, was das hier ist?«

»Sag du es mir.«

»Was immer es ist, es ist toll.«

»Es ist der bestmögliche Zufall, wenn zwei Menschen, die dazu bestimmt sind, zusammen zu sein, es irgendwie schaffen, sich in dieser verrückten Welt auch zu finden.«

»Ich weiß nicht, ob wir vom Schicksal dazu bestimmt sind, zusammen zu sein, doch mit jeder Minute, die ich mit ihm und Everly verbringe, gerate ich tiefer in diese Sache hinein. Und weißt du, was? Er wird die nächsten Monate in der Stadt sein.«

»Ist nicht dein Ernst!«

Da wir über die Freisprechanlage verbunden sind, kann ich das Handy nicht von meinem Ohr weghalten, aber ich kann die Lautstärke runterdrehen.

»Ich fass es nicht, dass du mir das erst jetzt erzählst, nachdem wir schon seit … drei ganzen Minuten telefonieren! Das ist die Sensationsmeldung schlechthin!«

»Nicht, dass ich mit ihm geschlafen habe?«

»Nein! Das kommt an zweiter Stelle, gleich nach der Tatsache, dass er für dich herzieht!«

»Vorübergehend. Wer weiß, wo er nächstes Frühjahr sein wird?«

»Wen interessiert das schon? Wir wissen, wo er in den nächsten paar Monaten sein wird.«

»Und was passiert mit mir, wenn sie für die Hälfte des Jahres an einem Ort leben, der am Ende fünftausend Kilometer entfernt ist?«

»Dann gehst du mit ihm mit.«

Ich stöhne auf. »Mein ganzes Leben ist hier, Carmen. Du weißt, ich wollte nie irgendwo anders hin.«

»Das weiß ich, und es wird der Zeitpunkt kommen, zu dem du dich entscheiden musst. Aber nicht heute. Heute musst du dich nur um eine Sache kümmern, nämlich dass du den Arbeitstag überstehst, damit du danach wieder zu ihnen fahren kannst. Geh es immer einen Tag nach dem anderen an, und versuch, dich nicht mit Sorgen um etwas aufzureiben, das noch so weit in der Zukunft liegt. Vergiss nicht, das Hier und Jetzt zu genießen.«

»Das ist ein ziemlich guter Ratschlag.«

»Ich weiß. Du solltest auf mich hören.« Carmen legt eine Pause ein, bevor sie hinzufügt: »Ich hab es zweimal gefunden, dieses unglaubliche Glück, das mit bloßen Worten nicht zu beschreiben ist. Es ist ein Gefühl wie kein anderes, und als jemand, der es hatte und dann verloren hat, sage ich dir, tu, was immer nötig ist, um es festzuhalten, solange du kannst, weil es nichts Schöneres gibt, als in den Richtigen verliebt zu sein.«

Und jetzt hab ich Tränen in den Augen. »Du hast ja recht.« Scott war nicht der Richtige für mich. Das ist mir mittlerweile klar. Ich war in ihn verliebt, aber ich habe nie etwas zurückbekommen, ich war die Einzige in der Beziehung, die immer gegeben hat. Ich weiß, dass das bei Austin anders sein wird. Und ich wusste das schon, bevor wir Sex hatten, und jetzt besteht daran kein Zweifel mehr. Scott hat sich nie darum gekümmert, ob ich einen Höhepunkt hatte, sondern hat sich ausschließlich dafür interessiert, dass er bekam, was er wollte. Das allein hätte mir als Warnhinweis dienen sollen, dass er nicht mein Mr Right war.

Das ist eine der hundert Arten und Weisen, auf die Austin anders als Scott ist. Es wäre albern, auch nur zu versuchen, die beiden miteinander zu vergleichen – der Inbegriff von Äpfeln und Birnen.

»Alles okay bei dir?«, erkundigt sich Carmen.

»Ich glaube schon.«

»Sei glücklich, Maria, und genieß den Augenblick. Das ist alles, was wir haben.«

»Ich werde mich stets bemühen, das zu tun, was meine überaus weise Cousine mir rät.«

»Sehr gut. Dann ist meine Arbeit hier getan – fürs Erste. Lass uns diese Woche abends was zusammen essen. Wir möchten Austin und Everly unbedingt besser kennenlernen.«

»Ja, gern. Vielleicht morgen Abend?«

»Ich werde noch bei Jason nachfragen, aber das müsste klappen. Und nun zu was ganz anderem: Ich hab aus glaubwürdiger Quelle erfahren, dass es Marcus echt schlecht geht.«

»Dee hat mir erzählt, dass die Schlampe ihn verlassen hat.«

»Ich wünschte, es wäre so einfach«, antwortet Carmen mit einem Seufzer. »Nach dem, was ich gehört habe, liegt es daran, dass er gemerkt hat, was für ein Riesenfehler es war, sich von Dee zu trennen.«

Das ist tatsächlich schockierend. »Nicht wahr.«

»Doch.«

»Wirst du ihr das sagen?«

Carmen stöhnt. »Ich hab keine Ahnung, was ich tun soll. Was meinst du?«

»O Mann, ich weiß es auch nicht. Sie hat eine Ewigkeit gebraucht, bis sie über ihn hinweg war, und dann, als er geheiratet hat …«

»Hört sich so an, als hätte er die Schlampe geheiratet, um sich über Dee hinwegzutrösten. Manche Menschen tun so dumme Sachen und dürfen das dann ihr Leben lang bereuen.«

»Lass uns mit ihr reden, wenn sie nächste Woche für die Hochzeit herkommt.«

»Ja, das ist eine gute Idee«, erwidert Carmen. »Ich möchte nicht, dass sie eine Woche in New York sitzt und darüber nachgrübelt, wo sie gar nichts unternehmen kann.«

»Auf jeden Fall. Wir werden ihr helfen, sich darüber klar zu werden, was sie tun soll. So, ich muss los. Ich bin jetzt an der Klinik, und hier hat sich vor der Tür bereits eine Schlange gebildet.«

»Hab einen schönen Tag.«

»Gleichfalls.«

»Hab dich lieb.«

»Ich dich auch.«

Ich parke hinter der Klinik, suche meine Sachen zusammen und gehe hinein. Meine Chefin Miranda verlässt gerade ihr Büro, als ich reinkomme. Sie ist unsere Allgemeinmedizinerin und die Verwaltungsleiterin der Klinik.

»Guten Morgen.« Sie ist eine große schwarze Frau Mitte fünfzig, die die Sozialklinik vor etwa dreißig Jahren gemeinsam mit ihrem mittlerweile verstorbenen Ehemann, einem Arzt aus Kuba, gegründet hat. Von ihr habe ich sehr viel über gute medizinische Versorgung, Pflege und soziale Gerechtigkeit gelernt.

»Guten Morgen. Sieht ganz so aus, als stünde uns ein geschäftiger Tag bevor.«

»Aber echt.« Sie schaut mich etwas genauer an. »Geht es dir gut?«

Ich bleibe stehen. »Ja, klar. Warum?«

»Du wirkst ein bisschen müde.«

»Ich hab letzte Nacht nicht gut geschlafen.« Weil ich wilden Sex mit dem heißesten Typen auf dem Planeten hatte, was ich ihr natürlich nicht verrate.

Sie drückt meinen Arm. »Ich habe gerade frischen Kaffee gemacht. Bedien dich.«

»Danke.« Ich verstaue meinen Lunch im Kühlschrank und gieße mir gerade Kaffee ein, als mein Telefon wegen einer Textnachricht von Jason summt.

Hey, das hier ist offiziell nie passiert, aber ich bin wegen Carmen beunruhigt. Sie hat gestern Abend erwähnt, dass sie jedes Mal, wenn wir nicht zusammen sind, Angst hat, dass mir etwas zustoßen könnte, wie es mit Tony passiert ist. Ich wollte, dass du Bescheid weißt, damit wir dafür sorgen können, dass sie vor der Hochzeit alle nur vorstellbare Unterstützung bekommt. Bitte lass sie nicht wissen, dass ich dich ins Bild gesetzt habe.

Es stimmt mich so traurig, wenn ich daran denke, wie tief ihre Angst sitzen muss, besonders nachdem ich kein Zeichen davon bei ihr gesehen oder gehört habe. Ich antworte ihm sofort. Danke fürs Bescheidgeben, und keine Angst, ich werde nichts verraten. Ich hasse es, dass sie das mit sich rumschleppt, doch ich schätze, es ist verständlich. Ich bin sicher, das wird sich geben, wenn erst die Hochzeit vorbei ist. Sie hat gerade furchtbar viel um die Ohren.

Mir fällt auf, dass ich völlig mit meinen eigenen Problemen beschäftigt war und ihr als eine ihrer beiden Brautjungfern – und als die einzige vor Ort – nicht genug Aufmerksamkeit geschenkt habe.

Ja, schreibt er zurück, es ist viel, trotzdem möchte ich, dass dies eine glückliche Zeit für sie ist. Ich bin mir nicht sicher, wie ich sie beruhigen und ihr versichern kann, dass alles gut gehen wird.

Sag ihr das einfach immer wieder, und ich mach das auch. Ich werde später mal bei ihr vorbeischauen. Wir haben vorhin über Dinner diese Woche geredet, mit Austin und Everly. Vielleicht morgen Abend?

Allein ihre Namen zu schreiben erfüllt mich mit Glück. So weit ist es schon mit mir gekommen.

Ich habe gehört, dass sie für eine Weile hierbleiben wollen. Das freut mich für dich. Und ja, lass uns gleich morgen Abend nehmen. Es wird Carmen guttun, Zeit mit dir zu verbringen.

Ich sende ihm ein Daumen-nach-oben-Emoji.

Von da an wird mein Tag nur verrückter, und wir müssen uns um einen Patienten nach dem anderen kümmern, alle aus den verschiedensten Altersgruppen und mit den verschiedensten gesundheitlichen Problemen. Viele von ihnen sind nicht krankenversichert, sodass wir ihre einzige Quelle für medizinische Versorgung sind, und diese Verantwortung nehmen wir sehr ernst. Es ist zutiefst befriedigend, so wertvolle Arbeit zu verrichten, und obwohl ich in einem Krankenhaus viel mehr Geld bekommen könnte, liebe ich diesen Job und das schöne Gefühl, Menschen zu helfen, die das bitter nötig haben.

Wir haben so viel zu tun, dass ich mein Mittagessen im Pausenraum im Stehen zu mir nehme.

Eine der Patientinnen am Nachmittag ist eine junge Mutter namens Sara, von der ich vermute, dass sie von ihrem Freund misshandelt wird. Während ihrer Besuche bei uns ist ein Vertrauensverhältnis zwischen uns entstanden, und ich hoffe immer noch, dass sie mir irgendwann erlauben wird, ihr zu helfen. Heute ist sie wegen einer Vorsorgeuntersuchung für ihre kleine Tochter hier.

Ich klopfe an die Tür des Behandlungszimmers und gehe rein, um die Vitalwerte des Babys zu nehmen, bevor Miranda sich die Kleine ansieht.

Sara hat dunkles, seidiges Haar, sonnengebräunte Haut und große braune Augen, in denen ein gehetzter Ausdruck steht, der mich jedes Mal berührt, wenn ich sie und ihre kleine Tochter Isabella sehe.

»Na, wie geht es den Damen heute?«

»Alles bestens.«

Sara sitzt mit ihrer Tochter, einem drei Monate alten, wohlgenährten und gut versorgten Säugling, auf dem Untersuchungstisch. Während ich das Baby wiege und vermesse, zerbreche ich mir den Kopf darüber, wie ich Sara dazu bringen kann, über ihre häusliche Situation zu reden, doch aufgrund des Schlafmangels will mir einfach nichts einfallen.

»Ich hab Sie vor ein paar Tagen im Fernsehen gesehen«, bemerkt Sara.

»Ach ja? Das war ein bisschen peinlich.«

»Es ist so toll, dass Sie dem kleinen Mädchen geholfen haben.«

»Ich bin nur froh, dass es funktioniert hat. Sie ist symptomfrei.«

»Da hat sie wirklich Glück gehabt.«

»Ja, allerdings, und ihr Vater und ihre Großeltern lieben sie abgöttisch. Hat Isabella auch Großeltern?«

Sara nickt. »Aber wir haben kaum Kontakt. Sie verstehen sich nicht mit Isabellas Vater, daher möchte er nicht, dass wir sie besuchen.«

»Was ist mit dem Rest Ihrer Familie und Ihrem Freundeskreis?«

»Die mögen ihn auch nicht.«

»Und Sie, Sara? Mögen Sie ihn?« Ich stelle die Frage so behutsam wie möglich, in der Hoffnung, dass sie in mir jemanden sieht, der helfen kann und alles nicht nur noch schlimmer macht.

»Jetzt nicht mehr«, räumt sie ein, während ihre Augen sich mit Tränen füllen und ihre Unterlippe bebt.

»Lassen Sie sich von mir helfen.«

»Er hat gesagt, er wird mir Isabella wegnehmen, falls ich versuche, ihn zu verlassen.«

»Wir haben Kontakt zu Leuten, die da was tun können. Erinnern Sie sich an all die vielen Male, bei denen Sie mit Prellungen und anderen Verletzungen hier waren, die Sie sich angeblich bei Stürzen oder durch Stolpern zugezogen haben?«

Sie drückt ihr Baby enger an sich und nickt.

»Die sind allesamt in Ihrer Krankenakte dokumentiert. Sollte er Ihnen drohen, haben wir Beweise für seine Misshandlungen.«

»Ich habe Angst vor ihm«, erklärt sie zwischen zwei Schluchzern. »Er behauptet, er würde mich umbringen, falls ich versuche, ihn zu verlassen.«

»Ich mach mir Sorgen, dass er Sie – oder Ihr Baby – umbringt, wenn Sie bei ihm bleiben. Bitte lassen Sie sich von mir helfen.«

Sie hebt zustimmend das Kinn. Diese kleine Bewegung ist alles, was ich brauche, um tätig zu werden.

»Bleiben Sie hier. Ich bin gleich zurück. Bitte rufen Sie niemanden an, und schreiben Sie auch niemandem.« Ein Anruf oder eine Textnachricht aus dem Behandlungszimmer kann den ganzen Plan über den Haufen werfen. Wir sind so nah dran, ihr die notwendige Unterstützung zukommen zu lassen, dass ich so was auf jeden Fall verhindern möchte.

»Es gibt niemanden, dem ich es erzählen könnte. Er hat dafür gesorgt, dass es niemanden mehr gibt.«

Ich tätschele ihr die Schulter. »Wir kriegen das hin.« Ich verlasse den Behandlungsraum, schließe die Tür hinter mir und gehe ins Büro von Miranda, die am Schreibtisch sitzt und Patientenakten studiert, während sie aus einer Tasse Suppe trinkt. »Sara ist endlich so weit, ihren Mann zu verlassen.«

»Gott sei Dank. Wie, denkst du, sollten wir vorgehen?«

»Ich hatte vor, Sergeant Ramos anzurufen.« Die Ermittlerin der Special Victims Unit, mit der wir in der Vergangenheit schon zusammengearbeitet haben, ist fast immer unsere erste Anlaufstelle in solchen Fällen.

»Hat Sara die Unterstützung ihrer Familie?«

»Er hat sie isoliert, aber ich denke, ihre Familie wäre dafür offen, wenn sie sich meldet.«

»Dann lass uns das probieren.«

»Okay, ich kümmere mich darum.«

Während ich zwischendurch immer bei anderen Patienten vorbeischaue, bin ich den Rest des Tages über mit Sara befasst und helfe ihr dabei, die Misshandlungen durch ihren Freund vollständig zu Protokoll zu geben. Sergeant Ramos ist eine Expertin, die weiß, wie sie die Opfer von häuslicher Gewalt wirkungsvoll schützen kann, während sie sie aus der Gefahrenzone herausholt.

Als ich abends um sechs gehe, bin ich körperlich und seelisch erschöpft, aber erleichtert, weil Sara und Isabella heute Abend bei Saras Familie in Sicherheit sind und ein Streifenbeamter beauftragt ist, ein Auge auf das Haus zu haben, falls es irgendwelche Probleme gibt. Dies ist der erste Schritt von etwas, das ein langer und schwieriger Prozess sein wird, doch diesen ersten Schritt zu tun ist der schwerste Teil. Ich habe dafür gesorgt, dass Sara weiß, wie stolz wir in der Klinik auf sie sind, weil sie sich dafür entschieden hat. Jetzt bete ich nur, dass sie am Ende nicht noch ihre Meinung ändert und wieder zu ihrem Mann zurückkehrt. Das passiert leider viel zu oft.

In meinem Auto habe ich zum ersten Mal seit heute Morgen Zeit, einen Blick auf mein Handy zu werfen, und finde Nachrichten und Bilder von Austin und Everly, die offenbar einen großen Teil des Tags über am Hotelpool waren. Während ich ihre lächelnden Gesichter betrachte, trifft eine neue Nachricht von Austin ein. Wonach steht dir heute zum Abendessen der Sinn? Ich besorge dir alles, worauf du Lust hast.

Ich wollte ihm gerade schreiben, dass ich zu müde bin, um heute Abend irgendwas zu tun, aber jetzt gerät mein Entschluss ins Wanken.

Mexikanisch?

Bin dabei. Wann ungefähr?

Ich fahre nach Hause, um schnell zu duschen und mich umzuziehen, und dann komme ich rüber.

Wir können es kaum erwarten.

Ich auch.

Bring deinen Badeanzug mit. Everly möchte Rie zeigen, wie gut sie schon schwimmen kann.

Mach ich.

Der Verkehr auf dem Heimweg ist zähflüssig, was mir Zeit dafür verschafft, mich bei Carmen zu melden und mich persönlich davon zu überzeugen, wie es ihr geht. Jasons Sorgen habe ich den ganzen Tag im Hinterkopf gehabt, obwohl ich kaum dazu gekommen bin, mal durchzuatmen.

»Hey«, sagt sie. »Was ist los?«

»Ich möchte mich bloß mal erkundigen, wie es um das Nervenkostüm der Braut bestellt ist. Mir ist heute aufgefallen, dass ich meine Pflichten als Brautjungfer sträflich vernachlässigt habe: Ich hab gar nicht gefragt, ob ich noch was tun kann, um dir bei der Hochzeit zu helfen.« Sie hatte uns gebeten, keine Brautparty zu planen, da sie und Jason ja schon über ein Jahr zusammenleben und bereits alles haben, was sie brauchen.

»Es gibt eigentlich nichts zu tun. Mom, Nona und Abuela haben alles unter Kontrolle, was mir nur recht ist. Dadurch sind sie beschäftigt und kommen nicht auf dumme Gedanken.«

»Und sie mischen sich nicht in deine Angelegenheiten ein.«

»Das auch.«

»Und mich lassen sie auch ziemlich in Ruhe. Bis jetzt haben sie das mit Austin ganz locker aufgenommen.«

»Du kannst mir später danken, aber mach dich darauf gefasst, dass du nach dem Hochzeitswochenende wieder in den Fokus ihrer Aufmerksamkeit gerätst.«

»Oje. Danke für die Warnung.«

Sie lacht, ein höchst willkommenes Geräusch, vor allem in Bezug auf Jasons Sorge.

»Du weißt, dass ich für dich da bin, wenn du mich brauchst«, versichere ich ihr. »Sag es mir, wenn ich irgendetwas für dich tun kann, okay?«

»Natürlich. Ich kann es kaum fassen, dass es nächste Woche schon so weit ist!«

»So ist das, wenn man eine dreimonatige Verlobungszeit hat.«

»Stimmt.«

»Ich freue mich wirklich für dich. Du verdienst jedes Glück der Welt, Car. Wir alle wünschen uns das so sehr für dich.«

»Das weiß ich. Danke, dass du all die Jahre für mich da warst, die ich gebraucht habe, um Jason zu finden.«

»Hab ich doch gern getan.«

»Danke – und das gilt umgekehrt genauso. Triffst du dich heute mit Austin?«

»Ja, ich fahre zu seinem Hotel. Aber erst muss ich kurz nach Hause, um mich umzuziehen.«

»Und eine Tasche zu packen.«

»Und um eine Tasche zu packen.«

»So ist es recht! Ruf mich morgen an, und erzähl mir, wie die zweite Runde gelaufen ist.«

»Tatsächlich sind wir bei Runde vier und höher.«

»Wow, Mädchen, was für eine Art und Weise, zurück in den Sattel zu steigen.«

Das bringt mich zum Lachen. »Ich fürchte, ich bin etwas wund geritten.«

Carmen lacht schnaubend. »Das ist das bestmögliche Wundsein. Viel Spaß heute Nacht, und ruf mich morgen an.«

»Mach ich. Bis später.«

»Bis später, hab dich lieb.«

»Ich dich auch.« Das sagen wir uns fast jedes Mal, wenn wir miteinander reden, seit Tony gestorben ist und uns schmerzhaft vor Augen geführt wurde, dass jedes Mal das letzte sein könnte.

Zu Hause angekommen, springe ich kurz unter die Dusche und wasche mir die Haare, um möglichst alle Keime aus der Klinik loszuwerden, bevor ich Everly sehe, deren Immunsystem schließlich immer noch geschwächt ist. Ich bereite mir meinen Lunch für morgen zu und packe meine Übernachtungstasche, wobei es dieses Mal deutlich mehr Schlaf geben muss.

Mir fällt ein, dass ich vergessen habe, Miranda um ein paar freie Tage zu bitten, daher schreibe ich ihr rasch eine Textnachricht. Ich wollte dich heute noch fragen, ob ich diese Woche ein oder zwei Tage freibekommen könnte. Ich habe

Freunde zu Besuch und würde gerne etwas Zeit mit ihnen verbringen, wenn das personalmäßig zu verkraften ist.

Ich fühle mich immer schuldig, wenn ich mir mal freinehmen will, weil in der Klinik so viel los ist, und wenn einer von uns ausfällt, ist es für die anderen anstrengender. Aber Miranda befürwortet immer, dass man auch auf sich achtet, und dazu zählen auch Auszeiten.

Sicher, kein Problem. Am besten Donnerstag und Freitag. Jason ist donnerstags hier, also sollte das kein Problem sein.

Super, danke.

Und damit ist meine Arbeitswoche soeben um zwei Tage kürzer geworden. Voller Vorfreude fahre ich zum Hotel und übergebe meine Wagenschlüssel dem Parkservice, bevor ich den Aufzug zu Austins Zimmer nehme. Ich klopfe an und lächle, als ich Everlys Kreischen höre.

Er öffnet mir mit ihr auf dem Arm die Tür, beide braun gebrannt von ihrem Tag am Pool.

Noch bevor Austin ein Wort sagen kann, kommt ihm Everly zuvor: »Rie! Krem! Schwimmen!« Während sie unser Programm für den Abend festlegt, lehnt sie sich zu mir, und ich nehme sie Austin ab.

Er schnappt sich meine Tasche und muss darüber, wie Everly das Kommando übernimmt, grinsen. »Lass Rie erst mal rein.«

»Rie! Rein!«

»Ich bin drin!« Ich drücke und knuddle die süße Kleine, bis sie sich windet, um runtergelassen zu werden. Nachdem ich sie abgesetzt habe, rennt sie davon.

Austin nutzt die Gelegenheit, um mich zu küssen.

»Ich habe schon befürchtet, dass es nie Abend wird«, erklärt er zwischen zwei innigen Küssen. »Ich konnte es nicht erwarten, dich wiederzusehen.«

»Mir geht's genauso. Das war ein echt langer Tag.«

»Alles okay?«

»Ja, aber ich bin müde.«

Er nimmt mich in den Arm und presst seine Lippen auf meine Stirn. »Ich werde persönlich dafür sorgen, dass du eine volle Nacht Schlaf bekommst.«

»Warum fällt es mir schwer, dir das abzukaufen?«

Lachend erwidert er: »Das werde ich. Ich schwöre es.«

»Rie! Schlaf!«, ahme ich Everly nach, und er lacht.

»Rie wird genug schlafen. Versprochen.«

»Donnerstag und Freitag hab ich frei.«

Ein Grinsen breitet sich über sein gesamtes Gesicht aus. »Das sind die besten Neuigkeiten, die ich den ganzen Tag gehört habe. Du kannst mir helfen, das Haus auszusuchen, das ich für den Winter mieten soll. Am Samstag fliegen wir zurück nach Baltimore, um zu packen, und dann bin ich rechtzeitig zur Hochzeit zurück. Hört sich das nach einem guten Plan an?«

»Das hört sich toll an, bis auf den Teil, dass du gehst.«

»Ich werde mich beeilen.«

»Ich kann es immer noch nicht glauben, dass du hier überwintern willst.«

Er küsst mich ein weiteres Mal. »Glaub es, Baby. Ev und ich möchten nirgendwo anders sein als da, wo du bist.«

KAPITEL 17

Austin

Diese Woche in Miami mit Maria und Everly ist die schönste seit Langem. Zum ersten Mal, seit Ev krank geworden ist, kann ich mich entspannen, wie ich es zuvor aus Angst, meine Tochter an die Krankheit zu verlieren, nie konnte. Diese Furcht hat jeden meiner Gedanken beherrscht und mich auch in meinen Träumen gequält, wenn ich dann tatsächlich mal eingeschlafen war. So eine Furcht ist kaum auszuhalten, daher ist es eine Riesenerleichterung, die Fähigkeit zurückzuhaben, mein Leben zu genießen, ohne jeden Moment mit einer Katastrophe rechnen zu müssen.

Natürlich ist Maria der Hauptgrund dafür, dass es mir so viel besser geht. Ihre beruhigende Gegenwart ist genau das, was ich brauche, und ich möchte, dass sie immer bei mir ist. Seit gestern nach der Arbeit ist sie an meiner Seite, und uns bleibt noch die Zeit bis Samstagmorgen, wenn ich mit Everly zurück nach Baltimore fliege, dann hatten wir drei Nächte und zwei ganze Tage zusammen.

Vorgestern Abend waren wir mit Carmen und Jason essen, was sehr viel Spaß gemacht hat. Jason ist ein netter Typ, und ich kann mir gut vorstellen, dass wir echte Freunde werden. Er hat mir versprochen, mit mir Golf zu spielen und Rad zu fahren, wenn ich wieder zurück in Miami bin. Und Carmen ist einfach nur großartig. Ich liebe es, dass sie und Maria die Sätze der jeweils anderen beenden können und wie sie über ihre eigenen kleinen Insiderwitze lachen.

Im Grunde genommen haben sie während ihrer gemeinsamen Kindheit und Jugend ihre eigene Sprache entwickelt. Es hat mir total gut gefallen, mit ihnen zusammen zu sein und Maria in der Gesellschaft ihrer Cousine, die sie so liebt, zu erleben.

Everly wollte diese Woche die ganze Zeit bloß eins, und zwar im Pool zu planschen und zu schwimmen. Wir haben ihr ganz viele andere Sachen angeboten, aber am Ende sind wir wieder den ganzen Tag am Pool gewesen. Ich hab sie bereits gewarnt, dass wir uns morgen Häuser anschauen wollen und erst am Abend Zeit für den Pool haben werden. Dem Makler habe ich mitgeteilt, dass das Haus, das wir mieten wollen, zusätzlich zu den zwei Mastersuiten über einen Pool verfügen muss – mit einem hohen, soliden Zaun drumherum, damit es völlig ausgeschlossen ist, dass Everly auch nur in die Nähe des Wassers kommt, ohne dass einer von uns bei ihr ist.

Marias Eltern haben uns heute zu sich nach Hause eingeladen, doch momentan genießen Maria und ich ein bisschen Zweisamkeit, während Ev schläft.

»Woran denkst du?«, erkundigt sich Maria und fährt mit dem Zeigefinger über meine Brust.

»Ach, nur daran, dass ich eine neue Lieblingsbeschäftigung gefunden habe: mit dir nackt im Bett zu liegen.«

»Darüber hast du gar nicht nachgedacht.«

»Woran kannst du das erkennen?«

»Daran, dass du ganz verspannt warst.«

»Nur fürs Protokoll, mit dir nackt im Bett zu liegen ist definitiv meine neue Lieblingsbeschäftigung.«

»Meine auch, aber natürlich mit *dir* im Bett, trotzdem hast du mir noch nicht verraten, weshalb du so verspannt warst.«

»Ich hab daran gedacht, dass wir ein Haus finden müssen, das einen Pool für Ev hat, allerdings mit einem hohen, stabilen Zaun drum herum, damit wir uns nicht die ganze Zeit Sorgen machen müssen, sie könnte in einem unbeobachteten Moment hinlaufen und reinfallen.«

»Ja, das ist wichtig.«

»Wenn ich über ihre Sicherheit nachdenke, verspanne ich mich immer, aber direkt davor habe ich überlegt, wie viel relaxter ich jetzt insgesamt bin, und das habe ich alles dir zu verdanken.«

»Diese Woche war superschön. Bist du wirklich bereit, meine Eltern und meine Brüder kennenzulernen?«

»Auf jeden Fall, und ich freue mich sogar darauf.«

»Das sagst du jetzt … Wenn sie sich erst mal alle in deine Angelegenheiten einmischen, wirst du das vermutlich anders sehen.«

»Das wird kein Vergleich zur Sportpresse sein, die seit Beginn der Saison unablässig ihre Nase in meine Angelegenheiten steckt.«

»Mein Vater wollte gestern von mir wissen, wo du wohl unterschreiben wirst. Ich hab erwidert, ich wüsste nichts, daher wird er sich vermutlich persönlich bei dir erkundigen.«

»Das ist die große Frage, die im Moment über allem schwebt.«

»Wann wirst du mehr wissen?«

»Im Dezember, wenn die Winterkonferenz stattfindet. Da werden alle Verträge finalisiert, doch es wird vorher jede Menge gesprochen und verhandelt, und nach der World Series gewinnt alles noch mal an Fahrt. Mein Agent Aaron ist da die ganze Zeit dran. Ich habe ihm gesagt, er soll mich auf dem Laufenden halten, mich aber ansonsten meine freie Zeit genießen lassen.«

»Drei Monate ist ganz schön lang dafür, im Ungewissen zu sein.«

»Ich verlasse mich darauf, dass du mich ablenkst und bei Laune hältst.« Ich sehe zum Wecker auf dem Nachttisch und stelle fest, dass wir noch mindestens eine Stunde haben, bevor Ev aufwacht. »Und du kannst jetzt damit anfangen.« Ich hebe ihr Kinn an, um sie zu küssen. Das werde ich nie leid sein. Genau genommen ist das meine neue zweitliebste Beschäftigung. Wie stets bei Maria werden unsere Küsse schnell immer leidenschaftlicher, während wir versuchen, einander näher zu kommen.

Ich kann ihr nie nah genug sein.

Sie schiebt ihr Bein zwischen meine Oberschenkel und drängt sich an mich, an meine Erektion, und ihr süßer Duft erfüllt jeden Teil von mir mit heftigstem Verlangen. Ich bin geradezu süchtig nach ihr, und es wird mit jedem Tag schlimmer, womit ich nicht das geringste Problem habe. Ich hab keine Ahnung, wie ich sie vier oder fünf Tage lang hierlassen soll, um nach Baltimore zu fliegen, zu packen und mein Auto zu holen. Das wird die Hölle werden.

Ich bin so von meinen Gefühlen überwältigt, dass ich beinah vergessen hätte, mir ein Kondom zu nehmen. Ich löse mich von ihr, erschüttert, dass mir das um ein Haar passiert wäre. So ein Risiko gehe ich nicht mehr ein, besonders nicht nach dem, was Kasey vermutlich getan hat.

»Ich verhüte.« Maria nimmt meine Hand und führt sie zu der kleinen Erhebung an ihrem Arm. »Dauerhaft, keine Pillen, keine Pflaster und keine Chance, irgendwas zu vergessen.«

»Ich hab mich schon gefragt, was das ist. Kurz habe ich überlegt, ob deine Familie dich vielleicht gechipt hat.«

Habe ich schon mal erwähnt, wie sehr ich ihr heiseres Lachen liebe? Sie lacht so, wie sie lebt, mit allem, was sie hat. »So schlimm sind sie nun auch wieder nicht.«

»Wenn du das sagst ...«

»Jedenfalls ist es praktisch ausgeschlossen, dass ich schwanger werde.«

Darüber denke ich eine Sekunde nach. Ich vertraue ihr hundertprozentig, aber ich habe mir schon einmal die Finger verbrannt, daher bin ich mir nicht sicher, ob ich es tun soll – selbst wenn es Maria ist.

Natürlich weiß sie das, weil sie Maria ist und mich versteht. Als sie ihre Hand an mein Gesicht legt, ist ihre Miene offen, ehrlich und voller Liebe. Ich fühle mich auf eine Weise geliebt, wie ich es von keiner anderen kenne. Ich bin an Frauen gewöhnt, die etwas von mir wollen, und nicht an jemanden, der mir – und meiner Tochter – etwas geben will. »Es ist völlig in Ordnung, wenn du ein Kondom benutzen möchtest.«

»Ich vertraue dir. Ohne Zweifel.«

»Dessen bin ich mir bewusst, und mir ist auch klar, wie schwer dir das fällt. Daher will ich es einfach gesagt haben, damit du Bescheid weißt.«

»Danke.«

»Habe ich die Stimmung verdorben?«

»Es ist gar nicht möglich, dass du mir die Stimmung verdirbst, solange du so weich und süß und nackt in meinen Armen liegst.«

Sie zieht mich für einen weiteren dieser heißen, sexy Küsse an sich, die mich so verrückt nach ihr machen, und reibt ihren Busen an meiner Brust, schlingt ihre Beine um meine Hüften, und ich entscheide, es mal ohne Kondom auszuprobieren. Nur für eine Sekunde …

Und so lange dauert es auch bloß, bis ich eine Ahnung davon habe, wie sich das Paradies anfühlen muss.

»Maria … Du … Ich … *Gott.*«

Sie lacht, sodass ich noch tiefer in sie sinke, und ihr Lachen wird ein wunderbar sinnliches Stöhnen.

»Das hier … Es sollte eigentlich … bloß eine Sekunde …«

Sie lacht wieder, und ihr Körper vibriert unter meinem, während ich mich zusammenreiße, damit das hier für uns beide gut wird. Mit meinen Händen an ihren Hüften halte ich sie still und verliere jegliches Gefühl für Zeit und Ort und alles, was nicht das hier ist, sie, wir. Verdammt, wir sind so gut zusammen, und ich liebe sie, ich liebe es, mit ihr zu schlafen, mit ihr zusammen zu sein, sie zu berühren, mit ihr zu lachen. Ich liebe es, mit ihr zu reden, sie in meinen Armen zu halten und ihr zuzusehen, wie sie mit Ev umgeht, die ganz vernarrt ist in ihre Rie – wie ich im Übrigen auch.

Ich schlinge meine Arme um sie, und sie tut das Gleiche bei mir.

Wir kommen gemeinsam, klammern uns aneinander. Es ist das Beste, was ich je im Bett erlebt habe, und ich muss mich sehr beherrschen, um nicht damit herauszuplatzen, wie sehr ich sie liebe, wie sehr ich mir wünsche, für immer mit ihr zusammen zu sein, damit ich eine Chance darauf habe, glücklich zu werden. So lebenswichtig ist sie für mich geworden. So sehr brauche ich sie.

Aber jetzt ist nicht der richtige Zeitpunkt für diese Unterhaltung, da Everly im Zimmer nebenan schläft und wir in einer Stunde bei Marias Eltern zu Hause erwartet werden.

»Wir müssen duschen«, meint Maria nach längerem Schweigen.

»Mhm.«

Sie stupst mich an der Schulter. »Das heißt, dass du dich bewegen musst, Austin.«

»Das geht jetzt nicht. Ich hab mich noch nie wohler gefühlt.«

»Everly wird dich splitterfasernackt dabei erwischen, wie du ihre Rie zerquetschst, wenn du dich nicht vom Fleck rührst.«

»Na gut, doch nur, weil ich keine Lust habe, ihr erklären zu müssen, warum ich ihre Rie zerquetscht habe.« Ich küsse sie. »Fortsetzung folgt.«

Wir duschen nacheinander, und als ich höre, dass Everly aufwacht, sind Maria und ich gesellschaftsfähig. Wir hatten bisher jede Menge Glück, weil Ev uns nicht zusammen im Bett erwischt hat, aber ich gebe mich keinen Illusionen hin, dass unser Glück noch viel länger halten wird. Ich hoffe, wenn es passiert, ist Everly bereits so daran gewöhnt, uns zusammen zu sehen, dass es sie auch nicht wundern wird, dass wir zusammen in einem Bett schlafen.

Everly möchte uns beide, als sie nach dem Nachmittagsschläfchen aufwacht, und während Maria ihr hilft, sich ein Kleid auszusuchen, das sie zum Essen anziehen kann, kämpfe ich mit ihren blonden Locken, die sich nicht zu einem Pferdeschwanz binden lassen wollen.

»Au, Dada.«

»Tut mir leid, Bärchen. Das ziept jetzt leider.«

»Rie!«

»Rie zieht dich an. Ich kümmere mich um dein Haar.«

»Rie! Haar!«

Ich blicke zu Maria, wie immer belustigt von meiner herrischen kleinen Tochter. »Und da ist das nächste neue Wort.«

»Lass uns die Plätze tauschen.« Maria ist total geduldig, wenn es um Everly und ihre vielen Forderungen geht – und sie versichert mir, dass Everly keine verzogene Göre werden wird, die später alle herumkommandieren will, was ich insgeheim befürchtet hatte. Maria behauptet, sie sei ein völlig normales dreijähriges Mädchen.

Ein völlig normales dreijähriges Mädchen. Das sind die besten Worte, die ich je gehört habe, und während ich zuschaue, wie Maria mühelos Everlys Haar bändigt, wird mir klar, wie sehr Ev sie bereits in ihr Herz geschlossen hat und wie viel schlimmer es gegen Ende des Winters sein wird. Wir müssen das hier

irgendwie hinbekommen und uns etwas einfallen lassen, weil
ohne Maria zu leben keine Lösung mehr ist.

Maria

Ich bin nervös, weil ich Austin mit zu mir nach Hause nehme,
vor allem, weil meine Eltern nur einen Blick auf uns werfen
müssen, um zu erkennen, dass ich in ihn verliebt bin – und in
Everly –, und sie werden unzählige Fragen dazu haben, wie es
mit uns weitergeht. Ich habe die gleichen Fragen, doch keine
Antworten darauf, noch nicht. Ich werde wie alle anderen warten müssen, bis Austin weiß, wo er nächstes Jahr spielen wird,
und das wird nicht vor Dezember sein.

Inzwischen habe ich mich damit abgefunden, dass diese
Beziehung mein Leben verändern wird, und ich arbeite
daran, damit klarzukommen. Ich mag eigentlich alles so, wie
es jetzt ist – mit dem Großteil meiner Familie und meinem
Freundeskreis in der Nähe, einem Job, der mich erfüllt, und
meinem trubeligen Viertel, das eine so große Rolle für mich
spielt. Ich kann mir ehrlich nicht vorstellen, irgendwo anders zu
leben, aber während sich die fünf Tage ohne Austin und Everly
gähnend vor mir auftun, ändert sich meine Meinung langsam.

Und ja, das jagt mir eine Heidenangst ein, denn nach Scott
hatte ich mir vorgenommen, nie wieder mein Leben zu ändern,
nur damit es zu dem von jemand anderem passt. Ich war viel zu
nachgiebig, so darauf versessen, unbedingt in Scotts Welt zu passen. Ich war so sehr darauf konzentriert, ihn glücklich zu machen,
dass ich dabei mich selbst aus dem Blick verloren habe. Später habe
ich mir dann geschworen, dass ich so etwas nie wieder tun würde,
doch jetzt ertappe ich mich dabei, darüber nachzudenken, wie es
wohl sein wird, für einen Teil des Jahres in Seattle oder Chicago
oder Boston oder San Francisco oder Los Angeles zu wohnen.

Es ist mir auch aufgefallen, dass Austin Anfang des kommenden Jahres neunundzwanzig wird. Dieser nächste Vertrag wird also vermutlich der letzte seiner Profikarriere sein, daher reden wir nicht davon, immer wieder woanders hinzuziehen. Und ich weiß zudem, dass es vermutlich viel zu früh ist, um sich darüber schon den Kopf zu zerbrechen. Aber ich weiß auch, dass ich diesen Mann mitsamt seiner Tochter in meinem Leben haben möchte. Und insofern ist es keinesfalls zu früh und zu weit in die Zukunft gegriffen, darüber nachzudenken.

Austin fährt seinen Mietwagen, während ich ihm den Weg zum Haus meiner Eltern in Little Havana weise. Er hat wie immer eine Hand auf meinem Oberschenkel liegen, während er fährt, und von seiner Berührung wird mir ganz heiß. Hinten auf der Rückbank singt Everly ein selbst ausgedachtes Lied, mit lauter Wörtern, die nur für sie einen Sinn ergeben. Der Klang ihrer fröhlichen Stimme entlockt uns beiden ein Lächeln.

Austins Handy klingelt, und er holt es aus seiner Tasche, reicht es mir. »Wer ist es?«

»Kasey.«

Er schaut mich erschrocken an. »Lehn ab.«

Ich tue es, frage mich aber, weshalb sie ihn anruft. »Wann hast du denn das letzte Mal mit ihr gesprochen?«

»Das ist Monate her.«

Ich kann einfach nicht glauben, dass sie sich nicht wenigstens regelmäßig nach ihrer Tochter erkundigt, vor allem nachdem Everly ja so krank war. Doch das ist dieselbe Frau, die einen Säugling allein zu Hause gelassen hat, warum also überrascht es mich, dass sie nicht das Interesse dafür aufbringt, nach ihrem Gesundheitszustand zu fragen? Trotzdem bin ich traurig für Everly und auf eine seltsame Art und Weise auch für Kasey, weil ich ja sehe, was ihr dadurch entgeht, dass sie keine Rolle in Everlys Leben spielt.

»Was, glaubst du, möchte sie?«

»Wer weiß das schon?«

Ich habe so viele Fragen, beschließe aber, sie nicht jetzt zu stellen. Wird er sie zurückrufen? Wird sie es noch einmal versuchen?

Ein paar Minuten später treffen wir am Haus meiner Eltern ein, und weil Nonas Auto in der Einfahrt steht, bitte ich ihn, am Straßenrand vor dem gelb verputzten, zweistöckigen Haus zu parken, in dem ich aufgewachsen bin. Ein weiß lackierter Metallzaun umgibt das Grundstück, und meine Mutter hat die Blumenkästen an den Fenstern bunt bepflanzt.

»Mein Zuhause«, erkläre ich Austin, während wir zur offenen Garagentür gehen.

Er hält Everlys Hand, während sie über die Platten auf dem Weg hüpft. »Das ist wirklich hübsch.«

»Sie arbeiten ständig daran. Streichen, Sträucher zurückschneiden, Unkraut jäten, neu anpflanzen. Das ist ihre Art und Weise, mit dem Stress vom Job klarzukommen.«

»Man kann den Lohn ihrer Mühen sehen. Es ist wunderschön.«

»Sie sind auch sehr stolz darauf.« Ich bleibe stehen und drehe mich zu ihm um. »Vergiss nicht, was ich dir vorhin darüber gesagt habe, dass meine Familie berühmt dafür ist, unangemessene Fragen zu stellen.«

Er lächelt und weckt in mir den Wunsch, in den nächsten Stunden nichts anderes zu tun zu haben, als sein attraktives Gesicht zu betrachten. »Das ist in Ordnung. Ich mach mir keine Sorgen.«

»Nun, *ich* mache mir Sorgen genug für uns beide. Meine Nona ist hier, was bedeutet, dass sie sich im Restaurant einen Abend freigenommen hat, und das ist eine echte Seltenheit. Wenn sie hier ist, hat sie wahrscheinlich Abuela mitgebracht, und sie sind ein Duo infernale, wie du es vermutlich noch nie zuvor erlebt hast.«

Er beugt sich zu mir und gibt mir einen Kuss auf die Wange. »Ich freue mich, sie wiederzusehen. Alles ist gut, Süße. Reg dich nicht auf.«

»Das sagst du so …«

»Du liebst sie, daher werde ich das auch tun.« Er legt mir seine Hand ins Kreuz und schiebt mich mit sanftem Druck weiter, damit ich ihn meiner Familie vorstelle.

Wir kommen durch die Tür von der Garage, sodass wir direkt in der Küche landen, wo meine Mom vermutlich schon den ganzen Tag werkelt, um ein wahres Festmahl zu Ehren von Austin zuzubereiten. Meine Familie nutzt jede sich bietende Gelegenheit zu einem Festmahl, auch Donnerstagabend-Dinner mit Marias neuem Freund und seiner Tochter.

»Lo, sie sind hier!«, ruft meine Mutter meinen Vater zu sich. Sie dreht sich zu Austin um, und ihr Blick richtet sich wie ein Laserstrahl, der sein programmiertes Ziel findet, auf ihn. »Und Sie müssen Austin sein.«

Nein, er ist irgendein Kerl, den ich draußen auf dem Bürgersteig aufgelesen habe. »Mom, das sind Austin und Everly.«

Ev versteckt sich hinter ihrem Dad, bis meine Mom vor ihr in die Hocke geht, um sie auf Augenhöhe zu begrüßen. »Hi, Everly, ich bin Elena.«

Sie streckt Ev die Hand hin.

Everly schaut zu mir hoch.

Ich hocke mich ebenfalls hin. »Das ist meine Mommy. Kannst du ihr Hallo sagen?«

»Hallo.« Sie schüttelt meiner Mutter die Hand.

»Sie ist einfach entzückend.«

Ich lächle meiner Mutter zu. »Das finden wir auch.«

Everly wirft sich in meine Arme, und ich hebe sie hoch, möchte, dass sie sich hier bei mir und mit meiner Familie wohlfühlt.

Dad kommt in die Küche, und ich stelle ihm Austin und Everly vor, die total schüchtern ist, bis mein Dad mir einen Kuss auf die Wange gibt und mit Everly Kuckuck spielt.

Binnen kürzester Zeit hat er sie zum Lachen gebracht, was mich kein bisschen überrascht. Er ist einfach toll, und Kinder lieben ihn immer.

»Kommt rein«, sagt er. »Was kann ich Ihnen zu trinken anbieten, Austin? Ich hab Bier und Wein und Cola.«

»Ein Bier klingt gut«, erklärt Austin.

»Wein für dich, Liebes?«, erkundigt sich Dad bei mir.

»Sehr gerne, Dad. Danke.«

»Das Dinner ist beinahe fertig«, verkündet Mom. »Geht schon mal rein, bevor die Jungs all das Fingerfood und die Appetithäppchen aufgegessen haben.«

Ich führe Austin ins Wohnzimmer, wo meine Brüder mit Nona und Abuela sitzen, die beide aufspringen, um uns mit Küssen und Umarmungen zu begrüßen, als hätten wir uns ewig nicht getroffen, obwohl wir ja erst am letzten Samstagabend das Vergnügen hatten.

»Es ist so schön, Sie wiederzusehen, Austin«, sagt Nona und umarmt ihn. »Und Ihr süßes kleines Mädchen.«

»Danke für die Einladung.«

»Austin, Everly, die Typen da drüben sind meine Brüder Nico und Milo, die nur wegen des Essens hier sind und wegen der Chance, den berühmten Pitcher kennenzulernen.«

»Hör gar nicht auf sie«, erwidert Nico, als er aufsteht, um Austin die Hand zu geben. »Wir haben gelernt, sie nicht weiter zu beachten.« Er ist groß, dunkel und attraktiv – so attraktiv, dass er mit einunddreißig immer noch Single ist und nach allem, was ich so höre, ein echter Herzensbrecher. Ich versuche, sein überaus aktives Sozialleben nicht weiter zur Kenntnis zu nehmen.

»Ich könnte Maria niemals ignorieren«, erklärt Austin. »Mit ihr rede ich am allerliebsten.«

Nico verdreht die Augen. »Wenn du das sagst.«

Ich lege einen Arm um meinen jüngeren Bruder. »Das hier ist Milo. Er ist viel netter als der andere.«

Er schüttelt Austin ebenfalls die Hand. »Wie schön, deine Bekanntschaft zu machen. Das perfekte Spiel neulich war wirklich der Hammer.«

»Danke. Und ebenfalls.«

Mit fünfundzwanzig sieht Milo genauso gut aus wie Nico, ist aber ein bisschen kräftiger gebaut und trägt eine Brille mit dunklem Rand, die ihm ein kluges, leicht nerdiges Aussehen verleiht, womit Nico ihn beständig aufzieht. Nicht dass Nico ein schlechter Kerl wäre. Das ist er nicht, doch er kann eine echte Nervensäge sein.

Sie rutschen auf dem Sofa für uns zusammen. Auf dem Couchtisch hat meine Mutter ihre berühmten gefüllten Pilze angerichtet, etwas frittierten Mozzarella und Oliven.

»Du musst die Pilze probieren«, sage ich zu Austin. »Die sind einfach göttlich.«

»Danke, da lasse ich mich nicht lange bitten.«

Ich setze mir Everly auf den Schoß, reiße ein Stückchen von dem frittierten Mozzarella ab und halte es ihr hin. »Probier mal. Meine Mom hat das gemacht. Ich glaub, das wird dir schmecken.«

Vorsichtig beißt sie ab und schaut mich dann an.

»Und, schmeckt es?«

Sie nickt begeistert und nimmt noch einen Bissen.

»Was für ein süßes Mäuschen«, meint Dad, als er uns die Drinks bringt. »Was kann ich ihr holen?«

»Wir haben ihre Trinktasse mit Wasser dabei«, antworte ich, hole sie aus dem Rucksack und gebe sie ihr.

Ich blicke auf und merke, dass mein Vater, meine Brüder und meine Großmütter genau beobachten, wie ich mich um Ev kümmere, und ich frage mich, welche voreiligen Schlüsse sie am Ende ziehen werden. Vermutlich die gleichen, die ich selbst bereits gezogen habe.

KAPITEL 18

Maria

»Okay, Austin«, sagt Nico, »du kannst also ablösefrei wechseln?«

»Ja.«

»Ich hab im Internet gelesen, dass du bis zu hundert Millionen verlangen kannst. Das ist absolut irre!«

Mir ist es ein bisschen peinlich, dass Nico das Gespräch darauf bringt, und die Summe jagt mir Angst ein. Einhundert Millionen? Ernsthaft?

»Na, mal sehen«, antwortet Austin. »Wir müssen abwarten, was passiert.«

»Du musst doch ausflippen«, lässt Nico nicht locker. »Ich würde mir an deiner Stelle als Erstes einen Lamborghini anschaffen.«

»Da kann man nur leider keinen Kindersitz drin unterbringen«, erwidert Austin, was meine Bewunderung für ihn noch weiter steigert. »Dieser Tage bin ich eher der SUV-Typ.«

»Was glauben Sie, wo Sie in der nächsten Saison spielen werden?«, erkundigt sich Dad.

»Das weiß ich wirklich nicht. Sobald die World Series vorbei ist, stehen Gespräche mit einer ganzen Reihe von Teams an. Im November werden wir eine Vorauswahl treffen, und im Dezember, wenn die Wintertransfergespräche gelaufen sind, werde ich mehr wissen.«

»Das ist bestimmt eine aufregende Zeit für Sie«, stellt Dad fest.

Austin blickt mich an und lächelt. »Das ist es, aber aus viel wichtigeren Gründen als Baseball.«

Ich spüre, wie mein Gesicht ganz heiß wird, als er das so öffentlich erklärt. Es gibt nichts, was er hätte sagen können, das Dad, Nona und Abuela lieber gehört hätten. Es wird ihnen wichtig sein, dass Austin seine Prioritäten richtig setzt – und gerade hat er ihnen ziemlich unmissverständlich zu verstehen gegeben, dass ich auf dieser Liste ganz weit oben rangiere.

Mom ruft uns ins Esszimmer, und kurz darauf tischt sie uns ein wahres Festmahl auf, das aus köstlicher Hähnchen-Piccata mit Zitronensoße, Pasta Carbonara, Risotto-Bällchen und Unmengen Antipasti sowie frisch gebackenem Brot besteht.

»Du bist ja verrückt, Mom«, entfährt es mir, als ich sehe, was sie alles zubereitet und dass sie dafür einen ihrer seltenen freien Tage geopfert hat.

»Es sieht köstlich aus und riecht auch so, Mrs Giordino«, sagt Austin.

»Bitte nennen Sie mich Elena, mein Lieber, und lassen Sie es sich schmecken. Ist da etwas für Everly dabei?«

»Sie wird das Hähnchen und das Risotto lieben«, antworte ich an seiner Stelle.

Meine Mutter hebt eine Augenbraue, was bedeutet, dass ich in nächster Zukunft mit einer hochnotpeinlichen Befragung zu allem, was mit Austin und Everly zu tun hat, zu rechnen habe.

Beim Dinner reden wir über Carmens und Jasons Hochzeit und darüber, wer Dee am Mittwoch vom Flughafen abholen wird und was Austin in der spielfreien Zeit vorhat.

»Everly und ich planen, den Winter hier zu verbringen«, verkündet er, während er seinen dritten Nachschlag Hähnchen von meiner Mutter in Empfang nimmt, die nichts mehr liebt, als Leute mit Essen zu versorgen, bis sie platzen.

Meine Familie verstummt, was nicht oft passiert.

»Sie verbringen den Winter in Miami«, stellt meine Mutter mit hochgezogenen Brauen fest. »Nun, das ist eine interessante Entwicklung.«

»Wir lieben es, hier zu sein«, erklärt Austin mit einem bedeutungsvollen Blick in meine Richtung.

Genauso gut hätte er auf mich zeigen und laut ausrufen können: *Ich liebe Maria und will sie heiraten*, weil das genau das ist, was meine Eltern und Großeltern aus dieser völlig harm-losen Ankündigung heraushören werden. Ich werde hiernach Schadensbegrenzung betreiben müssen, aber das ist okay. Es gibt einfach keinen Weg, einen Neuling auf meine Familie vor-zubereiten, wie Carmen auch schon feststellen musste, als sie Jason das erste Mal mit nach Hause gebracht hat und sich alle auf ihn gestürzt haben wie die Geier.

Sie meinen es gut, und sie sind die Allerbesten überhaupt. Sie tun für so viele so viel. Nona und Abuela organisieren die ganze Zeit Hilfsprojekte für Bedürftige im Restaurant, sodass Onkel Vincent schon Witze reißt, dass er derjenige ist, der bedürftig sein wird, wenn sie fertig sind. In Wahrheit stört es ihn überhaupt nicht, weil er ebenfalls ein riesengroßes Herz hat.

Das zeigt auch das Beispiel von Sofia. Als Jason bei ihrem Sohn Mateo einen bösartigen Gehirntumor festgestellt hat, der operativ entfernt werden musste, haben Nona und Abuela Sofia zu ihrem persönlichen Projekt gemacht, haben alles Mögliche arrangiert, ihr einen Job besorgt und alles in ihrer Macht Stehende getan, um ihr durch diese schwierige Zeit zu helfen. Sie haben sie in unsere Familie aufgenommen und unterstützen sie und Mateo über ein Jahr nach der Operation, die ihm das

Leben gerettet hat, immer noch. So sind sie nun mal, und ich würde sie für nichts in der Welt eintauschen.

»Habe ich was Falsches gesagt, als ich zugegeben hab, dass es mir hier gefällt?«, fragt Austin, als wir zwei Stunden später auf dem Weg zurück zu seinem Hotel sind.

»Das hast du gemerkt?«

»Ich dachte, es sei eine gute Möglichkeit, zu erklären, dass ich dich mag, aber als alle plötzlich verstummt sind ...«

Ich lache über die Grimasse, die er schneidet. »Ist schon okay, das war nichts Falsches. Sie werden jetzt alle voreilige Schlüsse ziehen, doch das hätten sie ohnehin getan.«

»Mir soll's recht sein, wenn sie jede Menge voreilige Schlüsse ziehen. Ich halte mich ja selbst auch nicht gerade zurück.«

Ich blicke zu ihm hinüber. »Wirklich?«

»Teufel, ja. Ich verbringe den Winter in Miami, damit ich dich jeden Tag sehen kann, nicht nur, weil ich den Sonnenschein liebe. Obwohl das ein netter Nebeneffekt ist. Der Winter in Baltimore ist kalt und grau.«

»Und ich dachte die ganze Zeit, es geht dir bloß ums Wetter.«

»Du kennst die Wahrheit.« An einer Ampel schaut er mich an. »Ich konnte nicht anders, als zu bemerken, dass du ein bisschen erschrocken gewirkt hast, als dein Bruder angefangen hat, über das Geld zu reden.«

»Ich war schon etwas schockiert. Einhundert Millionen? Das ist in einer Liga mit LeBron oder Jordan.«

Er lacht. »Das verdienen die in einem Jahr, aber bei mir ist das für einen Mehrjahresvertrag, nicht für zwölf Monate. Und ich könnte am Ende mit deutlich weniger dastehen.«

»Aber es wird sich etwa in der Größenordnung bewegen.«

»Ja, ich glaube schon, weiß es allerdings nicht.«

Das scheint ihm total unangenehm zu sein, daher lasse ich das Thema fallen, obwohl der Gedanke, dass er so viel Geld verdient, mir ein gewisses Unwohlsein bereitet. Wobei er im Moment natürlich auch nicht unbedingt arm ist …

Wir kehren ins Hotel zurück, vertrauen das Auto dem Parkservice an und verbringen die nächste halbe Stunde damit, Everly fürs Bett fertig zu machen und ihr zwei Geschichten vorzulesen, eine übernimmt ihr Dada und eine Rie. Und ja, ich liebe es einfach, wie sie meinen Namen abkürzt und dass sie ihn jedes Mal so ausspricht, als stünde dahinter ein Ausrufezeichen. Das ist vermutlich das Allerniedlichste überhaupt.

Sie ist total müde von der ganzen Zeit an der frischen Luft und vom vielen Planschen, sodass sie einschläft, bevor ich mit meiner Geschichte fertig bin.

»Pst«, flüstert Austin. »Sie schläft schon.«

»Ich will aber wissen, wie es ausgeht.«

»Die Löwenmutter freundet sich mit der Zebramutter an, und auch mit der Tigermutter, und alle Tierkinder sind glücklich.«

»Okay. Danke. Dann hält mich die Spannung heute Nacht nicht wach.«

Wir schleichen uns aus Everlys Zimmer, und Austin lässt die Tür einen Spaltbreit offen, damit er sie hören kann, falls sie aufwacht.

»Könnte ich dich für ein weiteres Glas Wein begeistern?«

»Dazu könnte ich mich überreden lassen.«

Er schenkt mir Wein ein, schnappt sich selbst eine Flasche Bier und schlägt vor, dass wir uns draußen auf die Dachterrasse setzen. Die Nacht ist warm, und die Luftfeuchtigkeit ist nicht besonders hoch.

»Das ist meine Lieblingsjahreszeit hier«, sage ich ihm, als wir uns aneinandergeschmiegt auf einem der breiten Liegestühle ausstrecken. »Es ist warm und sonnig am Tag, die Nächte sind lau, und es ist nicht so furchtbar schwül.«

»Und wie ist es im Winter?«

»Etwas kühler, aber man braucht nie wirklich mehr als eine dünne Jacke. Ab und zu haben wir einen Temperaturabfall, und dann kann es auch mal kalt werden, doch das hält gewöhnlich nicht länger als ein paar Tage an.«

Sein Handy klingelt, und er zieht es aus der Hosentasche, ohne mich zu stören oder sein Bier zu verschütten. »Verdammt, es ist noch mal Kasey. Hast du was dagegen, wenn ich rangehe?«

»Natürlich nicht. Mach nur.«

Er steht auf und nimmt den Anruf an. »Was ist los?« In seiner Stimme ist kein bisschen Wärme oder irgendetwas anderes als kühle Verärgerung.

Ich wünschte, ich könnte hören, was sie sagt.

Seine Schultern sind völlig verspannt, seine Haltung steif. »Red nicht um den heißen Brei herum, Kasey. Was willst du? Denn du willst immer irgendwas.« Nach einer weiteren längeren Pause erklärt er: »Nein. Das ist ausgeschlossen. Und komm mir nicht mit dem Mist, dass du mir schließlich Ev gegeben hast. *Das Gericht* hat mir Ev gegeben, weil *du* sie vernachlässigt hast. Ich schulde dir nicht das Geringste. Und ruf mich nicht wieder an.« Er beendet das Telefonat, steckt sich das Handy mit abgehackten Bewegungen in die Gesäßtasche und steht dann da, starrt in die Dunkelheit.

Ich stelle mein Glas ab, gehe zu ihm und schlinge ihm einen Arm um die Mitte, lehne meinen Kopf an seine Schulter.

»Sorry«, sagt er. »Das hätte ich lieber ignorieren sollen.«

»Ist schon okay. Besser, wenn du dich darum kümmerst.«

»Sie wird mich nie in Ruhe lassen.«

»Was wollte sie denn?«

»Was sie immer will – Geld. Sie denkt, ich schulde ihr einen stetigen Strom davon, weil sie meine Tochter auf die Welt gebracht und mir dann das volle Sorgerecht übertragen hat.«

»Austin …«

»Ist schon in Ordnung. So ist es nun mal. Eigentlich müsste ich mich inzwischen dran gewöhnt haben. Ich habe den Fehler gemacht, ihr gleich am Anfang Geld zu geben, und jetzt kommt sie dauernd und will mehr. Und sie fragt nie, wie es Everly geht, noch nicht einmal, als sie so krank war.«

»Himmel, das ist schwer vorstellbar. Es tut mir leid, dass du dich damit rumärgern musst.«

»Das ist meine eigene Schuld. Ich wusste, dass sie oberflächlich ist, als wir was miteinander angefangen haben. Ich stand kurz davor, mit ihr Schluss zu machen, als sie plötzlich schwanger war. Ich glaube, sie wusste, was ich vorhatte, und darum hat sie mit den Kondomen getrickst. Sie wollte ein stetiges Einkommen, keine Familie.«

»Ich finde es furchtbar, dass sie dich so verletzt hat und das auch weiter tut.«

»Es verletzt mich nur in Bezug auf Everly. Wie kann man den Vater des eigenen Kindes zum ersten Mal nach monatelanger Funkstille anrufen und sich nicht als Erstes erkundigen, wie es der Tochter geht, die um diese Zeit letztes Jahr todkrank war?«

»Das weiß ich nicht. Ich kann es mir nicht vorstellen.«

»Nein, das kannst du nicht, und das ist der Grund, weshalb ich den Winter in Miami verbringe und mich bemühe, herauszufinden, wie ich dich für immer in unserem Leben behalten kann.«

»Ist es das, was du hier versuchst?«

Er steckt mir eine Haarsträhne hinters Ohr. »Ich habe Aaron gebeten, die Marlins mit auf die Liste zu setzen.«

Diese Nachricht verblüfft mich. »Das hast du getan? Wirklich?«

»Ja. Ich wollte nichts sagen, weil es eher unwahrscheinlich ist, dass etwas daraus wird. Aber ich möchte, dass du weißt, dass ich darum gebeten habe und dass wir mit ihnen reden.«

»Meinetwegen?« Ich kann nicht glauben, dass er eine so weitreichende Entscheidung mit mir im Kopf treffen will.

Er gibt mir einen Kuss auf die Nase, dann einen auf den Mund. »Es ging mir mehr um die Sonne und all den Spaß hier als um dich.« Dann lacht er und küsst mich wieder. »Das war ein Witz. Natürlich geht es dabei nur um dich. Alles dreht sich ausschließlich um dich und Everly und uns und darum, dass wir mehr von dem hier haben.« Er zieht mich in seine Arme. »Ich habe dich schon geliebt, bevor ich dich kennengelernt habe, und nicht nur, weil du meiner Tochter das Leben gerettet hast, obwohl das natürlich mit reinspielt. Ich habe mich in dich verliebt, weil du du bist, wegen deiner Großherzigkeit und weil dir alle Menschen in deinem Leben so wichtig sind. Du hast in mir den Wunsch geweckt, einer von den Menschen zu sein, die dir wichtig sind. Und das wollte ich auch für Ev. Ich wollte dich für uns beide.«

»Ich … Wow, jetzt hast du mich sprachlos gemacht.«

»Du kannst doch nicht ernsthaft überrascht sein, zu hören, dass ich dich liebe.«

»Nein, nicht wirklich, und natürlich liebe ich dich und Everly auch. Ich liebe euch beide so sehr. Ihr seid vom ersten Moment an, in dem wir miteinander Kontakt hatten, der Mittelpunkt meiner Welt geworden. Es war so merkwürdig, so eine Verbindung zu jemandem zu spüren, von dem ich nicht einmal den Namen wusste.«

»Mir ging es ganz genauso. Ich konnte es nicht erwarten, dich persönlich zu treffen.«

»Möchtest du etwas hören, was ich dir bisher nie gesagt habe?«, frage ich ihn.

»Unbedingt.«

»In den sechs Monaten, nachdem ich die erste E-Mail von dir bekommen hatte und als wir noch nicht regelmäßig miteinander reden konnten, haben mich drei verschiedene Männer um eine Verabredung gebeten.«

»Wer sind sie, und wie kann ich sie aus dem Weg räumen?«

»Ruhig, Tiger«, bremse ich ihn und muss lachen. »Ich habe allen dreien eine Abfuhr erteilt. Nach der ersten E-Mail wollte ich mit niemand anderem ausgehen. Ich wollte mit niemand anderem reden, sondern nur mit dir.«

»Was verrät es über mich, dass ich eifersüchtig auf drei Typen bin, die ich gar nicht kenne?«

»Du hast keinen Grund, auf irgendjemanden eifersüchtig zu sein.«

Lange stehen wir da, halten einander in den Armen, während uns die laue Abendluft von Südflorida einhüllt.

»In den nächsten paar Monaten wird mein Leben ziemlich verrückt werden.«

»Ich weiß.«

»Doch egal, was passiert, du und ich werden über alles reden, und wir werden gemeinsam entscheiden, was das Beste für uns drei ist. Ich möchte nicht, dass du irgendwo Sachen hörst oder liest und dich fragst, was vor sich geht, oder dir wegen großer Summen Gedanken machst oder überhaupt an irgendetwas anderes denkst als das hier. Das ist es, was wichtig ist, und das ist es, worauf mein Fokus liegt.«

»Während du die Entscheidung über deinen nächsten Schritt triffst, musst du deiner Karriere schon etwas von deiner Aufmerksamkeit schenken.«

»Das werde ich auch, aber ich möchte nicht, dass du dir Sorgen deswegen machst. Was immer ich tue, was immer geschieht, du wirst miteinbezogen.«

»Kommt es dir auch so unwirklich vor?«

»Was?«

»All das hier, das mit uns und wie es passiert ist.«

»Das ist das beste Unwirkliche überhaupt. Gerade als ich schon aufgegeben und nicht mehr damit gerechnet hatte, dich jemals zu finden, tauchst du plötzlich auf, rettest meiner Tochter das Leben und damit auch meins, denn ohne sie … Ich weiß nicht, ob ich es überlebt hätte, sie zu verlieren.«

»Doch, das hättest du, aber du wärst nie wieder derselbe gewesen.«

»Nein, das wäre ich nicht, und darum hast du uns beide gerettet.« Er reibt seine Lippen an meinem Hals, und ich bekomme eine Gänsehaut und erschauere. »Du hast deinen Wein gar nicht getrunken.«

»Der Wein interessiert mich nicht die Bohne.«

»Nicht? Was interessiert dich dann?«

Ich strecke die Arme aus, ziehe ihn zu einem leidenschaftlichen Kuss an mich, der uns schon bald atemlos macht und wie immer das Verlangen nach mehr weckt.

»Lass uns ins Bett gehen«, flüstert er an meinen Lippen.

Er fasst nach meiner Hand und führt mich nach drinnen, wo wir uns die Kleider vom Leib reißen und dann gemeinsam aufs Bett fallen, unserem Verlangen nachgeben, das so heftig ist, dass es alles andere in den Hintergrund drängt. Ich möchte, dass er weiß, wie sehr ich ihn liebe, wie sehr ich ihn begehre, wie sehr … Ach, alles. Es dreht sich alles um ihn und seine wunderbare Tochter.

Mit meiner Hand auf seiner Schulter dirigiere ich ihn so, dass er auf dem Rücken liegt, und als er da ist, wo ich ihn haben will, beginne ich mit Küssen auf seine Lippen, seine Brust und den muskulösen Bauch. Ich hatte bisher nie so engen Kontakt zu einem echten Sixpack und bin fasziniert davon, wie seine Muskeln sich bewegen, wie sie unter meiner Zunge zucken und wie seine Erektion mit jeder verstreichenden Sekunde noch härter wird.

Er ahmt Everlys nachdrücklichen Tonfall nach und sagt: »Rie! Jetzt!«

Lachend hauche ich einen Kuss oben auf die Kuppe, dann auf den Schaft und schließlich berühre ich ihn mehrmals ganz zart mit der Zungenspitze, woraufhin er unartikulierte Laute ausstößt, die mich erregen. Ich liebe das Wissen, dass ich ihn so weit bringen kann. Ich knie mich zwischen seine Beine, beuge mich über ihn und nehme ihn in den Mund.

Seine Hüften heben sich von der Matratze, und seine Hände gleiten in mein Haar, während ich ihm etwas schenke, das er nie vergessen wird.

»Maria …«

Ich höre die Warnung in der angespannten Art und Weise, wie er meinen Namen ausstößt, aber ich achte nicht weiter darauf und lecke und sauge weiter, bis er mit einem erstickten Schrei zum Höhepunkt kommt. Ich behalte ihn im Mund, und als er wieder auf der Erde gelandet ist, küsse ich mich an seinem Oberkörper hoch, bis ich auf ihm liege, er seine Arme um mich schlingt und mit geschlossenen Lidern schwer atmet.

Dann öffnet er die Augen und sucht meinen Blick. »Wow.«

Ich lächle. »Ja?«

»O ja.«

»Du hattest Stress. Das konnte nicht so bleiben.«

»Es kann gut sein, dass ich so eine Behandlung in den nächsten Monaten häufiger brauchen werde.«

Ich lache über diese schamlose Bemerkung. »Wir werden sehen, was wir tun können, damit du immer schön entspannt bist.«

Er schlingt die Arme fester um mich und rollt sich mit mir herum, sodass er oben liegt und mich mit einem wilden Ausdruck auf seinem sündhaft attraktiven Gesicht anschaut. »Ich liebe dich, und ich möchte das hier für immer. Du und ich und Ev und mehr Kinder und jede Menge Gelächter und Spaß und alles. Sag mir, dass du das auch willst.«

»Das tue ich. Natürlich tue ich das.«

»Dann lass uns dafür sorgen, dass es auch passiert, okay?«

»Okay.«

KAPITEL 19

Maria

Nach der letzten Nacht mit Austin bin ich voller Euphorie. Heute wollen wir uns verschiedene Häuser anschauen, die er für den Winter mieten könnte. Obwohl wir sie vorgewarnt hatten, ist Everly unleidlich, weil sie nicht unmittelbar nach dem Frühstück schwimmen kann, wie sie es die ganze Woche lang getan hat. Austin hat ihr aber versprochen, dass er mit ihr, wenn sie bei der Besichtigungstour brav ist, gleich als Erstes zum Pool geht, sobald wir zurück im Hotel sind.

Er ist einfach wunderbar mit ihr, und meiner Meinung nach ist nichts sexyer als ein Mann, der sich von einem kleinen Mädchen herumkommandieren lässt, das ihn komplett um den Finger gewickelt hat. Wobei er ihr nicht alles durchgehen lässt. Er setzt ihr Grenzen und ist konsequent – dabei allerdings immer liebevoll –, denn er will auf jeden Fall verhindern, dass sie am Ende eine verwöhnte Göre wird. Doch das kann ich mir bei ihr ohnehin nicht vorstellen.

Sie ist so süß und lustig. Ich schmelze jedes Mal förmlich dahin, wenn sie meinen Namen schreit, und mir ist klar, dass es mir schwerfallen wird, sie nicht zu verzeihen.

Mein Glück bleibt ungetrübt, bis ich begreife, wohin wir unterwegs sind – Indian Creek Island, zufällig die exklusivste Wohngegend von Miami, wo die Hauspreise vermutlich bei fünfzehn Millionen anfangen. Nach allem, was ich gehört habe, gibt es nur dreißig oder vierzig Grundstücke auf der Insel, und es ist beinahe unmöglich, dort irgendwas zu kaufen, weil praktisch nichts auf den Markt gelangt.

»Äh, was tun wir hier draußen?«, frage ich Austin.

»Wir schauen uns ein Haus an.«

»Zum Mieten?«

»Vorübergehend. Der Besitzer ist der Freund eines Freundes. Diesen Winter kann er nicht herkommen, und er hat gesagt, es stünde uns zur Verfügung, wenn wir wollten. Daher möchte ich es mir ansehen.«

»Oh.«

Er blickt zu mir. »Ist das okay?«

»Wenn du Seite an Seite mit den Reichsten der Reichen wohnen willst, schon.«

»Hier geht es nicht um Reichtum, sondern darum, womit die Häuser hier aufwarten können – zwei Mastersuiten, ein geräumiges Zimmer für Ev, ein Swimmingpool, eine schöne Aussicht und ein großer Garten, in dem ich genug Platz für meine Wurfübungen habe. Ich möchte auch lieber ein frei stehendes Haus statt eines Apartments oder eines Townhouse, damit wir wirklich ungestört sind. Die Immobilien, die wir uns heute angucken, erfüllen all diese Bedingungen.«

Er fährt vor einer absurd großen Villa vor, und eine Sekunde lang kann ich das großzügige, moderne Gebäude auf dem Grundstück direkt am Wasser nur anstarren. Ich meine … Wow.

»Kommt«, sagt er zu mir und Ev. »Lasst uns alles anschauen und uns eine Meinung bilden.«

»Was gibt es da noch anzuschauen? Wer würde hier nicht leben wollen?«

»Es könnte innen auch ganz furchtbar sein.«

Ich werfe ihm einen vernichtenden Blick zu und steige aus dem Auto, habe ein ungutes Gefühl, das all meine Euphorie von gestern Nacht erstickt. Natürlich will er in einem Haus wie dem hier wohnen. Jeder würde das wollen. Und ich gönne ihm uneingeschränkt, dass er es sich leisten kann, aber es erinnert mich unmissverständlich an unsere völlig unterschiedlichen finanziellen Möglichkeiten.

An einem Panel neben der Tür gibt er einen Zifferncode ein, der uns den Zutritt ermöglicht. Nachdem er Everly abgesetzt hat, die sofort eine Erkundungstour beginnt, hält er mir seine Hand hin. »Guck nicht so verschreckt. Es ist nur zur Miete über den Winter.«

Das mag stimmen, doch es führt mir auch bildhaft vor Augen, wie das Leben mit Austin sein würde, und ich bin mir nicht sicher, was ich dabei empfinde. Der Großteil meines Lebens spielt sich am entgegengesetzten Ende des sozialen Spektrums ab, denn schließlich arbeite ich mit den Ärmsten unserer Gesellschaft. Wie soll ich dieses Haus damit in Einklang bringen? Das kann ich nicht, und ich sollte es nicht mal versuchen.

Mit dieser beunruhigenden Erkenntnis beginne ich mit der Besichtigung des außergewöhnlichsten Hauses, das ich je irgendwo gesehen hab, selbst in Hochglanzmagazinen oder im Fernsehen. Die Zimmer sind riesig, die Aussicht ist unvergleichlich, die Einrichtung klar und modern und einfach wunderbar. Es gibt einen Weinkühlschrank und einen Medienraum, sechs Schlafzimmer, sechs Badezimmer und ein Gäste-WC, zwei riesige Mastersuiten, einen atemberaubenden Pool und eine

Terrasse mit Bootssteg, an dem ein schickes Schnellboot festgemacht ist. Zwischen dem Pool und dem Steg erstreckt sich eine Rasenfläche, an deren Rand sich eine große Sandkiste und eine Schaukel befinden. Der Garten ist wunderschön angelegt, und überall wachsen Palmen.

Everly entdeckt die Schaukel und stößt einen begeisterten Schrei aus. »Dada! Schaukel!«

»Dann lass uns mal hingehen und sie uns anschauen, Kleines.« Austin wird von ihr nach draußen gezogen, um den Pool zu begutachten und zu schaukeln, während ich zurückbleibe und mit alldem hier klarzukommen versuche.

Allein die Möblierung auf der Terrasse und am Pool kostet mehr, als ich in zehn Jahren verdiene.

Ich schlucke trocken, als in mir so was wie Hysterie aufsteigt. Das hier ist zu viel. Es ist obszön und wunderschön und luxuriös und …

Er hat hart für alles gearbeitet, was er jetzt besitzt, und er verdient es, sein Geld so ausgeben zu dürfen, wie er will. Ich weiß das, und ich bewundere ihn für alles, was er mit seinem Talent erreicht hat.

Aber dies … Das hier ist dann doch zu viel für mich. Sosehr ich mich auch bemühe, ich kann mir einfach nicht vorstellen, dass ich hier wohne und dann am Morgen von hier aus zu meiner Arbeit in Little Havana pendele, wo ich den ganzen Tag damit beschäftigt bin, die größte Not zu lindern. In der Klinik müssen wir dauernd darum kämpfen, mit unseren knappen Mitteln auszukommen, um auch nur die grundlegendste Gesundheitsversorgung anbieten zu können.

Ich setze mich auf die Kante eines weich gepolsterten Liegestuhls auf der Terrasse und beobachte, wie Austin Everly auf der Schaukel anstößt, höre beide lachen und Spaß haben. Ich liebe es, sie zu beobachten – dass ihre Beziehung etwas ganz

Besonderes ist, kann man nicht bestreiten. Ich liebe alles an den beiden, nur das hier ... dass er so steinreich ist, dass er es sich mühelos leisten kann, an einem solchen Ort zu leben, finde ich schlimm. Und ich hab keine Ahnung, was ich mit diesem Gefühl anfangen soll.

Austin lässt Everly zehn Minuten schaukeln, bevor er mit ihr wieder reingeht, um sich den Rest des Anwesens anzuschauen.

Ich folge ihm, nehme das bedrückende Gefühl mit nach drinnen, während ich die großzügigen Räume betrachte, die Marmorbäder mit den neuesten Armaturen, die ich kaum als solche wiedererkenne, und die tollste Küche in der Geschichte toller Küchen.

Kurz darauf verlassen wir das Haus und treffen uns mit einem Makler, der uns zwei weitere, ähnlich exklusive Anwesen zeigt – das eine auf Hibiscus Island und das andere auf Star Island –, bevor wir unsere Besichtigungstour in Gables Estates beenden ... in einer weiteren Luxusvilla. Diese hier liegt am Intracoastal Waterway. Kein einziges der Häuser, die wir uns anschauen, würde weniger als zehn Millionen Dollar kosten.

Ich kann erkennen, dass Austin das letzte Haus in Gables Estates am besten gefällt. Es ist nicht ganz so riesig wie die anderen, hat aber all die Dinge, die er möchte. Außerdem liegt es in einer Gated Community, was zusätzliche Sicherheit bedeutet.

»Was meinst du?«, fragt er mich, während wir in dem großzügigen Wohnzimmer stehen. Everly läuft im Kreis um uns herum.

»Es ist wunderschön.«

»Sag mir, was du wirklich denkst, Maria. Ich möchte es wissen.«

»Na ja, also ich find es ziemlich protzig.«

»Hm. Wirklich?«

Ich nicke.

»Oh, okay. Hey, Ev, komm her. Wir gehen.«

»Dada! Schwimmen!«

»Bald, Bärchen.«

Ich folge ihm aus dem Haus und setze mich auf den Beifahrersitz, während er Everly in ihrem Autositz anschnallt. Auf der Rückfahrt zum Hotel schweigen wir, und ich bemerke, dass er nicht meine Hand hält, wie er es sonst immer tut, wenn wir im Auto sitzen.

Nachdem mein Tag so euphorisch begonnen hat, fällt es mir schwer, mich mit der Erkenntnis auszusöhnen, die während unserer Besichtigungstour in mir gewachsen ist. Als wir vor dem Hotel anhalten, entscheide ich, dass ich eine Auszeit brauche, um mit dem klarzukommen, was ich empfinde, bevor ich etwas sage, das ich später vielleicht bereue.

»Ich glaube, ich muss kurz nach Hause«, erkläre ich, nachdem er den Mietwagen dem Parkservice übergeben hat. Ich fische in meiner Handtasche nach dem Abschnitt für mein Auto, als sich seine Finger um mein Handgelenk schließen.

»Lauf nicht weg. Lass uns drüber reden.«

»Das werden wir. Ich muss nur …« Ich zwinge mich, ihm in die Augen zu schauen. »Ich brauch mal einen Moment für mich. Nimm in der Zwischenzeit Ev mit an den Pool, und habt Spaß. Wir sehen uns später.«

Everly legt ihre Hände auf Austins Wangen. »Dada! Schwimmen!«

»Wir gehen gleich zum Pool, Bärchen«, sagt er, ohne den Blick von mir zu wenden. »Wir sehen uns später?«

Ich nicke, während ich dem Typen vom Parkservice meinen Abschnitt reiche.

Austin gibt mir einen Kuss auf die Stirn und verschwindet mit Everly auf dem Arm ins Hotel.

Ich drehe mich um und schaue ihnen nach, und mein Herz fühlt sich aus Gründen gebrochen an, die ich nicht mal ansatzweise verstehe. Der Parkservice hat viel zu tun, daher muss ich fünfzehn endlose Minuten lang auf mein Auto warten. In jeder einzelnen dieser Minuten muss ich dagegen ankämpfen, Austin und Everly hinterherzulaufen. Morgen reisen sie für fünf Tage zurück nach Baltimore. Was tue ich hier? Warum laufe ich weg?

Ich steige ins Auto und sitze eine Sekunde reglos hinterm Lenkrad, versuche zu entscheiden, was ich tun soll. Nachdem ich vom Hotelparkplatz auf die Straße abgebogen bin, fahre ich im dichten Spätnachmittagsverkehr nach Hause. Dabei habe ich viel zu viel Zeit zum Nachdenken. Mein Telefon vibriert, meldet eine Textnachricht, doch ich sehe sie mir nicht an. Noch nicht.

Und dann stehe ich plötzlich auf dem Parkplatz hinterm Restaurant und möchte zu meiner Nona. Schon mein ganzes Leben lang ist sie der Mensch, an den ich mich wende, wenn ich Hilfe dabei brauche, irgendwas zu verstehen. Warum sollte es jetzt anders sein? Ich trete durch die Hintertür, und als mir der köstliche Duft von italienischem und kubanischem Essen entgegenschlägt, läuft mir wie immer das Wasser im Mund zusammen.

Onkel Vincent kommt aus der Küche. »Hey, Süße. Arbeitest du heute?«

Normalerweise bediene ich am Freitag nicht, aber manchmal springe ich ein, wenn Not am Mann ist. »Nein. Ich will zu Nona. Ist sie hier irgendwo?«

»Oben im Festsaal. Wir haben nachher ein Hochzeitsprobenessen.«

»Ich möchte nicht stören, wenn sie zu tun hat.«

»Geh einfach hoch, Süße. Du weißt, sie ist nie zu beschäftigt für dich oder irgendein anderes ihrer Enkelkinder.«

»Stimmt.«

»Alles okay mit dir?«, erkundigt er sich und schaut mich so an wie mein Vater, wenn er erkennen kann, dass irgendwas nicht stimmt.

»Ja, alles gut, aber danke fürs Nachfragen. Ich sag Bescheid, wenn ich gehe.«

»Ich bin den ganzen Abend hier«, scherzt er, denn das trifft praktisch immer zu.

Als ich zu den Veranstaltungsräumen hochlaufe, muss ich daran denken, was für ein Glück ich habe, weil ich stets weiß, wo ich die wichtigen Menschen in meinem Leben finden kann, wenn ich sie brauche. Ich liebe meine Eltern sehr, doch wenn ich nicht mehr weiterweiß, wende ich mich an Nona oder Abuela.

Nona beaufsichtigt die letzten Details bei der Tischdekoration für heute Abend. Sie hat ein Auge für Kleinigkeiten und wacht darüber, dass alles so perfekt ist, wie es die Gäste vom Giordino's gewohnt sind. Zauberhafte Blumenarrangements, ein makellos gedeckter Tisch und erst-klassige Speisen. Die Veranstaltungsräume sind meist ein ganzes Jahr im Voraus ausgebucht. Für Carmens Hochzeitsfeier muss das Restaurant selbst geschlossen werden, weil die Säle oben bereits belegt waren.

Als sie sich zur Treppe umdreht, entdeckt mich Nona sofort, und ihr Gesicht verzieht sich zu einem Lächeln. Carmen, Dee und ich reden oft darüber, dass niemand uns je so lieben wird wie unsere Großmütter, und obwohl sie beide völlig gesund sind, machen wir uns Sorgen, wie es wohl werden wird, wenn sie nicht länger da sind, um uns zu erden.

»Das ist aber eine schöne Überraschung«, sagt sie, während sie mich umarmt und auf die Wange küsst, wie sie es immer tut, als hätten wir einander monatelang nicht gesehen. »Ich dachte, du wärst heute mit Austin und Everly unterwegs.«

»Das war ich auch. Ich bin … Ich, äh … Hättest du eine Minute Zeit?«

»Für dich? Immer.« Sie fasst mich an der Hand und führt mich zur Bar, die von beiden Festsälen gemeinsam genutzt wird. »Möchtest du was trinken?«

»Vielleicht ein Glas Wasser.«

Sie schenkt uns beiden Eiswasser ein und setzt sich auf einen der Barhocker neben mir. »Ach, das fühlt sich gut an, mal kurz eine Pause zu machen.«

»Du mutest dir doch nicht zu viel zu, oder?«

»Wahrscheinlich schon, aber es ist auf jeden Fall besser, als herumzusitzen und Däumchen zu drehen.«

Ich lache über die Bemerkung – hier ist das Wort »Ruhestand« so was wie ein Schimpfwort. Weder sie noch Abuela verspüren den geringsten Wunsch, sich zur Ruhe zu setzen oder, wie sie es nennen, »aufs Abstellgleis geschoben zu werden«. Nonas dunkles Haar ist mit Grau durchsetzt, ihr Gesicht hat Falten, ihr Verstand jedoch ist so scharf wie eh und je.

»Also, was ist los?«

»Eigentlich ist es was ganz Dummes.«

»Das ist gewöhnlich der Fall«, erwidert sie, und ihre Lippen verziehen sich zu einem Lächeln, ihre Augen funkeln belustigt.

»Er ist fast schon unanständig reich.«

Sie hebt übertrieben erstaunt die Brauen. »Das hast du erst jetzt rausgefunden?«

»Ich wusste, er hat Geld … Ich meine, praktisch alle Profisportler verdienen gut, was im Übrigen etwas ist, was ich noch nie verstanden hab.«

»Krankenschwestern und Lehrer sollten die Millionäre sein.«

»Genau!« Diese Unterhaltung haben wir schon häufiger geführt, wenn wir über die Ungerechtigkeit bei der Entlohnung für so wichtige Jobs gesprochen haben. »Ich habe im Stadion neben meinem Vater gesessen und mit ihm über die überbezahlten Spieler gesprochen und mir mit ihm zusammen ausgemalt, was wir alles tun könnten, um armen Leuten zu helfen, wenn uns so viel Geld zur Verfügung stünde.«

»Und jetzt, wo du dich in einen von ihnen verliebt hast, hat sich die Perspektive verschoben.«

»Eben nicht. Ich finde es immer noch schwierig, dass sie so viel Geld dafür bekommen, dass sie ein Spiel spielen.«

»Stimmt schon, aber es ist ja nicht seine Schuld, dass er mit seinem Beruf so viel Geld verdienen kann. Die Gesellschaft ist dafür verantwortlich, dass ihm seine Arbeit so viel mehr einbringt als dir das, was du tust, auch wenn wir alle wissen, dass deine Arbeit viel wichtiger ist.«

»Es geht gar nicht um den Gegensatz von dem, was ich tue, verglichen mit dem, was er tut.«

»Nicht?«

»Nicht genau.«

»Wo kommt das jetzt her?«

»Wir haben uns heute Häuser angeschaut, auf Indian Creek Island, Hibiscus Island, Star Island und schließlich in Gables Estates.«

»Aah.«

»Nona, die Häuser waren kleine Schlösser. Ich habe nie etwas Vergleichbares aus der Nähe gesehen.«

»Und das hat dich beunruhigt.«

»Ja! Ich habe mir vorgestellt, wie das gehen soll. Ich wohne mit ihm in solchem Luxus, setze mich dann in mein Auto und fahre zur Arbeit in die Klinik, wo die Leute nichts haben?«

»Ich kann nachvollziehen, dass du so empfindest, aber lass dich von mir fragen: Liebst du ihn?«

»Ja. Himmel, ja, ich liebe ihn so sehr. Ihn und Everly, alle beide.«

»Glaubst du, es stört ihn, dass du so wenig Geld verdienst?«

»Nein. Ich bin mir absolut sicher, dass ihm das total egal ist.«

»Und doch stehst du hier bei mir und bist nicht bei ihm, weil du nicht damit klarkommst, wie viel Geld er verdient.«

»Es heißt, weil er vertraglich nicht mehr gebunden ist, könnte er hundert Millionen kriegen.«

»Ich hab dein Gesicht gesehen, als Nico das neulich erzählt hat. Das hattest du vorher noch nicht gehört?«

»Nein! Ich hatte keine Ahnung. Ich meine, ich wusste, es geht um Unsummen, aber hundert Millionen sind einfach …«

»Denk doch nur, was er mit all dem Geld tun könnte. Was du ihm helfen könntest zu tun.«

»Was meinst du damit?«

»Eure Klinik muss jeden Cent zweimal umdrehen und steht ständig vor dem Aus. Ich wette, wenn du Austin das erzählst, verpasst er der Klinik eine ordentliche Finanzspritze und unterstützt vermutlich auch die Tafeln hier und Obdachlosenunterkünfte und andere Sozialprojekte. Wenn du am Ende irgendwann mal mit ihm verheiratet bist, könnte das vielleicht dein neues Ziel im Leben werden: ihm zu helfen, sein Geld für wichtige Dinge auszugeben.«

»Wieso kannst du eigentlich immer bis zum Kern einer Sache vordringen, sodass mir dadurch alles plötzlich auf eine Weise klar wird, wie ich es allein nie geschafft hätte?«

»Da wärst du auch von allein drauf gekommen, Süße. Du hast einfach nur Probleme, bei all den Bäumen den Wald zu sehen, weil du dich in einen Mann verliebt hast, dessen Leben sich so sehr von deinem unterscheidet, und diese Unterschiede stellen selbstverständlich ein Problem dar. Ohne Frage.«

»Hundert Millionen, Nona«, sage ich mit einem Seufzen. »Ich habe keine Ahnung, was ich mit dieser Information anfangen soll.«

»Es gibt Schlimmeres, als sich in einen reichen Mann zu verlieben.«

»Das weiß ich. Natürlich weiß ich das.«

»Selbstverständlich, Süße. Du hattest schon immer ein so großes Herz für Leute, die weniger haben als du. Uns ist allen bewusst, dass du viel mehr Geld verdienen könntest, wenn du in einem Privatkrankenhaus oder einer großen Arztpraxis arbeiten würdest.«

Im Lauf der Jahre hatte ich viele Angebote für andere Jobs und Fortbildungen, die mich auch finanziell weitergebracht hätten, aber ich habe alles abgelehnt, weil ich meine Arbeit in der Klinik so liebe. Ich habe keinen Zweifel daran, dass wir mit unserer medizinischen Grundversorgung für viele Leute lebenswichtig sind. Selbst meine Samstagabende im Restaurant tragen ihren Teil dazu bei, denn weil ich mir dort was dazuverdiene, kann ich es mir leisten, weiter in der Sozialklinik zu arbeiten. »Ich könnte niemals wegen Geld kündigen.«

»Und für diese Einstellung bewundere ich dich.«

»Mein Wunsch, anderen zu helfen, kommt direkt von dir und Abuela. Ihr seid mir immer mit leuchtendem Beispiel vorangegangen.«

»Wir sind so stolz auf dich und deine Arbeit. Das heißt allerdings nicht, dass du nicht einen Mann lieben kannst, der unanständig viel Geld verdient. Meine Mutter hat uns immer gesagt, es sei genauso leicht, einen reichen Mann zu lieben, wie einen armen. Nicht, dass wir auf sie gehört hätten.«

»Entschuldigung, Livia«, sagt einer der Restaurantmitarbeiter und kommt zu uns. »Könnten Sie mal kurz schauen?«

»Die Pflicht ruft.« Nona tätschelt mir das Knie. »Lauf nicht weg. Ich bin gleich zurück.«

»Ich warte.« Ich nehme einen Schluck von meinem Wasser und blicke auf mein Handy, finde dort eine lange Textnachricht von Austin.

Liebe Maria,

unser Austausch über Textnachrichten und E-Mails fehlt mir. Und sosehr ich es liebe, dich jeden Tag zu sehen und Zeit mit dir zu verbringen, fand ich es auch wunderschön, als wir uns geschrieben haben. Lass uns nie damit aufhören, okay?

Und schon steigen mir Tränen in die Augen.

Ich weiß, die Häuser, die wir heute besichtigt haben, haben dich eingeschüchtert. Das kann ich nachvollziehen. Es mag dir vielleicht nicht bewusst sein, aber ich bin auch nicht so aufgewachsen. Während meiner Kindheit und Jugend in Wisconsin haben wir zur Mittelklasse gehört, hatten immer, was wir gebraucht haben, konnten uns Urlaube leisten und tolle Familienfeste. Wir haben Hockey gespielt und waren in der Little League, dennoch waren wir auf keinen Fall reich.

Ich habe Jahre gebraucht, um mich an meine veränderten Umstände zu gewöhnen, und ich spende großzügig an verschiedene Organisationen, beispielsweise an die Big Brothers/Big Sisters in Baltimore, mehrere Hilfsorganisationen, die benachteiligten Kindern helfen, die in der Little League Baseball spielen, und weil meine beiden Großväter an Krebs gestorben sind, unterstütze ich auch die Amerikanische Krebsgesellschaft, genau wie die Kinderkrebshilfe. Ich verstehe, dass meine finanziellen Verhältnisse für dich schwierig sind, doch ich bin bereit, zu tun, was immer nötig ist, damit du in meine Welt passt, wenn du mir hilfst, in deine zu passen.

Wenn es irgendwelche Projekte gibt, die dir am Herzen liegen, musst du es nur sagen, und schon ist es erledigt. Ich hatte bereits ein paar Jährchen, um damit klarzukommen, was es bedeutet, so reich zu sein. Ich weiß, dass ich mit einem albernen Spiel so viel Geld verdiene, ist fast unanständig, aber andererseits bin ich auch nicht bereit, alles einfach zurückzugeben. Stattdessen möchte ich es lieber dafür einsetzen, das Leben für die Leute schön zu machen, die ich liebe, und außerdem anderen zu helfen, die weniger Glück hatten als ich.

Du hattest recht, die Häuser sind protzig, aber sie sind auch ziemlich großartig, oder?!? Das auf Indian Creek Island hat mir zwar am besten gefallen, doch das in Gables Estates ist näher bei deiner Arbeit, daher ist das im Moment mein Favorit. Denn ich möchte, dass du bei uns bist, wann immer du es einrichten kannst, allerdings ohne dass du dich dazu immer erst durch den Monsterverkehr kämpfen musst. Ich möchte, dass wir in diesem Herbst und Winter so viel Zeit miteinander verbringen wie nur irgend möglich. Ich überwintere in Miami, damit ich mit dir zusammen sein kann. Und wenn dir mein Plan nicht gefällt, dann bin ich auch nicht glücklich.

Komm zurück, und lass uns reden. Ich liebe dich.

Austin (und Everly)

KAPITEL 20

Maria

Als Nona zurückkehrt, tupfe ich mir gerade die Augen mit einer Cocktailserviette trocken. »Was ist los?«

Ich reiche ihr wortlos mein Handy, damit sie Austins Nachricht lesen kann. Sie nimmt die Lesebrille von ihrem Kopf und setzt sie sich auf die Nasenspitze, und während sie liest, was er mir geschrieben hat, wird ihre Miene ganz weich.

»Ich mag diesen jungen Mann wirklich sehr.«

»Ich auch.«

»Also, warum bist du dann hier bei mir und nicht bei ihm?«

»Weil ich meine Nona brauche.«

Sie zieht mich in ihre Arme und drückt mich fest. »Deine Nona wird immer für dich da sein, Liebes.«

»Das will ich hoffen.«

Sie gibt mir einen Kuss auf den Scheitel. »Und jetzt geh zu deinem Kerl, und klär das mit ihm.«

Ich nicke und küsse sie auf die Wange. »Danke.«

»Jederzeit gern.«

»Ich sage das vielleicht nicht oft genug, aber ich bin dem Schicksal so dankbar, dass ich dich habe und jederzeit all meine Probleme bei dir abladen kann, ohne dass ich mir Sorgen machen muss, jemand anders erfährt davon. In unserer Familie ist das was Besonderes.«

»Nichts in meinem Leben hat mir je mehr Freude bereitet als meine Enkelkinder. Und du, meine Süße, bist meine Lieblingsenkelin.«

Ich verdrehe die Augen, weil sie das immer zu jedem von uns sagt.

»Fahr schön vorsichtig. Ich hab dich lieb.«

»Ich dich auch.« Ich laufe die Treppe runter und Abuela praktisch in die Arme, die am Empfang für die kubanische Seite des Restaurants steht. Sie ist in jeder Beziehung Nonas Gegenteil, zierlich und mit schneeweißem Haar. Doch genau wie Nona ist sie alterslos und nicht unterzukriegen.

»Ich hab gehört, dass du hier bist«, erklärt sie und mustert mich eindringlich. »Alles in Ordnung?«

»Jetzt schon. Deine Mitverschwörerin oben hat gerade dafür gesorgt.«

»Dann umarme ich dich nur rasch, versichere dir, dass ich dich lieb habe, und lass dich gehen.«

»Ich hab dich auch lieb, Abuela. Wir sehen uns morgen Abend.«

»Bis dann.«

Auf dem Weg nach draußen winke ich meinem Onkel an der Bar zu. Sobald ich wieder in meinem Auto sitze und vom Parkplatz fahre, muss ich eine Entscheidung fällen. Direkt nach Hause oder nach links zu Austin und Everly und seinen Millionen Dollar und dem Herzen voller Liebe? Ich habe mich in seine Worte verliebt und in sein Herz, bevor ich begriffen hatte, wie reich er ist. Und einmal mehr sorgen seine Worte dafür, dass ich nach links fahre und zu ihm, statt die Flucht zu ergreifen.

Ich liebe, was er mir in seiner Nachricht geschrieben hat, dass er genau das angesprochen hat, was mir solche Angst eingejagt hat, wie er meine Befürchtungen ausgeräumt hat. Der Gedanke, die Klinik finanziell unterstützen zu können, genau wie andere wichtige soziale Projekte, ist berauschend und etwas, das ich gar nicht in Erwägung gezogen hatte, bevor er und Nona es erwähnt haben.

Dass er tatsächlich Geld für Dinge spenden würde, die mir wichtig sind, ist ein weiterer Grund, diesen Mann zu lieben, der meine Welt auf den Kopf gestellt hat. Ich kann gar nicht schnell genug zum Hotel zurückkommen, besonders in dem dichten Freitagabendverkehr. Ich brauche vierzig Minuten, und als ich dem Mann vom Parkservice die Autoschlüssel gebe, beschließe ich, lieber gleich nach oben zu gehen, statt erst am Pool nach ihnen zu suchen.

Es ist ihm wichtig, dass Everly ihre Routine beibehält, und es wird langsam Zeit fürs Abendessen, für ihr Bad und dann fürs Bett.

An der Tür zu seiner Suite drücke ich die Klingel.

Eine halbe Minute später schwingt die Tür auf.

Austin steht da und hat Everly, die in ein Badehandtuch gewickelt ist, auf dem Arm. In seiner Miene spiegelt sich seine Erleichterung wider, als er mich erblickt. »Komm rein.«

»Rie! Krem!«

»Wir dachten, du wärst vielleicht der Zimmerservice. Wir haben hier jemanden, der mehr über Eiscreme in Verzückung gerät als übers Abendessen.«

Everly beugt sich zu mir vor, daher nehme ich sie Austin ab. »Eiscreme ist auch wirklich viel besser als Abendessen.«

Everly nickt begeistert. »Rie!«

»Everly!«

Ihr Kichern ist einfach anbetungswürdig niedlich. »Rie!«

»Everly!«

Sie schmiegt sich in meine Arme, und unglaubliche Erleichterung und ein Gefühl von Nach-Hause-Kommen füllen mich aus, während ich zu Austin schaue, der uns zusammen beobachtet.

»Ich bin froh, dass du wieder da bist.«

»Ich auch.«

Austin

Ich war noch nie zuvor so froh darüber, jemanden zu erblicken, wie eben Maria. Während Everly im Kinderpool geplanscht hat, habe ich neben ihr gesessen und die Textnachricht an Maria verfasst, alles, was ich für sie empfinde, in diese Nachricht einfließen lassen. Denn ich hatte solche Angst, dass ich sie nie wiedersehen würde, nachdem ich sie zu der Häuserbesichtigungstour mitgenommen hatte. Ich muss zugeben, ich bin überhaupt nicht auf die Idee gekommen, dass ihr der Luxus der Häuser Unbehagen bereiten könnte. Jede andere Frau wäre ausgeflippt, weil sie unbedingt in so einer Umgebung hätte leben wollen.

Aber nicht meine Maria. Sie ist was ganz Besonderes und ist natürlich geblieben, denkt immer an andere und an so viele Dinge, dass ich ein Jahr bräuchte, um sie alle aufzuzählen. Genau genommen fange ich vielleicht sogar an, eine Liste davon aufzusetzen. Dann würde ich verfolgen können, wie sie immer länger wird, während ich neue Dinge über sie lerne.

Wir sitzen mit Ev zusammen am Tisch, während die ihr Mac 'n' Cheese isst und dann das Vanilleeis mit Schokoladensoße, das sie jeden Abend will, seit wir hier sind. Ich fürchte, sie rechnet fest damit, dass der Kellner vom Zimmerservice ihr in Zukunft immer ihr Lieblingsessen bringt, selbst noch lange nachdem wir das Hotel verlassen haben, was ich gleich auch Maria erzähle.

»Vielleicht musst du dir ein weißes Oberhemd und eine Fliege besorgen.« Sie wischt Everly die Schokolade aus dem Gesicht. »Damit sie weiter in dem Stil bedient wird, den sie gewohnt ist.«

Wenn ich sehe, wie liebevoll sie sich um Ev kümmert, weiß ich, dass ihr mein kleines Mädchen schon jetzt wichtiger ist, als es seiner Mutter je war.

»Ich hab mich gefragt, ob du bereit bist, Ev heute Abend vorzulesen, damit ich den Mietwagen zurückgeben kann. Ich bin mir nicht sicher, dass ich das morgen alles hinkriege, das Auto, Ev und unser Gepäck.«

»Ich könnte euch ja morgen hinfahren.«

»Wir müssen aber wahnsinnig früh am Flughafen sein. Ich kann mir ein Taxi nehmen, dann müsstest du nur jetzt hier bei ihr bleiben, während ich den Mietwagen wegbringe.«

»Sicher, das schaffen wir, nicht wahr, meine Süße?«

»Rie!«

»Das Volk hat gesprochen«, stelle ich mit einem Lachen fest. An Everly gerichtet füge ich hinzu: »Dada ist gleich wieder da. Rie wird dir heute deine Gutenachtgeschichte vorlesen, okay?«

»Rie! Lesen!«

Ich drücke Marias Schulter. »Es wird nicht lange dauern.« Ich rufe beim Parkservice an, damit ich unten nicht so lange auf den Wagen warten muss, und eine Viertelstunde später bin ich unterwegs zur Mietwagenrückgabestation am Flughafen. Morgen früh kann ich mir ein Taxi mit Kindersitz bestellen, und außerdem ist es auch viel einfacher, direkt am Abflug auszusteigen, statt mit Gepäck und Kind erst noch eine längere Strecke von der Rückgabestation aus zurückzulegen. Ich habe es eilig, zu Maria zurückzukommen, daher fahre ich etwas schneller, als ich vermutlich sollte, und als ich den Wagen schließlich voll-tanke, denke ich daran, was vorhin passiert ist und was ich ihr sagen möchte, wenn ich wieder bei ihr im Hotel bin.

Dank des dichten Verkehrs und der Schlange an der Mietwagenrückgabestation bin ich erst nach einer Stunde zurück und finde Maria auf einem Liegestuhl auf der Dachterrasse, ein Glas Wein in der Hand. Sie hat sich ihre Pyjama-Shorts und ein Trägertop angezogen, was mich mit Erleichterung erfüllt, denn das bedeutet, dass sie vorhat, die Nacht über bei mir zu bleiben.

Ich schaue rasch nach Everly, die tief und fest schläft, beuge mich über sie, um ihr einen Kuss auf die Wange zu geben. Dann ziehe ich mir im anderen Schlafzimmer Basketballshorts an, schnappe mir ein Bier und gehe zu meiner Liebsten auf die Dachterrasse, um alles zwischen uns in Ordnung zu bringen. Ich werde tun, was immer nötig ist, damit sie sich keine Sorgen macht.

»Kannst du ein bisschen rutschen?«

»Natürlich.« Sie rückt rüber, sodass ich mich neben sie auf den Liegestuhl setzen kann.

Ich stelle das Bier auf den Tisch und greife nach ihr, ziehe sie in meine Arme. Ich atme ihren wunderbaren Duft ein und hauche ihr einen Kuss aufs Haar. »Es tut mir so leid, dass dich das heute derart aufgeregt hat. Das hatte ich nie beabsichtigt.«

»Ich weiß. Ich muss mich wohl einfach noch daran gewöhnen.«

»Und ich bedaure auch, dass ich dich damit mehr oder weniger überfallen habe. Das war nicht meine Absicht. Ich glaube, ich dachte, du wüsstest ...«

»Das war ja auch so. Ich meine, ich weiß das, es ist nur trotzdem ... Es ist eine Menge.«

»Es ist auf jeden Fall irre viel Geld, und manchmal ist es mir selbst peinlich, so viel Geld zu verdienen, wo so viele Leute so wenig haben. Seit meinem ersten Jahr in der Major League bemühe ich mich, so viel für wohltätige Zwecke zu spenden, wie ich nur kann.«

»Und das Wissen darum sorgt dafür, dass ich dich umso mehr liebe.«

»Du sagst mir einfach, was dir wichtig ist, und ich tue alles, was ich kann. Du musst mir lediglich die Richtung weisen.«

Sie lehnt ihren Kopf an meine Brust und legt die Arme um mich. »Meine Großmütter Nona und Abuela nehmen es sehr ernst, den weniger vom Glück Begünstigten zu helfen. Und in diesem Geiste haben sie uns auch erzogen. Die Klinik, in der ich arbeite … Wir kümmern uns um Leute, die keine Krankenversicherung haben und keine Hoffnung darauf, je versichert zu sein. Viele von ihnen sind ohne Aufenthaltserlaubnis hier, daher haben sie zusätzlich Angst, der Einwanderungsbehörde gemeldet zu werden, wenn sie sich an ein Krankenhaus wenden. Es gibt so viel Not, Austin. Und das ist es, weswegen ich, sechs Jahre nachdem ich mein Examen als Krankenschwester abgelegt habe, weiter dort arbeite, obwohl ich in einer Privatklinik oder einer großen Praxis das Dreifache verdienen könnte. Das ist auch der Grund, warum ich am Samstagabend kellnere: damit ich es mir leisten kann, die Woche über in der Klinik zu arbeiten.«

»Und dafür bewundere ich dich.«

»Es liegt an dem, was ich dort jeden Tag sehe, dass ich wegen der Häuser, die wir uns heute angeschaut haben, so eingeschüchtert war.«

»Das verstehe ich. Ich habe den Immobilienmakler gebeten, mir etwas weniger Protziges zu suchen.«

»Bitte nicht. Nimm, was immer du willst, und ich komm damit schon zurecht.«

»Ich möchte, dass du glücklich bist.«

»Mit dir und Everly zusammen zu sein macht mich glücklich. Dass du den Winter hier verbringst, macht mich glücklich.

Ich möchte nicht, dass du das Gefühl hast, du müsstest dich für mich ändern.«

»Das würde ich aber tun. Ich kann die Vorstellung nicht ertragen, dass du unglücklich bist oder mich wegen meines protzigen Hauses abstoßend findest.«

»Du bist nicht abstoßend. Du bist einfach stinkreich, und ich werde ein wenig Zeit brauchen, um das zu begreifen.«

»Weißt du eigentlich, wie unglaublich erfrischend es für mich ist, mit jemandem zusammen zu sein, der nicht wegen meines Vermögens an mir interessiert ist? Sondern sogar ein bisschen abgestoßen von dem ganzen Geld ist, statt sich davon verführen zu lassen? Zu wissen, dass du mit mir zusammen bist, weil du *mich* magst und nicht das, was ich besitze?«

»Also war das ein Problem?«

»Von der Sekunde an, in der ich meinen ersten Vertrag unterzeichnet habe, musste ich die Motive von beinahe allen Menschen in meinem Leben hinterfragen, mit Ausnahme meiner eigenen Familie. Sie haben mich nie um irgendwas gebeten. Ich hatte den größten Streit überhaupt mit meinen Eltern, als ich wollte, dass sie vorzeitig mit dem Arbeiten aufhören und ihr Leben genießen, nach allem, was sie getan haben, um mir meine Karriere zu ermöglichen. Sie wollten nichts davon wissen, doch ich hab mich mit meinen Brüdern verbündet und schließlich durchgesetzt.«

»Es ist so süß von dir, dass du das für sie wolltest.«

»Sie haben alles für mich getan und helfen mir weiterhin, sodass es mir möglich ist, zu tun, was ich tun möchte, also warum sollte ich das nicht? Und du … Alles, was du willst, meine süße Maria … Du musst es nur sagen. Ich kann deine Klinik finanziell unterstützen und all deine Projekte, die deiner Großmütter …«

Sie holt tief Luft und atmet langsam wieder aus. »Danke.«

»Bitte danke mir nicht dafür, dass ich aus Verlegenheit über meinen Reichtum anderen helfe. Das sollte eigentlich jeder an meiner Stelle tun, ohne lange nachdenken zu müssen.«

»Nimm das Haus in Gables Estates. Es hat den Zaun um den Pool, den wir brauchen, und ich werde von der Klinik dorthin nicht zwei Stunden benötigen.«

»Wirst du dich da denn wohlfühlen können?«

Ihr leises, heiseres Lachen ist das beste Geräusch überhaupt. »Jeder würde sich dort wohlfühlen, Austin.«

»Meine süße Maria ist nicht einfach irgendwer. Sie ist alles für mich. Wenn sie sich in dem Haus dort nicht wohlfühlen kann, suche ich was anderes.«

»Nein, das wird prima. Nimm das Haus, und mach deine Tochter glücklich.«

»Wenn ich aus Baltimore zurück bin, kann ich mir dann die Klinik anschauen?«

»Sicher. Ich finde das toll, aber es wird höchstens fünf Minuten dauern, dir alles zu zeigen. Es gibt da nicht viel zu sehen.«

»Doch den Leuten, denen ihr dort helft, bedeutet es alles.«

»Ja, das stimmt, und wir müssen immer jeden Cent zweimal umdrehen.«

»Nun, damit ist jetzt Schluss. Du hast gerade einen Gönner gefunden, Süße.«

»Du hast keine Ahnung, was das für uns bedeutet.«

»Das ist der Vorteil davon, Geld zu haben. Man kann Dinge tun, beispielsweise eine Sozialklinik in Little Havana, die so viel Gutes in dem Viertel bewirkt, mit genügend Mitteln ausstatten. Es hat etwas unglaublich Befriedigendes, das zu tun, und ich möchte, dass du diese Befriedigung ebenfalls verspürst. Wenn du eine Notsituation erkennst, können wir dort auf jede Weise helfen, die du gut findest.«

»Um das zu verarbeiten, brauche ich eine Minute.«

»Lass dir alle Zeit, die du benötigst. Ich gehe nicht weg.«

»Du fliegst nach Baltimore«, widerspricht sie und klingt bedrückt.

»Wir werden so schnell zurück sein, dass du gar keine Zeit haben wirst, uns zu vermissen.«

»Ich werde euch von der Minute an vermissen, in der ihr aufbrecht.« Sie legt den Kopf in den Nacken und schaut mich an. »Deine Nachricht vorhin war so süß, dass ich weinen musste.«

»Ich bin nur froh, dass sie dir gefallen hat und dass du zurückgekommen bist. Es hat sich schrecklich angefühlt, dass du dich über etwas aufgeregt hast, was ich getan hatte.«

»Es war ja nicht etwas, was du getan hattest. Es lag an mir und daran, dass ich mich erst an den Gedanken gewöhnen musste.«

»Lauf das nächste Mal nicht weg, sondern komm damit zu mir, okay?«

»Versprochen. Ich bin es einfach gewohnt, mit so was zu meiner Nona zu gehen.« Sie lacht. »Alte Gewohnheiten legt man nur schwer ab.«

»Und hat deine Nona dir geholfen?«

»Das tut sie immer. Sie hat mir gesagt, dass es Schlimmeres gibt, als sich in einen reichen Mann zu verlieben.«

Darüber muss ich lachen und verliebe mich selbst ein bisschen in ihre Nona. »Das stimmt allerdings. Also hast du ihr gesagt, dass du dich in mich verliebt hast, ja?«

»Das wusste sie bereits. Ihr entgeht nichts.« Marias Hand ruht flach auf meiner Brust, daher muss sie spüren, wie schnell mein Herz klopft. Das passiert jedes Mal, wenn sie so dicht bei mir ist. »Ich möchte, dass du weißt, es wird mir immer wichtig sein, anderen zu helfen, etwas für Leute zu tun, die weniger als ich haben, mich um Menschen in Not zu kümmern. So bin ich nun mal gestrickt, Austin, und es ist das, wozu meine Familie mich erzogen hat.«

»Ich weiß, und das liebe ich so an dir. Schau nur, was du für Everly getan hast, ohne mit der Wimper zu zucken und ohne einen Gedanken daran, was es für dich heißen könnte. Ich weiß schon, wie du bist, seit dem Moment, in dem du etwas von deinem Knochenmark für meine Tochter gespendet hast. Und alles, was ich seither über dich erfahren habe, hat diesen ersten Eindruck bloß bestätigt. Ich würde dich nie bitten, dich für mich zu ändern, Maria.«

»Und das würde ich ebenso wenig von dir verlangen. Du bringst so viele Opfer dafür, und du solltest imstande sein, das Geld zu genießen, ohne dir darüber Sorgen zu machen, dass es mich vielleicht stört. Ich komme damit klar. Das verspreche ich dir.«

»Gemeinsam kriegen wir das alles hin, okay?«

Sie nickt, und ich spüre, wie sich meine leise Furcht, dass ich sie vielleicht vertrieben habe, auflöst.

»Und ja«, fügt sie mit einem kleinen Seufzen hinzu, »lass uns nie aufhören, einander zu schreiben.«

»Einverstanden, Süße.«

Maria

Ich wache am nächsten Morgen auf, als Austin mir einen Kuss auf die Wange haucht. »Ich bin bald zurück«, flüstert er.

»Sei schön vorsichtig.«

»Rie!« Everly kommt ins Zimmer gestürmt und springt aufs Bett. »Fliegen!«

Ich setze mich auf und umarme sie. »Ja, meine Süße. Du fliegst nachher hoch über den Wolken. Sei schön brav, und mach deinem Dada keinen Ärger. Und komm bald wieder, okay?«

»Rie! Krem!«

Austin und ich lachen beide.

»Ich fürchte, mein Name wird für sie auf ewig mit Eiscreme verbunden sein.«

»Es gibt sicher schlimmere Dinge, mit denen dein Name verknüpft sein könnte. Komm, Bärchen. Lass uns aufbrechen, damit wir schnell wieder zurück sein können, bei unserer Rie.«

Ich drücke Everly noch einmal an mich. »Ich hab dich lieb, Krümelchen.«

»Rie! Lieb!«

»Und da haben wir ein weiteres neues Wort auf der Liste.« Austin pflückt sie vom Bett und beugt sich über mich, um mir einen Kuss zu geben. »Bleib hier, genieß den Zimmerservice, und geh schwimmen. Das Zimmer gehört dir bis zum Mittag.«

»Ohne euch wird es mir keinen Spaß machen.«

Er gibt mir noch einen Kuss. »Tu es trotzdem. Hab dich lieb.«

»Ich dich auch. Gib mir Bescheid, wenn ihr gelandet seid.«

»Geht klar.«

»Hey, Austin?«

Er dreht sich zu mir zurück.

»Ich vermisse euch jetzt schon.«

Mit einem Lächeln erwidert er: »Wir dich auch.«

Ich schaue ihnen nach, und als sich die Hotelzimmertür hinter ihnen schließt, lasse ich mich in die Kissen zurückfallen und lausche in die Stille, die in den Räumen widerhallt, die ohne sie bar allen Lebens sind. Die Stille ist wie ein Blick auf mein Leben, wie es sein würde, wenn sie nicht länger ein Teil davon wären. Ich denke daran, was gestern passiert ist und wie wir eine Lösung dafür gefunden haben, indem wir uns wie vernünftige Erwachsene hingesetzt und miteinander geredet haben.

Mit Scott hätte das nie funktioniert. Wir hätten uns einfach tagelang angeschwiegen, bis wir es leid gewesen wären und weitergemacht hätten, ohne das ursprüngliche Problem anzugehen.

Ich greife nach meinem Handy, um Austin eine Textnachricht zu schreiben, und finde eine von ihm vor.

Ich hab für dich Frühstück beim Zimmerservice bestellt, weil ich weiß, dass du das für dich allein nicht tun würdest. Lass es dir schmecken. Ich liebe dich und vermisse dich bereits so sehr, dabei sind wir gerade erst losgefahren!

Lieber Austin, vielen Dank für das Frühstück. Das war so nett von dir – und du hast recht. Ich hätte es mir nicht selbst bestellt. LOL! Du und Everly, ihr fehlt mir so sehr, dabei seid ihr gerade erst fort. Es fühlt sich falsch an, in der Stadt zu sein, dabei habe ich mein ganzes Leben hier zugebracht, ohne dass ihr bei mir wart. Wie konnte es euch nur gelingen, alles so schnell für mich zu verändern? Wie ist es euch gelungen, so sehr Teil meines Lebens zu werden, dass sich alles ohne euch so falsch anfühlt?

Ich wollte dir noch sagen, wie sehr ich es zu schätzen weiß, auf welche Weise wir unsere Differenzen gestern gelöst haben. Es hat mir so viel bedeutet, dass du verstanden hast, was los war, ohne dass ich es dir haarklein erklären musste, und dass du sofort etwas getan hast, um das, was zwischen uns in Schieflage geraten war, wieder zurechtzurücken. Das habe ich noch nie zuvor in einer Beziehung erlebt, und es ist wundervoll, das mit dir zusammen zu erleben.

Es hilft mir, zu wissen, dass du trotz all dem Glanz und Ruhm deiner gegenwärtigen Lebensumstände verstehst, wie groß die Not in unserer Welt ist. Danke, dass du angeboten hast, die Organisationen und Projekte zu unterstützen, die mir am Herzen liegen. Das bedeutet mir unendlich viel. Und nur fürs Protokoll, ich liebe dich um deinetwillen. Ich liebe dein großes Herz und dein Lächeln. Ich liebe die Art und Weise, wie du deine Tochter liebst, und wie liebevoll du dich um sie kümmerst. Ich liebe deinen sexy Körper und wie du mich hältst und mich küsst und mich behandelst, als sei ich eines der kostbarsten Dinge in deinem Leben. Ich liebe es, dir beim Werfen zuzusehen, beim Gehen und Atmen und Lächeln und Lachen. Ich liebe es, dass du wusstest, dass ich mir selbst kein Frühstück bestellen würde – und dass du es für mich getan hast. Ich liebe dich um deinetwillen, nicht wegen all dem, was du besitzt. Ich würde dich auch dann lieben, wenn du kein berühmter Profibaseballspieler wärst, trotzdem liebe ich es, dass du über so eine großartige Gabe verfügst. Ich wollte nur, dass du das weißt.

Beeil dich, und komm bald wieder – aber fahr vorsichtig. Ich zähle die Tage.

Alles Liebe, Maria

Er antwortet ein paar Minuten später. Wir sind gleich an der Sicherheitskontrolle, aber ich muss dir noch schreiben: Du *bist* eins der wichtigsten Dinge in meinem Leben. Zweifle nie daran. Ich schreibe später mehr. Lass dir dein Frühstück schmecken. Hab dich lieb.

Es ist zum Dahinschmelzen. Wie immer bringt er mein Herz mit seinen Worten zum Rasen. Ich verlasse das Bett, dusche rasch und ziehe mich an, bevor das Frühstück eintrifft. Vor dem Spiegel bürste ich mir das nasse Haar, als es an der Tür zur Suite klingelt.

Der Kellner vom Zimmerservice rollt einen Servierwagen herein, auf dem eine Vase mit einer roten Rose steht, an der ein Umschlag mit meinem Namen darauf lehnt.

»Muss ich irgendwas unterschreiben?«, frage ich ihn.

»Nein, Ma'am. Das ist alles bereits geregelt.«

»Vielen Dank.«

»Ihnen einen schönen Tag.«

»Gleichfalls.«

Ich gehe direkt zum Tisch und öffne die Nachricht.

> Maria, ich hab alles gehört, was Du mir gestern
> gesagt hast, doch Du wirst zulassen müssen,
> dass ich Dich ein bisschen verwöhne. Tut mir
> leid, aber so ist es nun mal. Wir lieben Dich.
> Austin und Everly.

Ich spüre, wie sich mein Gesicht zu einem Lächeln verzieht, während ich mir Kaffee eingieße und mir das Schinken-Käse-Omelett schmecken lasse, das er mir mit den Bratkartoffeln bestellt hat, von denen ich gestern so geschwärmt habe. Außerdem ist da noch eine Schüssel Obst. Vorgestern Morgen habe ich ihm gestanden, dass mich wegen einer üppigen Mahlzeit weniger Schuldgefühle plagen, wenn ich dazu Obst habe. Er hört zu und passt auf. Das ist eine weitere Sache, die ich an ihm liebe.

Eine Stunde später fahre ich nach Hause, schwebe nach dem Frühstück und der Nachricht und der letzten Woche mit ihm und Everly immer noch auf Wolke sieben. Ich packe meine Übernachtungstasche aus, stelle die Waschmaschine an und schreibe eine Liste für den Lebensmitteleinkauf morgen.

Mein Handy vibriert, als die Textnachricht von Austin eintrifft. Sind in Baltimore gelandet. Bin so schnell wie möglich wieder bei dir.

Ich schreibe zurück: Schön, dass ihr sicher angekommen seid. Ich kann es gar nicht erwarten, euch wieder hierzuhaben. XOXO.

Den restlichen Nachmittag verbringe ich mit Lesen, Fernsehen und dem Versuch, mich zu entspannen, bevor meine Schicht im Restaurant beginnt. Ich schreibe Carmen: Kommt ihr eigentlich heute Abend? An den meisten Samstagabenden sind sie im Restaurant, und wir haben uns angewöhnt, nach meiner Arbeit noch ein bisschen beieinanderzusitzen.

Klar! Wir sehen uns dann.

Prima!

Gegen halb fünf mache ich mich in weißer Bluse und schwarzem Rock, meiner Kellnerinnenkluft, auf den Weg zum Restaurant und frage mich die ganze Zeit, wie es Austin und Everly wohl in Baltimore ergehen mag.

Kapitel 21

Austin

Mein Vater holt uns in meinem schwarzen BMW-SUV vom Flughafen ab, und als ich Everly in ihrem Autositz anschnalle, bemerke ich, dass ihre Wangen rosiger sind als sonst, daher streiche ich ihr prüfend mit einer Hand über die Stirn. Sie fühlt sich warm an, und mehr ist nicht nötig, um mich in absolute Panik zu versetzen. Anders kann ich es nicht beschreiben. Auf dem Flug war sie schon stiller und weniger aufgedreht als sonst, und beim Landeanflug hat sie plötzlich angefangen zu weinen. Ich habe das alles allgemeiner Übermüdung und Erschöpfung zugeschrieben, nachdem in der letzten Woche so viel Neues auf sie eingestürmt ist, aber jetzt lässt sich nicht mehr leugnen, dass es ganz so aussieht, als hätte sie Fieber.

Ich schließe die Tür und setze mich auf den Beifahrersitz. »Bring uns zum Krankenhaus.«

Mein Vater schaut mich erschrocken an. »Was? Warum?«

»Sie hat Fieber.«

»Ach was, bestimmt nicht.«

»Doch, Dad. Bitte beeil dich.«

Nach einem weiteren prüfenden Blick zu mir und Everly im Rückspiegel legt er den Gang ein und fährt los.

Ich schicke eine Textnachricht an Evs Onkologen. Sind gerade nach einer Woche in Miami in Baltimore gelandet, und Ev hat Fieber. Wir sind mit ihr unterwegs in die Notaufnahme.

Der Arzt, ein Geschenk des Himmels namens Jai Anand, antwortet sofort. Bin schon unterwegs.

Er ist wunderbar, und ich bin davon überzeugt, dass Everlys Genesung zu großen Teilen sein Verdienst ist. Aber die Tatsache, dass er es für angebracht hält, sich an einem Samstag in der Notaufnahme mit uns zu treffen, trägt nicht dazu bei, meine furchtbare Angst einzudämmen. Mein Blutdruck ist gefährlich hoch, und ich kann kaum atmen, so sehr schnürt mir die Furcht die Kehle zu.

Ich sollte Maria schreiben und ihr sagen, was los ist, doch sie muss heute Abend arbeiten, und ich möchte sie nicht aufregen, solange ich nicht mehr weiß.

»Du solltest Mom anrufen«, meint Dad.

Ich möchte die Worte nicht aussprechen müssen, selbst meiner eigenen Mutter gegenüber nicht. Aber Dad hat recht. Wir drei haben das von Anfang an zusammen durchgestanden, und sie hat das Recht, zu erfahren, was los ist. Ich wähle also die Nummer.

»Hey, seid ihr gut gelandet?«

»Ja. Wir sind jetzt bei Dad im Wagen und … Na ja, Ev, hat ein bisschen Fieber, daher sind wir auf dem Weg ins Krankenhaus, nur um ganz sicherzugehen.«

Sie keucht auf. »Austin. Nein.«

Ich kann nicht atmen oder reden oder irgendwas anderes tun, als Panik zu empfinden.

»Ich komme dorthin.«

»Okay.«

»Es ist nichts. Sie hat keinen Rückfall.«

»Ja.«

»Ich bin gleich da.«

»Danke, Mom.« Zu meinem Vater sage ich: »Sie trifft sich dort mit uns.«

Er beugt sich vor und drückt meinen Arm. »Versuch, ruhig zu bleiben, Sohn. Fieber kann viele Ursachen haben.«

Ich nicke und versuche, mir seinen Rat zu Herzen zu nehmen, aber ich werde nicht wieder normal atmen können, bis ich weiß, was los ist. Und wenn der Krebs zurück ist ...

Nein. Das ist nicht möglich. Das geht einfach nicht.

Dr. Anand muss uns telefonisch angekündigt haben, denn als wir uns am Empfang der Notaufnahme melden, werden wir sofort in eine Behandlungskabine gebracht. Kurz darauf erscheint eine Krankenschwester und misst Fieber. Everly hat achtunddreißig neun.

Ich drohe die Nerven zu verlieren. Wo kommt das plötzlich her? Der Krankenhausgeruch versetzt mich zurück in die schlimmste Zeit meines Lebens. Das hier ist der Ort, an dem ich am allerwenigsten sein möchte, trotz allem, was sie hier getan haben, um meiner Tochter das Leben zu retten.

Eine weitere Krankenschwester erscheint, um Everly Blut abzunehmen, die sich jedoch noch daran erinnert und die Krankenschwester nicht an sich heranlassen will. Ich hasse mich selbst, als ich sie festhalte und sie schreit und weint, während ihr die Nadel in den Arm gestochen wird.

Gott sei Dank schläft sie danach erschöpft ein, und ich halte sie in meinen Armen, versuche, nicht auf die Hitze zu achten, die ihr kleiner Körper ausstrahlt.

Kurz darauf kommt Mom herein, umarmt und küsst mich und Everly, schaut mich mit dem gleichen verängstigten Ausdruck an, den sie in der Nacht hatte, als ich nach dem Flug quer über den Kontinent endlich hier ankam.

Mein Dad legt einen Arm um sie, und sie bleiben während der sich quälend hinziehenden Wartezeit bis zu einem Ergebnis bei uns. In den ganzen zwei Stunden spricht keiner von uns ein Wort, und jede Minute fühlt sich wie ein verdammtes Jahr an. Ich gehe in Gedanken die letzten paar Tage durch, suche nach ersten Anzeichen für das drohende Unheil, doch es gab keine. Es ging ihr gut. Ich hab darauf geachtet, dass alles der üblichen Routine folgte, sie hat genug geschlafen, sich insgesamt gesund ernährt und war viel in der Sonne.

Ich hab keine Ahnung, was ich tue, wenn es tatsächlich zurück ist.

Als Dr. Anand hereinkommt, fürchte ich, dass der Druck, der sich in mir aufbaut, noch zu einem Schlaganfall führen wird.

»Es ist alles in Ordnung«, verkündet der Arzt.

Zuerst bin ich mir nicht sicher, ob ich ihn richtig verstanden habe. Hat er wirklich gesagt: »Es ist alles in Ordnung«, oder wollte ich das nur so verzweifelt hören, dass mir mein Hirn einen Streich gespielt hat?

»Ihre Blutwerte sind alle im Normalbereich, und sie hat keinen Rückfall. Ich möchte sie kurz untersuchen, um alle Eventualitäten auszuschließen, aber was auch immer es ist, es ist nicht Leukämie.«

Es gibt nichts, was er hätte sagen können, das mir mehr bedeuten würde als das. Ich zwinge mich, Luft zu holen, um den Riesenkloß in meiner Kehle herum zu schlucken, und lege meine schlafende Tochter auf die Untersuchungsliege.

Sie wacht weinend auf, bis sie Dr. Anand erkennt, den sie liebt.

Binnen Minuten hat er sie zum Lächeln gebracht und redet mit ihr. Er untersucht sie gründlich, und nachdem er ihr in die Ohren geschaut hat, erklärt er: »Ihre Gehörgänge sind rot und geschwollen.«

»Sie war letzte Woche oft im Swimmingpool.«

»Dann haben wir ja den Schuldigen: eine Gehörgangsentzündung.«

»Ehrlich? Das kann Fieber verursachen?«

»Manchmal schon.«

Ich kann kaum glauben, dass es wirklich etwas so Einfaches sein kann, vermutlich, weil ich inzwischen immer mit dem Schlimmsten rechne.

Er verschreibt Everly ein Antibiotikum und Ohrentropfen und unterzeichnet dann die Entlassungspapiere. »Geben Sie ihr ein Schmerzmittel, wenn Sie zu Hause sind, und morgen ebenfalls. Wenn's ihr nach einer Nacht nicht deutlich besser geht, melden Sie sich noch mal. Und in Zukunft bitte beim Schwimmen Ohrstöpsel verwenden.«

Ich schüttle ihm die Hand, dem Mann, der meinem Kind das Leben gerettet hat und der sofort gekommen ist, als wir ihn heute gebraucht haben. »Vielen Dank.«

»Jederzeit.« Er stupst Everly ans Kinn, woraufhin sie kichert. »Ich tu doch alles für meine Everly.«

»Sie sind der Beste.«

»Gönnen Sie sich einen Drink, Dad. Es ist alles in Ordnung.«

»Das müssen Sie mir vielleicht noch ein paarmal sagen.«

»Lassen Sie mich morgen früh wissen, ob sich ihr Zustand geändert hat.«

»Das mach ich. Noch mal danke, Doc.«

»Nicht der Rede wert.«

Mom und Dad gehen mit uns raus. Ich hab Everly auf den Armen, ihr Kopf ruht an meiner Schulter. Ich bin so erleichtert und dankbar, dass ich heulen könnte. Seit Everlys Erkrankung habe ich mehr geweint als in meinem gesamten vorherigen Leben.

»Ich hole das Rezept«, erklärt Dad. »Fahrt ihr schon mal nach Hause, und steckt die Kleine ins Bett.«

»Danke, Dad.«

Mom sitzt hinten bei Everly, während ich uns heimfahre.

Ich bin total am Ende. Meine Hände zittern, mein Magen schmerzt, und jede Zelle meines Körpers fühlt sich an, als sei sie durch einen Schredder gelaufen. Ich parke den Wagen in der Tiefgarage unseres Apartmenthauses und trage unsere Taschen, während Mom Everly auf dem Arm hat. Das Erste, was wir tun, als wir in unserer Wohnung sind, ist, uns auf die Suche nach dem Fiebersaft zu machen. Everly lässt ihn sich ohne Widerspruch verabreichen.

Dann legt sie ihre Hände an mein Gesicht, sodass ich sie anblicken muss. »Rie?«

»Sie ist noch in Florida, Bärchen, doch wir werden sie sehr bald wiedersehen.«

»Dora!«

Ich setze sie, in ihre Lieblingsdecke gehüllt, aufs Sofa und suche auf dem Fernseher nach der Kinderserie *Dora*. Everly kuschelt sich in die Kissen und schaut eine Folge, und ich kann zum ersten Mal seit Stunden wieder durchatmen.

Mom kommt rein und umarmt mich. Sie sagt nichts, aber das muss sie auch nicht. Sie versteht es, weil sie jede Sekunde der Hölle mit mir gemeinsam durchlebt hat. »Ich koche uns was zum Abendessen.«

»Was würde ich nur ohne euch tun?«

»Es ist alles gut. Mach dir keine Sorgen wegen etwas, was nicht passieren wird.«

»Danke.«

»Wir lieben euch beide. Du musst uns nicht danken.« Sie wendet sich zur Tür. »Übrigens habe ich mir die Freiheit herausgenommen, Evs Sachen für Florida zu packen, daher musst du dich nur um dein eigenes Zeug kümmern. Ich dachte mir, dann geht es schneller und du bist eher wieder dort, wo du in Wahrheit sein möchtest.«

»Du bist die Beste, Mom.«

»Wie geht es Maria?«

»Sie ist einfach toll, fantastisch, wunderschön und eine einzige Freude.« Allein der Gedanke an sie sorgt dafür, dass ich mich nach den furchtbaren letzten paar Stunden besser fühle.

»Du strahlst förmlich auf, wenn du von ihr sprichst.«

»Weil ich sie liebe.«

»Oh, Austin … Das ist wunderbar. Sie ist auch wirklich ein liebenswerter Mensch.«

»Du hast gar keine Vorstellung davon, wie wahr das ist.« Wenn ich an Maria denke, löst sich meine Anspannung, und ich verspüre etwas, das ich von mir gar nicht kannte. Es ist eine Form von Freude und Glück, die sich nicht in Worte fassen lässt. Ich erzähle Mom davon, wie ich Maria mit auf die Häusertour genommen habe und wie sie darauf reagiert hat. »Gemeinsam haben wir eine Lösung gefunden, aber es war irgendwie erfrischend, festzustellen, dass das Geld sie eher abstößt als anzieht.«

»Was nicht das ist, was du gewohnt bist.«

»Genau. Und nicht zu vergessen, dass Everly sie liebt – was auf Gegenseitigkeit beruht.«

»Ich könnte nicht glücklicher für euch alle sein.«

»Ich fahre zurück, sobald Everly wieder gesund ist.«

»Wir kommen dann schnell nach. Dad hat am Dienstag einen Arzttermin, daher planen wir, am Mittwoch aufzubrechen.«

»Wie sieht es mit Babysitting am nächsten Samstag aus? Carmen heiratet.«

»Natürlich. Und ich schreib dir gleich, wenn das Abendessen fertig ist.«

»Klingt prima. Noch mal danke.«

»Kein Problem.«

Ich schaue nach Everly und stelle fest, dass sie wieder eingeschlafen ist, setze mich neben sie aufs Sofa, weil ich in der Nähe sein möchte, falls sie mich braucht. Ich lehne den Kopf nach hinten und versuche, mich zu entspannen, die Panik und die tief sitzende Angst abzuschütteln. *Es geht ihr gut. Alles ist in Ordnung. Es geht ihr gut.* Vielleicht dringt es tatsächlich zu mir durch, wenn ich es mir nur oft genug sage.

Ich schicke Maria eine Textnachricht. Ich weiß, du arbeitest, aber ruf mich an, wenn du mal eine Minute Pause hast.

Zwei Minuten später klingelt mein Handy, und ich stehe auf, um in der Küche zu telefonieren, damit ich Ev nicht wecke.

»Hey«, sagt Maria. »Wir haben noch nicht so viel zu tun. Was ist los?«

»Everly hat auf dem Flug nach Hause Fieber bekommen.«

»Was? Geht es ihr gut? Warst du mit ihr beim Arzt?«

»Ja. Alles in Ordnung. Trotzdem bin ich völlig durch den Wind.« Ich bemühe mich so sehr, die Fassung zu bewahren, aber der Klang von Marias Stimme und die Sorge darin sind zu viel.

»O Gott, Austin … Ich wünschte, ich könnte dich drücken.«

»Ich bin total durchgedreht.« Ich wische mir Tränen vom Gesicht und wünschte, ich könnte die völlig aus dem Ruder gelaufenen Gefühle irgendwie einfangen, doch ich weiß, es ist witzlos, gegen den Tsunami anzukämpfen.

»Natürlich. Es tut mir so leid. Haben sie gesagt, was es sein könnte?«

»Sie hat gerötete, geschwollene Gehörgänge, vermutlich von dem ganzen Schwimmen. Sie hat ein Antibiotikum verschrieben bekommen, Ohrentropfen und was gegen Fieber.«

»Haben sie auch ihr Blut untersucht?«

»Ja. Alles in Ordnung.«

Sie atmet erleichtert auf. »Gott sei Dank. Trotzdem musst du vor Angst außer dir gewesen sein.«

»Du machst dir keine Vorstellung.«

»Ein bisschen schon. Mir geht es ganz ähnlich, dabei ist alles schon vorbei und wieder gut.«

»Tut mir leid, dass ich dich damit bei der Arbeit störe.«

»Ich bitte dich. Natürlich wollte ich das wissen.«

»Rufst du mich an, wenn du zu Hause bist?«

»Klar. Fühlst du dich sonst okay?«

»Das wird schon. Irgendwann. Im Moment stehe ich noch ziemlich neben mir.«

»Vielleicht solltest du dich bei deiner Therapeutin melden.«

»Ja, vermutlich. Das ist eine gute Idee.«

»Tu, was immer nötig ist, damit du dich besser fühlst, Austin. Das ist alles nichts, weshalb man sich schämen müsste.«

»Mit dir zu reden hilft auf jeden Fall.« Ich hole tief Luft und atme langsam aus, versuche, meine wild durcheinanderschießenden Gedanken zu ordnen. »Als wir angefangen haben, uns zu schreiben, bin ich mir ein bisschen dumm vorgekommen, weil ich dir von der PTBS erzählt habe und meiner Therapie und alldem, aber jetzt bin ich froh, dass du es weißt.«

»Du solltest dir nie dumm wegen etwas vorkommen, was du empfindest. Und das Wissen, dass dich Everlys Krankheit so tief getroffen hat, sorgt nur dafür, dass ich dich mehr liebe, nicht weniger.«

»Du fehlst mir so. Wie kann es erst acht Stunden her sein, dass ich dich das letzte Mal gesehen hab?«

»Fühlt sich für mich wie eine Woche an.«

»Ich … Äh, hab auf einmal Zweifel, ob es wirklich eine gute Idee ist, mit Ev so weit von ihrem Arzt wegzuziehen.«

»Was völlig normal ist, doch falls irgendwas passiert, können wir ihr auch in Miami eine ausgezeichnete Versorgung bieten und uns jederzeit mit ihrem Arzt aus Baltimore beraten. Ich bin schließlich Krankenschwester, und du kannst dich darauf verlassen, dass ich gut auf unsere Kleine aufpassen werde.«

»Unsere Kleine … Ich wollte sie nie mit jemand anderem teilen, bis ich dir begegnet bin.«

»Ich liebe sie so sehr, dass es fast schon albern ist. Und ich mach mir Sorgen, dass ich sie nach Strich und Faden verwöhnen werde.«

»Wenn du das tust, ist es okay. Ich möchte, dass sie alles hat, dich und deine Liebe eingeschlossen.«

»Das hat sie beides. Ich liebe sie abgöttisch.«

»Weißt du, was?«

»Was denn?«

»Meine Mom hat Everlys Sachen für Miami schon gepackt, daher muss ich nur mein Zeug zusammenräumen und abwarten, bis sie kein Fieber und auch keine Schmerzen mehr hat. Also sind wir vielleicht früher zurück, als ich für möglich gehalten hätte.«

»Ich kann es gar nicht erwarten. Sag dir immer wieder, dass es ihr gut geht, dass alles gut ist und dass wir diesen Winter jede Menge Spaß miteinander haben werden.«

»Das tue ich. Rufst du mich später an?«

»Sobald ich zu Hause bin.«

»Ich wünsch dir einen schönen Abend bei der Arbeit.«

»Den werde ich haben. Hab dich lieb.«

»Ich dich auch, Babe.« Ich beende das Telefonat und muss an das denken, was Maria über den Anruf bei meiner Therapeutin gesagt hat. Ich habe die Sitzungen bei ihr reduziert, von wöchentlichen Terminen zu »nach Bedarf«, je länger die Knochenmarkspende zurücklag, aber Maria hat recht. Nach dem, was heute passiert ist, sollte ich mit Lois reden. Meine übertriebene Reaktion auf etwas, was sich als einfaches Fieber entpuppt hat, beweist, dass ich das Überstandene noch lange nicht so weit hinter mir gelassen habe, wie ich gerne glauben möchte.

Ich schicke ihr eine Textnachricht und frage, ob sie mich in den nächsten paar Tagen irgendwo einschieben kann.

Sie schreibt mir zwanzig Minuten später zurück. Diese Woche bin ich komplett ausgebucht, doch gerade jetzt habe ich eine halbe Stunde Zeit, wenn es also passt, einfach anrufen.

Ich schaue nach, ob Everly immer noch auf dem Sofa schläft, und ziehe mich in mein Schlafzimmer zurück, um das gleich zu erledigen.

»Hi«, meldet sich Lois. Sie ist Mitte fünfzig und vor Kurzem zum ersten Mal Großmutter geworden. Ich verdanke es ihr, dass ich mich von dem Stress wegen Everlys Krankheit überhaupt einigermaßen erholt habe. Sie hat mir entscheidend dabei geholfen, mit der furchtbaren Angst fertigzuwerden. »Ich hab neulich erst an dich gedacht. Und Glückwunsch zu dem perfekten Spiel. Das zu verfolgen war total spannend.«

»Danke.«

»Wie geht es Everly?«

»Prima, bis sie vorhin plötzlich Fieber bekommen hat, was mich um ein Jahr zurückgeworfen hat.«

»Ist alles okay?«

»Ja, es war nichts Ernstes. Alle ihre Blutwerte sind in Ordnung, und der Krebs ist weiter in Remission. Sie glauben, dass das Fieber von einer Gehörgangsentzündung stammt.«

»Gott sei Dank. Aber du musst ein paar Furcht einflößende Stunden hinter dir haben.«

»Ja, das war schrecklich, daher habe ich dir ja auch geschrieben.«

»Ich kann mir gut vorstellen, dass es dich mitten in die dunkelsten Tage ihrer Krankheit zurückgeworfen hat.«

»Genau. Ich erinnere mich die ganze Zeit daran, dass es ihr gut geht, nur ...«

»Die Angst sitzt dir einfach im Nacken.«

»Ja.«

»Es ist völlig normal, bei einem Fieber überzureagieren, wenn man all das durchgemacht hat, was du erlebt hast, Austin. Sag mir, dass du das weißt.«

»Ja, schon, nur … Es hat mich zurückgeworfen.«

»Natürlich hat es das.«

»Alles ist in letzter Zeit so viel besser geworden. Ev blüht weiter auf, und ich … ich habe jemanden kennengelernt.«

»Ja? Das ist doch großartig.«

»Ob du's glaubst oder nicht, sie ist Everlys Knochenmarkspenderin.«

»Wow! Das ist ja fast unglaublich.«

»Sie ist einfach wunderbar. Nachdem wir endlich die Wartefrist hinter uns gebracht hatten und ungehindert schreiben und reden konnten, haben wir praktisch nicht mehr aufgehört.«

»Lebt sie irgendwo in der Nähe?«

»Nein, sie ist aus Miami, daher werden Ev, meine Eltern und ich den Winter dort verbringen. Allerdings habe ich nach der Sache heute kein gutes Gefühl mehr dabei, mit Ev so weit von ihren Ärzten wegzuziehen.«

»Auch in Miami gibt es Ärzte, Austin.«

»Das hat Maria auch gesagt. Sie ist Krankenschwester und hat versprochen, immer ein Auge auf Everly zu haben.«

»Dann klingt es doch, als wäre alles geklärt. Weißt du noch, wie wir über Everly und ihre Erkrankung gesprochen haben, und darüber, dass ihr Leben seinen Weg gehen wird, gleichgültig, was du tust oder nicht tust?«

»Ja.« Es hat mich viel Zeit und Mühe gekostet, mich damit abzufinden, dass sich diese Situation so vollkommen meiner Kontrolle entzieht.

»Wir haben über die Dinge geredet, die man jeden Tag tun kann, damit sie gesund und munter bleibt, und ich bin mir sicher, das hast du im Blick.«

»Stimmt.«

»Der Rest entzieht sich uns einfach.«

»Vom Verstand her weiß ich das, doch was die Gefühlsebene betrifft …«

»Sie ist deine Tochter, und der Gedanke, dass sie einen Rückfall erleidet, ist einfach unerträglich.«

»Richtig.« Ich bin wütend, weil mir schon wieder Tränen in die Augen steigen und mich die alte Hilflosigkeit zu überwältigen droht, mit der ich während der schlimmsten Phase von Everlys Erkrankung monatelang leben musste. Es gibt ganz buchstäblich nichts Schlimmeres, als mit anschauen zu müssen, wie das eigene Kind leidet, ohne etwas dagegen tun zu können.

»Sie ist nicht wieder krank. Sie hat eine Ohrenentzündung, und in einem oder zwei Tagen wird sie wieder ganz die Alte sein.«

»Danke, dass du mich daran erinnerst.«

»Ich weiß, es ist sehr schwierig, sich aus diesem Gedankenkarussell zu befreien, nachdem es erst mal losgegangen ist, aber denk immer an all das Gute in deinem Leben. Everly ist gesund. Du hast diese wunderbare neue Beziehung, die dich glücklich macht. Deine Karriere ist im Aufwind. Alles ist gut, Austin. Es ist sogar besser als gut. Es ist großartig. Behalte also die guten Dinge im Blick, selbst wenn die negativen ihr Haupt erheben.«

»Das versuche ich.«

»Ich weiß, dass das nicht leicht ist. Du bist durch die Hölle gegangen, und es wird eine Weile dauern, bis du aufhörst, darauf zu warten, dass dir der Himmel auf den Kopf fällt. Sei nett zu dir selbst.«

»Danke, dass du dir heute die Zeit genommen hast. Das weiß ich zu schätzen.«

»Ich bin jederzeit da, wenn du mich brauchst.«

»Das weiß ich auch zu schätzen.«

»Halt mich auf dem Laufenden, wie es dir und Everly ergeht, und ich wünsche dir Glück bei den Verhandlungen für den nächsten Vertrag. Ich hoffe, du erreichst alles, was du dir durch deine harte Arbeit verdient hast.«

»Danke.« Ihre Bemerkung erinnert mich an die Nachrichten von Aaron. Darum muss ich mich auch noch kümmern.

»Pass auf dich auf.«

»Du auch.« Ich beende den Anruf und benötige ein paar Minuten, um meinen inneren Ruhepol wiederzufinden. Lois war mir eine so große Hilfe und ist mit dafür verantwortlich, dass ich nicht völlig durchgedreht bin, als Everly noch krank war – und auch später, als es langsam wieder besser wurde. Ich kann mir nicht vorstellen, wo ich ohne sie stünde, ohne meine Eltern, meine Brüder, meine Freunde und meine Mannschaftskollegen, die uns besonders während der schlimmsten Zeit so viel Liebe und Unterstützung haben zukommen lassen.

Lois hat recht. Alles entwickelt sich in die richtige Richtung. Die Monate in der Hölle liegen hinter uns, und jetzt schauen wir hoffnungsvoll in die Zukunft. Trotz des Fiebers und der Ohrenentzündung ist Everly gesund, sie wächst und gedeiht, und das ist alles, was zählt. Mit allem anderen werde ich fertig, solange es ihr nur gut geht.

Meine Mom schreibt mir eine Nachricht, dass Dad mit Everlys Antibiotikum und den Ohrentropfen da ist und das Abendessen fertig ist.

Ich gehe zum Sofa und wecke Everly mit Küssen auf die Wange, die sich schon viel kühler anfühlt als vor einer Stunde. Als sie die Augen aufschlägt, ist das Erste, was sie sagt: »Rie?«

Lächelnd antworte ich ihr: »Noch nicht, Bärchen, aber bald. Sehr, sehr bald.«

Kapitel 22

Maria

Nach dem Anruf von Austin bin ich beim Kellnern nicht ganz bei der Sache. Ich verwechsle zwei Bestellungen und kippe mir einen Cocktail vorne über meine weiße Bluse, sodass dort ein großer Fleck ist. Sobald es ein bisschen ruhiger zugeht, gönne ich mir eine kleine Pause und ziehe mich auf die Damentoilette zurück, um mir die Hände zu waschen, die von dem süßen Drink total klebrig sind.

Carmen folgt mir.

Ich hatte so viel zu tun, dass ich noch gar nicht mit ihr oder Jason hab reden können, die beide mit meinen Eltern an der Bar gesessen und zu Abend gegessen haben.

»Meine Güte, du bist heute Abend aber wirklich durcheinander. Was ist denn los?«

»Everly hat heute auf dem Rückflug nach Baltimore Fieber bekommen, und Austin war völlig aufgelöst, als ich vorhin mit ihm gesprochen hab. Es geht ihr gut, doch das hat uns beide zutiefst erschüttert.«

»Verständlich. Was kann ich für dich tun?«

»Nichts. Mit ihr ist alles okay, daher gilt das auch für mich. Wie ist es denn mit dir? Noch eine Woche bis zu dem großen Tag!«

»Mit mir ist alles in bester Ordnung, aber ich mach mir Sorgen um dich.«

»Ich liebe sie nur so sehr«, flüstere ich. »So, so sehr.«

Carmen umarmt mich. »Sie ist ein wunderbares kleines Mädchen und einfach süß, und sie liebt ihre Rie ebenfalls.«

»Das ist alles so riesig.« Ich löse mich von ihr und lege mir eine Hand aufs Herz, das sich in letzter Zeit immer viel zu groß für meine Brust anfühlt. »Mit ihr und mit ihm.«

»Das kenne ich. Ganz schön angsteinflößend, oder?«

»Absolut, aber gleichzeitig das Beste überhaupt.«

»Ja, finde ich auch.«

»Wie überleben die Leute es eigentlich, sich derart zu verlieben?«

»Die Frage habe ich mir auch schon gestellt, als die Sache mit Jason noch ganz frisch war und mir langsam klar wurde, was er mir bedeuten würde. Es ist immer ein ziemliches Risiko, das Herz für Gefühle zu öffnen, die so umfassend sind wie das, was du mit Austin und Everly erlebst. Doch ich hab festgestellt, dass es das am Ende absolut wert ist. Und das inzwischen schon zum zweiten Mal.«

Der Pager an meinem Gürtel vibriert, das Zeichen aus der Küche, dass ein Essen servierfertig ist. »Die Pflicht ruft. Danke, dass du nach mir geschaut hast.«

»Lass uns nach deiner Schicht was zusammen trinken.«

»Klingt gut. Und lass mich wissen, was ich nächste Woche für dich tun kann.«

»Mach ich.«

Ich beende meine Schicht und habe am Ende beinahe vierhundert Dollar Trinkgeld. Rasch geselle ich mich an der Bar zum Rest der Familie, wo ich noch was trinke, und dann fahre ich nach Hause. Ich kann es gar nicht erwarten, mit Austin zu reden und zu hören, wie es Everly geht, einfach mit ihm zusammen zu sein, selbst wenn uns knapp zweitausend Kilometer trennen und wir nur virtuell vereint sind. Ich wünschte, sie wären immer noch in dem Hotel und ich könnte in seinen Armen schlafen.

Nach einer kurzen Dusche schlüpfe ich in meinen Bademantel und sehe auf mein Handy, finde dort eine E-Mail von ihm, die er vor einer Stunde abgeschickt hat.

Liebe Maria, das war ein wirklich langer Tag. Es fühlt sich an, als sei es einen Monat her, dass ich mich heute Morgen von Dir verabschiedet habe. Es freut mich, dass Du das Frühstück genossen hast, und danke, dass Du Dich ein bisschen von mir hast verwöhnen lassen. Denn genau das verdienst Du auch.

Ev geht es viel besser. Das Fieber ist von ursprünglich achtunddreißig neun auf siebenunddreißig sieben gesunken, und sie ist schon viel lebhafter als vorhin. Hoffentlich wirkt das Antibiotikum über Nacht, sodass das Schlimmste morgen überstanden ist. Ich gebe zu, dass ich heute Abend Whisky getrunken habe. Manchmal ist das das Einzige, was mir hilft, runterzukommen. Zu hören, dass sie weiter auf dem Weg der Besserung ist, nachdem ich schon einen Rückfall befürchtet hatte, war eine unglaubliche Erleichterung, doch die tief sitzende Angst ist schwer abzuschütteln. Aber ich arbeite daran!

Ich hoffe, Dein Abend im Restaurant war nicht zu anstrengend. Melde Dich über Skype bei mir, wenn Du zu Hause bist.

Du fehlst mir. Ich liebe Dich. Ich kann es gar nicht erwarten, zu Dir zurückzukehren.

Austin

Zu Tränen gerührt von diesen von Herzen kommenden Worten wähle ich ihn bei Skype an.

Er erscheint auf dem Bildschirm, glücklich und offensichtlich froh, mich zu sehen, trotzdem macht er einen erschöpften Eindruck. »Hey.«

»Wie ist die Lage?« Ich lasse meinen Blick über seine bloße Brust und das attraktive Gesicht wandern und schmelze innerlich dahin.

»Alles gut, und Everly war beim Zubettgehen schon fast wieder wie sonst.«

»Ich hab gerade deine E-Mail gelesen. Super, dass das Fieber gesunken ist und sie wieder lebhafter ist. Wir brauchen sie putzmunter und quicklebendig.«

»Ja, oder? Ich hab übrigens mit meiner Psychotherapeutin geredet, mit meinen Eltern und Ev zu Abend gegessen und mit meinen Brüdern gesprochen. Insgesamt fühle ich mich bereits viel besser als vorhin. Aber trotzdem wünschte ich mir, du wärst hier.«

»Ich auch. Und es tut mir leid, dass du so einen schlimmen Tag hattest.«

»Vermutlich musste das ja irgendwann mal passieren. Alles, worauf es ankommt, ist, dass sie keinen Rückfall hat.«

»Richtig, doch auf dich kommt es auch an, und das heute war schrecklich für dich, das weiß ich.«

»Ich werde schon damit fertig und konzentriere mich auf das Gute in meinem Leben, wozu eindeutig auch gehört, so schnell wie irgend möglich zu dir zurückzukehren. Ich habe heute all meine Sachen gepackt, und wenn es Ev morgen besser geht, fahren wir am Montag los, gleich früh. Ich habe nachgesehen, die Fahrt dauert sechzehn Stunden.«

»Das ist eine echt lange Zeit im Auto mit einer Dreijährigen.«

»Das schaffen wir schon. Ich hab jede Menge von ihren Lieblingsfernsehsendungen und Videos auf das Tablet geladen, außerdem hat sie ihre Bilderbücher und Musik.« Er nimmt einen Schluck aus einem Glas mit einer bernsteinfarbenen Flüssigkeit. »Wie war die Arbeit?«

Ich halte meine befleckte Bluse hoch. »So.«

»Autsch! Was ist passiert?«

»Ich war heute irgendwie nicht richtig bei der Sache.« Und das ist noch milde ausgedrückt.

»Wie kommt's?«

»Ich hab mir Sorgen um Everly und dich gemacht und … ach, einfach alles.«

»Tut mir leid, dass wir deine Konzentration gestört haben.«

»Mir nicht. Ich möchte immer wissen, was bei euch los ist.«

»Ich hasse es, von dir getrennt zu sein, und dabei ist es gerade mal ein Tag.«

»Empfinde ich genauso.«

»Ich habe bei dem Haus in Gables Estates zugesagt, und wir können nächste Woche Freitag einziehen.«

»Ihr könnt bei mir wohnen, wenn ihr vorher zurückkommt.«

»Wir kommen auf jeden Fall vorher zurück.«

Wir reden zwei Stunden, bis wir beide dauernd gähnen müssen und uns nichts anderes übrig bleibt, als einander gute Nacht zu wünschen.

Ich reiße mich zusammen und bringe die nächsten paar Tage mit schierer Willenskraft hinter mich – Brunch mit der

Familie am Sonntag und die Arbeit am Montag. Everly ist noch ein bisschen matt, daher beschließt Austin, ihr einen weiteren Tag dafür zu lassen, sich zu erholen, bevor sie die lange Fahrt antreten. Am Dienstag ist sie wieder fit, daher brechen sie morgens früh in Baltimore auf und sind am Abend in Georgia, wo sie einen Übernachtungsstopp einlegen. Am Mittwoch bin ich bei der Arbeit vor Vorfreude ganz abgelenkt, weil sie heute irgendwann hier eintreffen werden.

Nach der Arbeit mache ich einen Abstecher in den Supermarkt und fahre dann nach Hause, wo ich Abendessen zubereite und auf sie warte. Das letzte Mal, dass ich mit Austin gesprochen habe, steckten sie im dichten Verkehr bei West Palm Beach fest, und laut Navi waren es noch anderthalb Stunden bis zu meiner Wohnung. Diese letzten neunzig Minuten kriechen förmlich dahin, sodass ich am liebsten aus der Haut fahren würde.

Dann klopft es leise an der Tür, und ich fliege geradezu hin, reiße sie auf und stoße einen Freudenschrei aus, als Everly vor mir steht und mir mit ihren Händchen einen Blumenstrauß entgegenstreckt.

»Rie! Blumen!«

Ich bin so glücklich, sie zu sehen, dass ich ein bisschen weinen muss. Ich heb sie hoch und schwinge sie im Kreis, zerdrücke dabei fast die Blumen, die ich erst in letzter Sekunde rette. Ich lege sie auf den Arbeitstresen und umarme Everly noch mal, als Austin mit zwei Reisetaschen über der Schulter und Everlys Rucksack in der Hand reinkommt.

Nie in meinem Leben war ich so froh, jemanden zu sehen. Sie waren fünf Tage fort, aber es fühlt sich wie eine Ewigkeit an. In diesen fünf Tagen ist mir etwas ganz klar geworden: Ich werde Austin – und Everly – begleiten, egal, wohin seine Karriere ihn als Nächstes führt, selbst bis ans Ende der Welt, wenn das heißt, dass ich jeden Tag mit ihnen zusammen sein kann. Irgendwann sollte ich ihm das vermutlich mitteilen.

Ich setze Everly ab und gehe zu Austin, genau in seine ausgestreckten Arme.

»Da bist du ja«, sagt er und klingt ebenso erleichtert darüber wie ich, wieder zusammen zu sein.

Ich klammere mich an ihn. »Waren das wirklich nur fünf Tage?«

»Hat sich wie hundert angefühlt.« Er lehnt sich zurück, um mich zu küssen – eine hauchzarte Liebkosung seiner Lippen an meinen, aus Rücksicht auf unsere kleine Zuschauerin, aber trotzdem überläuft mich ein wohliger Schauer. »Damit machen wir später weiter. Everly, hör auf, rumzuspringen.«

»Ist schon in Ordnung. Vermutlich ist das schiere Freude darüber, endlich nicht mehr im Auto sitzen zu müssen.«

»Das geht uns beiden so. Es war echt eine scheißlange Fahrt.«

»Rie! Scheiß!«

Ich erbebe unter stummem Gelächter, während Austin mich entsetzt anschaut.

»Sag das nicht, Bärchen. Dada hat ein böses Wort benutzt.«

»Rie?«

»Nein, das andere.«

»Scheiß, Scheiß, Scheiß!«

Ich kann mich kaum noch genug beherrschen, um nicht laut loszuprusten – ich laufe förmlich über vor Glück und Liebe. Sie sind zurück, und meine Welt ist wieder in Ordnung.

Austin

Nach dem Essen machen wir uns mit Everly auf zu einem kleinen Park, wo sie rumrennen und die nach zwei Tagen im Auto aufgestaute Energie rauslassen kann. Gegen acht bringen wir sie zurück in Marias Wohnung, baden sie und lesen ihr vier Gutenachtgeschichten vor, bis sie schließlich kurz vor neun in Marias Bett einschläft. Wenn wir schlafen gehen wollen, werden wir sie aufs Sofa verfrachten.

Jetzt schleichen wir erst mal raus, lassen die Tür angelehnt, damit wir es hören, falls sie aufwacht.

»Puh«, sage ich, als wir wieder im Wohnzimmer sind. »Ich dachte, sie würde bis Mitternacht wach bleiben.«

»Sie ist das absolut Niedlichste auf dem ganzen Planeten.«

»Da gebe ich dir recht. Aber jetzt komm zu mir, leg die Arme um mich, küss mich, und erlöse mich von meinem Elend.«

Sie tritt in meine Arme, und wir halten uns eine kleine Ewigkeit lang aneinander fest. Ich hab keine Ahnung, wie lange, weil die Zeit zu existieren aufhört, wenn ich mit ihr zusammen bin. Es sind einfach nur wir beide, sie und ich und die Perfektion, die wir beieinander gefunden haben.

»Ich konnte es nicht erwarten, zu dir zurückzukommen. Jeder Kilometer war eine Qual.«

»Die letzten Tage habe ich wie auf Nadeln gesessen, während ich darauf gewartet habe, dass ihr wieder hier seid.« Sie lehnt sich ein wenig zurück und schaut mir ins Gesicht. »Und mir ist in der Zeit etwas klar geworden.«

»Was denn?«

Sie zieht meinen Kopf zu sich herunter, damit sie die kleine Falte zwischen meinen Brauen küssen kann. »Nichts Schlimmes. Im Grunde genommen ist es sogar etwas Gutes.«

Ich fasse nach ihrer Hand und führe sie zum Sofa, und wir setzen uns, Arme und Beine ineinander verschlungen. »Erzähl es mir.«

»Es ist mir egal, wo du als Nächstes landest. Ich komme mit euch.«

Das ist die beste Nachricht überhaupt. »Wirklich?«

Sie nickt. »Ich kann nicht monatelang von euch getrennt sein. Das ist einfach nicht machbar.«

»Das ist wunderbar, weil ich es nämlich ebenfalls nicht ertrage, von dir getrennt zu sein, und Ev geht es da nicht anders. Sie hat mich mit ihren ständigen Fragen nach dir fast in den Wahnsinn getrieben, obwohl sie jeden Tag über Skype mit dir gesprochen und dich gesehen hat.«

»Für mich war es auch nicht ausreichend. Ich hab sie einfach so verdammt lieb.«

»Sie liebt dich auch.«

»Als sie vorhin mit ›Scheiß‹ angefangen hat ... Ich fürchte, ich werde keinen guten Einfluss auf sie ausüben, weil ich einfach nicht aufhören kann zu lachen.«

»Das war ja auch lustig. Und beängstigend.«

»Dein Gesichtsausdruck war einfach unbezahlbar.«

»Mein kleines Mädchen hat geflucht wie ein Matrose!«

»Wir müssen ab jetzt ganz genau aufpassen, was wir vor ihr sagen.«

»Ich weiß.« Ich wickle mir eine von ihren Haarsträhnen um einen Finger, bin fasziniert von ihren seidigen Locken. Hölle, ich bin fasziniert von jeder einzelnen Sache an dieser erstaunlichen Frau. »Was hast du den Rest der Woche über vor?«

»Meine Schwester kommt morgen aus New York, und am Abend ist der Junggesellinnenabschied. Freitag folgen dann die Probe und anschließend ein gemeinsames Abendessen, die Hochzeit selbst findet am Samstag statt. Das werden ein paar verrückte Tage.«

»Aber es wird Spaß machen, oder?«

»O ja. Ich bin total aufgeregt, weil wir mit Carmen und Jason feiern.«

»Meine Eltern wollen bis Freitag hier sein, daher sind wir fürs Wochenende mit Babysittern versorgt.«

»Das sind super Neuigkeiten. Ich freue mich schon so darauf, dich ganz für mich zu haben.«

»Mach keine Pläne für nach der Hochzeit«, sage ich ihr.

»Was hast du vor?«

»Das wirst du schon noch rausfinden.« Ich küsse sie, weil ich keine Sekunde länger warten kann.

Sie antwortet mit der gleichen Leidenschaft, und wir landen ausgestreckt auf dem Sofa, liegen uns in den Armen und versuchen, einander näher zu kommen. Ich kann ihr gar nicht nah genug sein. »Ich glaube, es ist an der Zeit, Everly umzulagern und ins Bett zu gehen. Nach der langen Fahrt bin ich fix und fertig.«

Lächelnd reibt sich Maria an meiner Erektion, und ich atme scharf ein. »Ich kann erkennen, wie fix und fertig du bist.«

»Völlig entkräftet.« Ich grinse und stemme mich hoch, um Everly zu holen.

Maria deckt sie mit ihrer Lieblingsdecke zu und steckt sie um sie fest, dann beugt sie sich über sie und gibt ihr einen Kuss.

Wir gehen in ihr Zimmer, ziehen uns dabei schon aus und fallen auf dem Bett übereinander her. Nie zuvor habe ich ein so heftiges Drängen gefühlt, jemanden jetzt sofort zu lieben, selbst bei ihr noch nicht. Ich brauche diese Frau genauso, wie ich Luft zum Atmen und Nahrung brauche. Ich brauche sie so verzweifelt, dass wir auf jegliches Vorspiel verzichten und gleich zur Sache kommen.

»Ja, Austin ... Ja.«

In ihr zu sein fühlt sich an wie Heimkommen, an den sichersten, glücklichsten, wunderbarsten Ort, an dem ich je war. Ich schließe sie in meine Arme und halte sie fest, das Beste, was mir je passiert ist. Sie rangiert auf dem gleichen Platz wie Everly, und ich kann es gar nicht erwarten, zu erleben, was die Zukunft für uns beide bereithält.

»Ich liebe dich«, flüstere ich ihr ins Ohr. »Ich liebe dich so sehr. Von dir getrennt zu sein war die Hölle.«

»Ja, für mich ebenfalls. Ich liebe dich auch.«

»Heirate mich, Maria.« Die Worte kommen mir über die Lippen, bevor ich auch nur eine Sekunde Zeit hatte, darüber nachzudenken, was ich da sage, doch ich bereue sie nicht. Das ist es, was ich will. *Sie* ist, was ich will. Das weiß ich seit dem ersten Mal, als wir uns geschrieben haben, noch bevor ich ihren Namen kannte oder ihr Gesicht gesehen hatte. Ich möchte, dass wir eine Familie sind.

Sie keucht auf, ihre Augen öffnen sich, und sie wird unter mir ganz still. »Was?«

Ich presse mich tief in sie und blicke sie an. Sie ist so wunderschön, süß und sexy und perfekt. »Ich liebe dich. Everly liebt dich. Heirate uns. Sei unsere Familie. Sei alles für uns.«

Sie blinzelt mehrfach, versucht, die Tränen zurückzuhalten, die ihr dann aber doch über die Wangen laufen. »Ich, äh … Fragst du mich das jetzt echt?«

Ich komme noch tiefer in sie, sodass wir beide unter der Macht unserer Empfindungen um Atem ringen. »Ja, das frage ich ganz im Ernst.« Ich beuge mich vor, nehme ihre Brustspitze in den Mund und sauge ganz leicht daran, woraufhin sich ihre inneren Muskeln um mich zusammenziehen. Es kostet mich alle Selbstbeherrschung, mich weiter zurückzuhalten. »Heirate mich, meine süße Maria. Ich werde dir die Welt zu Füßen legen.«

»Ich will nur dich und Ev.«

»Ist das ein Ja?« Ich kann kaum atmen, während ich darauf warte, dass sie das Wort sagt, das ich hören will.

»Ja.«

Ich drücke sie fester an mich. »Das beste Wort überhaupt.«

»Allerdings können wir das allen erst nach Carmens Hochzeit erzählen. Das hier ist ihre große Woche.«

»Damit kann ich leben. Wirst du mich wirklich heiraten?«

»Ja, Austin, ich werde dich wirklich heiraten.«

»Kann ich mir morgen eure Klinik angucken?«

»Sicher.«

»Gut. Was hältst du denn davon, wenn wir jetzt beenden, was wir angefangen haben?«

»Dazu kann ich auch nur vorbehaltlos Ja sagen.«

»›Ja‹ ist mein neues Lieblingswort.« Es gibt nichts, was sich damit vergleichen lässt, den einen Menschen zu finden, der dich vervollständigt, der dein Kind so liebt wie du, bei dem du dich fühlst, als wärst du der König der Welt, und so, als wäre alles möglich. Ich weiß ohne jeden Zweifel, dass ich – und mein Kind – bei ihr in Sicherheit sein werde. Und unterm Strich ist das alles, was zählt.

KAPITEL 23

Maria

»Wahrscheinlich hätte ich das nicht ausgerechnet beim Sex fragen sollen.«

Ich drehe den Kopf, sodass ich ihn ansehen kann. »Es war perfekt. Solange du es wirklich so gemeint hast.«

»Natürlich hab ich das. Hast du's auch so gemeint, als du Ja gesagt hast?«

»Natürlich hab ich das.«

Sein Lächeln bringt sein gesamtes Gesicht zum Strahlen. Er rollt sich auf die Seite und legt einen Arm um mich. »Das ist toll mit uns beiden. Es wird großartig werden.«

»Das ist es ja bereits.«

»Ich hab heute mit meinem Agenten Aaron gesprochen.« Er streicht mir mit den Fingern durchs Haar. »Was hältst du von Seattle?«

»Das am anderen Ende des Landes?«

»Ja, genau das.«

»Nun, also … Darüber habe ich noch nicht nachgedacht, wenn ich ehrlich sein soll.«

»Würdest du es eventuell in Erwägung ziehen, in den nächsten ungefähr sechs Jahren jeweils etwa sechs bis sieben Monate dort zu leben? Außerhalb der Saison würden wir dann hier sein.«

Ich lege meinen Kopf auf seine Brust und fahre mit den Fingern die kunstvollen Schnörkel seiner Tattoos nach, versuche mir das Leben ohne regelmäßige Treffen mit meiner Familie und meinen Freunden vorzustellen.

»Du würdest jederzeit zurückkehren können, aus welchem Grund auch immer. Da werde ich nicht groß fragen. Der Geburtstag deiner Nona, deine Schwester ist übers Wochenende zu Hause, deine Cousine gibt eine Tupperparty ... Was immer es ist, wenn du herkommen willst, fliegst du her.«

Ich muss leise lachen. »Niemand veranstaltet mehr Tupperpartys. Bei meiner Familie wird es ohnehin eher Pampered Chef sein.«

»Was immer du willst, wenn du hier sein möchtest, dann kannst du das.«

»Es ist so schön, dass du verstehst, wie wichtig mir meine Familie ist.«

»Das habe ich selbst gesehen, und ich würde dich nie von ihnen fernhalten. Aber ich bin so selbstsüchtig, dich für den Rest der Zeit bei mir und Ev haben zu wollen. Ich weiß, das ist viel verlangt.«

»So viel auch wieder nicht. Ja, es wird mir schwerfallen, mein Leben hier hinter mir zu lassen, doch dafür werde ich ja dich und Ev haben, und das wird jedes Opfer wert sein.«

»Dafür sorgen wir – und die Mariners tragen ihren Teil dazu bei. Aaron sagt, sie bieten mir hundertzwanzig Millionen für drei Jahre mit jeder Menge Optionen und Boni.«

»Heilige Scheiße.«

»Ja, oder?«

Ich schaue ihm in die Augen. »Kann ich dich was fragen?«

»Alles, was du willst.«

»Möchtest du mehr Kinder?«

»Absolut. Ich würde zehn Kinder haben wollen. Ich liebe es, Vater zu sein.«

»Wir werden keine zehn Kinder haben.«

»Spielverderber.«

»Überhaupt nicht, und das weißt du. Ich würde durchaus zwei weitere in Erwägung ziehen, mit Option auf Nummer vier, aber dann ist Schluss.«

»Abgemacht.«

»Werden wir das hier wirklich durchziehen? Sprechen wir gerade über unser gemeinsames Leben?«

»Also ich rede zumindest davon. Und du?«

Ich lächle über die Art und Weise, wie er das sagt, schmiege mich an ihn. »Ich bin so aufgeregt.«

»Ich auch. Was für eine Hochzeit wollen wir denn haben?«

»Die einzige Art Hochzeit, zu der meine Familie imstande ist – eine mit allem Pipapo. Du wirst es ja am Wochenende selbst sehen.«

»Ich möchte, dass du bekommst, was du dir wünschst. Was auch immer es ist.«

»Alles, was ich mir wünsche, sind du und Ev und deine Familie und meine Familie. Das ist alles, was ich je brauchen werde.« Ich halte kurz inne, dann lache ich. »Ich kann einfach nicht glauben, dass ich heirate.«

»Glaub es, Baby. Wir werden alles haben. Jede einzelne Sache.«

Ich bin mir nicht sicher, um wie viel Uhr wir schließlich eingeschlafen sind, nur dass es spät war, und ich wache jäh auf, als ich plötzlich keine Luft mehr bekomme. Ich schlage die Augen auf und entdecke Everly, die sich über mich lehnt und mir die Nase zuhält, damit ich aufwache.

»Rie!«

Austin schreckt hoch, und dann wird uns schlagartig klar, dass wir zusammen im Bett erwischt worden sind. »Bärchen, tu das nicht bei Rie. Es ist schlimm genug, wenn du es bei Dada machst.«

»Dada! Rie! Bett!«

Ich sterbe hier, und ich kann das Lachen, das tief aus mir aufsteigt, nicht zurückhalten.

»Rie! Komisch!«

Wir haben gestern ganz vergessen, uns wieder anzuziehen, daher hat sie uns nicht bloß zusammen im Bett erwischt, wir sind auch noch splitterfasernackt.

»Bärchen, geh wieder rüber aufs Sofa. Dada kommt gleich.«

»Rie!«

»Ich komm auch, Krümelchen.« Sobald ich mit dem Lachen aufhören kann.

Everly hüpft vom Bett und rennt ins Wohnzimmer.

Austin steht auf, streift sich Unterwäsche und Shorts über, dann beugt er sich vor und gibt mir einen Kuss. »Ertappt.«

»So schaut's aus. Ist das schlimm?«

»Sie muss sich ohnehin dran gewöhnen, dass wir in einem Bett schlafen. Und weißt du, was klasse ist?«

»Außer allem?«

Er lächelt. »Sie wird sich später gar nicht mehr daran erinnern, wie das Leben ohne dich war. Du bist die einzige Mutter, die sie kennt.« Nachdem er diese emotionale Bombe hat platzen lassen, küsst er mich noch einmal und geht, um nachzusehen, was Everly tut, während ich im Bett liege und darüber staune, dass ich nicht nur verlobt bin, sondern auch Mutter einer Dreijährigen.

* * *

In der Klinik schwebe ich auf Wolke sieben durch den Vormittag und bin noch nie besserer Stimmung gewesen. Meine Zukunft ist entschieden. Ich habe meinen Traummann gefunden, und zu ihm gehört das wunderbarste kleine Mädchen überhaupt. Im Pausenraum, zwischen zwei Patienten, fragt mich Miranda, weshalb ich die ganze Zeit lächle.

»Du wirst sie beide gegen Mittag kennenlernen, wenn sie zum Lunch vorbeikommen.«

»Beide?«

»Meinen Freund und seine Tochter.« Es stört mich, ihn so zu bezeichnen, denn schließlich ist er in Wahrheit ja mein Verlobter, aber ich will Carmen auf keinen Fall die Show stehlen. Diese Woche steht sie im Mittelpunkt. Nach ihrer Hochzeit wird noch genug Zeit dafür sein, allen meine Neuigkeiten mitzuteilen.

»Ach, dann ist es offiziell?«

»Ja. Ich kann es nicht erwarten, dass du sie kennenlernst, und du solltest wissen, dass er vorhat, die Klinik finanziell zu unterstützen.«

Sie will gerade einen Schluck aus ihrer Kaffeetasse nehmen, setzt sie jedoch wieder ab. »Ernsthaft?«

»Ja. Ich hab ihm erklärt, was wir hier leisten und was es einerseits mir und andererseits den Menschen hier bedeutet. Er würde gern seinen Teil dazu beitragen.«

Miranda blinzelt ein paarmal, und ich merke, dass sie mit den Tränen kämpft. »Das ist ein Wunder«, meint sie leise. »Ich hab nichts sagen wollen, aber in unseren Kassen herrscht Ebbe. Ich habe schon mehrmals zu der barmherzigen Jungfrau um Hilfe gebetet ...«

Ich gehe zu ihr und umarme sie, voller Liebe zu ihr und dem Mann, der ihr diese Last von den Schultern nehmen wird. »Es tut mir leid, dass du so in Sorge warst. Du hättest es mir erzählen können.«

»Ich wollte nicht, dass du dir auch noch Sorgen machst.«

»Du solltest wissen … Wenn Austin sich bei etwas engagiert, hält er sich nicht zurück.«

Sie fächelt sich mit der Hand Luft zu und versucht, sich wieder unter Kontrolle zu kriegen.

Ich reiche ihr ein Taschentuch aus der Box auf dem Tresen. »Ich sollte dich allerdings vorwarnen: Möglicherweise unterschreibt er bei den Mariners in Seattle.«

Ihr Lächeln verblasst. »Das ist schrecklich weit von Miami entfernt.«

»Ich weiß, und ich werde vermutlich mit ihm gehen.«

»Ah, du bist verliebt.«

»Bis über beide Ohren.«

»Ich freu mich wirklich für dich – und für ihn. Er hat Glück.«

»Wir haben beide Glück, dass wir einander gefunden haben.«

»Auf wundersame Weise. Du warst genau die passende Spenderin für sein Kind, und er passt perfekt zu dir. Wie schön.«

Unsere Rezeptionistin Angie kommt in den Pausenraum. »Maria, da ist ein total sexy Typ mit dem allerniedlichsten kleinen Mädchen, und sie fragen nach dir.«

»Das werden ihr Freund und seine Tochter sein«, meint Miranda.

Angie fallen fast die Augen aus dem Kopf. »Ernsthaft?«

»So ernsthaft, wie es geht.« Sie sind früh dran, aber das ist mir egal. Ich folge Angie zum Empfang, wo Austin mit einer großen Tüte im einen und Everly auf dem anderen Arm steht.

»Rie! Essen!«

»Da ist ja mein Krümelchen.« Ich nehme sie ihm ab und drücke sie.

»Rie! Bett! Dada!«

Während Austin, Angie und Miranda losprusten, lege ich Everly ganz sanft einen Finger auf die Lippen. »Psst, plaudere meine Geheimnisse doch nicht bei der Arbeit aus.«

»Ich bin Austin«, erklärt er an die anderen gerichtet. »Sie müssen Angie und Miranda sein.«

Während sie ihm die Hand schütteln, wirken beide leicht benommen. Daraus kann ich ihnen keinen Vorwurf machen, schließlich hat er auf mich genau die gleiche Wirkung.

»Das hier ist also die Klinik, von der ich schon so viel gehört habe.«

»Es ist nicht viel, aber es ist unser Zuhause abseits unseres Zuhauses«, teilt ihm Miranda mit. »Kommen Sie, und schauen Sie sich um.«

Während ich Everly halte, führt ihn Miranda zu unseren beiden Behandlungszimmern und dann in den Pausenraum. »Und damit endet unsere Fünfminutentour.«

»Wie vielen Patienten helfen Sie denn hier durchschnittlich in einer Woche?«

»Das schwankt, in unserer geschäftigsten Zeit sind es ungefähr zweihundertfünfzig.«

»Das ist eine Menge.«

»Oft sind es sogar mehr, als wir behandeln können«, kläre ich ihn auf. »Dann geben wir Nummern aus, damit sie am nächsten Tag ihren Platz in der Schlange wieder einnehmen können und nicht umsonst gewartet haben.«

»Wenn Sie andere Räumlichkeiten hätten und mehr Personal, würde das helfen?«

Miranda starrt ihn an. »Äh …«

»Es würde für die Leute hier im Viertel einen Riesenunterschied bedeuten«, sage ich.

»Dann sollten wir das doch tun, oder?«

»Heilige Sch…«, entfährt es Angie. »Meint er das ernst?«

»Absolut«, antworte ich ihr und platze fast vor Stolz. Er gehört mir, und ich liebe ihn noch etwas mehr, weil er das hier tut. »So ernst, wie es nur geht.«

Bei dem Lunch, den Austin mitgebracht hat, besprechen wir seine Absicht, der Klinik genug Geld zur Verfügung zu stellen, dass alles beschafft werden kann, was gebraucht wird, um sie zu erweitern und in andere und vor allem größere Räumlichkeiten umzuziehen.

»Sie werden mir Zeit dafür lassen müssen, das alles zu verarbeiten«, erwidert Miranda. »Ich kann nicht glauben, dass das hier passiert.«

Austin bedeckt ihre Hand mit seiner. »Es ist für mich ein absolutes Vergnügen, hierzu imstande zu sein, Miranda. Ich bekomme unanständig viel Geld für etwas gezahlt, das im Grunde genommen ein Spiel ist und mir Spaß macht. Wenn ich mit diesem Geld dann etwas Gutes tun kann, freut mich das. Die Klinik hier ist Maria wichtig, damit wird sie auch wichtig für mich.«

»Wow«, haucht Angie.

Ich bedenke sie mit einem beseligten Lächeln. »Ich weiß.«

»Wir hatten Riesenglück, dass uns, als Everly krank geworden ist, alles zur Verfügung stand, was die moderne Medizin zu bieten hat. Ich kann nicht alle Not der Welt beseitigen, aber hier kann ich helfen.«

»Vielen, vielen Dank«, erklärt Miranda.

Jason kommt rein und bleibt jäh stehen, als er uns mit Austin und Everly um den Tisch herumsitzen sieht. Ich hatte beinahe vergessen, dass heute sein Nachmittag in der Klinik ist. »Was ist denn hier los?«, erkundigt er sich.

»Wir haben einen neuen Wohltäter«, unterrichtet ihn Miranda.

»Ach, wirklich?« Jason grinst Austin zu. »Das ist toll und wird dringend benötigt.«

»Das hat man mir erzählt.« Austin deutet auf die Sandwichzutaten auf dem Tisch. »Bitte, greif zu.«

»Da sag ich nicht Nein. Ich bin heute spät dran und bin noch nicht dazu gekommen, was zu essen.«

Wir rücken am Tisch zusammen.

»Bist du schon aufgeregt?«, frage ich ihn.

»Und wie. Ich wusste gar nicht, dass Heiraten so ein Spaß sein kann.«

»Das ist nur der Fall, wenn man es richtig macht«, erwidert Miranda. »Was bei dir der Fall ist.«

»Genau.«

»Und wie geht es der Braut?«, erkundigt sich Austin.

»Auf mich wirkt sie okay, auch wenn ich natürlich weiß, dass es für sie nicht das Gleiche ist wie für mich. Ich versuche, das zu berücksichtigen.«

»Wenn man eine Witwe heiratet, kriegt man nicht nur sie«, sagt Miranda. »Man bekommt auch ihren verstorbenen Ehemann und seine Familie.«

Jason nickt. »Ich weiß, wie sehr Carmen sie liebt, was umgekehrt übrigens genauso gilt. Sie sind ihre Familie, und ich hab sie ebenfalls richtig gern.«

»So ist das richtig, du verstehst es«, meint Miranda. »Jetzt müssen wir aber zurück zur Arbeit. Austin, danke für den Lunch und alles andere. Ich freue mich schon auf die Zusammenarbeit.«

»Ebenfalls. Sie haben meine Handynummer. Lassen Sie uns bald mal reden.«

»In dieser Woche geht es allein um die Hochzeit. Ums Geschäftliche kümmern wir uns dann nächste Woche.«

»Klingt gut. Ich freue mich schon drauf, von Ihnen zu hören.«

»Ich melde mich auf jeden Fall. Darauf können Sie sich verlassen«, sagt sie über die Schulter, während sie den Raum verlässt.

»Es ist einfach unglaublich, was Sie da tun«, verkündet Angie. »Sie haben keine Ahnung …« Spontan schließt sie ihn in die Arme. »Und Sie sind auch noch so … Wow.«

Damit eilt sie aus dem Raum, während wir anderen lachen.

»Das also ist Angie.«

»Sie ist lustig.«

»Es ist wirklich absolut wunderbar, was du hier vorhast, Austin«, bestätigt auch Jason noch einmal. »Die Not ist so groß.«

»Es ist überaus befriedigend, zu so etwas beizutragen. Und was du hier leistest, ist auch toll.«

»Wie du schon gesagt hast, ist es überaus befriedigend. Und damit danke für den Lunch. Jetzt muss ich aber an die Arbeit.«

»Draußen ist immer eine lange Schlange, wenn Dr. Jason kommt«, erzähle ich Austin, nachdem Jason den Raum verlassen hat.

»Wir brauchen ein paar Ärzte von Dr. Jasons Kaliber in Vollzeit für unsere Klinik«, erklärt er.

»Egal, was ab jetzt passiert, ich werde dir nie vergessen, dass du das tust. Du hast dir damit auf Jahre hinaus Pluspunkte als Ehemann erworben.«

Sein Lächeln ist unglaublich sexy und gleichzeitig befriedigt. »Dann ist es gut investiertes Geld.«

* * *

Austin bereitet das Abendessen zu, während ich mich für den Junggesellinnenabschied fertig mache. Das fühlt sich so häuslich an, ein Vorgeschmack darauf, wie es sein wird, verheiratet zu sein. Als ich mit mehr Make-up, als Austin und Everly mich je haben tragen sehen, und in meinem schwarzen Kleid und den High Heels aus dem Schlafzimmer komme, starrt er mich mit so heftigem Verlangen in den Augen an, dass ich mir wünsche, heute nichts vorzuhaben.

»Rie hübsch!«

Ich hebe Everly hoch, damit sie sich das Make-up aus der Nähe anschauen kann.

»Rie ist wirklich hübsch«, gibt Austin ihr recht. »So, so hübsch.«

»Ihr seid gut für das Ego eines Mädchens.«

»Dein Ego hat keinen Anlass zu Zweifeln.« Er stiehlt sich rasch einen Kuss und macht sich dann daran, Kartoffelpüree mit Hähnchen samt Füllung zu servieren, die Everly offenbar mehr liebt als Eiscreme, wenn man ihrem Vater glauben kann.

Austin kocht nicht nur, er räumt anschließend auch auf und wäscht ab, während ich mir rasch die Zähne putze, meinen Lippenstift auffrische und mir kurz mit der Bürste durchs Haar fahre.

Er stellt sich hinter mich, legt seine Arme um mich und küsst mich auf den Nacken. »Es ist nicht fair, dass du ausgehst und so verdammt heiß aussiehst, ich aber gar nicht mitdarf.«

»Tut mir leid.«

»Wir brauchen ein echtes Date.«

»Wir haben ja noch das Essen nach der Probe am Abend vor der Hochzeit und die Hochzeit selbst.«

»Das wird beides toll. Trotzdem möchte ich eine Verabredung einfach nur für uns beide. Ganz viel Nur-wir-zwei.«

»Davon werden wir genug haben.«

»Versprochen?«

»Absolut.« Mein Handy vermeldet den Eingang einer Nachricht von meiner Schwester. »Dee ist da und möchte euch gern kennenlernen.« Ich drehe mich um und gebe ihm einen Kuss. »Warte nicht auf mich.«

»Doch, darauf kannst du dich verlassen. Am Ende schnappt mir jemand noch mein Mädchen weg.«

»Ich gehe nirgendwohin mit irgendjemand anderem als dir, und das weißt du.« Ich nehme ihn an der Hand und führe ihn ins Wohnzimmer, lasse ihn los, um Dee die Tür aufzumachen.

Mit einem Freudenschrei wirft sie mir die Arme um den Hals, wie immer, wenn wir einander das erste Mal seit Wochen sehen. Sie ist nur ein Jahr jünger als ich, und wir haben uns immer nahegestanden. Wir haben uns nie gezankt, wie es andere Schwestern tun, und zusammen mit Carmen ist sie meine beste Freundin. Sie ist ungefähr fünf Zentimeter kleiner als ich, aber sonst könnten wir Zwillinge sein. Der einzige echte Unterschied ist, dass ihr lockiges dunkles Haar nicht so lang ist wie meins. »Du siehst echt heiß aus!«

»Hab ich ihr auch gerade gesagt«, bestätigt Austin.

»Wo wir gerade von ›heiß‹ reden, du musst Austin sein.«

»Schön, dich endlich kennenzulernen.«

»Gleichfalls.« Dee umarmt ihn und bückt sich dann, um mit Everly zu sprechen, die sich hinter Austins Bein versteckt. »Und du musst Everly sein. Ich hab schon so viel von dir gehört.«

»Das hier ist Ries Schwester Dee«, erkläre ich ihr. »Kannst du sie begrüßen?«

»Hi.«

»Sie wird redseliger, wenn sie einen besser kennt.«

Dee spielt Kuckuck mit ihr, woraufhin Everly kichert.

»Rie! Dee!«

»Genau, Krümelchen. Dee ist Ries Schwester.«

»Schwester.«

Ich schaue Austin an. »Noch ein neues Wort.«

»Das fügen wir der Liste hinzu.« Austin hebt sie hoch, damit er uns nach draußen zur Limousine bringen kann, die auf der Einfahrt wartet. Dee und ich haben zusammengelegt, damit keine von uns fahren muss. »Amüsiert euch gut.«

»Werden wir.« Ich gebe ihm und Everly einen Kuss. »Hab euch beide lieb.«

»Rie! Lieb!«

Austins Lächeln sorgt dafür, dass ich mir wieder wünsche, ich könnte bei ihm bleiben. »Ich liebe euch ebenfalls.«

Als wir in der Limousine sitzen, blicke ich zurück und sehe, dass die beiden uns winken.

»Äh … Wow?«, sagt Dee. »Du liebst ihn? Er liebt dich? Was zur Hölle? Da rede ich mal ein paar Tage lang nicht mit dir, und in der Zwischenzeit ist Liebe passiert?«

»Das liegt eigentlich schon eine Weile zurück.« Ich möchte ihr dringend den Rest anvertrauen, aber ich beiße mir auf die Zunge, damit ich nicht in Versuchung geführt bin, doch noch damit herauszuplatzen. Carmens große Woche. Jetzt ist nicht der richtige Zeitpunkt. *Beiß dir weiter auf die Zunge.* »Er hat mich gebeten, ihn zu heiraten.«

Sie kreischt so laut auf, dass der Fahrer zusammenzuckt.

»Tut mir leid, davon darfst du niemandem erzählen, kein Wort. Das hier ist Carmens Woche. Ich würde ihr um nichts in der Welt etwas von der Aufmerksamkeit aller nehmen wollen. Du musst es mir versprechen.«

Sie schlingt die Arme um mich und drückt mich so fest, dass ich Angst um meine Rippen bekomme. »Das hier ist so atemberaubend, Mari. Er ist superattraktiv, und die Kleine … Himmel, sie ist einfach zuckersüß.«

»Er ist attraktiv? Das ist mir gar nicht aufgefallen.«

»Sei still. Ich will alles haarklein erfahren. Wie war sein Antrag?«

»Na ja, also, wir waren … Du weißt schon …«

»O mein Gott! Ausgeschlossen! Mittendrin?«

»Jap.«

»Das ist ja unglaublich. Ist denn inzwischen schon klar, wo er nächstes Jahr spielen wird?«

»Möglicherweise in Seattle.«

»O nein, Mari … Das ist aber ziemlich weit weg!«

»Glaub mir, das weiß ich, doch wie gesagt, vor Ort müssen wir nur ungefähr das halbe Jahr sein, und sein Vertrag wird mutmaßlich über sechs Jahre gehen. Den Rest des Jahres über kann ich tun, was ich will. Die Winter verbringen wir also hier.«

»Bis du Kinder im Schulalter hast, dann ist es nicht mehr so einfach.«

Bei dieser Bemerkung habe ich das Gefühl, als hätte jemand eine Nadel in einen Luftballon gepikt. »Wie kommt es, dass ich die Schule vergessen habe? Everly ist ja schon drei …«

»Das ist dann nicht mehr lange.«

»Vermutlich verbringen wir zumindest den nächsten Winter hier. Danach wird es wohl nicht mehr klappen.« Diese Erkenntnis ist niederschmetternd. »Aber er hat gesagt, dass ich natürlich jederzeit herfahren kann, wann immer ich möchte.«

»Es wird trotzdem nicht leicht«, meint Dee. »Es hat schon seine Gründe, dass du nie irgendwo anders leben wolltest. Hier ist nun mal dein Herz zu Hause.«

»Das mag sein, doch wenn sie in Seattle sind, wird mein Herz dort sein. Er war fünf Tage in Baltimore, um für den Winter zu packen und mit dem Wagen herzufahren, und ich habe sie wie verrückt vermisst.«

»Ach«, seufzt Dee. »Das ist einfach unglaublich, Mari. Du hast so lange auf das hier gewartet. Ich könnte nicht glücklicher sein, bis auf die Tatsache, dass du nach Seattle ziehen wirst.«

»Verrat das niemandem. Es ist bisher schließlich nichts in trockenen Tüchern, und es wird auch noch eine Weile dauern.«

»Wie wollen wir das denn vor Carmen geheim halten?«

»Ich hätte es dir nicht erzählen sollen.«

»Als ob du das zwei ganze Tage für dich hättest behalten können.«

»Ich konnte es nicht mal zwei *Minuten* für mich behalten.«

»Du solltest es ihr einfach sagen. Sie hat kein Problem damit, das Scheinwerferlicht mit dir zu teilen.«

»Ich möchte es ihr trotzdem erst nach der Hochzeit erzählen.«

»Die Entscheidung liegt ganz bei dir, und von mir wird sie kein Wort erfahren. Ich mein ja nur … Sie wird es wissen wollen.«

»Wo wir gerade über Sachen reden, die die Leute gerne wissen wollen, sie und ich möchten mit dir über Marcus sprechen.«

Dee erstarrt. »Was ist mit ihm?«

»Wir haben ein paar Dinge gehört …«

»Was für Dinge?«

»Vermutlich sollte ich warten, bis Carmen hier ist. Sie ist es, die es gehört hat.«

»Warum habt ihr mir nichts davon erzählt?«

»Wir wollten wie gesagt warten, bis du hier bist, weil es nichts gab, was du von New York aus hättest tun können.«

»Was ist es denn?«

»Du weißt ja, dass er mit der Schlampe Schluss gemacht hat, oder?«

»Ja.«

»Also, Carmen hat mit Bonita gesprochen, und sie meint, er sei völlig durch den Wind.«

»Und was hat das mit mir zu tun?«

»Offensichtlich befindet er sich in diesem Zustand, weil ihm klar geworden ist, dass die Trennung von dir der größte Fehler seines Lebens war.«

Ihr Gesicht wird vor Schock ganz ausdruckslos. »Das hat er nicht gesagt.«

»Wenn man seiner Schwester glauben kann, schon.«

»Das zu hören ertrage ich nicht.«

»Wir dachten, du würdest es wissen wollen.«

»Na, das tue ich ja jetzt.«

»Und was wirst du nun machen?«

»Überhaupt nichts. Das ist schon seit ewigen Zeiten vorbei.«

»Ist es das? Wirklich?« Ich habe nichts davon mitbekommen, dass sie mit irgendjemand anders ausgegangen wäre, seit das mit Marcus aus ist. Wenn sie es also getan hätte, müsste sie es mir unterschlagen haben, was ausgeschlossen ist. Wir haben keine Geheimnisse voreinander.

»Ja, wirklich. Lass uns von etwas anderem reden. Wie hält sich Carmen diese Woche?«

Obwohl ich mir Sorgen mache, weil sie das mit Marcus sichtlich schockiert hat, lasse ich das Thema erst mal auf sich beruhen. »Gut, wenigstens soweit ich das beurteilen kann.« Ich habe ihr von Jasons Sorge erzählt. »Sie hat nichts gesagt, was einen vermuten lassen würde, dass sie irgendetwas anderes als überglücklich ist.«

»O Mann, ihr beide habt's echt raus.«

»Nicht alles.«

»Die wichtigen Dinge.«

Die Limousine bleibt vor dem Gebäude in Brickell stehen, in dem Carmen und Jason zusammenwohnen. Sie warten draußen auf uns, und als Dee aussteigt, kommt Carmen auf ihren High Heels zu ihr gelaufen und wirft sich ihr in die Arme.

»Vorsicht, nicht so stürmisch, junge Frau«, ruft Dee. »Du wirfst mich noch um.«

»Ich wusste, dass du das aushältst.«

Nachdem sie Carmen losgelassen hat, schließt Dee Jason in die Arme.

»Willkommen zu Hause«, erklärt er.

»Danke. Es ist immer schön, hier zu sein.«

Niemand außer Carmen würde bemerken, dass Dee noch von dem erschüttert ist, was ich ihr über Marcus gesagt habe. Sie wird versuchen, es zu überspielen, aber ich kenne sie zu gut, und Carmen tut das ebenfalls.

»Ich wünsche euch jede Menge Spaß«, meint Jason, bevor er Carmen einen leidenschaftlichen Kuss gibt. »Und wenn du im Knast landest, ruf Austin an, nicht mich.«

»Haha«, erwidert Carmen und pikt ihm mit einem Finger in den Bauch. »Niemand kommt in den Knast. Heute Nacht jedenfalls nicht.«

Sie steigt ein, und wir folgen ihr.

Jason steht auf dem Bürgersteig und winkt uns nach.

Carmen schaut durch die Heckscheibe zu ihm, wartet, bis er im Haus verschwunden ist, bevor sie sich zu uns umdreht und merkt, dass wir sie beobachten. »Was denn?«

»Was war das?«, erkundigt sich Dee.

»Nichts. Ich hab mich nur vergewissert, dass mit ihm alles okay ist.«

»Ihm geht es prima, Carmen, und das wird so auch bleiben«, stellt Dee fest.

»Ich weiß.«

»Wirklich?«, frage ich behutsam, weil mir natürlich klar ist, weshalb sie so reagiert. Tonys tragischer Tod war furchtbar für sie und uns. Dass sie das Trauma überwunden und es so weit gebracht hat, dass sie sich auf ihr neues Glück einlassen kann, ist im Grunde genommen ein Wunder. Eine Zeit lang haben wir uns gefragt, ob wir sie ebenfalls verlieren würden.

»Ich mach mir Sorgen um ihn, was vermutlich zu erwarten war.«

»Stimmt«, bestätige ich, »ein bisschen gesunde Sorge ist nicht ungewöhnlich. Ist es das denn?«

»Könnte ein bisschen mehr sein, doch das schaff ich schon. Ich möchte heute Abend auch gar nicht darüber reden. Dee! Was gibt's Neues?«

»Ich hab ihr von Marcus erzählt.«

»Und?«

»Und nichts«, antwortet Dee. »Das ist aus und vorbei.«

Carmen hebt eine Augenbraue, womit sie alles sagt. Sie glaubt ihr nicht mehr, als ich das tue.

»Und Mari ist verlobt.«

»Dee! Meine Güte!« Ich sollte sauer sein, aber andererseits hat sie mich davor bewahrt, die ganze Zeit auf der Hut sein zu müssen, damit mir diese weltbewegende Entwicklung nicht doch rausrutscht.

Carmen wirbelt herum, um mich anzuschauen. »Wirklich?«

»Ja, aber eigentlich solltest du das erst nach der Hochzeit erfahren.«

»Sei still! Das ist verrückt!« Sie stößt einen Schrei aus, und wir umarmen uns alle und kreischen ein wenig, mit anderen Worten: Wir tun, was wir immer tun, wenn eine von uns große Neuigkeiten hat. »Ich bin so froh! Ich liebe ihn und Everly ... Das ist das Beste seit mir und Jason.«

»Ich bin selbst ziemlich glücklich darüber.« Und erleichtert, dass meine beiden engsten Freundinnen es wissen, auch wenn ich Dee bei der nächstbesten Gelegenheit in den Arm boxen werde, weil sie es einfach so herausposaunt hat.

»Er hat sie gefragt, während sie gerade *dabei* waren«, fügt Dee hinzu und streckt mir die Zunge heraus.

Carmen lacht und klatscht in die Hände. »Das ist wunderbar. Ich liebe es. Es gibt keinen Grund, aus dem du das unter Verschluss halten solltest, Maria. Erzähl es der ganzen Welt.«

»Es ist doch deine Woche.«

Sie lehnt sich zu mir, ergreift meine Hände und drückt sie. »Es ist *unsere* Woche. Die beste Woche überhaupt.«

KAPITEL 24

Austin

Bei der Hochzeitsprobe und dem folgenden Abendessen fange ich an, eine gute Vorstellung von Marias Familie zu bekommen, und ich muss sagen, ich bin beeindruckt. Sie sind herzlich, lustig, liebevoll, loyal und haben keine Scheu, andere, die in ihren Dunstkreis geraten, in ihr Herz zu schließen … und damit auch mich. Wir wollten unsere große Neuigkeit eigentlich bis nach der Hochzeit geheim halten, aber offenbar hat Dee die Bombe platzen lassen, und jetzt wissen alle Bescheid.

Meine Eltern, Everly und ich haben heute Vormittag das Haus in Gables Estates bezogen und freuen uns auf einen Winter in der Sonne. Ich kann es gar nicht erwarten, so viel Zeit wie möglich mit Maria und ihrer Familie zu verbringen.

Bei dem Abendessen bitte ich Marias Vater Lorenzo um ein Gespräch unter vier Augen. Alle nennen ihn Lo, aber ich bleibe erst mal bei »Mr Giordino«.

Das Essen am Abend vor der Hochzeit findet in Jasons und Carmens Wohnung statt, und Mr Giordino und ich nehmen unsere Drinks mit auf die große Dachterrasse, von der aus man einen tollen Blick auf die Biscayne Bay hat.

»Schon atemberaubend«, stellt er fest.

»Es ist wunderschön.«

»Aber Sie haben mich nicht hier herausgebeten, um mit mir über die Aussicht zu reden, oder?«

»Nein, Sir. Ich wollte mich bei Ihnen entschuldigen.«

»Wofür denn?«

»Dass ich nicht zuerst mit Ihnen gesprochen habe, bevor ich Maria gebeten habe, mich zu heiraten. Ich weiß, ich hätte das tun sollen, aber der Antrag war ziemlich spontan, daher stehe ich jetzt nach vollbrachter Tat vor Ihnen und bitte um Ihren Segen.«

»Eigentlich müsste ich Sie jetzt etwas leiden lassen, doch Sie haben Glück, ich bin gerade gnädig gestimmt.«

Lachend erwidere ich: »Gott sei Dank. Ich möchte, dass Sie wissen: Ich liebe Maria sehr, und nicht nur, weil sie meiner Tochter das Leben gerettet hat. Natürlich hat es so begonnen, aber ich liebe sie für alles, was sie ist, und für ihr großes Herz.«

»Es wird schwer für sie werden, irgendwo anders als in Miami zu leben.«

»Ich weiß, und ich habe ihr versichert, dass sie jederzeit herfliegen kann, wann immer sie möchte. Wir verbringen hier so viel Zeit wie nur irgend möglich.«

Er wirkt ein bisschen traurig, was mich nicht unberührt lässt.

»Ich versuche, mir vorzustellen, wie ich mich wohl fühlen würde, wenn irgendein dahergelaufener Typ auftauchen würde, um mir mein kleines Mädchen wegzunehmen. Da komme ich schnell zu dem Schluss, dass ich mir das lieber nicht ausmalen will.«

»Für uns ist es natürlich traurig, für sie ist es allerdings aufregend. Sie strahlt vor Glück, wenn sie bei Ihnen und Ihrer

Tochter ist, das konnten wir alle mit eigenen Augen sehen. Dennoch, wie Sie ganz richtig sagen, sorgt sie sich immer um andere, was bedeutet, dass sie auch leicht verletzt werden kann.«

»Mein einziges Ziel im Leben wird sein, sie glücklich zu machen. Darauf haben Sie mein Wort.«

»Dann haben Sie meinen Segen.«

Ich schüttle seine ausgestreckte Hand, erleichtert, dass mir verziehen ist.

Carmen tritt auf die Dachterrasse und kommt zu uns. »Ich habe nach dir gesucht«, erklärt sie mir. Sie sieht in dem weißen, schulterfreien Kleid umwerfend aus. Ihr Haar ist offen und fällt ihr in weichen Locken auf die Schultern, und ihr Lächeln überstrahlt alles.

»Oh, oh«, meint Lorenzo. »Was haben Sie angestellt?«

»Haha, Onkel Lo. Du bist echt witzig. Könnte ich mir Austin einen Moment borgen?«

»Natürlich.« Lorenzo gibt seiner Nichte einen Kuss und geht wieder in die Wohnung.

Als wir allein sind, fragt Carmen: »Hast du schon einen Ring besorgt?«

»Ja, Everly und ich haben das heute erledigt.«

»Das ist großartig, weil ich nämlich eine Idee habe …«

Maria

Die Hochzeit ist unglaublich, angefangen bei Jasons Reaktion auf Carmen in ihrem Brautkleid, über Onkel Vincents und Tante Vivs Rührung, als sie sie dem Bräutigam übergeben, bis hin dazu, dass alle Menschen, die wir lieben, an einem perfekten Tag voller Liebe und Freude an einem Ort zusammengekommen sind, um Carmens zweite Chance aufs Glück zu feiern.

Jason und Carmen rühren alle mit ihren innigen Eheversprechen zu Tränen.

»Ich hätte nie gedacht, dass mir so etwas noch einmal passieren würde«, erklärt Carmen ihrem gut aussehenden Bräutigam. »Ich dachte, ich hätte meine eine Liebe erlebt. Stell dir nur meine Überraschung vor, als mir dann du über den Weg gelaufen bist. Danke, dass du meine perfekte zweite Chance bist, dass du mir gestattest, meinen geliebten Tony mit in unsere Ehe zu bringen, und seinen Platz in meinem Herzen respektierst. Ich bin zurechtgekommen, bevor wir uns getroffen haben, aber seitdem habe ich herausgefunden, dass zwischen ›zurechtkommen‹ und ›wirklich glücklich‹ noch ziemlich viel Spielraum ist. Ich liebe dich so sehr und werde das immer tun.«

Carmen hebt eine Hand und wischt ihm die Tränen vom Gesicht, während ich selbst damit kämpfe, nicht loszuheulen.

Ich stehe direkt neben Carmen, Dee rechts von mir, zusammen mit Carmens und Jasons guter Freundin Betty, die an dem Tag dabei war, als sie sich kennengelernt haben. In der ersten Reihe sitzen Carmens Eltern, Nona und Abuela sowie Tonys Eltern, was zeigen soll, wie wichtig sie und ihr Sohn immer noch sind. Jasons Bruder Ben ist sein Trauzeuge, zusammen mit zwei Freunden aus dem Medizinstudium.

Jason nimmt ihre Hand und haucht einen Kuss darauf. »Ich war am absoluten Tiefpunkt meines Lebens, als ich dich getroffen habe, und schon nach ein paar Stunden mit dir ging es mir unfassbar viel besser. So schnell hast du mein Leben geändert. Es ist alles an einem Tag passiert. Und jeder Tag seither war wie ein Traum, nur besser. Ich liebe dich, ich liebe die Art und Weise, wie du Tony und seine Familie liebst, ich liebe die Art und Weise, wie du jeden liebst, der dir wichtig ist, und ich fühle mich unfassbar vom Glück gesegnet, weil ich zu diesem Kreis zähle. Ich kann es gar nicht erwarten, den Rest meines Lebens mit dir zu verbringen, meine süße *rizo, mi amor*.«

Rizo heißt auf Spanisch »Locke«, was der perfekte Spitzname für sie ist.

Stunden später, nachdem wir Millionen Fotos gemacht haben und ein köstliches Hochzeitsmenü mit Rinderfilet und Hummerschwanz mit unzähligen verschiedenen italienischen und kubanischen Beilagen verzehrt haben, ist es Zeit für die Reden. Dee und ich haben eine Münze geworfen, und ich hab verloren, daher muss ich für uns beide die Trauzeuginnenrede halten. Das liegt nicht daran, dass wir das nicht beide gerne für sie getan hätten, sondern heißt nur, dass wir nicht so gerne vor vielen Leuten sprechen.

»Für alle, die mich nicht kennen, ich bin Carmens Cousine Maria. Meine Schwester Dee und ich sind ihre Trauzeuginnen, aber keine Sorge, nur ich halte eine Rede.«

»Gott sei Dank«, wirft Nico ein, wie es bloß ein Bruder tun kann.

»Halt den Mund, Nico.«

Alle lachen und klatschen, denn niemand verdient es mehr, in seine Schranken verwiesen zu werden, als er.

»Heute ist so ein wunderbarer Tag, und Carmen, du musst wissen, wie viel es uns bedeutet, dich glücklich und lächelnd und in so einen großartigen Typen verliebt zu sehen. Ich habe keinen Zweifel daran, dass Tony heute hier bei uns ist und dass er Jason genauso in sein Herz geschlossen hat wie du und wir alle. Jason, du hast mir von Anfang an gezeigt, aus welchem Holz du geschnitzt bist, als du in die Klinik gekommen bist, um uns aus der Patsche zu helfen, dann jedoch aus Großherzigkeit weiter dageblieben bist. Ich weiß, ich muss dir nicht sagen, wie viel Carmen uns allen bedeutet, daher pass gut auf sie auf. Und schenkt uns jede Menge Babys, die wir lieb haben können.« Ich hebe mein Glas zum Toast auf sie. »Auf Carmen und Jason, mögt ihr beide gemeinsam ein langes und glückliches Leben führen, voller Liebe und guter Dinge. Wir lieben euch beide.«

Carmen und Jason tanzen zu »Unchained Melody«, und ich heule mir die Augen aus dem Kopf, als die Textzeile »God speed your love to me« eine Saite in mir zum Klingen bringt. Ich muss glauben, dass Gott und Tony und unzählige Gebete und Unmengen Liebe Carmen zu ihrem Happy End mit Jason verholfen haben. Danach sind meine Pflichten als Brautjungfer erfüllt, und ich kann endlich mit meinem Begleiter tanzen, der in seinem grauen Anzug noch sexyer aussieht als sonst.

Er hat sich das Jackett ausgezogen, und ich fahre mit den Händen über seine Weste. Sie steht ihm wirklich gut, allerdings würde er vermutlich auch in einem Kartoffelsack eine gute Figur abgeben.

»Die verführerischste Brautjungfer, die mir je untergekommen ist«, flüstert er mir ins Ohr. »Das Kleid ist der Hammer.«

»Das alte Ding?« Die dunkelblaue Seide lässt der Fantasie wenig Raum.

»Ich muss die ganze Zeit aufpassen, dass meine Hände nicht einfach dahin wandern, wo sie dich berühren wollen.«

»Im Moment nicht, aber später natürlich schon.«

»Und das werden sie.« Er hält mich so eng, wie es nur geht, und doch ist es nicht nah genug. »Alles an diesem Tag war perfekt, vor allen Dingen du in diesem Kleid. Beinahe hätte ich mich an meiner Zunge verschluckt, als du hinter der Braut den Gang entlangkamst.«

»Pass bloß auf! Die gehört mit zu dem, was ich am liebsten an dir mag.«

»Was gehört denn noch dazu?«

Obwohl wir von Leuten umgeben sind, fühlt es sich an, als wären wir in unserer eigenen kleinen Blase. »Deine Lippen, deine Augen, dein Lächeln … Deine Hände … Dein Herz.«

»Wie lange müssen wir hierbleiben?«

»Eine Weile schon noch. Ich bin schließlich Trauzeugin und Brautjungfer.«

Er presst seinen Unterleib an mich. »Vergiss das hier nicht.«
»Als ob ich das je könnte.«

Wir tanzen den ganzen Abend, und ich kann erkennen, dass ich ihn mit meinen Bewegungen auf der Tanzfläche beeindrucke, vor allem als Dee, Carmen, meine Brüder und Cousins und Cousinen sich zu uns gesellen und wir loslegen, wie wir das immer tun, wenn wir zusammen sind. Austin weicht einen Schritt zurück und schaut zu, und ich lege mich für ihn richtig ins Zeug.

Ich muss mir den Schweiß von der Stirn wischen, als Carmen dem DJ das Mikrofon abnimmt. »Ich hoffe, alle amüsieren sich gut.«

Wir klatschen und jubeln der Braut zu, die vor Glück förmlich strahlt.

»Nun, ich bin aber nicht die Einzige hier, die eine aufregende Woche hatte – meine liebe Cousine Maria hat sich verlobt!«

Während die Gäste applaudieren, traue ich meinen Augen kaum, als ich Everly auf mich zulaufen sehe, die ein hübsches Kleidchen anhat, die Locken aufgesteckt und mit einer Schleife verziert. Ich bücke mich, um sie zu umarmen und hochzuheben, als ich Austins lächelnde Eltern am Rand des Raumes entdecke. Was ist hier los?

Sie schlingt ihre süßen kleinen Ärmchen um meinen Hals.

»Du bist so hübsch, Krümelchen.«

»Rie! Hübsch!«

»Ja, genau wie du«, antworte ich lachend. »Was tust du denn hier?«

»Maria dachte, sie könnte diese weltbewegende Nachricht geheim halten, bis meine Hochzeit vorüber ist«, verkündet Carmen, »aber wir wissen ja alle, wie das mit Geheimnissen in dieser Familie so läuft.«

Ich drehe mich um und erblicke Austin, der sich auf ein Knie niedergelassen hat und das Mikrofon in der Hand hält. Ich keuche auf. »Wunderschöne Maria … Mit Carmens Hilfe habe ich all dies geplant und alles auswendig gelernt, was ich dir so dringend sagen möchte, doch jetzt, da es so weit ist und du vor mir stehst, meine kleine Tochter auf dem Arm hältst, der du das Leben gerettet hast, ehe du dann mich gerettet hast, ist alles, was ich weiß, dass ich dich in unserem Leben haben möchte – für immer. Everly und ich lieben dich so sehr. Wirst du uns bitte heiraten?«

Er zaubert ein Samtkästchen mit einem funkelnden Diamantring darin hervor.

»Rie! Heiraten!«

Ich lache und weine gleichzeitig, bringe ein Nicken zustande. »Ja, ich heirate euch.«

Applaus und Jubelrufe branden auf, als Austin aufsteht und uns beide in die Arme schließt, dann küsst er mich und steckt mir den Ring an die linke Hand. »Damit ist es offiziell.«

Austin

Carmens Idee war perfekt. Alle, die wir lieben, waren hier, um Zeuge dieses großen Augenblicks zu werden. Meine Mom hat ein Video für meine Brüder aufgenommen, die uns ihre Glückwünsche senden. Sie können es gar nicht erwarten, Maria kennenzulernen, und ich freue mich auch schon darauf, dass sich alle treffen. Sie werden sie genauso sehr lieben wie ich.

Wir stellen meine Eltern dem Rest von Marias Familie vor und lassen Everly ein bisschen bleiben, damit sie mit uns tanzen kann, bevor sie nach Hause und ins Bett muss.

Marias Nona hat sie zum Familienbrunch morgen eingeladen, was, wie ich vermute, regelmäßiger Bestandteil unserer

Wochenenden sein wird, solange wir in Miami sind. Damit kann ich prima leben, denn ich liebe es, mit Marias Familie zusammen zu sein.

Als wir die Hochzeitsfeier schließlich verlassen haben, ignoriere ich alles außer meiner wunderschönen Verlobten und der Privatparty, die ich für uns geplant habe.

»Wohin bringst du mich?«, will sie wissen, als wir über die I-95 nach Norden fahren.

Ich hab seit Stunden keinen Alkohol mehr angefasst, damit ich fahrtüchtig bin. »Das wirst du noch bald genug herausfinden, Liebste.« Ich greife nach ihrer Hand und hebe sie an meine Lippen, hauche einen Kuss auf ihre Finger. »Findest du den Ring nett?«

Sie stößt ein schnaubendes Lachen aus. »Äh, ja, Austin, ich finde den Ring ›nett‹.«

Vielleicht habe ich es ein bisschen übertrieben mit dem knapp dreikarätigen, rechteckig geschliffenen Diamanten, umgeben von mehreren kleineren Brillanten. »Ist er zu protzig?«

»Vermutlich schon, aber ich liebe ihn. Danke, dass du mir so eine tolle Überraschung bereitet hast.«

»Das war alles Carmens Idee. Sie wollte dich feiern.«

»Ich liebe sie so sehr. Sie so glücklich zu sehen, wie sie heute war, ist einfach wundervoll nach allem, was sie durchgemacht hat.«

»Sie sind ein großartiges Paar.« Kurze Zeit darauf treffen wir am Ritz-Carlton Bal Harbour am nördlichen Ende von Miami Beach ein. Ich hab Maria gebeten, eine Übernachtungstasche zu packen, und nachdem wir mein Auto dem Parkservice überlassen haben, trage ich unser Gepäck ins Hotel und gehe direkt zum Lift.

»Müssen wir nicht einchecken?«

»Darum habe ich mich schon gekümmert.«

»Schau, schau, da hast du ja wirklich vorausgeplant.«

»Ich wollte, dass der Abend heute etwas ganz Besonderes für dich wird.«

»Das ist er schon, weil ich mit dir zusammen bin. Ich hoffe, du weißt, dass ich nichts anderes brauche.«

»Ich weiß das, weshalb ich dir alles geben möchte.«

Sie lehnt ihren Kopf an meine Brust. »Ich brauche nur dich.«

Und das, genau das hier, ist einer der vielen Gründe, weshalb ich mit absoluter Sicherheit weiß, dass ich diese Frau liebe und sie für den Rest meines Lebens lieben werde. Im Aufzug lege ich einen Arm um sie, während wir zum sechsten Stock hochfahren, wo ich eine Suite mit Meerblick gebucht habe. Morgen früh können wir die Aussicht genießen.

»Wow, das ist ja wunderschön hier!«, ruft sie aus, als wir eintreten.

Ich hatte gehofft, es würde ihr hier gefallen. Nach ihrer Reaktion auf die Häuser, die wir uns angeschaut haben, bin ich mir ein bisschen unsicher, wenn es darum geht, sie mit irgendetwas Luxuriösem zu überraschen, aber der heutige Abend hat nach einer großen Geste verlangt.

Ich folge ihr auf die Dachterrasse, wo wir das Meeresrauschen hören und den Geruch von Sand und Salzwasser einatmen können. »Wie wäre es mit ein bisschen Champagner?«

»Gleich.« Sie schlingt ihre Arme um meine Mitte und blickt mir in die Augen. »Erst brauche ich das hier.«

»Da bin ich stets gern zu Diensten.« Ich küsse sie auf die Art und Weise, wie ich es heute schon den ganzen Tag tun möchte, seit ich sie in dem sexy Kleid gesehen habe. Es gibt nichts auf der Welt, was sich mit dem Hochgefühl vergleichen lässt, das mich erfüllt, wenn ich sie küsse. »Ich muss mit dir über dieses Kleid sprechen.«

»Was ist damit?«

347

»Mir wurde heute in der Kirche die Hose eng, Maria. Wenn ich dafür in die Hölle komme, ist es ganz allein deine Schuld.«

Sie kichert hilflos. »Das ist doch Quatsch.«

»Überhaupt nicht! Ich hatte echt Angst, mich würde der Blitz treffen oder so.« Ich reibe mit meinen Lippen über ihren Hals und vergrabe mein Gesicht in ihrem duftenden Haar. »Du warst so atemberaubend schön heute. Ich meine, das bist du immer, aber heute war einfach ... wow. Und dir beim Tanzen zuzuschauen ... So heiß.«

»Denkst du auch manchmal, dass wir jede Minute aufwachen und feststellen, dass alles nur ein wunderschöner Traum war?«

»So fühlt es sich für mich auch an, denn wie kann etwas so Wunderbares tatsächlich echt sein? Aber es ist echt. Es ist das Echteste überhaupt.«

Sie schenkt mir ein strahlendes Lächeln. »Kann man ›echt‹ überhaupt steigern?«

»Wenn nicht, dann sollte man das schnellstens ändern.« Ich nehme ihre Hand. »Lass uns den Rest der Suite erkunden, ja?«

»Geh voran.«

Ich schnappe mir den Champagner, der auf einem der Tische kalt gestellt ist, und führe Maria ins Schlafzimmer. Nachdem ich den Korken habe knallen lassen, trinken wir beide direkt aus der Flasche.

»Sieh uns nur an. Wenn das keinen Stil hat.«

Ich lache und nehme einen weiteren Schluck. »Warum es erst in ein Glas gießen, wenn es schon in welchem ist?«

»Da hast du auch wieder recht.« Sie nimmt einen weiteren Schluck und muss dann leise aufstoßen.

Wir lachen beide. Es fühlt sich so gut an, mit ihr zu lachen, einfach ich bei ihr zu sein.

»Das hier ist auf dich und mich und Everly für immer.«

»Darauf trinke ich gern.« Sie reicht mir die Flasche zurück. »Austin, denkst du, dass ich sie vielleicht irgendwann mal adoptieren kann?«

»Das wäre …« Meine Kehle schnürt sich zu. »Ja, Süße. Lass uns das machen.«

»Nur wenn du das auch möchtest.«

»Natürlich will ich das. Du bist ja bereits ihre Mutter, Maria. Du bist die, die sie liebt.«

»Ich bin so glücklich«, sagt sie seufzend. »Glücklicher, als ich je in meinem ganzen Leben gewesen bin.«

»Ich auch. Ich wusste gar nicht, dass so ein Glück möglich ist.« Ich küsse sie auf die Schulter, arbeite mich an ihrem Schlüsselbein entlang und den Hals empor, bevor ich ihre Lippen mit einem dieser süßen, sexy Küsse bedecke, die für mich lebensnotwendig geworden sind. »Wie bekomme ich dich eigentlich aus diesem atemberaubenden Kleid heraus?«

Sie hebt ihren Arm, um mir den Reißverschluss an der Seite zu zeigen.

»Ich werde jede Menge Fotos von heute brauchen, damit ich nie vergesse, wie du in diesem Kleid ausgesehen hast.«

»Ich denke, das lässt sich einrichten. Ich kenne da ein paar Leute.«

Unter dem Kleid trägt sie weiter nichts als einen trägerlosen BH und einen dazu passenden Stringtanga.

»Ich möchte dich einfach bloß immer anschauen.«

»Da lässt sich sicher auch was drehen.« Sie hebt die Hände, um die Knöpfe an meiner Weste zu öffnen und dann das Oberhemd darunter. »Zeig mir deine sexy Brust, und beeil dich gefälligst.«

Ich zerre mir die Kleider so schnell vom Leib, wie es nur geht, reiße dabei einen Knopf ab, worüber Maria lachen muss. »Ich bin geschickt mit Nadel und Faden, ich kann das für dich reparieren.«

»Das ist im Moment meine geringste Sorge.«

»Du hast Sorgen? Was für welche denn?«

»Zum einen, dass ich nicht lange durchhalten werde, nachdem ich mich schon seit der Kirche nach dir verzehre.«

»Über deine Verfassung in der Kirche reden wir nicht. Ich will schließlich nicht mit dir in der Hölle landen.«

»Ach, komm schon. Ohne dich ist es kein Spaß.«

»Was bereitet dir sonst noch Sorgen?«

»Meinst du das ernst?«

»Immer.«

»Ob du irgendwo anders glücklich sein kannst als hier im Kreise deiner Familie. Ich habe dich heute in deinem Element gesehen, und … es hat mich nachdenklich gestimmt. Das Allerletzte auf der Welt, was ich möchte, ist, dich in irgendeiner Weise unglücklich zu machen – und ich habe Angst, dass du das, wenn ich dich von hier weghole, am Ende sein könntest.«

»Ich liebe dich noch ein bisschen mehr, weil du dir darüber den Kopf zerbrichst, doch ich habe ein bisschen über Seattle gegoogelt, und es scheint dort wirklich nett zu sein. Ich glaube, mir wird es sogar guttun, an einem Ort zu leben, der nicht Miami ist – einfach um mal etwas anderes kennenzulernen und neue Erfahrungen zu sammeln. Meine Familie wird mir fehlen, aber wir kommen zu Besuch nach Hause, und wenn du deine Baseballkarriere beendet hast, können wir ja vielleicht zurück nach Miami ziehen.«

»Natürlich. Absolut. Gib mir sechs bis zehn Jahre irgendwo, dann kehre ich mit dir für immer hierher zurück.«

»Das ist eine wunderbare Abmachung.«

»Ich möchte, dass du glücklich bist, Maria.«

»Ich verspreche dir, dass ich in Seattle glücklich sein kann, wenn du und Everly bei mir seid.«

»Wird dir das denn reichen?«

»Himmel, Austin, ja. Ihr beide bedeutet mir alles. Das musst du doch inzwischen wissen.«

»Wir sind nicht alles. Deine Familie spielt eine Riesenrolle in deinem Leben.«

»Und jetzt seid ihr beide ebenfalls ein Teil davon. Es wird prima laufen, solange wir zusammen sind.« Sie zieht mich zu einem Kuss an sich, bei dem ich alles andere vergesse als das, was genau hier und jetzt passiert, was im Übrigen echt super ist.

Ich öffne den Verschluss ihres BHs und genieße den Anblick ihrer wunderschönen Brüste, deren Spitzen sich unter meiner Betrachtung aufrichten. Ich liebe sie wie verrückt, und die einzige Sache, die mir wichtig ist, ist, dass sie das immer weiß. Ich bete jeden Zentimeter ihrer wunderbaren Haut an, ihre aufgerichteten Brustspitzen, ihren flachen Bauch, der unter meinen Lippen bebt. Ich lege mir ihre Beine über die Schultern, küsse und liebkose sie, bis sie mehrmals zum Höhepunkt gekommen ist, wonach sie keuchend daliegt. Ich verzehre mich inzwischen unerträglich danach, in ihr zu sein, und erfülle mir endlich diesen Wunsch.

Sie schlingt die Arme um mich und hält mich fest, während wir uns gemeinsam in der perfekten Harmonie bewegen, die ich vor ihr vergeblich gesucht habe. Nichts war je wie dies, wie sie.

»Gott, Maria ... Ich liebe dich. Ich liebe dich so sehr.«

»Ich auch. Ich liebe dich.« Sie ist außer Atem, und ihre Haut ist gerötet. Sie ist so verdammt sexy und für immer die Meine.

Ich bin so berauscht von dem Zauber, den wir gemeinsam erschaffen, dass ich fälschlicherweise glaube, dass nichts zwischen uns kommen kann.

Doch ich werde bald genug herausfinden, wie sehr ich mich da geirrt habe.

Kapitel 25

Maria

Meine Eltern wollen mich und meine Geschwister nach dem Brunch sprechen, uns aber vorher nicht verraten, worum es geht. Die ominöse Textnachricht meines Vaters bittet uns, dass wir – und zwar nur wir – uns direkt nach dem Brunch zu Hause mit ihnen treffen.

Dee schreibt mir sofort. Äh, was zum Teufel?

Keine Ahnung.

Wollen sie sich scheiden lassen?

Nein! Wenn es eine Sache gibt, bei der ich mir ganz sicher bin, dann das. Die Ehe meiner Eltern ist in Ordnung. Das war sie immer, das wird sie immer sein. Ich weigere mich, irgendetwas anderes zu glauben.

Ich wünschte, ich müsste nirgendwohin und hätte nichts zu tun, sodass ich den ganzen Tag mit Austin im Bett verbringen könnte, doch der heutige Brunch ist der Schlusspunkt des Hochzeitswochenendes, und alle werden dort sein, um Carmen und Jason in ihre Flitterwochen auf den Turks- und Caicos-Inseln zu verabschieden. Sie wohnen dort in einem supertollen Resort, und ich wäre grün vor Neid, wenn ich mich nicht so für sie beide freuen würde.

Aber nun hängt die Sache mit meinen Eltern wie eine dunkle Wolke über mir, während Austin mich nach Hause fährt, wo mein Auto steht. Eigentlich wollte ich mit ihm und Everly in dem neuen Haus sein, schwimmen und am Pool faulenzen, und jetzt habe ich keine Ahnung mehr, was mir dieser Tag bringen wird. Das beunruhigt mich zutiefst.

»Ich bin mir sicher, es ist nichts Schlimmes«, versucht Austin mich zu trösten. »Gestern waren sie beide noch ganz unbeschwert und bester Stimmung.«

»Ich weiß nicht. Ich kann mir nicht vorstellen, was es sein könnte.«

»Das wirst du bald genug herausfinden.«

»Nicht bald genug für meinen Geschmack.« Der Brunch, der gewöhnlich das Highlight meiner Woche ist, wird heute furchtbar anstrengend werden.

In meiner Wohnung hole ich meine Schlüssel und fahre dann hinter Austin her zum Restaurant, wo seine Eltern mit Everly bereits auf uns warten. Für eine Weile bin ich ganz damit beschäftigt, sie allen vorzustellen, die sie nicht bereits gestern kennengelernt haben, und vergesse das Familientreffen, das einen Schatten über den Tag geworfen hat, an dem sich eigentlich alles um Freude und Glück drehen sollte.

Nico und Milo lauern mir auf, als ich von der Damentoilette komme.

»Was ist mit Mom und Dad?«, kommt Nico sofort auf den Punkt.

»Keine Ahnung. Ich weiß so viel wie ihr.«

»Du weißt doch sonst immer, was los ist«, widerspricht Milo.

»Dieses Mal nicht.«

»Machst du dir Sorgen?«, fragt Milo.

»Irgendwie schon.«

»Das beruhigt mich nicht«, erklärt Nico.

»Tut mir leid.«

Er drückt meine Schulter. »Dee glaubt, sie wollen sich scheiden lassen.«

»Ganz bestimmt nicht. Das ist die eine Sache, bei der ich mir hundertprozentig sicher bin.«

»Lasst uns hier früh aufbrechen«, sagt Milo. »Von dieser Ungewissheit werde ich ganz hibbelig.«

»Geht mir genauso.«

Es ist kurz nach zwei, als wir schließlich am Haus meiner Eltern ankommen. Ich bin so angespannt, dass ich schon beim Brunch kaum etwas runtergekriegt habe, aber mein Magen ist sowieso völlig verkrampft. Es ist ausgeschlossen, dass sie uns so was antun, ohne dass irgendetwas Schlimmes passiert ist, und ein Teil von mir möchte es am liebsten gar nicht wissen, vor allem da in letzter Zeit gerade alles so gut für mich läuft.

Wir versammeln uns im Wohnzimmer, und meine Eltern sitzen nebeneinander auf dem schmalen Sofa, was ich als weiteren Beweis dafür ansehe, dass sie sich nicht scheiden lassen.

»Setz dich bitte, Maria«, sagt mein Vater.

»Ich würde lieber stehen bleiben. Warum habt ihr uns hergebeten? Ihr habt uns ganz schön Angst eingejagt.«

Dad schaut zu Mom, sie nickt, und er ergreift ihre Hand.

»Wir wollten bis nach der Hochzeit warten, um euch mitzuteilen, dass bei eurer Mutter Brustkrebs diagnostiziert worden ist.«

Es ist, als hätte mir jemand den Boden unter den Füßen weggezogen, und die Welt scheint aus den Angeln gehoben, während ich ihn Worte aussprechen höre, die niemand je im Zusammenhang mit jemandem, den er liebt, hören möchte: dreifach negativ, Stadium drei, Mastektomie, Rekonstruktion, Chemotherapie, Bestrahlung.

Mein Verstand schaltet ab, und mein Herz bricht. Ich weiß genug, um wegen des Kampfes, der unserer Mutter bevorsteht, ernsthaft in Sorge zu sein, und eine Tatsache ist mir sofort klar: Ich werde nicht nach Seattle oder irgendwo anders hinziehen.

Dee schluchzt, während Nico und Milo meine Eltern ausdruckslos anstarren, die sich Riesenmühe geben, für uns stark zu sein.

»Wir haben ausgezeichnete Ärzte und sind total zuversichtlich, dass wir es schaffen werden«, erklärt Dad, während Mom neben ihm leise weint.

»Es tut mir so leid, dass ich euch das antue«, sagt sie.

Wir bewegen uns alle im gleichen Moment, gehen zu ihr, umarmen sie, trösten sie.

»Wir werden dich bei jedem Schritt begleiten, Mama«, erwidert Nico. »Mach dir um nichts Sorgen.«

»Ich komme heim«, verkündet Dee. »Ich bleibe hier und helfe bei allem.«

»Ich will nicht, dass ihr meinetwegen euer Leben auf den Kopf stellt«, beteuert Mom.

»Zu spät«, antwortet Dee. »Meine Entscheidung steht.«

»Ich werde dich zu jedem Arzttermin, jeder Behandlung, einfach allem begleiten«, kündige ich an, während ich versuche, nicht zusammenzubrechen, weil Austin und Everly ohne mich in Seattle sein werden. »Du wirst deine eigene Privatkrankenschwester haben.« Es kostet mich alle Kraft, die ich habe, nicht in Tränen auszubrechen, aber das kann sie im Moment nicht brauchen. Wir müssen uns zusammenreißen und sie unterstützen, während sie um ihr Leben kämpft.

»Wir werden es dem Rest der Familie nicht sagen, bis Carmen aus den Flitterwochen zurück ist«, meint Mom. »Wir wollten um nichts in der Welt etwas tun, das einen Schatten auf ihr Glück wirft. Bitte versprecht mir, dass ihr es erst mal für euch behaltet.«

Wir versichern ihr, dass wir ihre Wünsche respektieren werden, bleiben noch eine Stunde bei ihr, bis sie erklärt, sie sei müde und würde sich gern ein bisschen hinlegen.

Wir vier verlassen gemeinsam das Haus, wie betäubt von dem Schock und der tief sitzenden Angst, die immer mit einer Krebsdiagnose einhergeht.

»Wie schlimm ist es?«, will Dee von mir wissen.

»Nicht toll. Stadium drei heißt, dass es bereits in die Lymphknoten gestreut hat, und dreifach negativ ist Mist. Es lässt sich leider nicht beschönigen.«

Meine Schwester bricht wieder in Tränen aus.

Ich ziehe sie an mich, und unsere Brüder beteiligen sich an der Umarmung. »Wir helfen ihr da durch. Wir helfen ihnen beiden da durch.« Ich sage ihnen, was sie hören müssen, was wir alle hören müssen, obwohl ich innerlich vor Verzweiflung fast durchdrehe. Alles war so perfekt.

Bis es das nicht mehr war.

Weil unsere Eltern uns gebeten haben, einfach zu tun, was wir vorhatten, beschließt Dee, sich wie geplant mit Freundinnen von der Highschool zu treffen, und meine Brüder fahren zu einem Park in der Nähe, um wie jeden Sonntag Basketball zu spielen.

Ich setze mich in mein Auto, will eigentlich zu Austin, aber stattdessen finde ich mich schließlich in meiner Wohnung wieder, denn ich brauche Zeit für mich. Ich krieche ins Bett und schluchze in mein Kopfkissen. Mein Herz ist gebrochen, und ich bin starr vor Angst wegen meiner Mutter, doch ich bin auch unglücklich wegen mir und Austin. Es war einfach zu schön, um wahr zu sein. Das ist alles, was ich denken kann. Gerade als sich alles wie von Zauberhand gefügt hat, platzt diese Bombe in meinem Leben, die mich in Miami festhalten wird – und das ist noch nicht mal das Beunruhigendste dabei. Den Gedanken, was meine Mutter zu erleiden haben wird, ertrage ich einfach nicht.

Im Zimmer nebenan klingelt mein Handy, und ich bin mir sicher, dass es Austin ist, aber ich kann mich nicht dazu aufraffen, aufzustehen oder auch nur irgendetwas anderes zu tun, als zu weinen. Binnen weniger Stunden bin ich von »überglücklich« so tief gefallen, wie ich es mir nicht hätte vorstellen können. Obwohl ich weiß, dass ich sie beide irgendwann einmal verlieren werde, ist ein Leben ohne meine Eltern nicht denkbar. Meine Mutter ist zweiundfünfzig. Das kann einfach nicht passieren.

Doch das tut es, und ich bin am Boden zerstört – für sie, für meinen Vater, für unsere Familie und für mich selbst. Ich hatte angefangen, mich an den Gedanken zu gewöhnen, in Seattle zu leben, hatte mir das Leben mit Austin und Everly dort ausgemalt. Und jetzt …

Ich leide, wie ich noch nie zuvor gelitten habe.

Austin

Inzwischen sind drei Stunden vergangen, seit Maria und ich uns nach dem Brunch getrennt haben, damit sie zu dem Treffen mit ihren Eltern konnte. Ich hätte längst von ihr hören müssen, und langsam fange ich an, mir Sorgen zu machen, vor allem, weil die Anrufe auf ihrem Handy auf der Mailbox landen. Everly hat sich zu einem Mittagsschläfchen überreden lassen, und meine Eltern schauen im Fernsehen Golf.

»Könntet ihr auf Ev aufpassen?«, frage ich sie. »Ich muss kurz zu Maria.«

»Natürlich«, antwortet Mom. »Ich hoffe nur, es ist alles in Ordnung.«

»Ich auch.« Es ist total merkwürdig, dass sie weder geschrieben noch angerufen hat oder wie geplant hergekommen ist. Sie kann doch, Stunden nachdem sie das Restaurant verlassen haben, nicht mehr bei ihrer Familie sein, oder?

Ich entscheide, meinem Bauchgefühl zu vertrauen und zuerst einmal bei ihr zu Hause vorbeizufahren, und als ich ihr Auto auf der Einfahrt entdecke, steigert sich meine Sorge ins Unermessliche. Was zur Hölle ist los? Ich laufe die Stufen zu ihrer Wohnung immer zwei auf einmal hoch und klopfe an.

Keine Reaktion, daher drehe ich vorsichtig den Knauf. Es ist offen, und das ist kein gutes Zeichen, denn sie hat mir erst neulich erzählt, dass niemand in Miami die Wohnungstür unversperrt lässt. Voller Sorge trete ich ein. »Maria? Babe, bist du hier irgendwo?«

Ihre Handtasche liegt neben einem Stuhl auf dem Boden, daneben ihre Autoschlüssel, und das ungute Gefühl tief in meinem Bauch wird stärker. Ich gehe zu ihrem Schlafzimmer, wo ich sie schlafend auf dem Bett finde.

Erleichterung erfasst mich, als ich sehe, dass ihr nichts passiert ist – oder wenigstens glaube ich das. Warum ist sie hier und nicht bei mir, wie wir es besprochen hatten? Ich setze mich auf die Bettkante und lege ihr sanft eine Hand auf die Schulter, gebe mir Mühe, sie nicht zu erschrecken.

Ihr Gesicht ist ganz verquollen, als hätte sie geweint.

»Maria, Süße.« Ich küsse sie auf die Schulter und dann auf die Wange.

Sie öffnet die Augen, und ich bemerke, dass sie ebenfalls rot und geschwollen sind.

»Süße, was ist denn los?« Ich streiche ihr das Haar aus dem Gesicht und beobachte bestürzt, dass ihr neue Tränen in die Augen steigen.

»Meine Mutter hat Brustkrebs.«

»O nein. Maria ...«

»Und zwar ziemlich schlimm. Stadium drei und eine aggressive Form. Sie wollte es uns nicht vor der Hochzeit sagen.«

»Das tut mir so leid.« Ich streife mir die Schuhe von den Füßen und strecke mich neben ihr aus, lege meinen Arm um sie und wünschte, ich könnte mehr tun, als sie zu halten. »Weiß sie denn schon, was für eine Behandlung sie braucht?« Ich kann nicht bestreiten, dass meine eigenen Ängste von Everlys Leukämie wieder in mir aufsteigen.

»Amputation, Wiederaufbau, Chemo, Bestrahlung. Langwierig, kompliziert und kräftezehrend.«

Ich höre, was sie unausgesprochen lässt: Sie kommt nicht mit nach Seattle. Sie kann nirgendwo anders sein als genau hier, bei ihrer Mutter und ihrer Familie. »Wir finden eine Lösung, Süße. Mach dir keine Sorgen.«

»Was für eine Lösung soll das sein? Du wirst mindestens drei Jahre lang in Seattle sein, vermutlich sogar länger, und ich bin ziemlich genau am anderen Ende des Landes und kann hier jetzt nicht weg.«

»Ich habe bisher nichts unterschrieben. Es ist immer noch alles möglich.«

»Du hast so hart auf diesen Moment hingearbeitet, Austin. Du solltest nicht zulassen, dass irgendetwas dich daran hindert, den für dich und deine Tochter bestmöglichen Vertrag abzuschließen.«

»Und nicht auch für meine Verlobte? Was ist mit dem, was das Beste für sie ist?«

»Hier geht es nicht um mich, sondern nur um dich und deine Karriere und diese aufregende Zeit.«

»Weißt du nicht inzwischen, dass für mich ohne dich nichts aufregend ist?«

Sie beginnt herzerweichend zu schluchzen, und ich bin am Boden zerstört. Wenn sie leidet, leide ich auch.

Erst letzte Nacht schwebten wir im siebten Himmel, aber jetzt landen wir krachend auf der Erde, auf die schlimmstmögliche Art und Weise.

»Ich möchte nicht, dass du bei deiner Entscheidung auf mich Rücksicht nimmst, Austin. Das wäre verrückt. Du hast eine Riesengelegenheit, alles zu bekommen, was du verdienst. Das ist es, was ich für dich will. Vielleicht ist es besser, wenn wir eine kurze Pause einlegen. Du weißt schon …«

»Nein«, unterbreche ich sie. »Vergiss es.«

»Bitte, Austin. Mach es nicht schlimmer, als es bereits ist. Ich muss hier sein, aber deine Karriere wird dich ans andere Ende des Landes führen. Ich würde es nicht ertragen, wenn ich das Gefühl haben müsste, dass ich dich davon abgehalten habe, dein volles Potenzial zu entfalten.«

»Glaubst du allen Ernstes, ich wäre in der Lage, ohne dich an meiner Seite mein volles Potenzial zu entfalten? Ich möchte nichts mehr von einer Pause hören oder davon, dass ich erst mal ohne dich weitermache. Und hast du schon mal daran gedacht, wie deine Mutter sich fühlen wird, wenn sie glaubt, sie sei der Grund dafür, dass es zwischen uns aus ist?« Die Verzweiflung treibt mich dazu, jeden Trumpf auszuspielen.

Maria schluchzt weiter, doch sie sagt nichts mehr. Trotzdem verspüre ich keine Erleichterung, denn ich weiß, diese Unterhaltung ist noch nicht vorbei. Aber wenn sie wirklich glaubt, sie könne mich loswerden, wenn uns der Wind ins Gesicht peitscht, steht ihr eine Überraschung bevor. Ich werde für sie und uns mit allen Mitteln kämpfen, die mir zur Verfügung stehen. Nachdem ich meine Seelengefährtin gefunden habe, kann ich mir ein Leben ohne sie nicht mehr vorstellen.

Maria

Es ist schon komisch, wie das Leben einfach weiterläuft, wenn man in der eigenen persönlichen Hölle feststeckt. Die Sonne geht auf und wieder unter, die Tage verstreichen, man fährt zur Arbeit oder mit der Mutter zu Arztterminen, kocht, isst, ohne dass man etwas schmeckt, kümmert sich um die eigenen Eltern und Patienten, ist mit Austin und Everly zusammen, und trotzdem ist es, als wäre man innerlich betäubt. Man fühlt nichts anderes als Sorge. Sie hängt über jedem Atemzug, den man macht, allem, was man tut, jedem Moment, in dem man wach ist.

Ich kann mich jetzt viel besser in Austin hineinversetzen und verstehen, wie es für ihn gewesen sein muss, als Everly krank war. So schlimm es auch ist, dass meine Mutter das durchmachen muss, ich kann mir kaum vorstellen, wie viel schwieriger es sein muss, wenn es das eigene Kind ist, das so krank ist. Meine Mutter leidet, und trotz der Unterstützung durch unsere wunderbare Familie und unsere Freunde können wir nicht wirklich etwas für sie tun, außer zu beten, dass die Behandlung anschlägt.

Ihre Operation ist für Anfang Januar angesetzt, und etwa im März werden wir mehr darüber wissen, wie die Prognose aussieht, doch das Warten ist unerträglich.

An Halloween ist Austin offiziell ablösefrei auf dem Markt, aber an dem Tag konzentriert er sich ganz auf Everly, die sich nicht entscheiden kann, ob sie sich als Meerjungfrau, Einhorn oder Elsa aus »Die Eiskönigin« verkleiden soll. Letzten Endes entscheidet sie sich für Elsa, und wir gehen mit ihr in Gables Estates und in den Straßen rund um das Haus meiner Eltern von Tür zu Tür. Die beiden machen viel Aufhebens um sie und behandeln sie wie ihr Enkelkind, was unglaublich lieb von ihnen ist. Ich versuche, dabei nicht darüber nachzudenken, ob meine Mutter überhaupt weitere Enkelkinder erleben wird.

Anfang November stellt sich heraus, dass Austin im Finale für seinen vierten Cy Young Award für die American League ist. Dieser Preis wird in beiden Ligen für den jeweils besten Pitcher vergeben.

Als in den ersten Novemberwochen die offizielle Transferperiode beginnt, ist Austin die meiste Zeit des Tages mit Aaron am Telefon, hat Treffen mit Managern und Sportdirektoren und anderen Vertretern einer ganzen Reihe von Teams, die an ihm interessiert sind.

Ich finde mich da kaum noch zurecht, doch nach dem, was er mir erzählt, sieht es weiterhin so aus, als ob Seattle ihm das lukrativste Angebot unterbreiten wird und ihm darüber hinaus die Chance bietet, in einer Mannschaft zu spielen, die im Rennen um die Meisterschaft ist. Hinter den Kulissen passiert noch jede Menge, aber Austin hat mir erklärt, dass bis Mitte Dezember keine abschließende Entscheidung fallen wird. Dann ist die große Winterkonferenz, und Aaron kann mit den Sportdirektoren und Managern persönlich reden, um ein Angebot auszuhandeln.

Ich versuche, das alles auszublenden, bis es Zeit für die Entscheidung ist. Trotzdem spüre ich die Wolke aus Sorgen und Angst über mir hängen. Welchen Unterschied macht es schon, wo er letzten Endes landet? Er und Everly werden so weit von mir entfernt sein, dass ich sie praktisch nicht mehr sehen kann.

Im November gewinnt Austin tatsächlich den Cy Young Award für die American League, während der für die National League an Joaquin Garcia von den Marlins geht. Von dieser Auszeichnung profitiert Austin noch einmal, und das zu einem Zeitpunkt, zu dem die Verhandlungen ihrem Höhepunkt zustreben. Aaron ist offensichtlich begeistert, denn damit ist Austins Wert gestiegen. Ich bin so stolz auf ihn und versuche die angemessene Begeisterung aufzubringen, doch selbst das fühlt sich irgendwie hohl an.

Wie immer, seit ich von der Erkrankung meiner Mutter erfahren habe, ist er mir und meiner Familie weiter eine verlässliche Stütze in dieser schweren Zeit. Er und Jason teilen sich die Gartenarbeit am Haus meiner Eltern und haben sogar den ganzen letzten Samstag geopfert, um ein paar durchhängende Verandadielen auszutauschen.

Austin ist inzwischen offiziell der Hauptsponsor der Sozialklinik. Miranda ist überglücklich und sucht nach größeren Räumen für die neue Klinik, die Austin für uns einzurichten versprochen hat. Es freut mich so für Miranda und unsere Patienten, aber wie bei allem anderen im Moment kann ich einfach keine echte Begeisterung aufbringen.

Lachhaft hohe Summen machen in den Baseball-Medien die Runde, und in Unterhaltungen, die ich mitbekomme, wird eine Zahl immer wieder genannt: einhundertzwanzig Millionen für drei Jahre von Seattle.

Als jahrelanger Baseballfan habe ich versucht, mir vorzustellen, wie es sein muss, Millionen von Dollar für sechs Monate Arbeit im Jahr zu verdienen. Doch nachdem ich mit Austin zusammengelebt und selbst gesehen habe, wie er sich im Fitnessraum abrackert, wie hart er trainiert, die endlosen Wurfübungen, die er im Garten mit seinem Vater als Fänger macht, um seinen Arm beweglich zu halten, glaube ich, dass er die Unsummen, die ihm geboten werden, auch wirklich verdient.

Ich bin mir sehr wohl bewusst, dass unsere Beziehung anders geworden ist, seit ich von der Erkrankung meiner Mutter erfahren habe. Ich habe mich innerlich distanziert, mich für ein Leben ohne ihn und Everly gewappnet, und das weiß er. Er ist unfassbar geduldig mit mir, und natürlich sorgt das dafür, dass ich ihn nur noch mehr liebe.

Mitte Dezember bin ich in meiner neuen Routine angekommen, die daraus besteht, zu arbeiten, nach meinen Eltern zu sehen, für sie zu kochen, Zeit mit Austin und Everly zu verbringen, wann immer es geht, und mich ganz allgemein so zu fühlen, als müsste ich gleichzeitig in fünfzig verschiedene Richtungen laufen. Dass Dee zu Hause ist, ist eine Riesenhilfe, denn sie ist wieder bei unseren Eltern eingezogen, aber ich versuche trotzdem, so viel wie möglich mit anzupacken, damit nicht alles an ihr hängen bleibt. Trotzdem ist es allein ihr zu verdanken, dass ich überhaupt ab und zu bei Austin sein kann.

Ich bin nach einem irre arbeitsreichen Tag in der Klinik und nach einer Stippvisite bei meinen Eltern auf dem Heimweg. Donnerstags haben wir immer am meisten zu tun, weil am Nachmittag Jason da ist. Für heute habe ich mir vorgenommen, die Wäsche zu sortieren und zusammenzulegen, die ich gestern gewaschen habe, für meine Eltern und Dee fürs Wochenende zu kochen und dann früh zu Bett zu gehen.

Ich hab das Radio in meinem Auto an, und wie immer, wenn ich mich durch das Verkehrschaos von Miami zur Rushhour kämpfe, höre ich bloß mit halbem Ohr hin. Zwischen zwei Liedern ertönt die Stimme des Moderators, und was er sagt, erregt meine Aufmerksamkeit. »Es gibt großartige Neuigkeiten für die Miami-Marlins-Fans! Der Gewinner des Cy Young Award, der Pitcher Austin Jacobs, hat soeben einen mit achtzig Millionen Dollar dotierten Vierjahresvertrag bei den Marlins unterzeichnet. Bei ihm als einem der begehrtesten ablösefreien Spieler in dieser Transferphase hatte das niemand auf dem Schirm. Auf die Frage, warum er sich für Miami entschieden hat, hat sein Agent nur geantwortet, er habe persönliche Verbindungen zur Stadt. Im Namen aller Marlins-Fans möchte ich als Erster Austin Jacobs in Miami willkommen heißen. Mit zwei Cy-Young-Award-Gewinnern, die als Werfer rotieren, hat Miami jedenfalls allerbeste Chancen in der nächsten Saison!«

Ich bin so schockiert, dass ich beinah von der Straße abkomme. Er sollte für hundertzwanzig Millionen nach Seattle gehen! Was zur Hölle hat er da getan?

Bei der ersten sich bietenden Gelegenheit wende ich und fahre nach Gables Estates.

Austin

Es ist vollbracht, und Aaron ist stinksauer auf mich. Er hat sogar damit gedroht, mich nicht länger zu vertreten, wenn ich mich für das Angebot von Miami entscheide. Ich habe ihm gesagt, er solle tun, was er tun müsse, was genau das sei, was ich getan hätte. Maria muss in Miami sein, ich muss bei Maria sein, daher gab es eigentlich gar nichts zu entscheiden. Es war einfach das, was das Beste für unsere Familie ist – die neue Familie, die sie und ich gemeinsam bilden werden.

Nur meine Eltern und meine beiden Brüder wussten im Voraus, was ich vorhatte, und nachdem sie Maria – und ihre Familie – kennengelernt haben, verstehen meine Eltern, was ich tue und warum, und unterstützen es von ganzem Herzen. Das haben sie auch meinen Brüdern klargemacht, die anfangs skeptischer waren. Schließlich haben sie es aber doch eingesehen, als sie begriffen haben, dass ich Maria einfach zu sehr liebe, um ohne sie zu sein, selbst wenn es nur für die Hälfte des Jahres ist. Zumal Everly in zwei Jahren in die Schule kommt und das Überwintern in Miami damit bald schon keine Option mehr sein würde.

Dies war die einzige Möglichkeit, das zu bekommen, was ich will und brauche, und ich bin überaus zufrieden damit, wie sich alles gefunden hat.

Ich habe vor, zu Maria zu fahren, wenn Ev nachher im Bett ist, und mit ihr darüber zu reden. Erst mal gehört allerdings meine ganze Aufmerksamkeit Everly, und darum ignoriere ich mein Handy, das in einer Tour klingelt. Jeder Baseballreporter, mit dem ich je gesprochen habe, versucht mich zu erreichen, dazu noch sämtliche Medienvertreter aus Miami und andere, die natürlich alle brennend interessiert, warum ich einen finanziell ungünstigeren Vertrag akzeptiert habe, um in Miami zu spielen.

Das werden sie bald genug erfahren.

Nach dem Abendessen veranstalten Everly und ich gerade im Wohnzimmer eine Teeparty, als Maria reingestürmt kommt. *Oh, oh.* Offensichtlich hat sie die Neuigkeit schon erfahren, und sie wirkt nicht glücklich darüber. Das ist in Ordnung. Ich bin bereit für sie. Für den Moment starre ich meine umwerfend attraktive Krankenschwester in der hellblauen Krankenhauskluft an, die sie auf der Arbeit trägt. An ihr sieht das beinah so sexy aus wie das Brautjungfernkleid.

»Rie! Teeparty!« Everly rennt zu ihr, wie sie es immer tut.

Maria hebt sie hoch und drückt sie, gibt ihr einen Kuss. »Hallo, Krümelchen.«

»Rie, Teeparty mitspielen!«

»Oh, wir beginnen mit Sätzen«, stellt sie fest und konzentriert sich weiter auf Everly.

»Aber das Ausrufezeichen ist immer noch da.«

Sie reibt ihre Nase an Everlys, was meine kleine Tochter wie alles, was ihre Rie tut, in helle Begeisterung versetzt. »Anders würden wir es auch gar nicht haben wollen.«

Obwohl ich erkennen kann, dass Maria sauer auf mich ist, setzt sie sich und trinkt mit Everly Tee und isst Kekse, bevor ich verkünde, dass es Zubettgehzeit ist. Während Everly zu meinen Eltern läuft, die draußen am Pool sind, und ihnen gute Nacht wünscht, schaue ich Maria lange an.

Sie erwidert den Blick finster, und ich liebe sie nur noch mehr. »Was zur Hölle hast du getan?«

»Das erkläre ich dir später, wenn wir Ev ins Bett gesteckt haben.«

Everly kommt zurückgelaufen, und Maria und ich beaufsichtigen das Zähneputzen, bevor wir aneinandergekuschelt auf dem Bett sitzen und ihr Gutenachtgeschichten vorlesen.

Auf Zehenspitzen schleichen wir uns, eine Dreiviertel-stunde nachdem Maria hier eingetroffen ist, aus dem Zimmer. Ich nehme ihre Hand, ziehe sie in mein Schlafzimmer und schließe die Tür. »Die wichtigen Sachen zuerst.« Ich lege ihr meine Hände auf die Schultern und bemerke, dass sie völlig verspannt sind, dann küsse ich sie. »Hi.«

Sie wendet den Kopf ab. »Erst reden. Fang an.«

»Ich hab bei Miami unterschrieben.«

»Das weiß ich! Wie konntest du das tun? Von Seattle hättest du einhundertzwanzig Millionen bekommen.«

Ich zucke nur die Achseln, was sie weiter in Rage bringt. »Na und? Was für einen Unterschied macht das schon?«

Ihre wunderschönen Augen schleudern Blitze auf mich. »Vierzig Millionen!«

Ich muss über ihre Entrüstung lächeln. »So viel bist du mir eben wert, Maria. Ich brauch die vierzig Millionen nicht, doch ich brauche dich, und Everly tut das auch. Der Gedanke, fast fünftausend Kilometer von dir entfernt zu leben, ist schlicht unerträglich. Und wenn irgendjemand versteht, wie wichtig es ist, bei einem geliebten Menschen zu sein, während der eine lebensbedrohliche Krankheit durchleidet, dann ja wohl ich. Letzten Endes war Miami das einzige Team, das infrage kam.«

»Aaron muss stinksauer sein.«

»Er hat mir gedroht, meine Vertretung niederzulegen, wenn ich bei Miami zusage. Ich habe geantwortet, er solle tun, was er tun müsse.«

Sie lehnt die Stirn an meine Brust. »Ich kann nicht glauben, dass du das wirklich gemacht hast.«

»Echt? Kannst du nicht? Dann kannst du nicht wissen, wie sehr ich dich liebe, wenn du nicht glauben kannst, dass ich genau dort sein möchte, wo du bist, und nirgendwo anders.«

»Du hättest einen viel besseren Deal landen können! Das hier ist deine Saison …«

»Aber du bist der Mittelpunkt meines Lebens. Für mich und Everly. Sie liebt dich so sehr wie ich. Wie könnte ich sie von ihrer Rie wegholen, der einzigen Mutter, die sie kennt?«

Sie beginnt zu weinen, und ich drücke sie fester an mich.

»Verlass dich auf mich, Maria. Ich halte dich. Ich bin hier, und ich gehe nirgendwohin.« Ich streiche ihr mit den Fingern durch die langen Locken. »Wir werden heiraten und in diesem albernen Haus leben, das ich für uns kaufen werde und das unser neues Zuhause wird, genau hier, in deiner Stadt. Ich werde während der Saison trotzdem mit dem Team reisen müssen, doch vielleicht könnt ihr mich ja mal begleiten.«

Sie schüttelt den Kopf.

»Wenn du nicht willst, musst du nicht.«

Sie hebt den Kopf und schaut mich an, ihre Augen sind gerötet und verquollen vom Weinen. Trotzdem ist sie so wunderschön, dass es mir den Atem raubt. »Ich möchte gerne mit.«

»Was ist dann?«

»Ich kann immer noch nicht glauben, dass du für mich auf vierzig Millionen Dollar verzichtest.«

»Ich hab es auch für mich getan und für Ev. Ich hab's für uns alle getan, Maria. Bevor ich den Vertrag abgeschlossen habe, hatte ich bereits alles, was ich brauche, alles, was ich je brauchen werde. Ich habe das Geld, das ich bislang verdient habe, immer klug angelegt. Selbst wenn ich nie wieder auf dem Platz stehe und spiele, habe ich ausgesorgt. Wir haben ausgesorgt. Achtzig Millionen sind eine Riesensumme. Zwanzig Millionen im Jahr, damit ich etwas tue, was ich liebe, während ich mit der Frau zusammenleben kann, die ich liebe? Her mit dem Vertrag.«

»Du hättest erst mit mir reden sollen.«

Ich nehme ihr Gesicht zwischen die Hände und schaue ihr in die Augen. »Damit du es mir aus dem fehlgeleiteten Versuch heraus, das zu tun, was angeblich das Beste für mich ist, ausreden oder gar Schluss mit mir machen kannst? Nein, danke. Du bist, was das Beste für mich ist. Miami ist das, was das Beste für mich ist. Nur für den Fall, dass es dir noch nicht aufgefallen ist, ich liebe das Leben hier. Ich liebe es, bei deiner Familie zu sein. Ich liebe den Sonntagsbrunch im Restaurant, und dich dort zu besuchen, wenn du kellnerst. Ich liebe die Sozialklinik und die wichtige Arbeit, die wir dort leisten. Ich liebe die Golfplätze und die Sonne und den Pool und den Strand. Ich liebe sogar die Palmen. Aber mehr als alles andere liebe ich dich.«

»Du hast bei Miami unterschrieben.«

Lächelnd nicke ich. »Ich habe bei Miami unterschrieben.«

»Du bist verrückt.«

»Vielleicht, allerdings hat sich Verrücktheit nie besser angefühlt.«

»In Seattle wärst du die Nummer eins gewesen.«

Wieder zucke ich die Achseln. »Wen interessiert das schon? Joaquin zwingt mich, immer auf der Höhe zu sein und nicht nachzulassen.«

»Das kommt für dich ja ohnehin nicht infrage.«

»Trotzdem ist es nicht verkehrt, wenn es eine gesunde Konkurrenz um die Startposition gibt, und die Marlins sind überglücklich, beide Cy-Young-Award-Gewinner in ihrer Mannschaft zu haben. Dadurch steigen ihre Chancen, die Play-offs zu erreichen, was ja auch eines meiner erklärten Ziele ist. Alles ist gut, Babe.«

Sie atmet langsam aus. »Ich kann nicht glauben, dass du das getan hast.«

Ich muss lachen, denn mir wird bewusst, dass sie eine Weile brauchen wird, um wirklich zu begreifen, was ich getan habe und warum. Das ist schon in Ordnung. Wir haben alle Zeit der Welt, die wir gemeinsam mit Everly verbringen können, und das ist es, was mich glücklicher macht als alles andere.

»Lass uns diesen Winter heiraten. Wir suchen uns irgendeinen tollen Ort aus und nehmen alle mit. Was meinst du?«

»Ich, äh ...«

Ich küsse sie. »Du bist süß, wenn du sprachlos bist. Aber andererseits bist du immer süß.« Ich befreie sie von ihren Krankenhausklamotten, ziehe mir mein T-Shirt und die Shorts aus und lasse mich mit ihr aufs Bett fallen. Während wir ineinander verschlungen auf der Matratze liegen, streiche ich ihr die Locken aus dem Gesicht. »Ich weiß, die letzten paar Wochen waren schrecklich für dich. Mit der Krankheit deiner Mutter und der Ungewissheit, während ich entscheiden musste, wie's weitergeht, hast du in der Luft gehangen.«

»Ich hab versucht, mich innerlich darauf vorzubereiten, dass ihr beide nach Seattle zieht.«

»Ich weiß, und du hast gar keine Vorstellung davon, wie oft ich dich beruhigen und dir sagen wollte, dass ich in Verhandlungen mit Miami stehe, aber bis alles in trockenen Tüchern war, wollte ich nicht darüber reden. Ich hatte Angst, es könnte am Ende doch nicht klappen oder so.«

»Ich kann einfach nicht glauben, dass du das getan hast.«

Lächelnd küsse ich sie. »Du kannst es ruhig glauben. Ich bleibe hier und gehe nicht weg, und das Einzige, was mich je glücklicher gemacht hat, als ich jetzt bin, war die Nachricht, dass Everlys Krebs in Remission ist.«

»Du wirst mich nicht eines Tages hassen, weil ich dich vierzig Millionen gekostet habe, oder?«

»Niemals.« Ich küsse sie wieder, und zum ersten Mal seit Wochen erwidert sie meine Küsse, wie sie es getan hat, bevor alles um sie herum eingestürzt ist. »Weißt du, was?«

»Ich habe fast Angst, zu fragen ...«

»Ich hätte auch für sechzig unterschrieben.«

Epilog

Maria

Meine Mutter wird im Januar operiert. Es ist ein langer Tag, weil sie gleichzeitig eine Mastektomie und eine Rekonstruktion auf beiden Seiten hat. Das ist eine komplizierte und langwierige Operation, aber sie wollte unbedingt alles in einem Aufwasch machen lassen und es dann hinter sich haben. Ihre Stärke und ihr Mut sind bewundernswert. Sie weigert sich, in Selbstmitleid zu versinken, und verwendet all ihre Energie darauf, wieder ganz gesund zu werden.

Ich ziehe für die ersten beiden Wochen, nachdem sie aus dem Krankenhaus entlassen wurde, zu Hause bei meinen Eltern ein, damit ich sie persönlich versorgen und trotzdem, wann immer möglich, zur Arbeit in die Klinik kann. Dee hilft mir bei allem, und meine Brüder sind jeden Tag da, besorgen Lebensmittel, Wein, die verschriebenen Medikamente und alles sonst, was wir nur brauchen. Es ist eine enorme Kraftanstrengung, doch unsere Familie hat sich dieser neuen Herausforderung mehr als gewachsen gezeigt.

Austin und Everly kommen mich jeden Tag besuchen, aber wir haben nicht viel Zeit für uns, weil das Haus immer voll ist mit Verwandten und Freunden, die Essen bringen und uns Mut zusprechen und uns aufmuntern. Obwohl ich umgeben bin von Menschen, die ich liebe, bin ich nie einsamer gewesen als jetzt. Ich sehne mich so nach der Rückkehr zur Normalität ... und danach, bei Austin zu sein.

Ich sage mir die ganze Zeit, dass es hier nicht um mich geht, dass es einzig um das geht, was meine Mutter braucht und natürlich auch mein Vater. Es geht darum, mein Wissen und meine Erfahrung aus der Krankenpflege einzusetzen, damit sie es so bequem wie möglich hat, und sie zu umsorgen, wie sie immer für uns gesorgt hat.

Obwohl ich Austin jeden Tag sehe, fehlen er und unsere gemeinsame Zeit mir so sehr, von Everly ganz zu schweigen.

Wenn sie nicht schläft, ist das Einzige, worüber meine Mutter mit mir reden möchte, meine Hochzeit. Unsere Idee, diesen Winter irgendwohin zu fliegen und zu heiraten, hat sie sofort verworfen. »Ich möchte auf den Bildern auf keinen Fall krank aussehen«, hat sie erklärt, und damit war das erledigt. Wir haben uns also auf ein Datum Anfang November geeinigt, nach dem Ende von Austins erster Saison in Miami, wenn meine Mutter das Schlimmste hoffentlich überstanden hat.

Jeden Tag verbringe ich mit Dee, was in einer ansonsten bedrückenden Zeit ein echter Lichtblick ist. Seit Jahren hatten wir schon nicht mehr so viele Tage am Stück miteinander, und es erinnert mich daran, wie schön es war, als wir noch Kinder waren und wie Pech und Schwefel zusammengehalten haben, wie Nona es ausdrücken würde. Dee weigert sich, über Marcus zu reden oder darüber, ob sie mit ihm gesprochen hat, daher sparen wir das Thema sorgsam aus, selbst wenn ich merke, dass sie irgendwas beschäftigt.

Die Familie hat heute den Brunch zu uns nach Hause verlegt, damit Mom daran teilnehmen kann, ohne das Haus verlassen zu müssen. Es ist noch nicht lange her, dass sie wieder aufgebrochen sind, und nachdem wir die Küche aufgeräumt haben, stehlen Dee und ich uns auf der Terrasse ein paar Minuten in der Sonne und an der frischen Luft.

»Ziehst du eigentlich mit Austin zusammen?«, fragt sie zwischen zwei Schlucken Wein.

»Das hab ich in gewisser Weise vermutlich schon getan, denn vor Moms Operation war ich bereits mehr bei ihm als bei mir zu Hause.«

Sie schaut mich an. »Kann ich deine Wohnung haben?«

Diese Frage überrascht mich. »Was ist denn mit New York?«

»New York war eigentlich schon durch, bevor ich hergekommen bin. Ich hab keinen Job mehr, seit sich der Arzt, in dessen Praxis ich angestellt war, im August zur Ruhe gesetzt hat, und es ist mir einfach nicht gelungen, irgendwas zu finden, was dem auch nur ungefähr entspricht. Das heißt, ich kann mir die Miete nicht mehr leisten. Dom hat sie mir bisher vorgestreckt, aber jetzt braucht er jemanden, der tatsächlich seinen Anteil zahlen kann.«

»Davon hast du ja gar nichts erzählt!«

Sie zuckt die Achseln. »Es war mir peinlich. Ich wollte nicht gescheitert heimkommen.«

»Niemand hätte das gedacht.«

»O doch, natürlich. Du nicht, andere schon. Also hat mir Mommys Krankheit einen Vorwand geboten, und sobald ich zurück nach New York kann, werde ich mein Zeug packen, damit Dom sich auf die Suche nach neuen Mitbewohnern machen kann. Ich hab bei Onkel Vin nachgefragt, und er hat versprochen, mich als Kellnerin einzustellen, sobald es Mommy besser geht.«

»Ich hasse es, dass das mit New York mit einem bitteren Nachgeschmack endet, aber ich bin froh, dass du wieder zu Hause bist.«

»Ich bin gern hier. Ich glaube, ich war bereit, nach Miami zurückzukehren, sogar noch bevor Dr. Tillis sich zur Ruhe gesetzt hat. Es gibt nichts, was sich mit zu Hause vergleichen lässt, solange man nicht tatsächlich in seinem alten Zuhause leben muss.«

»Das musst du nicht. Natürlich kannst du meine Wohnung haben.« Ich schaue sie an. »Kann ich dir ein Geheimnis anvertrauen?«

»Natürlich. Immer raus damit.«

»Ich bin immer noch echt sauer auf Austin, weil er sich mit weniger zufriedengegeben hat, als er bei einem anderen Team hätte kriegen können, doch ich bin auch richtig glücklich, dass ich nicht von hier wegziehen muss. Ich hätte es für ihn getan, aber es wäre mir echt schwergefallen.«

»Ja, das verstehe ich. Du warst ja schon immer ein Reisemuffel.«

»Und du warst die Abenteuerlustige. Ich bin schon ein bisschen neidisch darauf, dass du sechs Jahre lang in New York gelebt hast.«

»Sei das nicht. Außer einem Berg Schulden auf meiner Kreditkarte habe ich absolut nichts vorzuweisen. Ich besitze noch nicht mal ein eigenes Auto.«

»Du kannst Moms benutzen, bis sie wieder auf den Beinen ist.«

»Das hat sie auch gesagt.«

»Also hast du ihr schon erzählt, dass du nach Hause ziehst.«

Dee nickt. »Sie hat geweint und mir dann anvertraut, dass ich nie erfahren sollte, wie sehr sie sich um mich gesorgt hat, während ich dort gelebt habe.«

»Ach, das ist so süß. Niemand wird uns je so lieben wie sie. Na ja, außer Nona und Abuela.«

Dee lacht. »Genau.«

Dad kommt durch die Schiebetür nach draußen. »Ich liebe es, meine beiden Mädchen miteinander kichern zu hören. Das ist wie früher, als ich zwanzigmal in der Nacht in euer Zimmer gehen musste, um dafür zu sorgen, dass ihr endlich Ruhe gebt und einschlaft.«

»Das stimmt doch gar nicht«, widerspricht Dee.

»Natürlich. Ich konnte euch ja jede Nacht miteinander reden hören. Das fehlt mir echt, jetzt, wo ihr erwachsen seid.«

Er setzt sich auf einen Stuhl uns gegenüber. »Wir hätten das hier ohne euch beide nicht geschafft. Vielen Dank für alles, was ihr getan habt.«

»Du musst uns nicht danken, Daddy«, erklärt Dee. »Es gibt keinen anderen Ort, an dem wir sein möchten, wenn du und Mommy uns braucht.«

»Und wir wissen das so zu schätzen, aber wir möchten, dass ihr jetzt zu eurem alten Leben zurückkehrt. Uns geht es gut, und ich kann von zu Hause aus arbeiten, bis eure Mutter wieder ganz gesund ist. Alles ist in Ordnung, und wir sind bereit, allein zurechtzukommen. Und ihr Mädchen müsst das auch sein.«

Nur weil meiner Mutter am Freitag die Drainageschläuche entfernt wurden, ziehe ich seinen Vorschlag auch bloß in Erwägung, und mein Herz rast, als ich mir vorstelle, wieder länger als für eine Stippvisite bei Austin und Everly zu sein. Wenn man Austin glauben kann, ist Everly ohne ihre Rie grummelig und allgemein schlecht drauf. »Bist du dir sicher?«

»Absolut. Wir haben die besten Kinder, die man sich nur wünschen kann, doch das wussten wir bereits, bevor das hier passiert ist.«

Ich muss einräumen, dass ich ein bisschen erleichtert bin, aus der Pflicht entlassen zu werden. »Solange es wirklich das ist, was ihr wollt, denke ich, ich fahr dann zu Austin und Everly und schau mal nach ihnen.«

»Ja, geh nur«, meint Dee. »Ich bin hier, falls was ist.«

Dad steht auf und umarmt mich. »Danke, Maria. Tausend Dank. Wir sind so stolz auf dich und darauf, was für eine wunderbare Krankenschwester du bist.«

»Danke, Daddy. Ich liebe euch beide.«

»Wir lieben dich auch.«

»Sag Mommy nach ihrem Nickerchen, dass ich die Tage nach ihr sehen komme.«

»Mach ich, Süße. Geh und genieß deine neue Familie. Sie müssen dich schon sehr vermissen.«

Das stimmt, obwohl sie mich nie belasten würden, indem sie das zu oft sagen. Ich laufe rasch nach oben, werfe meine Klamotten und Toilettenartikel in eine Tasche, finde ein paar saubere Krankenhausklamotten für die Arbeit morgen und vergesse in meiner Hast beinah die Sneaker, die ich in der Klinik immer trage. Zehn Minuten später sitze ich im Auto und bin auf dem Weg nach Gables Estates. Ich entscheide mich dafür, sie zu überraschen, und rufe Austin nicht von unterwegs an.

Ich kann es gar nicht erwarten, dabei zu helfen, Everly ins Bett zu bringen, und danach zum ersten Mal seit Wochen in Austins Armen zu schlafen. Ich habe ihn so vermisst, was mir albern vorkommt, schließlich haben wir uns ja zwischendrin getroffen. Es ist nur einfach nicht das Gleiche gewesen.

Erleichtert sehe ich, dass sein SUV in der Einfahrt steht, als ich eintreffe, und parke meinen Wagen dahinter. Ich schnappe mir meine Tasche und trete durch die offene Garagentür in die Küche, wo Deidre am Herd steht und etwas in einem Topf umrührt. Sie sind heute nicht zum Brunch gekommen, weil sie Angst hatten, es könnte meiner Mutter zu viel werden.

»Hi, Süße«, begrüßt sie mich. »Wie geht es Elena?«

»Schon viel besser.«

»Gott sei Dank. Es wird dich schockieren, zu hören, dass Austin und Everly im Pool sind.«

Darüber muss ich lachen, denn natürlich sind sie immer im Pool. »Ich werde sie schon finden.« Ich lasse meine Tasche und die Schlüssel im Wohnzimmer und gehe auf die großzügig bemessene Terrasse mit dem angrenzenden Pool. Ich muss erst noch damit klarkommen, dass ich jetzt in einem Palast lebe, aber solange Austin und Everly da sind, ist es eigentlich egal, wo wir wohnen.

Sie entdeckt mich als Erste und stößt den typischen Begrüßungsschrei aus. »Rie! Schwimmen!«

Austin, der mir den Rücken zukehrt, wirbelt herum, und sein Gesicht verzieht sich zu einem strahlenden Lächeln. »Hey, Babe. Du bist ja zu Hause. Was für eine nette Überraschung.« Er bringt Everly zu den Stufen und folgt ihr aus dem Wasser, beugt sich vor, um mir einen Kuss zu geben, ohne mich komplett nass zu machen.

Everly hat keine solchen Bedenken und wirft sich mir in die Arme.

Nasse Kleidung ist im Moment meine geringste Sorge, wo ich doch wieder zurück bei meinen Lieben bin. »Hi, Krümelchen.« Ich hebe sie hoch und küsse sie auf die von der Sonne und der frischen Luft rosigen Wangen. Sie gibt mir einen feuchten Schmatz, während ich ihr helfe, die Ohrstöpsel rauszunehmen, die sie seit der Gehörgangsinfektion immer im Wasser trägt.

»Wie lange bleibst du?«, fragt Austin.

Ich schaue ihm in die Augen und erkläre: »Für immer und ewig.«

Seine Augen weiten sich vor Freude. »Wirklich?«

»Ja. Ich bin aus allen Pflichten entlassen.«

»Bis morgen?«

»Nein, für immer. Mein Dad hat gesagt, dass sie klarkommen, und vielen Dank und …«

Bevor ich zu Ende sprechen kann, beugt er sich um Everly herum und küsst mich.

»Dada! Kuss! Rie!«

Wir lösen uns voneinander, lachen und halten uns zu dritt in den Armen, voller Erleichterung und Freude, wieder vereint zu sein, als unsere kleine Familie.

Viel später, nachdem wir mit seinen Eltern zu Abend gegessen und Everly gebadet und ihr mehrere Geschichten vorgelesen haben, liegen wir gemeinsam in unserem Bett. Nichts hat sich je besser angefühlt, als endlich wieder bei ihm zu sein.

»Das hier hat mir so gefehlt«, flüstert er, bevor er mich küsst, als wären wir ein Jahr getrennt gewesen. »So, so, so sehr.«

»Mir auch. Ich hab mich immer gefragt, wie du mir so fehlen konntest, obwohl wir uns jeden Tag gesehen haben.«

»War bei mir genauso, Babe. Es war einfach nur furchtbar, dich nicht halten zu können und dich nicht lieben zu können und nicht auf diese Weise mit dir zusammen zu sein.« Er ist so sexy und süß und heiß und einfach alles, während er mich zum ersten Mal seit Wochen wieder liebt. »Du musst während der Spielsaison mit auf Reisen gehen. Ohne dich halte ich es nicht aus.«

»Ich komme auf die langen Reisen mit.«

»Wirklich?«

»Wann immer es sich einrichten lässt.« Dank seiner Unterstützung wird Miranda in der Lage sein, zwei zusätzliche Krankenschwestern und einen eigenen Arzt einzustellen. Sie sagt, ich kann kommen, wann immer ich in der Stadt bin, und außerdem hat sie mir einen Platz im Vorstand angeboten, der gebildet wird, um unser kürzlich erweitertes Hilfsprogramm zu leiten. Auf diese Weise bleibe ich der Klinik erhalten. Ich habe etwas Zeit gebraucht, um mich an die veränderten Umstände zu gewöhnen, die mein Leben mit Austin mit sich bringen wird, aber ich bin erleichtert, dass sich ein Weg hat finden lassen, weiter in der Klinik mitzuwirken und trotzdem jederzeit mit ihm reisen zu können, wenn ich das möchte. Außerdem möchten wir irgendwann in nicht allzu ferner Zukunft ja auch noch mehr Babys, damit der Altersabstand zu Everly nicht zu groß wird.

»Das wäre klasse. Dann müsste ich nie wieder auf dich verzichten.«

Wir sind völlig ausgehungert nacheinander, und als wir schließlich verschwitzt und schwer atmend daliegen, bin ich überglücklich und voller Vorfreude auf das, was unser gemeinsames Leben für uns bereithält.

Er dreht sich auf die Seite und legt einen Arm um mich. »Ich liebe dich so sehr. Seit ich zwei Wochen ohne dich schlafen musste, sogar noch mehr.«

Ich schmiege mich an ihn, glücklich, seine Arme um mich zu spüren, und hauche Küsse auf seine Brust. »Ich liebe dich auch. Mehr als alles andere.«

Es ist der Himmel auf Erden, wieder zu Hause zu sein.

Dee

Eine Stunde nachdem Maria aufgebrochen ist, summt mein Handy wegen einer Textnachricht von dem einen Menschen, von dem ich auf keinen Fall hören möchte.

Na, wie geht's?

Ich hätte seine Nummer blockieren sollen. Der einzige Grund, weshalb ich das nicht getan habe, ist, dass er ein wirklich guter Freund von Jason ist, und am Ende erfahren Jason und Carmen, dass ich ihn geblockt habe. Daher muss ich es jetzt wohl aushalten, dass er mir Textnachrichten schreibt.

Nach der Hochzeit habe ich was Unüberlegtes getan, und jetzt muss ich den Preis dafür zahlen. Dass er meine Nummer überhaupt hat, liegt einzig an zu viel Champagner und der lodernden Wut, die noch tagelang in mir gebrannt hat, nachdem ich gehört hatte, dass mein Ex-Freund sich nach mir verzehrt, der mir zuvor eiskalt das Herz gebrochen hat, indem er die Schlampe geheiratet hat.

Champagner und Wut sind eine schlechte Kombination. Allerdings hatte ich keine Ahnung, wie schlecht, bis ich nach Carmens Hochzeit mit einem von Jasons Trauzeugen im Bett gelandet bin, der jetzt wissen möchte, wie es mir geht.

Ich starre auf das Display, versuche zu entscheiden, ob ich ihm antworten soll oder nicht, aber bevor ich zu einem Entschluss kommen kann, schreibt er wieder.

Ich wollte dir sagen, dass ich nächste Woche nach Miami fliege – für ein Vorstellungsgespräch am MD General. Ich übernachte bei Jason und Carmen und hoffe, wir können uns vielleicht wiedersehen.

Ich zucke zusammen, als hätte mich jemand getasert. Er hat ein Vorstellungsgespräch am Miami-Dade? Er sollte in Phoenix sein und nicht in der Nähe von Miami! Das kann nicht wahr sein.

Ich stehe kurz vor einem Nervenzusammenbruch, als mein Handy erneut vibriert. Ich habe fast Angst, hinzuschauen, doch meine Neugier ist zu groß.

Diesmal ist es Marcus.

Wirst du je wieder mit mir reden?

Vielleicht sollte ich mich einfach erschießen.

ANMERKUNG DER AUTORIN

Danke, dass Sie »Bis du mich berührst« aus der Miami-Nights-Reihe gelesen haben. Ich hatte mit Maria und Austin vom ersten Moment an, als ich die Idee zu dieser Geschichte hatte, bis zu den letzten Sekunden des Epilogs einen Riesenspaß. Sie sind für mich gewissermaßen aus den Seiten getreten, und ich hoffe, bei Ihnen war es genauso. Ich bin ganz verliebt in diese neue Serie, die in Miami spielt, und freue mich auf Dees Geschichte in »Bis du mich liebst«. Treten Sie doch bitte der englischsprachigen Lesergruppe bei Facebook bei, um sich über Marias und Austins Geschichte auszutauschen – in dem Forum sind Spoiler ausdrücklich erlaubt. Daneben gibt es auch noch die Facebook-Seite für die Serie und die Miami-Nights-Facebook-Leserseite, mit denen Sie immer über alle Neuerscheinungen informiert sind.

Wie immer einen Riesendank an das wunderbare Team, das mir jeden Tag hinter den Kulissen hilft: Julie Cupp, Lisa Cafferty, Tia Kelly, Nikki Haley und Ashley Lopez. Danke an Dan, Emily und Jake, dafür, dass ihr meine Karriere als Autorin stets unterstützt habt. Ebenfalls gilt mein Dank meinem Lektorinnenteam Linda Ingmanson und Joyce Lamb, ebenso wie meinen Beta-Leserinnen Anne Woodall, Kara Conrad und Tracey Suppo.

Dankbar bin ich auch Sarah Hewitt für die Beratung in allen medizinischen Belangen, die hier eine Rolle spielen.

Ein dickes Dankeschön schließlich an meine Beta-Leserinnen aus Miami für all ihre Unterstützung und Hilfe: Miriam Ayala, Angelica Maya, Dinorah Shoben, Stephanie Behill, Mona Abramesco, Isabel Acevedo, Gwendolyn Neff, Emma Melero Juarez und Carmen Morejon.

Danke Ihnen, meinen Leserinnen, für Ihre Unterstützung für diese neue Romanreihe und all meine Bücher. Ich weiß meine Fans so unglaublich zu schätzen.

Alles Liebe

Marie

Hat Ihnen dieses Buch gefallen? Möchten Sie informiert werden, wenn Marie Force ihr nächstes Buch veröffentlicht? **Dann folgen Sie der Autorin auf Amazon.de!**

1) Suchen Sie auf Amazon.de oder in der Amazon App nach dem eben gelesenen Buch.

2) Klicken Sie auf den Namen **der Autorin** um auf die Autorenseite zu gelangen.

3) Klicken Sie auf den »Folgen«-Button.

Noch schneller gelangen Sie zur Autorenseite, indem Sie diesen QR-Code mit Ihrem Smartphone oder Tablet scannen:

Wenn Sie dieses Buch auf einem Kindle eReader oder in der Kindle App lesen, wird Ihnen automatisch angeboten, der Autorin zu folgen, sobald Sie die letzte Seite des Buches erreicht haben.

Zeitfracht Medien GmbH
Ferdinand-Jühlke-Straße 7
99095 Erfurt, Deutschland
produktsicherheit@kolibri360.de

Druck:
CPI Druckdienstleistungen GmbH
im Auftrag der
Zeitfracht Medien GmbH
Ein Unternehmen der Zeitfracht - Gruppe
Ferdinand-Jühlke-Str. 7
99095 Erfurt